Laura I. Blaire
Craving Lies – Verführt

Laura I. Blaire

Craving Lies
Verführt

Roman

PIPER

Mehr über unsere Autorinnen, Autoren und Bücher:
www.piper.de

Wenn Ihnen dieser Roman gefallen hat, schreiben Sie uns unter Nennung des Titels »Craving Lies – Verführt« an empfehlungen@piper.de, und wir empfehlen Ihnen gerne vergleichbare Bücher.

Wir produzieren nachhaltig
www.piper.de

Bei »Craving Lies – Verführt« handelt es sich um eine umfangreich überarbeitete Version des erstmals auf Wattpad.com von dreifachich ab 2020 unter dem Titel »Craving Lies« veröffentlichten Textes.

ISBN 978-3-492-50763-9

Redaktion: Cornelia Franke
Satz auf Grundlage eines CSS-Layouts
von digital publishing competence (München)
mit abavo vlow (Buchloe)
Covergestaltung: FAVORITBUERO, München
Covermotiv: Bilder unter Lizenzierung von Shutterstock.com genutzt
Printed in the EU

In diesem Buch sind Themen enthalten, die triggernd wirken können. Am Ende des Textes findet sich eine Aufzählung, die jedoch den Verlauf der Geschichte spoilern kann.

Wir wünschen ein bestmögliches Leseerlebnis.

Blut heißt nicht immer Familie.
Familie macht *mehr* aus.
Thomas, für mich bist du mein Vater.
Für dich.

Kapitel 01

Die Menschen, die sich rund um den Washington Square Arch verteilen, um den vielen Straßenkünstlern zuzuhören, sind meistens Touristen, die dieses Spektakel einmal erleben wollen. Der Ort ist bekannt dafür, dass man zusammen singt und tanzt – und aus diesem Grund bin auch ich hier. *»Look into my eyes. Can't you see they're open wide?«* Während *Would I Lie to You* von Charles & Eddie gemeinsam und voller Inbrunst gesungen wird, gehe ich aufmerksam durch die Menschenmassen, um die Talente von morgen zu entdecken.

Sänger und Sängerinnen findet man buchstäblich an jeder Ecke dieser Stadt, New York ist voll von Musik, doch meine akademische Ausbildung und meine sieben Jahre bei Atlantic Records haben mich gelehrt, nach *was* ich Ausschau halten muss. Guter Gesang reicht heutzutage nicht mehr aus, um einen Talentscout – *mich* – von sich zu überzeugen. Die Stimme braucht etwas Besonderes, einen sogenannten Wiedererkennungswert.

Meine Suche wird von meiner vibrierenden Smartwatch unterbrochen, die einen Anruf ankündigt. Mein Herz sackt mir in den Magen, als ich den Namen auf dem Display lese. *Rose.* Die oberste Pflegeschwester des Heims, in dem Bailey wohnt, würde mich nicht ohne einen triftigen Grund anrufen. »Was ist passiert?« Der Small Talk wird übersprungen, und ich frage nicht, *ob* etwas passiert ist, denn ich weiß es besser. Immer, wenn Rose mitten am Tag anruft, verheißt es nichts Gutes – es ist der Vorbote von etwas Ungutem.

Einmal irrte Bailey kurz vor der Bettruhe durch die Räumlichkeiten, um ihre Küche zu finden – die es dort selbstverständlich nicht gab. Da sie Tag und Nacht verwechselt hat und in ihrer Vergangenheit gefangen war, wollte sie das Frühstück für ihre Tochter vorbereiten. In ihrer Verzweiflung und Wut schrie sie herum und schlug mit ihren Fäusten gegen die Wand, bis diese blutig waren.

Seitdem wurde ihr eine ständige Pflegekraft zur Seite gestellt, die sie den ganzen Tag begleitet. Seit einem halben Jahr wird sie auch nachts an ihr Bett gebunden, da sie immer wieder aufwacht, nicht weiß, wo sie sich befindet und einen Anfall bekommt. Einmal nahm sie dabei in einem Adrenalinschub den Stuhl – der nun am Boden festgeschraubt ist – und warf ihn gegen die Tür. Dabei hat sie es geschafft, sich die Schulter auszukugeln.

»Juliet, es tut mir leid, aber es gab einen Zwischenfall«, beginnt Rose zögerlich, während im Hintergrund lautes Treiben zu hören ist. »Deine Großmutter befindet sich mit einer Gehirnerschütterung im Presbyterian Hospital in Lower Manhattan.«

»Ich komme sofort.«

Kaum, dass ich aufgelegt habe, flitze ich in Richtung Washington Square Station, um die Metro zu nehmen. Die Arbeit ist nun nebensächlich, alles, was zählt, ist Bailey. Ich *muss* mich vergewissern, dass es meiner Familie gut geht. Am liebsten wäre ich sofort bei ihr, doch stattdessen kämpfe ich mich durch die Menschenmassen, die in Richtung des bekannten Parks laufen und ... *Verdammt.* In meiner Hektik habe ich verdrängt, dass diese Station derzeit nicht bedient wird. Beide Eingänge werden von Bahnpersonal blockiert, die immer wieder den Kopf schütteln, wenn sie von Passanten angesprochen werden und dann zur Ersatzhaltestelle zeigen.

Doch wenn ich mich in den Schienenersatzverkehr stopfe – wie eine Sardine zwischen all den anderen Menschen – werde ich viel zu lange brauchen. Der Weg zwischen den Stationen ist aufgrund der Busspur keine Herausforderung, das Ein- und Aussteigen hingegen ist das, was am meisten Zeit kostet. Vorhin weigerten sich Touristen, auszusteigen, obwohl die Tür nicht schließen konnte, sodass der Bus beim World Trade Center fast zehn Minuten stand.

Kopfschüttelnd wende ich mich ab, da ich dafür weder die Zeit noch die Geduld habe. Aus dem Augenwinkel erkenne ich, wie ein senfgelbes Fahrzeug den Blinker betätigt, an den Straßenrand heranfährt und langsamer wird, um vor einem blonden Mann haltzumachen, der die linke Hand erhoben hält. Zu meinem Glück steht er nur wenige Meter von mir entfernt.

Sofort spute ich los und werfe mich zwischen den Blonden und sein Taxi. *»Dim gwerth rhech dafad«*, höre ich ihn fluchen, sodass ich unverzüglich innehalte und mich versteife. Ich *kenne* diese Stimme. Anstatt vom Taxi abzulassen, schnellt er nach vorn und stemmt sich mit der Hand gegen die Tür, sodass ich sie nicht aufbekomme. »Was soll das werden?« In seiner Stimme schwingt ein seichter Dialekt mit – Walisisch, dessen bin ich mir mehr als bewusst.

Schwer schluckend drehe ich mich zu dem Mann mit den mitfühlendsten, wärmsten eisblauen Augen um, die ich je gesehen habe. Unverzüglich weiten sich diese, als er in mein Gesicht blickt – anscheinend hat auch er mich nicht vergessen können.

Zachary Llewellyn Birmingham.

Es ist, als wäre ich zurück in der Zeit gereist, denn mein Gegenüber hat sich in den letzten drei Jahren nicht verändert. Die dunkelblonden Haare trägt er kurz, doch lang genug, dass sich die Enden leicht locken. Als ich ihn das letzte Mal gesehen habe, hatte Zachary durch die kühlen Wintermonate und die Abwesenheit der Sonne kaum noch Sommersprossen, doch durch den warmen Sommer nehme ich unzählige in seinem Gesicht wahr.

Zachary lehnt sich leicht nach vorn und mustert mich eindringlich. Die Falten um seine Augen deuten an, dass die letzten Jahre doch nicht spurlos an ihm vorbeigegangen sind. Er hat die dreißig längst überschritten.

»Zachary …« Obwohl ich es nicht als Frage formuliert habe, kann er das Fragezeichen sicherlich hören. Ich kann nicht fassen, dass wir uns ausgerechnet *hier* über den Weg laufen – ich dachte, Zachary wäre in Cardiff und nicht in New York. »Ich …« Selten fehlen mir die Worte. Ich wusste, dass es eines Tages so weit sein würde, trotzdem war ich nicht darauf vorbereitet – wäre ich wahrscheinlich nie.

»Steigt nun einer von Ihnen ein?«

Der Fahrer schaut uns durch das offene Seitenfenster genervt an.

Plötzlich fühle ich mich, als hätte ich einen Schlag in den Magen bekommen und reiße meine Augen weit auf, denn das unerwartete Aufeinandertreffen mit Zachary hat mich Bailey für einen Moment vergessen lassen. Wie konnte ich das nur verdrängen, auch nur für einen klitzekleinen Augenblick? Meine Großmutter wurde mit einer Gehirnerschütterung in die Notaufnahme eingeliefert!

Ich kann nicht länger rumstehen und mit Zachary reden.

Ich *darf* Bailey nicht warten lassen.

»Ich muss schnellstmöglich ins Krankenhaus.« Gerade, als Zachary etwas erwidern will – wahrscheinlich fragen, wieso – komme ich ihm zuvor. »Bailey.«

Mehr muss ich nicht sagen, denn wenn jemand dies nachvollziehen kann, dann Zachary. Vor drei Jahren hat der Waliser die Anfänge von Baileys Alzheimererkrankung hautnah miterlebt.

Unverzüglich lässt Zachary vom Taxi ab, sodass mir ein Stein vom Herzen fällt. Für den Moment zumindest. »Ich danke dir«, sage ich aufrichtig, während ich die Tür zum Taxi öffne, dessen Fahrer mich durch den Rückspiegel mit gekräuselter Stirn betrachtet. »Zum Presbyterian Hospital in Lower Manhattan«, bitte ich ihn, nachdem ich mich hingesetzt und angeschnallt habe.

Währenddessen spüre ich ununterbrochen Zacharys Blick auf mir. Das Letzte, was ich sehe, als sich das Taxi in Bewegung setzt, sind seine mitfühlenden eisblauen Augen.

Kapitel 02

Vier Jahre zuvor

»Ich schwöre dir, Ace, wenn du diesen Vorfall noch einmal erwähnst, dann hat deine letzte Stunde geschlagen!« Ich zeige warnend auf den Silberfuchs, der vor wenigen Minuten mit einem breiten Grinsen in mein Büro stolziert ist und mich an mein Malheur auf der After-Show-Party der American Music Awards erinnert hat. »Und glaube nicht, dass ich davor zurückschrecke, nur weil du mein Mentor bist!«

»Darf ich dich daran erinnern, dass ich nicht nur dein Mentor, sondern auch dein Abteilungsleiter bin, der dich für diese Drohung aus dem Label werfen kann, hm?« Obwohl Ace mein direkter Vorgesetzter ist, ist er mir auch ein guter Freund sowie mein Vorbild – jedenfalls, solange er sich nicht über mich lustig macht. Über etwas, dass mich wahrscheinlich ewig verfolgen wird. »Das muss dir nicht peinlich sein, Juliet.«

Nein, dieser Abend ist an Peinlichkeit nicht zu toppen, und von einer Skala von eins bis zehn würde ich den Vorfall auf einhunderttausend einstufen: Ace hat mich bei den American Music Awards meinem größten Idol vorgestellt: Rihanna. Nachdem sie mir angeboten hat, ein Selfie mit mir zu machen, rutschte mir vor Aufregung mein Telefon aus der Hand, sodass ich mich bücken musste und mein Kleid vor den Augen etlicher Berühmtheiten ausgerechnet am Hintern gerissen ist. Peinlichkeit des Todes – und das ist noch eine Untertreibung.

»Keine Sorge, Juliet.« Ace läuft um meinen Schreibtisch herum. »Du bist nur einen neuen Skandal davon entfernt, in Vergessenheit zu geraten«, versucht er mich zu beschwichtigen, was allerdings nicht klappt. Wenn man vor Blamage sterben könnte, wäre ich direkt vor Rihanna krepiert. »Spätestens, wenn ich in den Ruhestand gehe und du mich als Abteilungsleiterin ablöst, weiß niemand mehr davon.«

Ace macht kein Geheimnis daraus, wen er sich als Nachfolgerin für sich wünscht. Mein Mentor hat bereits früh mein Potenzial erkannt und mich unter seine Fittiche genommen.

Es klopft, und ein Bote mit einem riesigen Blumenbouquet aus roten Rosen betritt mein Büro. »Ich habe hier eine Lieferung für Juliet Bryant.«

»Ähm, ja, das bin ich«, sage ich irritiert.

Nachdem der Bote mir den Blumenstrauß überreicht hat, tritt Ace näher heran und begutachtet das Bouquet. Ich halte zuerst nach einer Karte Ausschau, die mir verrät, wer mir diese wunderschönen, traumhaft duftenden Rosen gesendet hat. Im Augenblick gibt es niemanden in meinem Leben, der auf die Idee kommen würde, mir unzählige rote Rosen zu schicken. Glücklicherweise finde ich tatsächlich eine Karte, die ich nun gespannt öffne. Auf ihr steht Folgendes geschrieben:

Liebe Juliet,

ich habe unsere Unterhaltung sehr genossen und würde dich gerne wiedersehen. (Diesmal bitte in einem intakten Kleid, sodass du nicht so schnell abhauen musst, okay? Ha Ha!) Unten steht meine Telefonnummer, sende mir bitte eine Nachricht, falls du interessiert bist – was ich natürlich sehr hoffe.

Yr eiddoch yn gynnar – Mit freundlichen Grüßen
Zachary Birmingham

Damit habe ich nicht gerechnet.

Nachdem mein Kleid gerissen ist, stand Zachary plötzlich an meiner Seite und legte mir sein Jackett um die Schultern. Er führte mich aus dem Saal, in dem jeder mich und vor allem den Riss an meinem Hintern anstarrte – als es passierte, entschlüpfte mir kein leises Quieken. Tatsächlich habe ich im Schock einen unerwarteten Schrei von mir gegeben, welchen ich sofort bitterlich bereute, den jeder in der näheren Umgebung hat mich gehört und sich mir zugewandt.

Als Zachary mich in mein Hotel begleitet hat, das glücklicherweise dem Veranstaltungsort direkt gegenüberlag, haben wir uns kurz unterhalten. Aber weil es mir so unglaublich unangenehm war, habe ich ihn mit einer schnellen Verabschiedung abgespeist und bin in meinem Zimmer verschwunden.

Ich hätte nie gedacht, dass mich mein Retter in der Not kontaktieren würde.

Und doch freut es mich irgendwie.

***

Die Erinnerung an Zachary schiebe ich in die hinterste Ecke meines Kopfes, so, wie ich es die letzten Jahre immer getan habe. Dies war für mich einfacher, als mich mit der schmerzhaften Realität unseres Beziehungsaus auseinanderzusetzen.

In der Notaufnahme herrscht reges Treiben, das Wartezimmer ist bis zum Anschlag gefüllt, und Pflegepersonal rennt gestresst durch die Räumlichkeiten, weil sie jede Menge zu tun haben. Es riecht nach Desinfektionsmitteln – ähnlich wie im Pflegeheim. Glücklicherweise muss ich mich nicht an der Anmeldung anstellen, da mir Rose bereits geschrieben hat, wo meine Großmutter untergebracht wurde. Ich sprinte zur Treppe, die sich gegenüber dem Wartezimmer befindet, und entdecke Rose bereits auf dem nächsten Flur. Sie unterhält sich mit einem Arzt, doch statt mich dazuzustellen, blicke ich zunächst in das Zimmer meiner Großmutter.

Bailey sitzt kerzengerade auf dem Bett, schüttelt immer wieder den Kopf. Einige ihrer langen, weißen Haarsträhnen haben sich aus dem Zopf gelöst und wippen mit ihren Bewegungen hin und her. Brenda, die ihr zugeteilte Betreuerin, die den ganzen Tag mit ihr verbringt, sitzt neben ihr auf einem Stuhl, hält ihre Hand und redet leise auf sie ein.

»Wie geht es Bailey?«, will ich wissen, als ich mich zu Rose und dem Arzt umdrehe.

»Ihrer Großmutter geht es den Umständen entsprechend gut«, informiert er mich. *H. Hutcherson, Unfallchirurg*, steht auf seinem Namensschild. »Sie hat sich bei dem Sturz den Kopf gestoßen, doch bis auf eine Gehirnerschütterung konnten wir glücklicherweise nichts weiter feststellen. Aufgrund Ihrer Erkrankung sollten wir sie aber zwei Nächte hierbehalten und vorsorglich weitere Tests machen – nur, um sicherzugehen.«

»Sie ist gestürzt? Was ist passiert?« Die Schuld gebe ich nicht dem Pflegeheim, denn ich habe miterlebt, wie schwer sie bei einem Anfall zu beruhigen ist und wie oft sie sich dabei selbst verletzt. Das Pflegeheim tut sein Bestmögliches, das weiß ich, doch es ist nicht einfach, mit Alzheimer-Patienten zu arbeiten.

Rose macht einen Schritt auf mich zu. »Als sie nach ihrem Mittagsschlaf erwacht ist, wusste sie nicht mehr, wo sie ist. Normalerweise schafft es Brenda, sie zu beruhigen, doch Bailey rief immer wieder nach Malcolm und Eloise, wurde wütender und wütender. Weil sie beim Mittagsschlaf nicht festgemacht wird, sprang sie ohne Vorwarnung aus dem Bett. Ihre Beine haben sofort nachgegeben und sie hat sich den Kopf am Metallpfosten angeschlagen.«

In diesem Augenblick gesellt sich Brenda zu uns. »Sie denkt derzeit, dass sie mit ihrer Tochter und ihrem Mann zu Hause lebt.«

Mein Großvater starb im Einsatz als Navy Seal im Irak, zwei Monate bevor ich geboren wurde. Meine Mutter – Eloise – war früh in seine Fußstapfen getreten und wurde zweieinhalb Jahre später in Afghanistan durch eine Sprengfalle aus dem Leben gerissen.

»Sie erinnert sich wieder nicht an mich«, schlussfolgere ich. Vor über einem Jahr haben die Störungen in Baileys Langzeitgedächtnis angefangen. An den meisten Tagen weiß sie nicht mehr, dass ihre Tochter ein Kind – *mich* – geboren hat. Seitdem gebe ich mich immer wieder als Eloise aus, um sie nicht durcheinanderzubringen.

Nachdem man bei Bailey die Alzheimer-Erkrankung diagnostiziert hatte, dachte ich, ich wüsste, was mich erwarten wird, doch nichts hätte mich darauf vorbereiten können. Die Person, die ich am meisten liebe, die mich großgezogen hat, weiß die meiste Zeit nicht mehr, dass ich existiere.

Aus meinen Augenwinkeln sehe ich, wie uns eine Ärztin mit langen, schwarzen Locken ansteuert und dann neben Dr. Hutcherson stehen bleibt. »Bitte entschuldigen Sie die Störung«, beginnt sie und lächelt uns freundlich an, bevor sie sich an ihren Kollegen wendet. »Heath, wenn du eine freie Minute hast, brauche ich deine Expertise. Es geht um einen Sportler.«

»Einen Moment, Ava, ich bin gleich bei dir«, versichert der Arzt, sodass sie sich abseits hinstellt und auf ihren Kollegen wartet. »Ich habe als Sportmediziner gearbeitet, bevor ich in die Unfallchirurgie gewechselt bin, weshalb ich oft dazu gezogen werde«, erklärt er uns. »Sie wollen nun sicher zu Ihrer Großmutter?« Ich nicke, sodass er fortfährt. »Ich würde Sie bitten, Mrs Bryant nicht aufzuregen. Der Besuch sollte nicht allzu lange dauern, sie muss sich nach der Gehirnerschütterung ausruhen.«

Nachdem er sich abgewandt hat, betrete ich das Zimmer, in dem Bailey leise etwas vor sich hersagt und immer wieder ihren Kopf schüttelt. Sie nimmt mich erst wahr, als ich mich auf den Stuhl setze, der neben dem Bett platziert ist. »Eloise! Endlich!« *Eloise, nicht Juliet.* Man hat mich vorgewarnt, trotzdem kann ich den Schmerz in meiner Brust nicht unterdrücken. »Bist du hier, um mich nach Hause zu bringen?«

Es hat mich nie gewundert, dass mich Bailey mit meiner Mutter verwechselt. Wir haben nicht nur dieselben hellblonden, leicht welligen, langen Haare, sondern auch beide volle, geschwungene Lippen, eine kleine Stupsnase und hellgrüne Augen.

Aber eigentlich sind wir das Ebenbild einer jungen Bailey.

Ich schüttle den Kopf. »Nein, Ma.«

Wenn sie mich als Juliet erkannt hätte, hätte ich sie mit Bailey angesprochen, denn Sie wollte nie als *Grandma* betitelt werden. Eloise war erst neunzehn, als ich geboren wurde, und Bailey Ende dreißig. Aufgrund dessen musste ich mir als Teenager *jedes Jahr* einen Vortrag über Verhütung anhören. Sie fühlte sich damals nicht wie eine Großmutter, sie wollte eine Freundin mit Vorbildfunktion für mich sein und wurde einfach zu *Bailey.*

Und sie war immer mehr als eine Großmutter. Sie ist meine engste Vertraute, sie ist meine Freundin, sie ist alles, was ich an Familie habe. Sie sorgte dafür, dass ich zu einer Frau heranwuchs, auf die ich selbst stolz sein kann.

»Aber ... aber ich muss Abendessen machen ...«

»Das kann ich übernehmen.«

Ihre Hand legt sich an meine Wange. »Du bist so erwachsen geworden, Eloise.« Es ist, als würde ich in meine eigenen Augen schauen, nur, dass sie gealtert sind und bereits viel mehr gesehen und erlebt haben. »Lass deinen Vater nicht in die Küche, er würde es nicht hin... Er würde es nicht hinbe... Hinbek...« Es passiert immer öfter, dass sie einen Satz nicht zu Ende bringt oder dass ihr Wörter nicht mehr einfallen. Sie schüttelt den Kopf, macht ein unzufriedenes Geräusch. »Hinb... Hinbek... mhmm.«

Aus Erfahrung weiß ich, dass ich dazwischengehen muss. »Ich lasse ihn nicht in die Küche«, versichere ich ihr. Sonst wird sie sich weiter und weiter anstrengen, manchmal kommt sie darauf, oft allerdings nicht, und dann steigert sich ihr Frust zu einem Anfall – etwas, das wir heute dringend verhindern müssen.

»Was soll ich kochen?«, frage ich und versuche, Bailey damit auf andere Gedanken zu bringen.

»Gebratene …« Sie hält inne, schaut sich um, blinzelt. »Ich … was …« In ihren Augen steht ein verwirrter Ausdruck. »Was?«, wiederholt sie. Ihre Hand fährt zu dem Verband am Kopf, der ihre Platzwunde verdeckt. »Was … was mache ich hier?«

Brenda und Rose haben ihr schon mehrfach erklärt, warum sie hier ist, doch ihr Kurzzeitgedächtnis ist seit langer Zeit sehr, sehr, sehr schlecht.

»Du … du bist gestürzt, Bai– *Ma.*«

Ihr Kopf fährt blitzschnell zu mir herum, und sie schaut mich erschrocken an, als hätte sie bis eben nicht gewusst, dass ich mit ihr im Zimmer bin. »E-Eloise?« Sie erkennt mich wieder als ihre verstorbene Tochter. »Bist du hier, um mich nach Hause zu bringen?«, erkundigt sie sich erneut bei mir. »Ich … ich muss Abendessen machen.«

»Alles gut, Ma, ich übernehme das.«

»Nein, nein, ich muss … muss das tun.« Sie windet sich im Bett, versucht, die Decke loszuwerden. »Ich bin nicht … ich habe mich nicht verletzt.«

Mit einer Hand drücke ich sie sanft ins Bett zurück, doch sie wehrt sich gegen mich. »Du hast dir den Kopf gestoßen und musst erst mal im Krankenhaus bleiben.«

»Nein …« Sie schüttelt sich, schiebt meine Hand weg. »Ich muss nach Hause, ich kann hier nicht bleiben.« Bailey will aufstehen, ich drücke sie abermals ins Bett zurück. »Was soll das werden, Eloise?« Ihr Ton wird laut, ihre Stimme bebt. »Ich … ich habe mich nicht verletzt!« Der Frust ist nicht zu überhören. »Ich will nach Hause!«

Rose und Brenda betreten hektisch das Zimmer, als Bailey nach meinen Haaren greift und kräftig daran zieht. Schmerzerfüllt stöhne ich auf.

»Du sollst mich –« Sie hält abrupt inne, der Griff von Bailey lockert sich, sie fährt nun sanft durch meine hellblonden Haare. »Ach, Eloise, schön, dass du hier bist!«

Als ich mich zurückziehe, sehe ich, wie sie über beide Ohren strahlt.

Sie weiß nicht mehr, was gerade passiert ist.

Kapitel 03

Als ich in meinem Apartmentgebäude den Aufzug in den elften Stock nehme, bin ich immer noch niedergeschlagen von dem Besuch bei Bailey.

Im Dachgeschoss befindet sich meine Vier-Zimmer-Wohnung, die meine Großeltern vor fünfzig Jahren zu einem Spottpreis gekauft haben. Heutzutage wäre das Apartment, das mir Bailey vor ein paar Jahren überschrieben hat, aufgrund der Lage am Cadman Plaza Park, unweit der Brooklyn Bridge entfernt, ein Vermögen wert. Vor allem, weil ich die berühmte Brücke von meiner geräumigen und hübsch bepflanzten Dachterrasse aus betrachten kann.

Kaum habe ich meine Wohnung aufgeschlossen, halte ich inne. »Louie!«, rufe ich laut, denn dieser kann sich auf etwas gefasst machen. Es herrscht das pure Chaos. Mein Kater Louie – oder Fat Louie, wie ich ihn oft nenne – hat sein Katzenstreu in der ganzen Wohnung verteilt.

Nachdem ich meine Tasche an der Flurgarderobe verstaut habe, suche ich den Übeltäter, der mir meine allerletzten Nerven raubt. *Als wäre heute nicht bereits genug passiert.*

Louie befindet sich weder in meinem Schlafzimmer noch im Ankleidezimmer. Die Tür zu meinem Arbeitszimmer ist zwar geschlossen, doch das hat den übergewichtigen Kater noch nie aufgehalten, weshalb ich einen schnellen Blick in mein Büro werfe, Fehlanzeige. Und weil er auch nicht im Bad ist, wo die Tragödie angefangen hat, begebe ich mich in die Wohnküche.

Oh, das darf nicht wahr sein.

Ich traue meinen Augen nicht, denn *normalerweise* steht sein Körbchen am anderen Ende des Zimmers. Doch mein dicker Kater hat es direkt vor seinen Futternapf gezogen, um sich nicht mehr bewegen zu müssen.

»Fat Louie!«, schimpfe ich laut und werde ignoriert. »Louie!«, rufe ich erneut verärgert, um mein Missfallen auszudrücken.

Louie hebt seinen Kopf, schaut mich kurz an und legt sich dann wieder schlafen. Er ist seit zwei Jahren an meiner Seite, aber er tut noch immer so, als würde er mich in *seiner Wohnung* tolerieren. Und dabei habe *ich* sein Leben gerettet.

Ein Tierheim in der Nähe startete vor der endgültigen Schließung einen Adoptionsaufruf, was ich zufällig erst am letzten Tag mitbekam. Davor hatte ich bereits länger über ein Haustier nachgedacht, sodass ich beschloss, mein Vorhaben endlich in die Tat umzusetzen. Bei meinem Besuch erfuhr ich, dass alle Tiere erfolgreich vermittelt wurden – bis auf Louie, der niemanden an sich heranlassen wollte. Die Pflegerin offenbarte mir, dass er nun eingeschläfert werden sollte, da er sieben Mal vermittelt und sieben Mal zurückgegeben wurde.

Durch meine mangelnden Erfahrungen mit Katzen war ich unsicher, ob ich ihn mit nach Hause nehmen sollte, doch ich konnte ihn nicht mit gutem Gewissen einschläfern lassen. Naives Mädchen, das ich war, hoffte ich, dass sich Louie eines Tages für mich erwärmen würde.

Louie miaut unzufrieden, als ich das Körbchen mit ihm zusammen anhebe und in mein Schlafzimmer trage, der Raum, der am weitesten von der Wohnküche entfernt ist. Als ich das Zimmer erreiche, zucke ich zusammen, da Louie seine Krallen ausfährt. »Du brauchst mehr Bewegung, Dicker.« Fat Louie miaut erneut, diesmal lauter. »Du hast den Tierarzt letztens gehört, wenn du es nicht von allein schaffst, verordnet er Katzenfitnesstherapie!«

Nachdem ich meinen dicken Kater im Schlafzimmer gelassen habe, hole ich meinen kabellosen Staubsauger aus dem Wandschrank im Flur. Gerade, als ich das verteilte Katzenstreu beseitigen will, klopft es mehrmals laut, sodass ich den Staubsauger wegstelle und zur Tür laufe. Nachdem ich durch den Spion geschaut habe, überkommt mich Erleichterung.

Mein bester Freund steht vor der Tür.

Zuerst zieht mich Damien in seine Arme, danach hebt er eine Walmart-Tüte hoch. »Ich habe schokoladenüberzogene Bretzeln, Ben & Jerry's Netflix & Chill'd und Erdnussbutter Oreos.« Er gibt mir zur Begrüßung einen Kuss auf die Wange, bevor er sich durch seine kurzen, gepflegten, dunkelbraunen Haare fährt. »Ich dachte, ein wenig Aufheiterung kann nicht schaden.«

Auf dem Heimweg hatte ich kurz mit Damien telefoniert, der gestern erst aus dem Urlaub zurückgekommen ist, um ihm ein Update zu geben. Seit der Universität sind wir unzertrennlich. Während der Studienzeiten wohnte er bei seiner Familie in Queens, danach hat er sich eine Wohnung in Brooklyn gesucht, um näher bei mir und Bailey zu sein.

»Ach du heiliger Strohsack, was ist hier passiert? War das Louie?«

Als hätte Louie auf Damien gewartet, kommt er sofort auf seinen Samtpfoten an, miaut und schleicht um seine Beine. Es ist eine stumme Aufforderung, ihn hochzuheben. Während mein Kater mich nicht leiden kann, scheint er Damien umso mehr zu mögen.

Damien überreicht mir die Tüte mit den Köstlichkeiten, bevor er Louie in seine Arme nimmt.

»Louie dachte, ich brauche eine *besondere* Begrüßung«, antworte ich Damien, der mit Louie schmust. »Setz dich mit ihm ins Wohnzimmer, ich beseitige erst mal das Chaos.«

»Nein, das tust du nicht«, widerspricht mir Damien, während er einen protestierenden Louie auf den Fußboden absetzt. »Lass mich das machen, das geht ruckzuck. In der Zwischenzeit kannst du auf die Dachterrasse gehen und alles für uns vorbereiten, denn bei dem schönen Wetter werde ich definitiv nicht drinnen bleiben.«

»Quatsch, du musst nicht für mich putzen.«

»Aber ich mache es wenigstens *richtig*.«

»Äh«, erwidere ich sprachlos. »Was soll das denn heißen?«

Damien grinst. »Na ja, die Gründlichste bist du nicht.«

Ich lasse mein Geschirr ab und zu über Nacht stehen, weil ich zu faul bin, es direkt abzuwaschen, oder sauge manchmal nur alle zwei Wochen, doch wenn, mache ich es ordentlich – *oder*? »Entschuldige bitte?«

»Angenommen.« *Was*? »Und nun tu mir den Gefallen, und bereite die Sitzgarnitur für uns zwei Hübschen vor«, bittet er mich, während er mich ins Wohnzimmer schiebt. Danach dreht er sich um, läuft zum Staubsauger, schaltet ihn an und legt los. Wenn Damien sich etwas in den Kopf setzt, kann ich nichts dagegen tun – er ist unglaublich stur.

Aufgrund dessen durchquere ich das Wohnzimmer, öffne die Tür zur Dachterrasse und trete ins Freie. Hier oben hat Bailey eine grüne Oase erschaffen. Die meisten Pflanzen waren nicht für Katzen giftig. Die, die es waren, wurden direkt von mir entsorgt und durch neue ersetzt, sodass meine Zuflucht bestehen blieb. Sie ist, abgesehen von Damien, die einzige Konstante in meinem Leben.

Aus meinem Gartenschrank hole ich die Kissen hervor und spanne den Sonnenschirm auf, denn obwohl der Juni gerade erst begonnen hat, ist es bereits sehr, sehr warm.

Louie lasse ich nur in meiner Gegenwart auf die Terrasse, weil ich keinen Katzenschutz anbringen konnte. Die Umrandung, die aus der Fassade des Hauses besteht, ist glücklicherweise sehr hoch, sodass mein fauler Kater nicht versucht raufzuspringen. Mein Problem sind die obligatorischen Rettungstreppen, die alle Stockwerke miteinander verbinden. Louie hat sich bereits mehrmals davongeschlichen, um der Rassekatze meines Nachbars nachzustellen.

Nachdem alles hergerichtet ist, laufe ich in die Küche zurück, um zwei Löffel fürs Eis, zwei Teller und Servietten zu holen. Wenige Minuten später gesellt sich Damien zu mir auf das Sofa, das bequemer als das im Wohnzimmer ist – aber auch nur, weil Bailey bereits damals wusste, dass wir mehr Zeit draußen als drinnen verbringen würden. »So, ich weiß, dass heute viel passiert ist, aber …« Der Blick seiner dunkelbraunen Augen, die sich stark von seiner karamellfarbenen Haut abheben, bohrt sich in meinen. »Aber es gibt noch etwas, dass du wissen solltest, bevor du mir von Bailey und ich dir von meinem Urlaub erzähle.«

»Okay?«, frage ich verwundert.

»Die letzten vier Wochen war ich weg, wie dir bewusst ist.« Damien hat seine Großeltern und entfernte Verwandtschaft in Brasilien besucht – weil das länger als sein erlaubter Jahresurlaub war, musste er zusätzlich unbezahlten Urlaub nehmen. »Dadurch habe ich nicht mitbekommen, was im Plattenlabel los ist.« Damien arbeitet als Tontechniker bei Birmingham Records. »Jonathan Birmingham hat wenige Tage nachdem ich nach Itaguaí aufgebrochen bin, verkündet, dass er mit sofortiger Wirkung in den Ruhestand gehen wird!«, offenbart er mir, während sich Louie in seinen Schoß legt und ich sicherheitshalber ein Stück zur Seite rutsche – mein Arm ist noch immer in der Gefahrenzone seiner Klauen. »Was ich damit sagen will, Zachary ist … in New York.«

»Ich weiß«, antworte ich ihm.

Damien schaut mich überrascht an. »Wie das?«

»Ich bin ihm begegnet.«

»Wirklich? *Wann? Wo?*«

»Ich war im Washington Square Park, als ich Roses Anruf aus dem Krankenhaus entgegennahm, weshalb ich in meiner Verzweiflung ein Taxi stehlen wollte. Zwischen Fulton Street und der 23rd Street fährt derzeit keine Metro.« Ein Seufzen entspringt meiner Kehle, ob wegen Zachary oder Bailey, kann ich nicht sagen. »Dreimal darfst du raten, *wessen* Taxi ich ausgerechnet nehmen wollte.«

»Wie hoch ist die Wahrscheinlichkeit, dass du ausgerechnet in ihn hineinläufst?« Damiens Augen sind noch immer geweitet. »Wenn ich es nicht besser wüsste, würde ich sagen, dass dies aus einer Anfangssequenz eines *Buches* stammt.« Dann schaut mich Damien fragend an. »Und, wie denkst du darüber, dass Zachary wieder in New York lebt?«

»Er tut *was*?«

Damien schaut mich verwirrt an. »Habt ihr nicht gesprochen?«

»Ähm, nicht wirklich, ich war wegen Bailey in Eile«, erinnere ich ihn. »Kannst du mir bitte erklären, was du damit meinst? Er lebt wieder hier?« Ich habe es natürlich verstanden, aber es will noch nicht zu mir durchdringen.

»Er wurde von Jonathan zum Nachfolger benannt.«

»Zachary? Er übernimmt *Birmingham Records*?« Es überrascht mich, denn Isaac, der jüngere Bruder von Zachary, arbeitet seit einigen Jahren als Stellvertreter seines Vaters. Eigentlich sollte er der Nachfolger werden. »Bist du dir sicher?«

Damien beginnt Louie zu kraulen, der daraufhin schnurrt. »Ja.«

»Und was ist mit Isaac?«, will ich wissen.

»Der behält seinen derzeitigen Posten.«

Durch die Beziehung zu Zachary habe ich auch seinen Bruder Isaac kennengelernt, mit dem ich mich damals sehr gut verstanden habe. Die beiden Brüder hatten immer eine ... na ja, recht komplizierte Bindung. Isaac ist immer der Ansicht gewesen, dass Zachary ihm vorgezogen wird, er der Goldjunge und Isaac das schwarze Schaf ist. Aus diesem Grund hat es Isaac viel bedeutet, dass sein Vater ihn als Stellvertreter eingestellt hat.

Kapitel 04

Wenn wir unser wöchentliches Teammeeting der Talentscouts bei Atlantic Records abhalten, hat sich in den letzten Jahren eine bestimmte Sitzreihenfolge herauskristallisiert. Mein Platz ist immer derselbe, am gegenüberliegenden Ende von Ace. Patrick sitzt immer neben unserem Abteilungsleiter, um sich einzuschleimen. *Nur heute nicht.* Mit zusammengepressten Lippen beobachte ich, wie sich Patrick auf *meinen* Platz gesetzt hat und mir beim Eintreten ein siegessicheres Grinsen zuwirft.

Dieses Lächeln würde ich ihm am liebsten aus dem Gesicht wischen. Dieser Mann ist nicht nur ein Kollege, sondern mein direkter Konkurrent, gegen ihn kämpfe ich um die Beförderung zur Abteilungsleiterin.

Ace hat sich für mich als Nachfolgerin ausgesprochen und offen gesagt, dass seine Unterstützung mir zusteht. Dennoch gab es eine Bewerbungsrunde, da die endgültige Entscheidung nicht bei ihm liegt. Die anderen Talentscouts haben eingesehen, dass der Posten mir zusteht, mit Ausnahme von Patrick. *Jemand muss mich mal in die Schranken weisen*, waren seine Worte, schließlich bin ich erst seit sieben Jahren in dieser Abteilung – vier davon als vollwertiger Talentscout, während Patrick seit Ewigkeiten hier ist.

Sorgen, dass er diesen Posten bekommt, mache ich mir nicht. Seine Zahlen sind zugegeben nicht schlecht, doch nicht ansatzweise so gut wie meine, und es hat seinen Grund, warum Ace damals zum Abteilungsleiter befördert wurde – und nicht Patrick. Patrick ist nur wenige Jahre jünger als Ace, beinahe sechzig, der Ruhestand ist nicht in weiter Ferne. Das Einzige, in dem er mir voraus ist, sind die Jahre an Erfahrung.

Ich zwinge mich dazu, entspannt zu lächeln, denn er soll nicht bemerken, wie sehr mich das aufregt. Das hat Patrick nicht verdient, vor allem, weil genau *das* sein Ziel war. Ruhig laufe ich zum letzten freien Platz – Patricks Platz – und setze mich hin. Ich werde mich niemals auf sein Niveau herablassen, Bailey hat nicht die Art Frau aus mir gemacht. Sie hat mir beigebracht, Rückgrat zu zeigen, sich nicht auf sinnlose Streitereien einzulassen und sich auf das zu konzentrieren, was wichtig ist.

»Gehen wir zur Tagesordnung über«, verkündet Ace, weil nun alle Talentscouts anwesend sind. Dann wendet er sich einem der neueren Kollegen zu. Daniel hat erst seit wenigen Monaten einen Platz in unserem Team, aber liefert nur minimale Ergebnisse. Wenn man keine Leistung bringt, ist man die Anstellung schneller los, als man *Schuss in den Ofen* sagen kann.

Daniel holt mehrere Ausdrucke aus Instagram und TikTok hervor und reicht diese Ace, der stirnrunzelnd einen Blick darauf wirft – ich weiß, *warum.* »Ihr Name ist …«

Ich könnte weiter zuhören, doch nichts, was er sagt, ist für mich von Bedeutung, so gemein, es auch klingt. Neulinge versteifen sich, wie viele andere Talentscouts auch, ausschließlich auf *Influencer.* Da viele mit einer

Vielzahl an Followern einhergehen, ist es oft ein Selbstläufer – auch, wenn der Erfolg sich meistens auf die Staaten beschränkt.

Ich strecke ebenfalls meine Fühler im Internet aus, doch nicht ausschließlich. Ace hat mir das *Oldschool-Arbeiten* beigebracht. Die langjährigen Mitglieder dieses Teams versuchen, beides zu kombinieren, auch wenn das Hauptaugenmerk der anderen auf Influencern liegt. Patrick tickt überraschenderweise ähnlich wie ich – trotzdem habe ich bisher mehr Geld ins Label gebracht. In den letzten vier Jahren habe ich viele erfolgreiche Künstler ins Unternehmen geholt.

Durch meine Erfahrung und Ace' Einfluss habe ich ein Gespür dafür entwickelt, wer Potenzial hat, einen weltweiten Durchbruch zu schaffen. Ein Blick oder ein Song reicht meistens schon, um mir eine Meinung zu bilden. Entweder man hat das *gewisse Etwas*, das einen stocken lässt, eine Gänsehaut verursacht, wenn man der Stimme lauscht, sodass man automatisch mit dem Fuß mitwippt oder mitsingen will, obwohl man den Text nicht kennt – oder halt nicht. Dieses *Etwas* kann man nicht im Nachhinein mit viel Übung entwickeln. Millionen Follower können nicht dafür sorgen, dass man ein Talent wie Adele, Tina Turner, Freddie Mercury oder Mariah Carey besitzt.

»Juliet?«, Ace' Stimme holt mich aus meinen Gedanken.

»Hm?«, frage ich.

»Wie sieht's bei dir aus?«

Es gibt in der Tat jemanden, ihr Name ist Saphire, aber ich möchte noch nicht um die Erlaubnis fragen, ihr einen Vertrag anzubieten. Wenn ich erst einmal Abteilungsleiterin bin, sollte meine erste Künstlerin lange im

Gedächtnis der anderen bleiben. Und ich bin mir sicher, dass meine Auserwählte es weit, wirklich weit bringen wird.

»Es gibt gerade nichts zu berichtigen. Ich habe jemanden im Auge, doch ich bin noch unschlüssig«, lüge ich, während ich meine hellblonden Haare nach hinten streiche.

»Unschlüssig? Wirklich? Du?« Ace schaut mich mit einer gehobenen Augenbraue an, denn er weiß genau, dass ich nie unschlüssig bin. Ich denke nie länger als dreißig Minuten über einen Künstler nach. Man kann es mit dem Kauf von Klamotten vergleichen, wenn ich zum Beispiel im Geschäft eine Hose entdecke, mir aber unsicher bin und lange nachdenke, dann kaufe ich sie nicht, weil ich genau weiß, dass sie später in meinem Kleiderschrank einstauben wird.

»Genau.«

Ace schaut mich fokussiert an, als wollte er meine Gedanken lesen, bis er sich schulterzuckend abwendet und ein anderes Teammitglied befragt. Als er zu sprechen beginnt, macht sein Telefon einen Ton – nach langjähriger Zusammenarbeit weiß ich, dass er eine E-Mail bekommen hat. Kurz runzelt er die Stirn, bevor er mich wieder anschaut. »Die Personalabteilung hat bereits eine Entscheidung bezüglich meiner Nachfolge getroffen.« Ace klingt überrascht, als hätte er nicht so früh damit gerechnet. »Juliet, sie wollen zuerst mit dir sprechen.« Dann schaut er zu Patrick. »Und danach mit dir.«

»In Ordnung.«

Mit schnell schlagendem Herzen mache ich mich auf den Weg zur Personalabteilung, denn ich kann nicht in Worte fassen, wie sehr ich mir diese Beförderung wünsche. Ich weiß, dass ich noch nicht lange dabei bin, aber

Ace war nicht viel älter, als er seinen Posten übernommen hat. Ich habe die Ergebnisse geliefert, die ich brauche, um zur Abteilungsleiterin bei Atlantic Records befördert zu werden.

Vor dem Büro des Abteilungsleiters der Personalabteilung, George Mayfair, bleibe ich stehen, weil der Mann zurzeit telefoniert. Zumindest, bis er mich aus dem Augenwinkel sieht und den Hörer weglegt. Mr Mayfair, der ungefähr im Alter von Ace und Patrick ist, kommt mir entgegen, um sein Büro für mich zu öffnen. »Miss Bryant«, begrüßt er mich höflich und ohne einen Eindruck zu vermitteln, in welche Richtung dieses Gespräch gehen wird. »Kommen Sie bitte herein«, fordert er mich auf, sodass ich ihm folge.

»Danke, dass Sie sich die Zeit nehmen.«

Nachdem wir Platz genommen haben, ergreift er unverzüglich das Wort. »Einen neuen Abteilungsleiter zu benennen ist nicht einfach«, beginnt er. Das kann ich mir vorstellen, da diese Entscheidung nicht von ihm allein getroffen werden kann – auch der Vorstand und Aktionäre sind involviert. »Sie sind noch nicht lange Talentscout, Miss Bryant.« Unverzüglich spüre ich einen Stein auf meinem Herzen, denn das klingt nicht gut. »Allerdings sprechen die Zahlen für Sie. Ihre Statistik ist für Ihr Level an Erfahrung außergewöhnlich. Sie haben eine vielversprechende Zukunft vor sich, Miss Bryant«, versichert er mir, sodass ich mich zurücklehne und entspanne – die Beförderung gehört mir.

»Das zu hören bedeutet mir sehr viel.«

Mr Mayfair nickt, seine Hände sind auf dem Schreibtisch verschränkt. »Ich habe auch Bedenken, Miss Bryant.« Die Spannung kriecht wieder in meine Knochen, und das sich sorgende, schnell schlagende Herz ist zurück. »Ihnen fehlt die jahrelange Erfahrung, im Gegensatz zu Patrick, der seit über dreißig Jahren als Talentscout arbeitet.« Er schaut mich ernst an. »Ich will, dass Sie Ihr volles Potenzial entfalten, und ich glaube, dass Sie dazu einen Vorgesetzten brauchen, der Ihnen hilft, das Level zu erreichen, das –«

Bevor er fortfahren kann, melde ich mich zu Wort. »Patrick ist mir einige Jahre voraus, das kann ich nicht leugnen«, fange ich an, während ich versuche, meinen Herzschlag zu beruhigen, der innerhalb einer Sekunde exponentiell gestiegen ist. »Zwar bin ich erst seit vier Jahren Talentscout, doch fast acht Jahre in dieser Abteilung tätig«, teile ich ihm mit, für den Fall, dass ihm diese Information entfallen ist. »Ich kann also sehr wohl Erfahrung in diesem Bereich vorweisen.«

»Sie müssen noch immer lernen, Miss Bryant.«

Ein Auflachen kann ich nicht unterdrücken, auch wenn es wenig professionell ist. »Und ich soll von Patrick lernen? Patrick, den ich mit meinen Zahlen bereits weit überholt habe? Das müssen Sie mir bitte genauer erläutern.« Meine Stimme habe ich wieder unter Kontrolle, ich *muss* mich benehmen. »Könnte ich nicht eher ihm helfen?«

»Ihre Ausgaben sind unzufriedenstellend.«

»Meine … Entschuldigung, bitte was?«

»Sie müssen lernen, mit einem geringeren Budget auszukommen, denn Sie sprengen immer wieder den Rahmen.« Mein Blinzeln bringt ihn dazu, weiter auszuführen. »Darf ich Sie an die Flugtickets nach Kroatien erinnern?«

Fassungslos starre ich mein Gegenüber an, denn es klingt so, als hätte ich diese Tickets für mein Privatvergnügen und nicht für das Label gekauft.

Vor anderthalb Jahren bin ich auf Beckett gestoßen, einen Pop-Sänger, der die Herzen der gesamten Welt im Sturm erobert hat – und dem Label *eine Menge* Geld einbringt. Damals habe ich ihm meine Karte gegeben und Interesse bekundet, doch weil er mich nicht zurückgerufen hat, habe ich ihn noch einmal aufgesucht. Es stellte sich heraus, dass gleich drei weitere Labels an ihm interessiert waren und ihm die Angebote der anderen besser zugesagt haben. Um ihm zu beweisen, wie ernst ich es meine und dass ich mich für meine Künstler interessiere, habe ich ihn am folgenden Tag mit zwei Flugtickets nach Dubrovnik überrascht. Ich erinnerte mich an seine Worte, dass er ein wahnsinniger Game of Thrones-Fan ist und schon immer mal diese Stadt in Kroatien besuchen wollte.

Die Finanzabteilung war nicht erfreut, man weigerte sich zuerst, mir diese Kosten zu erstatten, doch nachdem Beckett einen Vertrag beim Label unterschrieb, wurde die Kostenübernahme genehmigt – mit der Hilfe von Ace. Zwar habe ich danach die Auflage bekommen, solch hohe Kosten immer vorab zu klären, doch da sich diese Investition als erfolgreich herausgestellt hat, hat man mir nie einen Kostenvoranschlag verwehrt. Mr Mayfairs Worte überraschen mich also. Wenn es deswegen ein Problem gab, warum wird mir das erst jetzt zugetragen – und wieso genehmigt man mir dann alles?

»Diese Flugkosten in Höhe von rund 1000 Dollar waren die höchsten Kosten, die ich je verursacht habe«, rufe ich ihn in Erinnerung. »Bei den *Millionen*, die Beckett nun einbringt, sollte dies kein Problem darstellen.«

Es fühlt sich an, als würde Mr Mayfair sich irgendeinen Grund zusammenreimen, um mir die Beförderung zu verwehren. Ich kaufe es ihm nicht ab, das ist die dümmste und schrecklichste Ausrede, die ich jemals gehört habe. Da würde ich einem Kind eher glauben, das behauptet, dass der eigene Hund die Hausaufgaben gefressen hat.

»Ich kann nachvollziehen, dass Sie enttäuscht und frustriert sind, Miss Bryant.« Der Abteilungsleiter hebt beschwichtigend seine Hände. »Aber überlegen Sie sich gut, was Sie in Ihrem weiblichen Leichtsinn von sich geben.« Weiblicher Leichtsinn? Habe ich das gerade richtig verstanden? Meint er das ernst? Mein Mund klappt auf und reicht wahrscheinlich bis zum Boden. »Es könnte sich auf Ihre Zukunft hier auswirken.«

»Ich …« Abermals innerhalb weniger Tage bin ich sprachlos. Mir fällt keine Erwiderung ein, die nicht wie eine Beleidigung klingt und ich somit meine Anstellung riskiere. Beziehungsweise, aufgrund derer ich nicht verhaftet werde, weil dieser dicke Klops im Anschluss aus dem Fenster fliegt.

Mr Mayfair steht auf. »Nehmen Sie es sportlich, Miss Bryant«, sagt er, während er zu mir herumkommt, sodass ich mich gezwungen sehe, auch aufzustehen. Noch immer mundtot lasse ich mich von ihm hinausführen, wo Patrick mit einem breiten Grinsen auf uns wartet – als wüsste er bereits, dass der Posten an ihn geht.

»Einen schönen Tag noch«, verabschiedet Mr Mayfair mich, während er mich beiseiteschiebt und dann mit Patrick in seinem Büro verschwindet. Das laute, einvernehmliche Lachen der beiden ist der letzte Beweis dafür, dass die Beförderung ein abgekartetes Spiel war und ich nie eine *reale* Chance auf den Posten hatte.

Kapitel 05

»Wer sagt, dass es beim nächsten Mal nicht genauso passiert?« Noch immer über den heutigen Tag aufgebracht, tigere ich in meiner Wohnung herum. »Wird nächstes Mal wieder ein weißer, alter Mann bevorzugt? Und werden irgendwelche bescheuerten Gründe genannt?«

Damien sitzt, seitdem ich ihn vor zehn Minuten reingelassen und eingeweiht habe, nachdenklich auf meinem Sofa. »Also, ich ...«

»Oder denkst du, ich übertreibe?« Es ist immer leichter, einen Verlust zu ertragen, wenn man die Schuld auf jemand anderen schiebt. »Bilde ich mir das nur ein? Ich meine, ich könnte – *verdammt*!« Weil Louie plötzlich durch meine Beine huscht, verliere ich kurz das Gleichgewicht. »Louie!«, beschwere ich mich. »Was denkst du?«, frage ich, doch lasse ich Damien nicht zu Wort kommen. »Obwohl, nein ... Ich kann mir das nicht eingebildet haben, ich besitze eine sehr gute Menschenkenntnis.«

Damien schnaubt. »Deine sogenannte Menschenkenntnis macht gerade ein Päuschen, denn ich platze gleich, wenn du mich nicht endlich zu Wort kommen lässt!« Damien bläst seine Wangen für einen Augenblick auf. »Ich denke nicht, dass du dich irrst. Für mich macht es auch keinen Sinn, dass man nicht auf die Empfehlung des bisherigen Abteilungsleiters hört und jemanden befördert, der eine schlechtere Statistik hat als du.«

Meine Güte, mein Selbstbewusstsein ist seit der Verkündung abhandengekommen, als hätte man mir sämtliche Erfolge abgesprochen, als wäre davon nichts relevant. »Das ist eine reine Verarsche«, beschwere ich mich, während die Wut wieder unter meiner Haut brodelt. Wenn jemand die Beförderung bekommen hätte, der wirklich besser ist, der es *wirklich* verdient hätte, dann hätte ich diese Entscheidung anstandslos akzeptiert – doch das? Wenn ich meine Anstellung nicht verteidigen müsste – schließlich sind Jobs als fest angestellter Talentscout rar –, würde ich dem Label meine Kündigung zukommen lassen.

»Außerdem hat er keine reine Weste.«

»Was meinst du damit?«, frage ich irritiert.

»Hast du das mit den Frauen vergessen, die sich wegen Patrick an die Medien gewandt haben, weil ihnen die Polizei nicht geglaubt hat? Ich erinnere mich an die Gänsehaut, als ich las, dass die Jüngste *siebzehn* Jahre war, als wäre es erst gestern gewesen.« Er fasst sich über sein Herz. »Es war überall in den Nachrichten!«

Mein Mund steht weit offen, während ich mir gegen die Stirn klatsche. »Gott, wie dumm bin ich eigentlich?« Über den Skandal wurde monatelang im Label getuschelt – wir durften dieses Thema auf Anweisung der Führungsebene nicht kommentieren, auch nicht untereinander. Es sollte totgeschwiegen werden. »Mr Mayfair sagt, ich hätte noch nicht das Zeug dazu, weil meine Ausgaben für unsere Künstler zu hoch sind, aber dass man wahrscheinlich Patricks Skandal mit *Millionen* aus der Welt geschafft hat, wurde unter den Teppich gekehrt!«

Vor über einem Jahr haben sich mehrere Frauen an die Öffentlichkeit gewandt und Patrick bezichtigt, dass er sie sexuell ausgenutzt habe. Dass er ihnen für die Gefälligkeiten einen Plattenvertrag versprochen hat. Der Ruf von Atlantic Records erinnerte mich an einen Flugzeugabsturz, denn es ging mit dem Image *rasant* bergab – jedenfalls, bis die Frauen einige Wochen später in einem Live-Interview verkündeten, dass sie sich das ausgedacht hatten, um berühmt zu werden. Als im gleichen Monat über die Hälfte der Mitarbeiter aufgrund von Einsparungsmaßnahmen gekündigt wurde, konnte man sich im Label denken, wofür das eingesparte Geld genutzt wurde.

Louie, der um Damiens Füße herumschleicht, wird von ihm hochgehoben und auf seinem Schoß platziert. »Mal im Ernst, denkst du wirklich, dass du bei Atlantic Records jemals eine Aufstiegschance haben wirst?«, will Damien von mir wissen.

»Vielleicht wenn Patrick im Ruhestand –«

Der gebürtige Brasilianer fällt mir ins Wort. »Falsche Antwort. Es wird immer einen alten, weißen Mann geben, der dir, einer jungen, erfolgreichen Frau, vorgezogen wird – allein, weil er einen Schwanz besitzt.« Damien schaut zu Louie hinab, der aufgrund der Kuscheleinheiten schnurrt. »Kannst du Juliet erklären, dass sie dort nie einen Aufstieg schaffen wird?« In meinem Leben habe ich noch nie eine *aggressive Babystimme* gehört – bis gerade eben jedenfalls. »Sag du ihr bitte, dass ihr meine Genitalien fehlen!«

Damien legt die Hände um Louies Gesicht und bewegt seinen Mund – und mein Kater lässt es sogar zu. »Juliet.« Es sieht so aus, als würde mein Kater sprechen. Süß ... aber zugleich komisch. »Du brauchst einen Penis, um zum Abteilungsleiter befördert zu werden.« Damien klopft auf den Platz neben ihn, eine Aufforderung, der ich zögerlich nachkomme, nachdem er von meinem Kater abgelassen hat. »Lass uns mal einen Realitätscheck machen, Juliet«, beginnt er. »Ich verstehe, warum du bisher bei Atlantic Records geblieben bist. Du dachtest, dass du wegen Ace echte Aufstiegschancen hast, aber selbst das hat dir nicht weitergeholfen.«

Die Idee, mir ein anderes Label zu suchen, kam mir bereits öfters. Selbst nach all dem Erfolg, den ich einbrachte, wurde mein Gehalt nie angehoben und ich bin noch immer weit unter der Gehaltsklasse von Patrick und zwei anderen Scouts – obwohl ich derzeit die Erfolgreichste bei uns im Plattenlabel bin. Auch, als nach Patricks Skandal vielen Mitarbeitern gekündigt wurde, habe ich über einem Wechsel nachgedacht, weil ich mit solch einem Label nichts zu tun haben wollte. Allerdings hatte ich Angst, dass ich Freelancer werden müsste, die weit weniger verdienen. Die Aufträge sind rar, die Konkurrenz hoch, man muss jeden Job annehmen, den man bekommt – auch, wenn er am anderen Ende des Landes und somit weit entfernt von Bailey ist.

Der ausschlaggebende Grund, nicht zu wechseln, war jedoch, dass meine Festanstellung dafür sorgt, dass ich für eine Einrichtung aufkommen kann, die ideal auf Bailey zugeschnitten ist – auch, wenn es in New York ein Pflegeheim gibt, das noch perfekter für sie wäre. Aber dieses ist selbst mit meinem Einkommen unbezahlbar.

»Vielleicht sollte ich mich bei anderen Plattenlabeln in New York bewerben. Du hast wahrscheinlich recht, bei Atlantic Records werde ich mein Potenzial, wie Mr Mayfair es genannt hat, sicherlich nie ganz ausschöpfen.«

»Patrick klingt wie jemand, der dir die Flügel stutzt, damit du ihm nicht mehr in die Quere kommst.«

»Das würde ich ihm zutrauen.«

Damien schüttelt den Kopf. »Jemand sollte diesem Mistkerl Elefantenkacke senden.« Irritiert betrachte ich ihn, da ich nicht die leiseste Ahnung habe, wovon er gerade spricht. »Na diese eine Webseite, bei der du einem unbeliebten Menschen die stinkigen Extremitäten von Elefanten schicken kannst. Sie verpacken den Dung in einer versiegelten, wunderschönen Geschenkverpackung, die nicht den Gestank entweichen lässt.« Er grinst spitzbübisch. »Stell dir vor, der Postbote überreicht dir ein Geschenk, du öffnest es voller Vorfreude, um dann einen Scheißhaufen vorzufinden!«

»Auf was für Ideen kommst du immer?«

»Ich *wünschte*, es wäre meine Idee gewesen, denn damit würde ich ein Vermögen verdienen«, sagt er seufzend.

Ein Grinsen umspielt meine Lippen. »Ich bin mir sicher, dass dir der Zoo erlaubt, das Gehege sauber zu machen und als Gegenleistung ein paar Misthaufen zu behalten«, schlage ich vor. »Hallo, ich bin Damien, bekomme ich Ihre Elefantenkacke?«

»Ich sehe schon, wie mir die Männer und Frauen in den weißen Kitteln eine Spritze verabreichen und ich dann in einer Nervenheilanstalt lande.«

»So verkorkst, wie du bist, kommst du da nie wieder raus!«, entgegne ich lachend, und Damien stimmt mit ein.

Meine Smartwatch kündigt einen Anruf an, und mein Lachen endet abrupt. Hoffentlich ist es nicht wieder Rose, die mir von einem Vorfall berichten will. Doch als ich den Namen auf dem Display lese, hole ich rasch mein Handy hervor. Selbst, wenn wir seit Jahren keinen Kontakt mehr hatten, habe ich es nie übers Herz gebracht, seine Telefonnummer zu löschen. Ich kann nicht glauben, dass *er* mich anruft.

»Damien«, sage ich und zeige ihm das Telefon. »Das ist Zachary.«

»Warum ruft er dich an?«

»Keine Ahnung, habe ich eine Kristallkugel?«

»Hat eine Hexe nicht immer eine?«

»Damien?!« Ich schaue ihn ernst an. »Nicht hilfreich!«

Mein Freund deutet auf mein Telefon. »Dann geh ran, bevor er auflegt! Wir müssen wissen, was er will!«, fordert er mich auf. Er ist dezent neugieriger als ich.

Ein Kloß bildet sich in meinen Hals. Will ich das Telefonat wirklich entgegennehmen? Ja, doch, irgendwie schon. »Mach den Lautsprecher an!«, fordert Damien. »Ich will mithören!«

Nachdem ich ihm mit einem Schnauben antworte, nehme ich den Anruf an und drücke den Lautsprecher – Damien würde vorher keine Ruhe geben. »Ja, hallo?«, spreche ich vorsichtig ins Telefon. »Hier ist Juliet«, erkläre ich und verdrehe unverzüglich die Augen, denn Zachary weiß selbstverständlich, dass er *mich* anruft.

»Hi, ähm, hier ist Zachary.«

Vermutlich dachte er, dass ich seine Nummer gelöscht habe.

»Nun, du wunderst dich sicher, warum ich dich kontaktiere, richtig? Also …« Zachary räuspert sich. »Ich habe die letzten zwei Tage mit mir gehadert, ob ich … ob ich dich anrufen soll. Nachdem du aufgelöst wirktest und wegen Bailey ins Krankenhaus bist, fand ich, dass es … nun ja, angebracht ist, dass ich mich erkundige, ob alles in Ordnung ist. Da ich deine Nummer noch immer habe, weißt du?«

Damien schaut mich vielsagend an, doch ich kann seinen Blick nicht deuten. Ich entscheide mich, meinen besten Freund zu ignorieren, und laufe ein paar Schritte durchs Wohnzimmer.

»Das ist wirklich nett von dir«, sage ich, als ich stehen bleibe und Damien in mich hineinrennt, weil er mir dicht auf den Fersen war – als hätte er Angst, etwas zu überhören. Ich werfe ihm einen *Pass-doch-mal-bitte-auf*-Blick zu. »Bailey ist mit einer Gehirnerschütterung eingeliefert worden. Ihr geht's den Umständen entsprechend gut.«

»Gut, das beruhigt mich.«

Zachary war beunruhigt? »Ähm, ja.« Eine unangenehme Stille breitet sich zwischen uns aus, und Damien macht eine auffordernde Handbewegung, damit ich das Gespräch fortführe. »Danke für deine Nachfrage«, erwiderte ich, während ich verunsichert zu Damien schaue und verzweifelt mit meinen Schultern zucke. Damien legt eine Hand über sein Gesicht und schüttelt den Kopf – als wäre er enttäuscht.

»Ich habe mich da etwas gefragt?«

Damien macht erneut eine Handgeste, doch ich presse die Lippen aufeinander. Ich habe Angst davor nachzuhaken, was Zachary damit meinen könnte.

»*Hm?*«, kommt es laut aus Damiens Mund, doch in einem sehr hohen und unnatürlichen Ton, als wollte er, dass es nach mir klingt.

»Dass wir uns begegnet sind, hat mich zum Nachdenken gebracht«, erläutert Zachary, der Damiens Laut für eine Einladung gehalten hat, fortzufahren. »Diese kurze Minute hat tausend Fragen heraufbeschworen. Zum Beispiel, wie es dir geht, wie es Bailey geht, wie es euch in der Zwischenzeit ergangen ist ...« Zachary bricht ab und schweigt. Doch ich fühle, dass noch etwas kommt, weshalb ich stumm bleibe und warte, bis er seinen Mut zusammennimmt. »Also habe ich gedacht ... Wollen wir uns mal zu einem Kaffee treffen, um den anderen auf den neuesten Stand zu bringen?«

»Oh, ich ...« Verzweifelt schaue ich zu Damien, der energisch nickt. »Ja, klar, warum nicht?«, sage ich zu, obwohl ich mir nicht sicher bin, ob das eine gute Idee ist. »Und wo?«

»Wie wäre es mit dem *REMI*?«

Mein Herz rutscht in die Hose.

Kapitel 06

Vier Jahre zuvor

Nachdem ich mir meine Tasche von der Garderobe geschnappt habe, wende ich mich zu Bailey. Sie steht mit der Tüte Orangen, mit der sie vor wenigen Minuten heimgekommen ist, im Flur – sie wollte unbedingt welche zum Nachtisch.

»So, ich mache mich nun auf den Weg«, verkünde ich und zeige dann mit meinem Finger Richtung Küche. »Ich habe dein Mittagessen in die Mikrowelle gestellt, du musst sie nur noch anmachen«, teile ich ihr mit. Gestern haben wir zusammen Chili con Carne gemacht und es ist noch genug übrig geblieben. »Oh, hast du ein wenig Kleingeld für mich? Ich wollte nur einen Kaffee bestellen und will nicht mit einem Fünfzig-Dollar-Schein bezahlen.«

»Natürlich, einen Moment«, sagt Bailey und stellt die Orangen auf die Kommode im Flur, bevor sie zur Garderobe läuft, um ihre Tasche zu holen. Sie öffnet ihr Portemonnaie, schaut hinein und blinzelt irritiert. »Oh, ich habe doch nichts mehr.«

»Wie, du hast nichts mehr?«, hinterfrage ich.

Bailey zeigt mir den Inhalt. »Alles ausgegeben, ups.«

»Aber wann? Wofür?«, erkundige ich mich verwirrt.

Bevor wir gestern fürs Abendessen eingekauft haben, holte Bailey noch Geld ab, weil sie morgen mit einer Freundin in einem Restaurant um die Ecke essen gehen will. Seitdem war ich fast ausschließlich mit ihr zusammen, sie hat nichts weiter gekauft. Und weil sie nur wegen der Orangen hinausgegangen ist, bin ich davon ausgegangen, dass sie Kleingeld besitzen muss, schließlich kam sie nur mit dem Obst zurück.

Bailey runzelt die Stirn und zeigt zur Tüte. »Na, für die Orangen?«, erklärt sie, als verstehe sie nicht, warum ich sie gerade hinterfrage.

Ich denke an gestern Nachmittag zurück, als wir in der Bank waren. »Du hast fünfzig Dollar aus dem Automaten gezogen, richtig?«, erkundige ich mich.

»Genau. Warum?« Bailey schaut mich verwirrt an.

»Diese paar Orangen haben fünfzig Dollar gekostet?«

»Wieso tust du so überrascht, Juliet?«

»Bailey, ist das eine ernst gemeinte Frage?« Plötzlich lache ich laut auf. »Okay, ich verstehe, sehr witzig.« Bailey erlaubt sich einen Scherz mit mir. »Was hast du noch gekauft?«, möchte ich wissen, weil sie sicherlich etwas zurückhält.

»Was soll das, junge Dame? Ich habe dir bereits gesagt, dass ich damit diese Orangen bezahlt habe?!«, erwidert Bailey patzig, sodass mein Grinsen unverzüglich verblasst. »Du weißt doch, dass es durch den Pestizid-Skandal derzeit fast keine Orangen in den Staaten gibt? Diese stammen aus Guatemala, aus diesem Grund waren sie auf dem wöchentlichen Bauernmarkt auch so teuer, aber weil ich schon so lange keine mehr gegessen habe, habe ich den hohen Preis bezahlt.«

»Der Pestizid-Skandal?«, wiederhole ich.

Dieser war mindestens zehn Jahre her!

Die meisten Bauern, die damals Orangen in den Staaten angebaut haben, benutzten ein bestimmtes Pestizid. Bei der Herstellung dieses Mittels war etwas schiefgelaufen, sodass mehrere kontaminierte Lieferungen die Lager verlassen haben und die Bäume faulen ließen. Die wenigen Höfe, die verschont blieben, verkauften nur noch in ihren Regionen. Und weil die meisten Plantagen in Kalifornien, Florida, Texas und Arizona liegen, gab es in New York nur teure Orangen aus dem Ausland.

Gerne würde ich behaupten, dass es das erste Mal ist, dass Bailey Sachen durcheinanderbringt und Probleme mit ihrem Gedächtnis hat, aber dem ist nicht so. In den letzten Monaten passiert das immer öfter, vermutlich ist das ihrem Alter verschuldet.

»Bailey, du bringst da etwas durcheinander, der Skandal ist bereits einige Jahre her«, erkläre ich ruhig. Obwohl ich wütend darüber bin, dass sie irgendein Bauer abgezogen hat. Unfassbar. »Man bekommt sie wieder für einen Spottpreis im Supermarkt.«

Sie schüttelt den Kopf. »Nein, nein, du irrst dich.«

»Das ist nicht mehr –«

»Juliet Bryant! Das reicht!« Ihre Stimme donnert, sodass ich automatisch einen Schritt zurückmache und gegen die Tür stoße. Die Lautstärke hat mich kalt erwischt, denn bisher hat sie noch nie die Stimme gegen mich erhoben – nicht mal, als ich jünger war und wegen einer Fehlentscheidung gerügt werden musste. »Ich lasse mich von dir nicht infrage stellen, ich irre mich nicht!« Sie zeigt mit ihrem Finger auf mich. »Ich bin nicht verrückt, hörst du? Ich. Bin. Nicht. Verrückt!«

»Bailey, beruhige dich … Ich meine nur, dass du etwas durcheinanderbringst – das passiert mal«, versuche ich sie

zu beschwichtigen. »Auch ich bringe Dinge durcheinander, das ist okay. Ich sage nicht, dass du verrückt bist.«

»Ich bringe nichts durcheinander!« Ihre Stimme wird immer lauter, frustrierter, als würde sie jedes Wort weiter aufregen. »Ich weiß, was ich weiß, Juliet! Ich bringe nichts durcheinander! Ich ... ich ... bringe nichts durcheinander! Wag es nicht, so etwas zu behaupten!«

Plötzlich greift sie nach einer Vase und wirft sie mit voller Wucht zu Boden, sodass diese zersplittert und ihre Lieblingsblumen – bunte Chrysanthemen – sich auf dem Parkett verteilen. Für einen Augenblick bleibt mir die Luft weg, während mein Herz einen kurzen Stillstand erleidet, denn dieses Verhalten kenne ich nicht von ihr – das ist nicht meine Bailey. Das, was ich gerade gesehen und erlebt habe, schockiert mich. Es ist, als wäre sie felsenfest überzeugt, dass das nicht vor Jahren passiert ist, sondern jetzt geschieht. Und das macht keinen Sinn. Nichts von dem, was ich gerade erlebt habe, macht Sinn.

»Ich ... okay, du ... du hast recht«, sage ich schließlich und verspüre nur noch den Drang zur Flucht. »Tut mir leid«, sage ich leise und mit einer zitternden Stimme, bevor ich mich schnell herumdrehe, die Tür öffne, rausrenne und zum Aufzug flitze.

Mit einem noch immer schnell schlagenden Herzen laufe ich zur Brooklyn Bridge Metro Station, die sich nur wenige Minuten von unserem Apartmentkomplex befindet. Einerseits sollte ich das Treffen mit Zachary absagen und mich um Bailey kümmern, dafür sorgen, dass sie wieder runterkommt und sich in die Frau zurückverwandelt, die sie wirklich ist. Andererseits will ich nicht zurückkehren, denn ihr Verhalten verwirrt mich, lässt mich alles hinterfragen und macht mir zudem auch Angst. Es ist wahrscheinlich feige und äußerst dumm wegzurennen, anstatt sich dem Ganzen zu stellen, doch im Augenblick weigert sich alles in mir. Wenn ich jetzt zurückkehre, müsste ich mir eingestehen, dass mit Bailey etwas nicht stimmt. Aber ich fürchte mich davor, dass das alles verändern wird.

Ich zwinge mich, diese Gedanken zu unterdrücken.

Nachdem ich an der Washington Square Station in die D-Linie umgestiegen bin, fahre ich nur noch wenige Stationen bis zur Bryant Park Station – die denselben Namen wie mein Nachname trägt. Ich folge den Schildern in Richtung des Grand Central Terminal, Zachary und ich haben uns draußen vor dem Haupteingang verabredet. Von dort aus wollen wir in Richtung des Cafés laufen, das er für uns ausgesucht hat: REMI Flower & Coffee.

Und dann erkenne ich Zachary, der pünktlich wie ein Uhrwerk am Treffpunkt steht – und ich muss lächeln.

Kapitel 07

Es fühlt sich wie ein Déjà-vu an, als ich die Stufen der Bryant Park Station erklimme und in Richtung des Grand-Central-Terminals laufe. Wie auch vor vier Jahren, als wir damals unser *allererstes* Date hatten, haben wir uns vor dem Bahnhof verabredet. Das Date wird aber immer von dem Ereignis mit Bailey überschattet bleiben. Damals wollte ich mir noch nicht eingestehen, dass sich Bailey bereits im ersten Stadium ihrer Alzheimer-Erkrankung befand. Aus diesem Leugnen resultierten ihre Wut und ihre Frustration, weil sie spürte, dass etwas mit ihr nicht stimmt, aber sie es nicht benennen konnte.

Zachary schaffte es, mich bei unserem ersten Date abzulenken, mich für eine kurze Zeit vergessen zu lassen, was mit Bailey passiert ist. Ihn umgab damals eine derart positive Aura, die es mir unmöglich machte, in seiner Gegenwart schlechte Laune zu haben. Der Waliser hatte etwas an sich, das alle dunklen Wolken vertrieb, einen einfach … ja, lächeln ließ. *Kommt wieder der junge Mann mit der Golden-Retriever-Energie?*, fragte Bailey oft, als sie noch auf ihr Kurzzeitgedächtnis zurückgreifen konnte.

Auch heute umspielt ein Lächeln meine Lippen, als ich Zachary erkenne, der sich überpünktlich am vereinbarten Treffpunkt befindet – etwas, das sich in der Zwischenzeit nicht verändert hat. Mein Herz schlägt unnatürlich schnell, als ich ihm entgegenlaufe.

Zachary sah von Anfang an in meine Richtung, schließlich habe ich bei all unseren Treffen im Café immer diesen Weg gewählt. Ein Grinsen schleicht sich auf sein Gesicht, als er mich zwischen den Menschenmassen ausmacht. Ein Grinsen, das mein Herz noch schneller schlagen lässt. Gleichzeitig frage ich mich, wie ich ihn – einen Ex-Freund – begrüßen soll. Soll ich ihm die Hand reichen? Nein, das fühlt sich falsch und unverhältnismäßig an, schließlich haben wir uns damals im Guten getrennt, und es herrschte nie böses Blut zwischen uns. Soll ich ihn vielleicht umarmen? Oder ihm einen Kuss auf die Wange geben?

»Juliet.« Zur Begrüßung zieht Zachary mich in die Arme, kein Zögern, keine Unsicherheit.

Unverzüglich entspanne ich mich, als mich sein warmer, starker Körper umfängt, und ich muss den Reflex unterdrücken, mich gegen ihn sinken zu lassen.

»Es freut mich wirklich, dass wir uns nach der langen Zeit wiedersehen und uns treffen«, sagt er, nachdem er sich zurückgezogen hat und ich einen enttäuschten Seufzer unterdrücke.

Mein Blick huscht zu seinen Augen, sie werden durch einen Sonnenstrahl erhellt, der seine blaue Augenfarbe hervorhebt. Diese hat mich schon damals immer an Gletscher erinnert, die hoch emporragen und einen atemlos zurücklassen.

»Mich auch«, erwidere ich und meine es tatsächlich ernst. »Und? Wie ist es dir in der Zwischenzeit ergangen?«, frage ich, als wir uns in Bewegung setzen und in Richtung des imposant aufragenden Chrysler Buildings laufen. »Beziehungsweise, wie fühlt es sich für dich an, der neue Geschäftsführer von Birmingham Records zu sein?«

Er wirft mir einen Seitenblick zu. »Du hast es also schon gehört?«

»Damien«, werfe ich ein.

Zachary runzelt kurz die Stirn, als würde ihm gerade wieder einfallen, dass mein bester Freund als Tontechniker bei Birmingham Records angestellt ist. »Stimmt, natürlich.« Er seufzt laut, bevor er ein erzwungenes Lächeln aufsetzt. »Und ja, wie soll es mir gehen? Das versuche ich noch immer herauszufinden, wenn ich ehrlich bin. Ich meine, ich habe nichts gegen New York, aber meine *wahre* Heimat befindet sich in Wales.«

Seine Familie ist erst hergezogen, als Zachary und Isaac noch Teenager waren, die beiden Brüder sind in Cardiff aufgewachsen. Während sich Isaac hier heimisch gefühlt hat, schlug Zacharys Herz immer für Wales. Aufgrund dessen zog es ihn fürs Studium nach Oxford, auch, um seinen Großeltern näher zu sein, die dort geblieben sind. Nach Abschluss des Studiums wollte er nicht zurück in die Staaten, weshalb er einen Businessplan für ein Plattenlabel in Wales ausgearbeitet und seinem Vater präsentiert hat. Zunächst war Jonathan wenig glücklich darüber, schließlich sollte sein ältester Sohn sein Nachfolger werden.

»Darf ich fragen, warum du dann in New York bist?«

»Einen Monat bevor unser Vater in Ruhestand gehen wollte, stand er plötzlich vor meiner Tür und flehte mich an, seinen Platz einzunehmen, da Isaac den Titel Geschäftsführer *nicht verdient* hat«, zitiert Zachary, sodass ich meinen Schritt verlangsame. Habe ich das gerade richtig verstanden? »Den genauen Grund wollte er mir nicht sagen, nur, dass es scheinbar unüberwindbare Differenzen gibt, Isaac nicht zu seinen Fehlern stehen kann und er ihm nicht vertraut.«

»Was für ein verfluchter Heuchler euer Vater doch ist.« Ein Schnauben entfährt mir. »Hat er irgendwann mal in den Spiegel geschaut?« Es ist kein Geheimnis, dass ich nicht gut auf Jonathan Birmingham zu sprechen bin. Wenn irgendjemand für die Kluft zwischen den Brüdern *und* dem Vater verantwortlich ist und sich den Fehler bis heute – soweit ich weiß – nicht eingestehen wollte, dann ist es er selbst. »Und lass mich raten, dadurch ist die Brücke zwischen dir und Isaac wieder eingebrochen?«

»Nein, es gab schon lange keine Brücke mehr, die hätte einstürzen können.« Zachary schaut kurz zu Boden, traut sich nicht, mir einen Blick zuzuwerfen, als würde er sich deswegen schämen. »Du hast ihn die letzten Jahre nicht erlebt, Juliet.« Unverzüglich spüre ich den Stich der Schuld in meiner Brust, denn auch *ich* habe Isaac im Stich gelassen. »Er hat sich zu der Person zurückentwickelt, die er war, bevor du in unser Leben getreten bist.«

Als ich Zachary kennenlernte, waren die Brüder bis aufs Blut zerstritten, doch ich schaffte es, dass sich Isaac und Zachary einander wieder annäherten. Ich war für sie der Vermittler, den sie bis dahin nie gehabt hatten.

»Ich weiß, dass Isaac mir das nie vergeben wird, aber glaube mir, ich hatte keine Wahl.« In Zacharys Stimme schwingt Enttäuschung mit. »Mein Vater hat nicht lockergelassen und hat mich wochenlang bedrängt«, versucht er, mir seine Seite näherzubringen. »Er brachte sogar meine Mutter dazu, sich einzumischen und zu sagen, dass sie es hasst, dass ich so weit weg lebe und sie mich kaum zu Gesicht bekommt, seit –« Seit wir uns getrennt haben – wahrscheinlich. »Irgendwann habe ich es nicht mehr ausgehalten und zugestimmt.«

»Hast du versucht, das Isaac zu erklären?« Vielleicht versteht sein jüngerer Bruder dann, dass er es nicht tat, um ihm eins auszuwischen. Denn davon wird Isaac höchstwahrscheinlich ausgehen, da bin ich überzeugt.

»Ich habe es versucht«, sagt er, als wir uns dem Café nähern. »Isaac hat sich geweigert, sich meine Version anzuhören, stattdessen hat er mir gedroht, dass ich das bitterlich bereuen werde. Mehrmals musste ich mir das anhören – es ist sinnlos.«

Stundenlange Gespräche habe ich mit Zachary und Isaac geführt, um sie für eine Aussprache zu erwärmen. Wochenlange Überzeugungsarbeit, um beide Brüder an einen Tisch zu bringen, ohne dass sie übereinander herfallen und sich die Krätze an den Hals wünschen. Ich habe wertvolle Zeit mit Bailey geopfert, als sie noch, wie ich im Nachhinein feststellen musste, weitestgehend bei klarem Verstand war, um auf Isaac, der am schwersten zu knacken war, tagtäglich einzureden. Ich wollte den Geschwistern zu Hilfe kommen, wirklich. Sie taten mir leid, sie wussten nicht, wie einfacher ihr Leben sein könnte, wenn sie einander eine Stütze sein würden.

»Das tut mir wirklich leid, Zachary«, sage ich aufrichtig, und gleichzeitig fühle ich einen Stich, dass sie es nicht geschafft haben. »Aber vielleicht muss Isaac erst seine Wut und seinen Frust verarbeiten, bevor er bereit ist, ein klärendes Gespräch mit dir zu führen.«

»Ich … glaube nicht.«

»Sicher?«, hinterfrage ich.

»Wie gesagt, du hast ihn die letzten Jahre nicht erlebt.«

»Hm, okay«, entgegne ich nur.

»Und, wie ist es dir die letzten Jahre ergangen?«, regt Zachary einen Themenwechsel an, während wir das *REMI Flower & Coffee* betreten. Ein Café, welches von außen unscheinbar, aber innen wie ein Blumenladen wirkt. Ich mochte es damals augenblicklich, denn es erinnerte mich an meine Dachterrasse. »Beziehungsweise wie läuft es mit Bailey?«

Zachary hat mich ermutigt, mit Bailey zum Arzt zu gehen, nachdem er einen Verdacht auf Demenz ausgesprochen hatte. Er hat uns damals sogar begleitet, denn Zachary ist mir in der schweren Zeit nicht von der Seite gewichen. Das Gleiche gilt selbstverständlich für Damien, der mir auch eine unglaubliche Stütze war.

Doch Baileys beginnende Krankheit, Arbeit, Freundschaften und eine Fernbeziehung unter einen Hut zu bekommen fiel mir unglaublich schwer. Nicht selten musste ich Pläne absagen, da ihr Zustand es nicht zuließ, sie ohne Betreuung allein zu lassen. Mein restlicher Freundeskreis merkte nicht, dass etwas nicht stimmte – vielleicht hat es sie nicht gekümmert. Sie hätten es eigentlich merken müssen, schließlich änderte sich mein ganzes Leben schlagartig.

Alzheimer ist keine Krankheit, mit der man alt werden kann.

Man überlebt sie nicht, man stirbt daran.

Bailey *wird* daran sterben.

»Sie … nun, ihr Alzheimer ist inzwischen weit fortgeschritten«, erkläre ich ihm, während wir uns an einen der hinteren Tische setzen. »Vor anderthalb Jahren habe ich es nicht mehr geschafft, Bailey zu Hause die Hilfe bereitzustellen, die sie braucht.« Obwohl ich zum Schluss eine Tagesschwester hatte, die sich um sie kümmerte. Wenn ich nachts aufgrund der Arbeit rausmusste, habe ich anfangs meine ältere Nachbarin bezahlt, ein Auge auf sie zu haben – bis sie irgendwann meinte, sie schafft es in ihrem Alter nicht mehr. »Ich war gezwungen, sie in ein Pflegeheim zu geben, damit man sich um sie kümmert.«

Ein Auge von Zachary zuckt, und ich weiß genau, warum.

»Also hast du es schlussendlich doch getan.«

»Erst, als ich keinen anderen Ausweg sah.«

Für einen Augenblick schweigt Zachary, dann greift er nach der Karte, um das Angebot zu prüfen – obwohl wir beide genau wissen, was er bestellen wird. Er bestellt *immer* dasselbe Getränk. »Warum war sie im Krankenhaus?« Zachary entscheidet sich glücklicherweise dafür, den Elefanten, der zwischen uns im Raum steht, nicht anzusprechen.

»Sie hatte einen Unfall und hat sich eine Gehirnerschütterung zugezogen«, teile ich ihm mit, sodass er die Augen aufreißt und mit seiner Hand durch seine dunkelblonden Haare fährt, bevor er diese über seinen Mund legt. »Ihr geht's relativ gut, sie wird morgen entlassen. Die Tests haben nichts Auffälliges gefunden – zum Glück.«

Zachary atmet erleichtert durch.

Aus dem Augenwinkel kann ich erkennen, wie eine Kellnerin an unseren Tisch tritt. »Hi, was kann ich euch bringen?«, möchte sie wissen.

Ich lächle sie freundlich an. »Einen Iced Latte, bitte«, bestelle ich.

»Für mich einen Earl Grey mit Milch, bitte.«

Sie notiert sich unsere Bestellung. »Klar, kommt sofort!«, bestätigt sie, bevor sie zur Theke zurückläuft.

»Earl Grey, hm? Daran hat sich also nichts geändert?«

Zachary hebt einen Finger in die Luft. »Ah, nein, tatsächlich trinke ich inzwischen auch andere Schwarzteesorten«, offenbart er mir. »Eigentlich habe ich immer den *Whittard of Chelsea* favorisiert, bis ich Earl Grey von *Fortnum & Mason* geschenkt bekommen habe, dessen Tee mich *umgehauen* hat.« Er tut so, als würde er aus seinem Stuhl fallen. »Und dann habe ich mich mutig gefühlt und deren andere Sorten probiert.«

»Und welche ist nun dein Favorit?«

»Queen Anne Blend.«

»Queen Anne? Interessanter Name.«

Er lächelt. »Ein Tee, der einer Königin würdig ist«, entgegnet Zachary, bevor er sich mit einem Grinsen vor mir verbeugt, sodass ich automatisch schmunzeln muss. Es fühlt sich überraschenderweise wie früher an – und es ist nach der langen Zeit nicht seltsam.

»Apropos Königin, hast du inzwischen mit deinen Talenten die Musikwelt im Sturm erobert?«, erkundigt er sich. »Beziehungsweise wie läuft es für dich? Bist du noch immer bei Atlantic Records angestellt?«, möchte Zachary wissen.

»Etliche haben einen weltweiten Durchbruch geschafft«, sage ich stolz, denn es ist auch ein Stück *mein* Erfolg. »Und ja, ich bin noch bei Atlantic Records. Die Frage ist allerdings, wie lange noch.« Ich kann ein Augenverdrehen nicht verhindern.

»Warum? Bist du etwa nicht zufrieden?«

»Kann man so sagen.« Ich erzähle ihm die Kurzfassung davon, was passiert ist, und warum mich die Entscheidung dermaßen aufgeregt hat. »Und deshalb werde ich mich nach einer Anstellung in einem anderen Label in New York umschauen.«

»Ganz ehrlich?« Zachary schüttelt fassungslos den Kopf. »An deiner Stelle würde ich das Weite suchen. Nach dem, was du mir gerade mitgeteilt hast, hätte ich diesem ... Patrick, richtig?« Ich nicke. »Ich hätte ihm anstatt einer Beförderung den Laufpass gegeben.«

»Aus diesem Grund werde ich meine Fühler ausstrecken, denn bei Atlantic Records werde ich nie aufsteigen – wahrscheinlich nicht mal bei den Gehaltsstufen.« Was nötig ist, wenn Bailey eines Tages in das Pflegeheim kommen soll, das ich für sie in Aussicht habe. »Aber das kann ein Weilchen dauern, freie Stellen sind rar.«

Er räuspert sich. »Also, *ich* habe eine freie Stelle.«

»Hm? Wie bitte?«, frage ich verwirrt.

»Birmingham Records hätte derzeit eine freie Stelle für einen Talentscout. Ich wollte eigentlich nächste Woche eine Ausschreibung online stellen, aber wenn du interessiert bist, würde ich dir die Anstellung geben.«

Kapitel 08

Obwohl Ace erst in zwei Wochen seinen Ruhestand antritt, übernimmt Patrick bereits heute das wöchentliche Meeting, weil unser Abteilungsleiter einen wichtigen Termin wahrnimmt – und ich übe mich in Geduld … und Zurückhaltung.

Meine Finger krallen sich um den Becher meines Iced Latte und ich hoffe, dass dieser nicht unter dem Druck meiner Hand zerquetscht wird. Wenn ich weiter zuhören muss, wie sich dieser unfähige Idiot als Boss aufspielt, stürze ich mich noch auf ihn. Für dieses siegessichere, arrogante Grinsen, mit dem er mich bedacht hat, als ich mich vorhin hingesetzt habe, würde ich ihn am liebsten aus dem Fenster stoßen und zusehen, wie er in die Tiefe stürzt. Diese Gedanken sollten mich erschrecken, doch mein Geduldsfaden steht kurz vor dem Zerreißen.

Ein Schnipsen vor meinem Gesicht holt mich zurück in die Gegenwart. »Hältst du es nicht für nötig, zuzuhören, Juliet?« Patrick ist, ohne dass ich es mitbekommen habe, von seinem Stuhl mir gegenüber aufgestanden und um die lange Tafel herumgelaufen. »Würdest du so *gütig* sein, mir ein Update zu geben, wie es im Augenblick für dich läuft?« Er zieht eine Augenbraue hoch und wedelt mit seinem Finger vor meinem Gesicht. »Oder hast du niemanden?«

Patrick versucht offensichtlich, mich zu provozieren, doch ich werde ihm nicht den Gefallen tun und mein Temperament verlieren. Damit würde ich ihm genau das geben, wonach es ihm verlangt, denn er möchte seine Erhabenheit zur Schau stellen.

»Tatsächlich habe ich jemanden gefunden«, sage ich, während ich ihm ein zuckersüßes Lächeln schenke. Eines, das hoffentlich sein Grinsen wegätzt. Eigentlich wollte ich warten, bis ich zur Abteilungsleiterin berufen werde – doch dieses Vorhaben ist gescheitert. »Ich habe sie erst vor Kurzem entdeckt, und ich glaube, dass sie sehr vielversprechend ist.«

»Hm, erzähl mir mehr«, fordert Patrick und schlendert wie ein stolzer Gockel zurück zu seinem Platz.

»Ihr Name ist Saphire, sie singt derzeit im *Séduction* und –«

»Ist das nicht der Stripladen an der Brooklyn Bridge?«

»Es nennt sich Burlesque«, korrigiere ich.

Patrick hebt seine Augenbraue, als er sich wieder mir gegenüber hinsetzt. »Und worin besteht der Unterschied? Sie ziehen sich aus, oder nicht?«

Normalerweise würde ich ihn ignorieren, doch im Augenblick bin ich dabei, die Idee von Saphire zu verkaufen, weshalb ich mir die Zeit nehmen muss, ihm das Burlesque näherzubringen. Schließlich brauche ich seine Zusage, da ich die Hierarchie – *ihn* – nicht umgehen kann. Ace wird bereits im Ruhestand sein, wenn es an der Zeit ist, den Plattenvertrag zu unterzeichnen, da die rechtlichen Angelegenheiten immer länger dauern. Und der Abteilungsleiter kann sich jederzeit – auch kurzfristig – gegen einen Künstler entscheiden.

Selbst, wenn mir Ace seinen Zuspruch zugesichert hat, kann mir Patrick nach dem Machtwechsel dazwischengrätschen. Aus diesem Grund muss ich weitsichtig handeln und werde lernen müssen, ihn als meinen neuen Vorgesetzten zu behandeln.

»Burlesque ist nicht dazu da, um zu *erregen* oder *geil* zu machen«, sage ich, während ich Worte verwende, die die Männer im Raum auch verstehen können. »Burlesque kurbelt deine Fantasie und Inspiration an, es entführt dich in eine andere Welt – vor allem im *Séduction*, denn jeder Song, jeder Tanz erzählt eine fortführende Geschichte. Burlesque kann man mit einem Musical vergleichen. Aus diesem Grund ist das Theater monatelang im Voraus ausgebucht.« Das zeigt ihnen hoffentlich, wie gefragt das *Séduction* ist. »Burlesque ist *nicht* unschuldig, das ist selbstverständlich.« Ich überlege, wie ich es am besten umschreiben soll. »Es ist eine Verführung, die dafür sorgen soll, dass du alles um dich herum vergisst. Die Artisten, Sängerinnen und Tänzerinnen entkleiden sich nie vollständig, sondern entledigen sich nur einzelner Kleidungsstücke, damit Raum für Interpretationen zurückbleibt. Diese Frauen nutzen ihre Sexualität nicht, um den *Männern* eine gute Zeit zu verschaffen, sie nutzen sie, um sich machtvoll und unwiderstehlich zu fühlen.«

Patrick schaut mich einige Sekunden schweigsam an. »Ich glaube nicht, dass eine solche *Sängerin* zum Label passt.«

»Schau dir doch mal ein Video von ihr an?«, schlage ich vor.

»Und morgen öffnen wir die Pforten für Huren?«, erwidert Patrick, ohne auf meinen Vorschlag einzugehen.

»Sie wird keinen Durchbruch schaffen, man wird in ihr immer die Frau sehen, die sich für Geld auszieht.«

Sein verschlagenes Lächeln sorgt dafür, dass ich mir nicht länger auf die Zunge beiße, und herauslasse, was sich die letzten Tage tief in mir angestaut hat. »Würde dir das nicht entgegenkommen?« Ich werfe ihm einen scharfen Blick zu. »Dann müsstest du nicht mehr jungen, naiven Mädchen Plattenverträge versprechen, damit sie dein jämmerliches Bett wärmen.«

Plötzlich wird es mucksmäuschenstill im Raum. Mit meinen Worten habe ich mir gerade ins eigene Bein geschossen, schließlich kann mir Patrick als Abteilungsleiter das Leben unglaublich schwer machen. Im Moment interessiert mich das allerdings nicht. Schließlich habe ich ein Angebot in der Hinterhand, das mir den Mut gibt, auszusprechen, was ich wirklich über diesen arroganten Typen denke.

Patrick presst für einen Augenblick seine Kiefer aufeinander, bevor er mit einer leisen, drohenden Stimme befiehlt: »Raus, alle unverzüglich raus.« Der intensive Blick, mit dem er mich betrachtet, sagt mir, dass ich bleiben soll. »Wenn ich du wäre, wäre ich mit solchen Anschuldigungen gegenüber deinem zukünftigen Abteilungsleiter *sehr* vorsichtig«, werde ich von ihm gewarnt, als wir allein sind.

»Sonst was, *Boss*?«

»Sonst wirst du es bereuen – dafür sorge ich.«

»Dafür wirst du höchstpersönlich sorgen, hm?«

Das ist lächerlich, dieser Mann ist lächerlich – eine Witzfigur. Und ich kann nicht glauben, dass es sich bei ihm um meinen direkten Vorgesetzten handeln soll. Der Verträge verhindern kann, der mir verbieten kann, Künstler anzuwerben, die ich für vielversprechend halte, und damit meine Statistik beeinflussen kann – was wahrscheinlich genau sein Plan sein wird. In seinen Augen werde ich immer eine Bedrohung sein, mit meiner derzeitigen Erfolgsbilanz werde ich immer über ihm stehen.

In den letzten Jahren habe ich eine Menge über mich ergehen lassen, habe viel durchgemacht – viel für diese Karriere geopfert – nur, um nun eine übergewischt zu bekommen? Ich werde mir das nicht bieten lassen. *Nicht mit mir.* »Den Teufel wirst du tun, Patrick.«

»Was soll das heißen?«

»Was denkst du, habe ich mit *Den-Teufel-wirst-du-tun* gemeint?«

Patrick donnert mit seiner Hand auf den Tisch. »Legst du es darauf an, deine Anstellung zu verlieren, Juliet?«, brüllt er. Die Beherrschung, die er bis vor wenigen Sekunden noch an den Tag legte, ist verschwunden.

»Bitte, kündige mich auf der Stelle – tue es!«, fordere ich ihn heraus, wohl wissend, dass Patrick das nicht wagen wird. »Ach warte, das kannst du nicht, und damit meine ich nicht, weil du offiziell noch nicht der Abteilungsleiter bist.« Mit meinem Finger zeige ich nach oben. »Denn dann müsstest du der Führungsebene erklären, warum du den Talentscout gekündigt hast, der in den letzten Jahren die meisten Einnahmen und die erfolgreichsten Künstler ins Label gebracht hat.« Seine Hände ballen sich zu Fäusten. »Sie werden dich auslachen, wenn du mich wegen unserer *Meinungsverschiedenheit* feuern willst.« Das Label braucht Gewinne, und ich liefere diese, in Hülle und Fülle, wenn man sich die Plattenverkäufe der Künstler anschaut, die ich an Atlantic Records vermittelt habe.

»Du überschätzt ...«

»Meine Ansprache war noch nicht zu Ende, Patrick«, falle ich ihm ins Wort. »Stattdessen darfst du der Führungsebene erklären, warum ich wegen dir, noch bevor du offiziell den Posten als Abteilungsleiter angetreten bist, gekündigt habe«, verkünde ich ihm, sodass Patrick nun seine Augen aufreißt. »Weißt du, ich habe das Angebot, für ein weitaus größeres Label zu arbeiten«, offenbare ich ihm, sodass nun auch sein Mund offen steht. »Ursprünglich habe ich um ein wenig Bedenkzeit gebeten, ich wollte dir als Abteilungsleiter wirklich eine Chance geben, doch allein deine Überheblichkeit und Arroganz sorgten dafür, dass ich nicht länger dabei zögere, welchem Label zukünftig meine Loyalität gehört.« Damit stehe ich von meinem Stuhl auf. »Und wenn mich HR über den Grund meiner Kündigung ausfragt, werde ich ihnen genau dasselbe sagen.«

»Juliet, warte, wir ... wir können darüber sprechen.« Patrick springt von seinem Stuhl auf, anscheinend versteht dieses Arschloch das Gewicht meiner Worte. »Wir müssen keine übereilten Entscheidungen treffen ...«

»Es ist vielleicht eine übereilte Entscheidung, aber eine, die sich gut anfühlt«, sage ich und schreite Richtung Tür, um dieses Kapitel meiner Karriere hinter mir zu lassen. Dabei fühle ich mich seltsam entspannt, als wäre gerade eine Last von meinen Schultern gefallen. »Obwohl, eins sollte ich noch loswerden«, verkünde ich zuckersüß, als ich an der Schwelle angekommen bin und mich wieder zu Patrick umdrehe. »Wenn du dein Augenmerk auf Prostituierte richtest, muss es dir auch nicht mehr peinlich sein, Viagra einzuwerfen, um einen hochzubekommen. Sie sind an Schlappschwänze gewöhnt.«

Das tat ... *so, so* gut.

Kapitel 09

Nachdem ich den Bahnsteig der Metro verlassen habe, halte ich inne, um mich zu orientieren. Dadurch, dass ich mich am Columbus Circle befinde, der an den Central Park angrenzt, hat die Station nicht wenige Ausgänge. Es ist nicht das erste Mal, dass ich hier bin, schließlich habe ich Damien mehrmals von der Arbeit abgeholt, doch ich vergesse immer wieder, welchen Ausgang ich nehmen muss.

Aufgrund dessen hole ich mein Telefon hervor, um in den Chat mit Zachary zu schauen, der mir gestern Abend noch geschrieben hat, wie ich den Eingang des Wolkenkratzers finde. *21 W 60th St.* Dank seiner Anweisungen komme ich auf dem Mittelstreifen raus, der sich zwischen dem Trump Tower und der beliebten Einkaufspassage befindet und über dem beeindruckende Zwillingstürme aus verdunkeltem Glas emporragen. Der Zebrastreifen bringt mich zum Eingang des rechten Wolkenkratzers, in dem sich das Plattenlabel niedergelassen hat.

Gerade, als ich die Straße überquere, vibriert meine Smartwatch. »Na, vermisst du mich schon?«, frage ich Ace, nachdem ich seinen Anruf entgegengenommen habe.

Das amüsierte Auflachen meines alten Abteilungsleiters lässt mich schmunzeln, und ich bleibe vor dem Eingang stehen.

»Vermissen? Bitte, ich bin froh, *endlich* meine Ruhe vor dir zu haben«, erwidert Ace, während ich ihn mir mit einem breiten Grinsen vorstelle.

»Autsch, das hat gesessen«, beschwere ich mich.

»Treffer mitten ins Herz?«

»Mitten *durchs* Herz, entzweit, gebrochen, Ace.«

»Das tut mir aber leid, Juliet.«

»Lügner.«

Ace lacht erneut. »Erwischt.«

»So, was ist der wirkliche Grund für diesen Anruf?«, frage ich. »Oder war es dein Ziel, mir eine reinzuwürgen? Sodass ich dich auch *richtig* vermissen werde?« In Wahrheit werde ich ihn furchtbar vermissen. Nicht nur, weil ich ihn als Abteilungsleiter verloren habe – der sich seinen Ruhestand selbstverständlich redlich verdient hat –, sondern weil ich auf ihn in Zukunft verzichten muss. Ace hat sich vor rund einem halben Jahr eine Immobilie in Yucatán gekauft, damit er, Zitat, den Rest seines Lebens mit Pina Coladas am Karibischen Meer verbringen kann – und ich könnte mir vorstellen, eines Tages hinterherzureisen.

»Dann solltest du aufhören, mir solche Steilvorlagen zu bieten«, entgegnet Ace. Der Grund, warum ich nicht lange gebraucht habe, um ihn liebzugewinnen, ist einfach: Er erinnert mich an Damien. Mein bester Freund teilt auch für sein Leben gerne aus und trägt sein Herz immer auf der Zunge. »Selbstverständlich rufe ich aus einem anderen Grund an«, eröffnet er mir. »Ich wollte dir für deinen ersten Arbeitstag bei Birmingham Records viel Erfolg wünschen, und auch wenn ich bald in

Mittelamerika wohne, kannst du dich an mich wenden, Juliet«, versichert mir Ace. »Ich werde immer ein offenes Ohr für dich haben.«

»Das weiß ich, und dafür danke ich dir.«

Und ich werde *für immer* in seiner Schuld stehen.

Vor meinem Studium in Musikwissenschaften, bei dem ich gleichzeitig Musik- und Gesangsstunden nahm, um bestmöglich auf meine spätere Arbeit vorbereitet zu sein, bin ich immer davon ausgegangen, dass ich wusste, worauf es bei einem Talentscout ankommt. Erst als Assistentin von Ace Demoure, einer Koryphäe in der Musikbranche, lernte ich, was wirklich zählt.

Immer, wenn Ace etwas erklärt hat oder unbewusst einen Tipp gegeben hat, habe ich es mir in mein Notizbuch geschrieben, um dieses Wissen später abrufen zu können. Bis zu dem Zeitpunkt, an dem Ace mich fragte, was ich dort immer notiere, wusste er nicht, dass es mein größter Wunsch war, auch eines Tages als Talentscout zu arbeiten. Meine Hartnäckigkeit, mein Eifer und mein Fleiß haben ihn überrascht und auch von mir überzeugt, sodass er mich unter seine Fittiche nahm und mein Mentor wurde.

Das hat mir den Weg allerdings nicht geebnet, sondern nur leichter gemacht, denn als im Team ein Platz frei wurde und Ace den Eindruck hatte, dass ich bereit wäre, musste ich mein Können unter Beweis stellen – ich wurde von ihm geprüft. Wenn ich es innerhalb von vier Wochen schaffte, einen vielversprechenden Künstler zu finden, der seinen Ansprüchen genügt, sollte ich zum Talentscout befördert werden.

Nacht für Nacht, nachdem ich einen Acht-Stunden-Arbeitstag hinter mir hatte – schließlich wollte Ace sehen, ob ich dem Druck standhalte –, verbrachte ich in den verschiedensten Lokalen, auf Straßenfesten oder an den Orten, wo Straßenkünstler auftraten, um denjenigen zu finden, der meine Eintrittskarte in die Welt der Talentscouts sein würde. Doch das Opfer war es mir wert, selbst wenn Bailey mich wegen meines Schlafmangels ausschimpfte.

Schlussendlich bin ich im Groove, einer Bar mit Live-Musik im Greenwich Village, fündig geworden. Ihr Name war Jennifer Washington, eine Sängerin, die die höchsten Töne treffen konnte – ohne jemals eine musikalische Ausbildung genossen zu haben. Die Musik lag ihr im Blut, vor allem Balladen, was zur damaligen Zeit sehr beliebt war. Jennifer, die sich nun Jeanne Joyce nennt, hat nicht nur Ace von mir überzeugt, sie hat mich *berüchtigt* unter meinen Kollegen gemacht und auch den Neid von Patrick hervorgebracht. Seit Langem war ich der erste Talentscout bei Atlantic Records gewesen, dessen allererste Künstlerin in kürzester Zeit den Durchbruch geschafft hat und weltweit berühmt wurde.

»Juliet, auch das habe ich bereits hundert Mal gesagt, aber ich bin wirklich stolz auf dich«, fährt Ace fort, sodass es mir warm ums Herz wird. Diese Worte bedeuten mir eine Menge. »Und du hast die richtige Entscheidung getroffen. Ich meine, wenn es nicht einmal mein Einfluss geschafft hat, dann …« Die Führungsebene hat zunächst versucht, ihm den Ruhestand auszureden, weil sie ihn als zu wertvoll und zu erfolgreich erachteten, und trotzdem hat seine Stimme, mich als Nachfolgerin auszuwählen, nicht ausgereicht.

»Da hast du vollkommen recht, ich wäre nie zur Abteilungsleiterin aufgestiegen, doch nun bin ich in einem erfolgreicheren Label, einem, in dem mir noch alle

Möglichkeiten offenstehen.« Nicht zu vergessen, dass meine neue Anstellung mit einer Gehaltserhöhung einhergeht, die mich darüber nachdenken lässt, Bailey in das Pflegeheim zu versetzen, was *perfekt* für sie wäre. »Ich bereue diese Entscheidung nicht«, sage ich und widerrufe dann meine vorschnelle Aussage. »Obwohl, doch, eine Sache bereue ich tatsächlich.«

»Und die wäre?«

»Patrick nicht den Stinkefinger gezeigt zu haben.«

Eigentlich mache ich so was nicht, *eigentlich* lasse ich meinen Frust auch nie öffentlich an jemanden aus, weil ich Streitereien und Konfrontationen am liebsten aus dem Weg gehe. Der Klügere gibt nach, hat Bailey immer gesagt, und normalerweise ist das auch meine Devise – mit Ausnahme von letzter Woche.

»Ich muss langsam los«, sage ich, nachdem ich auf meine Uhr geschaut habe.

»Dann *toi, toi, toi,* Juliet.«

Nachdem wir das Telefonat beendet haben, halte ich einen Augenblick inne. Sobald ich einen Fuß in diesen Wolkenkratzer setze, fängt ein neuer Abschnitt meines Lebens an – und alles beginnt von vorne. Ein weiteres Mal werde ich mich beweisen und meinen Wert demonstrieren müssen, damit ich eine Daseinsberechtigung habe. *Ich kann das, ich schaffe das, ich werde niemals aufgeben – ich kenne meinen Wert.*

Mit neuem Mut betrete ich die Eingangshalle, man könnte sie fast als Saal betiteln, denn die Wände sehen aus, als würden diese aus Marmor bestehen. Und dann sehe ich … ihn.

Zachary.

Obwohl ich zehn Minuten zu früh bin, ist Zachary bereits hier, und das zaubert mir ein Lächeln ins Gesicht.

Denn es zeigt mir, dass es noch immer Dinge gibt, die sich nie verändern werden. Zachary war immer die Überpünktlichkeit in Person, als würde dieses Wort nicht ihn beschreiben, sondern er es.

Der Geschäftsführer von Birmingham Records trägt einen marineblauen Anzug, der seine eisblauen Augen strahlen lässt. Sobald mich Zachary erblickt, breitet sich auch in seinem Gesicht ein breites Grinsen aus, sodass mein Herz unverzüglich schneller schlägt. Mit raschen Schritten kommt mir der Waliser entgegen, sein Gang strahlt pures Selbstvertrauen und Selbstsicherheit aus.

Zur Begrüßung bekomme ich von ihm einen kurzen Kuss auf die Wange.

»Juliet, es ist schön, dass du hier bist«, sagt Zachary freudestrahlend. »Es bedeutet mir eine Menge, dass du mein Angebot angenommen hast.« Bei diesen Worten sollte mein Herz keinen Sprung machen, schließlich sind wir seit drei Jahren nicht mehr zusammen. Nicht zu vergessen, dass es sich bei ihm nun um meinen *Vorgesetzten* handelt …

»Du weißt nicht, wie dankbar ich dir bin, Zachary.« Ursprünglich hatte ich um mehrere Wochen Bedenkzeit gebeten, schließlich hatte ich naiverweise Patrick zunächst eine Chance geben wollen. Wer hätte gedacht, dass ein Meeting als Vertretung bereits reicht, dass ich meine Meinung ändere.

Zachary hätte auch verlangen können, dass ich mich sofort entscheiden soll, da der freie Posten des Talentscouts nicht wochenlang in der Schwebe hängen kann – aber das tat er nicht, weil er wie immer Verständnis zeigte.

»Ach, Quatsch, doch nicht dafür.« Zachary fasst sich ins Gesicht, seine Finger sind ebenfalls von Sommersprossen überzogen. »Ich habe dir das Angebot nicht unterbreitet, um dir einen Gefallen zu tun.« Danach schließt Zachary seinen Mund, räuspert sich. »Nun gut, nein, das ist eine Lüge, ich wollte dir einen Gefallen tun, aber ich hätte das nicht getan, wenn du eine schlechte Investition wärst. Schließlich führe ich ein gewinnorientiertes Unternehmen und muss Entscheidungen zum Wohle des Labels führen – und du bist eine.«

»Warte, das bin ich für dich?«, frage ich, denn das finde ich in der Tat urkomisch. »Falls ich ein Namensschild fürs Büro bekommen sollte, können wir das eingravieren? *Juliet Bryant, gute Investition.*« Zachary verdreht seine Augen, aber seine Mundwinkel zucken. »Woher willst du eigentlich wissen, dass ich eine gute Investition bin?«

»Eventuell habe ich mich vorher erkundigt.«

»Ach? Und wie?«

Zachary presst kurz seine Lippen aufeinander. »Firmengeheimnisse, tut mir leid, liebste Juliet, da darf ich dir keine Auskunft geben. Sehr, sehr geheim.« Seine Augen leuchten vor Schalk. »Dafür bräuchtest du die oberste Sicherheitsstufe, weil streng …«

»Lass mich raten? Streng geheim?«, beende ich seinen Satz lachend, sodass Zachary mir einen Daumen nach oben zeigt. »Und wie bekommt man die oberste Sicherheitsfreigabe?«

Zachary zeigt auf seinen Ringfinger.

»Uff, da bekommt *sein Leben für den Beruf geben* eine komplett neue Bedeutung, Zachary. Aber wenn jeder, der fürs Label die oberste Sicherheitsfreigabe hat, dich heiraten muss, ist dein Bett inzwischen sicher überfüllt, oder?«

Zachary schaut mich spitzbübisch an. »Für dich reicht's noch.«

»Du bist so ein Idiot«, sage ich schmunzelnd.

Mein Gegenüber lacht amüsiert. »Habe ich nie bestritten, Juliet.« Nachdem mir Zachary zugezwinkert hat, zeigt er zu den Sicherheitskontrollen. »Wollen wir?«, wechselt er das Thema, sodass wir wieder zum Geschäftlichen übergehen.

Ich nicke. »Ich bin bereit.«

Wir laufen zu den vier Kontrollterminals, die sich vor den Aufzügen befinden. Es sind ähnliche Sicherheitskontrollen wie am Flughafen, man muss durch einen Metalldetektor laufen, während die Sachen von einer Maschine durchleuchtet werden. Einem Terminal ist jeweils ein Sicherheitsbeauftragter zugeteilt, der zudem auch ein Scangerät in der Hand hält.

»Diese drei Kontrollpunkte sind für die Menschen, die in diesem Gebäude arbeiten«, teilt er mir mit, bevor er zum Terminal zeigt, über dem sich das Schild mit der Aufschrift *Gäste* befindet. »Bis dein Arbeitsausweis fertig ist, musst du dich immer dort anmelden.«

»Darf hier jeder rein?«, will ich wissen.

Zachary schüttelt den Kopf. »Nein, Gäste müssen vorher angemeldet werden«, erklärt er mir. »Die Kontrollen sind hier sehr streng, denn Experten haben diesen Wolkenkratzer nach dem Angriff aufs World Trade Center in der höchsten Risikogruppe eingestuft – hauptsächlich wegen der direkten Lage am Central Park. Es ist verboten, Waffen jeglicher Art mit reinzubringen, darunter zählen auch Taschenmesser oder Feuerzeuge.« Dann macht er eine Handbewegung zum Gästebereich, damit ich mich dort anstelle. »Wir sehen uns gleich«, verkündet er, bevor er zu den anderen Terminals läuft.

»Den Ausweis, bitte«, verkündet der Mann, der für diese Station verantwortlich ist. Nachdem ich ihm meine Personalien gegeben habe, holt er ein Tablet hervor, um zu prüfen, ob ich wirklich angemeldet bin. »Näher kommen, bitte«, fordert er mich auf und winkt mich weiter voran, während er die Umgebung fest im Blick hat. »Ich werde ein Foto von Ihnen machen, bitte nicht blinzeln oder lächeln.« Der Sicherheitskontrolleur hält das Tablet senkrecht und auf Kopfhöhe, keine zwei Sekunden später trifft mich der Lichtblitz. »Nun bitte Ihre Tasche in den Container aufs Rollband legen, zudem auch Ihr Handy, falls es sich in Ihrer Hosentasche befindet – und alle losen Gegenstände.«

Sobald ich dem nachgekommen bin, wird der Container in die Maschine manövriert. Zum Schluss winkt er mich durch einen Metalldetektor und prüft über einen Bildschirm den Inhalt meiner Tasche. Hinter mir hat sich mittlerweile eine kleine Schlange gebildet.

»In Ordnung, Sie dürfen passieren.«

»Und das erwartet mich jeden Tag, bis ich meinen Ausweis bekomme?«, frage ich Zachary, der längst fertig ist, als ich mich zu ihm beim Aufzug geselle. Wenn ich daran denke, wie lange das gerade gedauert hat und wie lange es dauern würde, falls ich erst noch anstehen muss …

Zachary antwortet mit einem Nicken.

»Und wie lange dauert das?«

»Ich habe das Foto, das du mir gesendet hast und deine Angaben bereits letzten Donnerstag weitergeleitet«, erklärt er mir, während sich um uns immer mehr Menschen versammeln, die auch nach oben wollen. »Also solltest du deinen Ausweis voraussichtlich diese Woche erhalten«, sagt er, während er den Knopf des Aufzugs drückt.

»Okay, und wie geht's nun weiter?«

»Nun, mein Part ist hiermit fast erledigt. Ich stelle dich nun Tracey vor, der Abteilungsleiterin der Talentscouts, die dich einweisen und dir alles zeigen wird«, teilt er mir mit. »Aber, wenn du nichts dagegen hast …« Zachary bricht einen Augenblick lang ab und meidet meinen Blick, während er nervös mit seinem Finger spielt. »Ähm, möchtest du vielleicht … die Mittagspause mit mir verbringen?« Er dreht sich zum Fahrstuhl, um *erneut* den Knopf zu drücken. »Ich könnte dir ein paar schöne Ecken in Fußnähe zeigen.« Er drückt abermals. »Ich meine, ich weiß ja, wie gerne du deine Pausen an der frischen Luft verbringst.«

Langsam dreht sich Zachary wieder zu mir um.

Er beißt sich auf die Lippen.

Er *ist* nervös.

»Liebend gerne, Zachary.«

Kapitel 10

Vor wenigen Minuten hat mich Zachary im Büro von Tracey abgesetzt, sodass ich mich bei meiner direkten Vorgesetzten vorgestellt habe. Obwohl wir uns nicht persönlich kennen, ist mir die Abteilungsleiterin nicht fremd, denn Tracey Lambert entstammt einer Linie von Talentscouts. Ihre beiden Eltern waren im Business, sogar ihr Großvater, und das noch erfolgreicher als Ace. Es fehlt nicht mehr viel, bis sie selbst den Erfolg ihres Großvaters einholt, denn sie hat einige der beliebtesten und berühmtesten Künstler des Jahrhunderts entdeckt.

Während die meisten Talentscouts im Laufe der Karriere zwischen Labels hin und her wechseln, ist Tracey seit über zwanzig Jahren hier angestellt.

»Und das ist dein Reich.«

Die Büros der Talentscouts befinden sich auf der nordöstlichen Seite des Wolkenkratzers, sodass ich ein wenig Grün des Central Parks hinter dem Trump Tower erspähen kann. Vom ersten Eindruck her ist das Büro ein wenig größer als das in meinem alten Label. Die Ausstattung besteht aus einem schwarzen Schreibtisch, einem Stuhl in derselben Farbe, der zudem recht bequem ausschaut, zwei anthrazitfarbenen Sesseln, die vor dem Tisch platziert sind, Aktenschränken und einer länglichen Kommode. Auf den ersten Blick weiß ich, dass dort meine Kaffeemaschine hinkommt, die derzeit noch zu Hause zwischengeparkt ist.

Das Büro gefällt mir, vor allem die atemberaubende, lange Fensterfront. Das Einzige, woran ich mich gewöhnen muss, sind die Glaswände, die sich auf der ganzen Etage befinden – Privatsphäre gibt's hier nicht.

»Die Ausstattung des Schreibtischs wird im Laufe des Tages gebracht, bisher hatte die IT nicht die Zeit, sich darum zu kümmern.« Sie streicht eine dunkelrot gefärbte Strähne hinter ihre Ohren. »Wir haben nicht mit dir gerechnet, sodass das Equipment ins Lager gebracht worden ist.« Wenn ein Talentscout fehlt, wie kann man nicht damit rechnen, dass das Büro nicht lange leer stehen wird? Ich will gerade nachfragen, als sie bereits fortfährt. »Zusätzlich bekommst du auch ein MacBook und ein Tablet, womit du unterwegs oder von zu Hause aus arbeiten kannst.«

»Entschuldigung, darf ich dich kurz unterbrechen? Was meintest du damit, dass ihr nicht mit einem neuen Talentscout gerechnet habt?«, hinterfrage ich,

Sie räuspert sich. »Nun, wegen der Umstrukturierung.« Weil ich vermutlich verwirrt dreinblicke, fährt Tracey mit ihrer Erläuterung fort. »Wenige Tage nachdem Zachary Birmingham das Label übernommen hat, wurden Kürzungen vorgenommen, sodass rund fünfzig Mitarbeiter in den vergangenen Wochen entlassen wurden.« Das überrascht mich, vor allem, weil es so kurz nach der Übernahme war. »Mein letzter Stand war, dass die freie Stelle nicht mehr aufgefüllt werden soll. Das teilte mir Mr Birmingham persönlich mit.«

»Oh ... das wusste ich nicht.«

Tracey, die vom Alter her meine Mutter sein könnte, lächelt mich an. »Aber mach dir darüber keine Gedanken. Ich war zunächst skeptisch, weil ich immer in den Prozess der Einstellung involviert werde, schließlich will ich wissen, *wer* in mein Team kommt. Aufgrund dessen habe ich meine Fühler ausgestreckt und mich nach dir erkundigt, und ja, wenn du jemanden wie Ace von dir überzeugen konntest, dann sollten wir zwei sehr gut auskommen. Ich verstehe durchaus, warum man eine Stelle für Ace Demoures Protegé schafft.«

Es ist offensichtlich, dass es Tracy gestört hat, dass die Einstellung ohne ihr Einverständnis über die Bühne gegangen ist. Trotzdem behandelt sie mich freundlich und mit Respekt und auch ich habe das Gefühl, dass ich mich mit meiner Vorgesetzten gut verstehen werde.

»Ich habe nicht vor, irgendwelche Probleme zu bereiten, Tracey, ich werde hart arbeiten und immer mein Bestes geben«, versichere ich ihr.

Tracey lacht. »Das höre ich gern.«

»Gibt es sonst noch etwas, das ich wissen sollte?«

Sie holt eine weiße Karte hervor, die mich an eine unbedruckte Kreditkarte erinnert. »Dein Arbeitsausweis fungiert gleichzeitig als Schlüsselkarte, die für dein Büro und die Orte programmiert ist, zu denen du Zutritt hast.« Sie überreicht mir die Karte. »Weil du noch keinen Ausweis hast, hat man dir provisorisch diese Zimmerkarte ausgestellt, die zunächst nur für dein Büro und die Toiletten auf dieser Etage gedacht ist.« Tracey zeigt zur Tür. »Sicherheit ist hier das oberste Gebot.« Die Aussage erinnert mich an das Gespräch mit Zachary. »Die Tür *muss* beim Verlassen verschlossen werden, deine elektronischen Geräte *müssen* immer gesperrt werden, wenn du die Arbeit unterbrichst. Und ich weiß nicht, wie es in deinem alten Label war, aber du darfst unter keinen Umständen ein öffentliches Netzwerk benutzen. Die speziell zugeschnittene Software auf den Geräten erlaubt es dir, immer auf unseren Server zuzugreifen. Nichtbeachten führt zur Kündigung, man nimmt das hier *sehr, sehr* ernst«, warnt sie mich. »Das solltest du wirklich beherzigen.«

»Ja, die gleichen Regeln gab es bei Atlantic Records.«

Ein großes Problem bei Plattenlabeln, besser gesagt in allen Unternehmen, ist die Firmenspionage, die öfter passiert, als man sich vorstellen mag. Bei Atlantic Records hat es einen Manager gegeben, der Informationen an ein anderes Label für seinen eigenen Profit weiterverkauft hat, da dieser nicht mehr zufrieden mit seiner Position war. Es ging um einen Sänger, der sich aus seinem Vertrag rausgekauft hat und nach einem anderen Label Ausschau hielt.

Dieser Manager war mit einer Kollegin romantisch involviert, die speziell für das Abwerben zuständig war. Sie hat ihm nach einem Schäferstündchen erzählt, welche Summe mein altes Label dem Künstler geboten hat, um bei ihnen zu unterschreiben. Der Maulwurf hat diese Zahlen seinem neuen Plattenlabel weitergeleitet, sodass sie diese weit überboten haben.

Das Musikbusiness ist ein Haifischbecken.

Ähnlich wie bei Game of Thrones.

Nur, dass hier keine Köpfe rollen.

»Deine Zugangsdaten für den Server werden dir mit deinem Equipment ausgehändigt. Damit hast du Zugang zu sämtlichen Daten, die du brauchen könntest, sowie unserer Musik-Cloud, in der jeder Künstler hinterlegt ist, der bei uns unter Vertrag steht.« Sie lächelt mich an. »Ich rate dir, dort zu stöbern, sodass du ein

Gefühl entwickelst, was für Künstler und welche Musikrichtungen unser Label vertritt.«

»Das werde ich machen, danke für den Tipp.«

Jedes Plattenlabel arbeitet anders, beziehungsweise hat verschiedene Schwerpunkte, sodass ich mich anpassen muss. Atlantic Records hatte nur zwei Genres, die sie nicht bedienen wollten: Country und Metal. Wie Birmingham Records dies handhabt, werde ich durch die Recherche herausbekommen. Das bedeutet eine Nachtschicht, doch das ist nichts Neues. Ich könnte auch Tracey fragen, allerdings möchte ich Eigeninitiative zeigen und beweisen, dass ich niemanden brauche, der meine Hand hält.

»Ihr hattet auch wöchentliche Teammeetings, richtig?«, erkundigt sich Tracey, sodass ich zustimmend nicke. »Bei uns findet es immer montags statt, das ist auch der einzige Tag, an dem alle Talentscouts zeitgleich anwesend sind. Ansonsten kommen alle mehr oder weniger, wie sie wollen. Ich schreibe niemanden vor, wie lange er im Büro bleiben oder ob man überhaupt reinkommen muss – mit der Ausnahme von Montag, selbstverständlich –, solange die Zahlen am Ende des Quartals stimmen. Als Abteilungsleiterin bin ich tagsüber immer anzufinden.« Tracey lächelt mich an. »Falls du also Hilfe brauchst, zögere nicht und frage nach.«

»Bei Atlantic Records lief es mehr oder weniger identisch«, sage ich ihr, um ihr zu zeigen, dass ich nicht viel Zeit für die Eingewöhnung brauchen werde. »Eine Frage hätte ich aber noch«, beginne ich. »Wenn ich jemanden gefunden habe, reichen dir Aufnahmen? Oder überzeugst du dich gerne persönlich?«, erkundige ich mich.

»Man könnte sagen, ich arbeite mit einer Art Vertrauensprinzip, denn sobald man mir sein Können bewiesen hat, braucht es keine Einwilligung mehr«, eröffnet sie mir, weshalb ich Tracey verdutzt anschaue – das ist neu für mich. »Bitte stell mir die ersten Künstler persönlich vor, und sobald ich dir das Go gebe, kannst du von allein die Rechtsabteilung einschalten. Setz mich bloß ins CC, damit ich ein Auge draufwerfen kann – falls ein Veto notwendig sein sollte. Du musst jedoch nicht auf meine Rückmeldung warten.«

»Daran werde ich mich erst gewöhnen müssen«, sage ich lächelnd, denn obwohl wir eigenständig agieren und arbeiten, liegt – lag – die finale Entscheidung nie bei uns. »Was ist die Zielvereinbarung für die Talentscouts?«

»Mr Birmingham schreibt keine Zielvereinbarung vor.«

»Wie bitte?«, frage ich, während mir mein Gesicht entgleitet, da ich nicht mit dieser Aussage gerechnet habe – das habe ich noch nie gehört. Bei Atlantic Records musste man im Jahr mindestens zehn vielversprechende Künstler ins Label bringen.

»Das ist eine weitere Änderung, die Mr Birmingham beschlossen hat, nachdem das Pilotprojekt in Cardiff erfolgreich war«, teilt sie mir mit. »Er will den Fokus auf Qualität statt Quantität legen. Er möchte, dass wir länger und intensiver suchen, als irgendwelche Künstler einzubringen, bei denen ein Erfolg fragwürdig ist. Dadurch werden auch die Manager entlastet.«

»Ah, gut zu wissen, ich –«

Mitten im Satz halte ich inne, weil ich eine bekannte Person aus meinem Augenwinkel erkenne, die in Richtung meines Büros läuft. Die Haare sind noch immer einige Nuancen dunkler als die von seinem Bruder, eher hellbraun, und wie eh und je triefen sie vor Gel. *Isaac Birmingham.*

Obwohl die beiden Geschwister sind, sehen sie sich nicht ähnlich – schließlich teilen sie sich nur den gleichen Vater. Während Isaac mich um einen Kopf überragt, müssten es bei Zachary mindestens zwei sein. Während der Geschäftsführer kräftig und muskulös gebaut ist, könnte man Isaac als dürr und fragil beschreiben. Die beiden Brüder sind in *jeder* Kategorie das Gegenteil voneinander. Zachary ist offen, extrovertiert und hat immer ein Lächeln auf den Lippen, während sein Bruder ein Einzelgänger ist und seine Stimmung oft an Drei-Tage-Regenwetter erinnert.

Den jüngeren Bruder habe ich damals an Thanksgiving kennengelernt. Ich habe sofort bemerkt, dass er lieber woanders sein wollte. Isaac wollte sich nicht unterhalten, schielte nur auf sein Essen und nutzte jede Möglichkeit, um den Tisch zu verlassen. Aus Neugier bin ich ihm irgendwann nach draußen gefolgt, als er ein imaginäres Telefonat führen musste, und habe ihn gefragt, warum seine Stimmung diesen Feiertag nicht widerspiegelt.

»Was geht es dich an?«, wollte Isaac genervt wissen.

»Vielleicht, weil es mich interessiert?«, antwortete ich. Diese Worte haben ihn so sehr irritiert, dass er zunächst nicht wusste, was er antworten sollte.

»Weil mir keine andere Wahl bleibt«, vertraute mir Isaac schlussendlich an. Er war nur gekommen, weil ihn sein Vater damit erpresste, dass er den Nachfolger des Labels ändern kann, wenn Isaac sich nicht mehr für die Familie interessiert.

Mehr haben wir an diesem Abend nicht gesprochen.

Und ich sah ihn erst an Weihnachten wieder.

Bis dahin hatte ich die ganze Geschichte erfahren, über die Zachary ungern sprach, beziehungsweise wollte er seinen Bruder am liebsten nie zur Sprache bringen. Kurz vor dem Festessen habe ich Isaac beiseitegenommen und ihm mein Mitgefühl und meine Anteilnahme ausgesprochen, weil ich genau weiß, wie es ist, seine Mutter in jungen Jahren zu verlieren – und das hat uns sofort miteinander verbunden.

Isaac wollte bis dato nie jemanden an sich heranlassen. Sein Verlust, welchen er nie verarbeitet hat, sorgte für eine harte Schale. An der besonders sein Vater Schuld trug, nicht selten hetzte er die Brüder gegeneinander auf, sodass die beiden nie lernten, füreinander da zu sein.

Der stellvertretende Geschäftsführer klopft an die Tür und tritt ein. »Ich dachte, ich traue meinen Ohren kaum, als ich hörte, *wer* hier anfängt.« In seinem Gesicht zeigt sich ein aufrichtiges Lächeln – ich kenne den Unterschied zu gut.

»Isaac.« Ich laufe ihm entgegen, während ein Grinsen meine Lippen umspielt, und nehme ihn zur Begrüßung in die Arme. »Es ist schön, dich zu sehen.«

Tracey wird hellhörig. »Ihr kennt euch?«

Ich tausche einen Blick mit Isaac, da ich nicht weiß, was ich auf diese Frage antworten soll. Um ehrlich zu sein, habe ich mir noch nicht überlegt, was ich sagen soll, wenn mich jemand auf die Beziehung zu den Brüdern anspricht. Ich meine, ich wusste, dass es früher oder später auffallen wird, dass ich mit den beiden auf Vornamenbasis bin. Doch wenn herauskommen sollte, dass ich die Ex-Freundin des Geschäftsführers bin, wird es *eine Menge* Geschwätz geben. Und das Letzte, was ich brauche, ist, dass man *meinen* Erfolg darauf reduziert, dass mich eine romantische Vergangenheit mit Zachary verbindet.

»Juliet ist eine alte Freundin der Familie«, antwortet Isaac.

Traceys Augen weiten sich für einen Augenblick. »Ach wirklich?«, entgegnet sie. Es ist mir lieber, wenn sie denkt, dass ich wegen *normaler* Connections ins Label gekommen bin als wegen breitgemachter Beine. Alles ist mir lieber als *das.* »Na dann, ihr wollt euch sicherlich unterhalten, oder? Warum meldest du dich danach nicht bei mir im Büro, Juliet? Dann führe ich dich durchs Label und zeige dir alles«, schlägt sie vor. »Ich muss sowieso noch ein paar Telefonate führen, das bietet sich daher an.« Sie läuft auf die Tür zu. »Du weißt ja, wo du mich findest, beziehungsweise kannst du mich durch die Glaswände ausmachen«, sagt sie an mich gewandt und verabschiedet sich mit einem Nicken bei Isaac. »Mr Birmingham.«

»Wie lange ist unser letztes Treffen her?«, fragt mich Isaac, nachdem Tracey mein Büro verlassen hat und in ihres gelaufen ist, das mehrere Räume entfernt ist.

»Lange, sehr, sehr lange.«

Die traurige Wahrheit ist, dass ich den Kontakt zu Isaac einschränkte, nachdem ich mich von Zachary getrennt habe – er erinnerte mich zu sehr an seinen Bruder. Anfangs habe ich noch zurückgeschrieben, bis ich nur noch vereinzelt geantwortet habe und irgendwann schwieg. Ich hatte viel mit Bailey um die Ohren, doch das ist keine Entschuldigung, und das *weiß* ich. Dass ich den Kontakt zu Isaac vor Jahren verloren habe, ist allein meine Schuld.

»Und wie geht's Bailey?« Isaac hat selbstverständlich mitbekommen, was mit meiner Großmutter los war – er hat sie auch kennengelernt. Während Bailey Zachary immer als Golden-Retriever-Energiebündel bezeichnete, verglich sie Isaac mit einer traurigen, depressiven französischen Bulldogge. *Er macht immer so ein Knautschgesicht*, sagte sie, weil er sich oft still im Hintergrund hielt.

»Die Pfleger haben ihre Hände voll mit ihr.«

Er lächelt. »Das kann ich mir vorstellen.«

Plötzlich fällt mir etwas ein. »Weißt du noch, als ich dich gebeten habe, eine Nacht auf Bailey aufzupassen?« Ich musste arbeitsbedingt in eine Bar, um eine Sängerin zu treffen, der ich bereits mehrfach abgesagt hatte – ein weiteres Mal ging nicht. Bailey hatte einen sehr, sehr schlechten Tag, sodass ich sie nicht alleinlassen konnte. »Ihr seid beide eingeschlafen, und als sie dich auf dem Sofa vorfand und nicht mehr wusste, wer du warst, hat sie dich mit ihrem Besen attackiert.« Isaac rief mich verzweifelt an, weil er Angst vor meiner Großmutter hatte, die ihn durch die Wohnung jagte und ihm nicht zuhören wollte.

Isaac schnaubt. »Wie soll ich das jemals vergessen? Am Besen befanden sich Spinnweben, die dann in meinen Haaren klebten!«, beschwert er sich, seine Mundwinkel zucken danach aber verräterisch, was mir beweist, dass er das trotzdem gern für mich gemacht hat.

Ich kichere. »Stimmt.«

»Das … das waren noch Zeiten.«

»Und wie ist es dir in der Zwischenzeit ergangen?«, frage ich nun. »Vor allem mit der Nachfolger-Geschichte?«

Seine rehbraunen Augen blinzeln. »Ich …« Isaac fehlen die Worte, mein Gegenüber wendet sich kurz ab. »Das ist auch eine sehr, sehr lange Geschichte«, antwortet er schließlich. »Ich will dich nicht aufhalten, aber … warum treffen wir uns nicht in der Mittagspause? Ich wollte bei *Soba Noodle Azuma* bestellen, einem asiatischen Restaurant, aber wir könnten gemeinsam hingehen? Deren *Nabeyaki* ist rekordverdächtig, und die Glückskekse machen sie selbst.«

Bisher verlief unser Gespräch angenehm, doch das wird sich nun ändern. »Oh, eigentlich gerne, nur … Zachary hat mich bereits gefragt.« Seine Kiefermuskeln zucken. »Was hältst du von morgen?«, schlage ich vor. »Oder morgen nach dem Feierabend?«, versuche ich ihm entgegenzukommen. Es interessiert mich wirklich, wie es Isaac ergangen ist – und wie es ihm nun geht, vor allem wegen der Sache mit der Nachfolge seines Vaters.

»Ja, dann … dann ein andermal, kein Problem.«

Aber ich spüre, dass es ein Problem ist.

Und das nur, weil es mit seinem *Halbbruder* zu tun hat.

Kapitel 11

Vier Jahre zuvor

Mit meinem Kopf liege ich auf Zacharys Brust und lausche seiner Geschichte, was das Peinlichste war, was ihm je passiert ist. »Ich war noch sehr jung, vielleicht fünf oder sechs Jahre alt, und es war Owain Glyndŵr Day *– ein Feiertag in Wales. Ein Tag, an dem sich die gesamte Familie versammelt, alte Geschichten teilt, und abends wird ein Festmahl zubereitet, oder man geht gemeinsam essen. Mein Bruder hat mir damals die Speisekarte gezeigt, wo Welsh Rabbit, also walisisches Kaninchen, draufstand, und Isaac sagte mir, dass ich ein Häschen essen muss, und nächstes Jahr, wenn mein Kaninchen – ich hatte eines als Haustier – ausgewachsen ist, wird es dafür geschlachtet.« Zachary schüttelt den Kopf. »Ich war außer mir, weshalb ich einen mittelgroßen Wutanfall hatte und herumschrie, dass ich kein Kaninchen essen werde und* Canrig Bwt *auf jeden loslasse, der auch nur daran denkt, mein Kaninchen zu essen.« Zachary bemerkt meinen irritierten Blick. »Oh, also* Canrig Bwt *ist eine kannibalische Hexe aus Wales, mit der die Eltern drohen, so wie die Amerikaner mit dem Ändern des WLAN-Passworts«, teilt er mir mit, sodass ich ihn mit großen Augen anstarre.*

»Damit drohen die Eltern in Wales?«

Zachary grinst mich an. »Ja, unter anderem.«

»Unter anderem?«, frage ich lachend. »Womit denn noch?«

»Zum Beispiel mit *Gwyllions*, sogenannten Nachtwanderern, die dafür sorgen, dass man sich im Wald verläuft, oh, oder damit, dass man am *Llanhyddel*-Berg ausgesetzt wird, wo der Geist einer alten Frau herumspukt, die früher als Hexe verteufelt wurde.«

Die europäischen Länder haben wirklich seltsame Traditionen. In meiner Grundschule war ein Mädchen, deren Eltern Einwanderer aus dem Schwarzwald in Deutschland waren. Es ist eine Ewigkeit her, doch ich erinnere mich noch immer daran, was sie mir erzählt hat: »Wenn ich beim Lügen oder Betrügen erwischt werde, lande ich wie die falsche Braut in *Die Gänsemagd* in einem mit Nägeln beschlagenen Fass und werde zu Tode geschleift. Oder wenn man zu neugierig wird, wird man von Frau Trude verzaubert und lebendig in den Ofen geworfen.« Und das sollten alles *Kindergeschichten* sein.

Bevor Zachary weitererzählen kann, kündigt meine Smartwatch einen Anruf an. »Oh, einen Moment, das ist Bailey«, erkläre ich ihm, sodass ich mich von seiner Brust erhebe und zum Nachttisch greife, wo mein Telefon liegt. »Bailey? Hey, alles in Ordnung?«

»Juliet, ich brauche dringend deine Hilfe, hier stimmt was nicht.« Unverzüglich setze ich mich im Bett auf, werfe Zachary einen panischen Blick zu, der nun auf mein Telefon zeigt und wahrscheinlich will, dass ich den Lautsprecher einschalte. »Die ... die Mikrowelle funktioniert nicht, sie geht nicht auf«, sagt sie, nachdem ich sie auf laut gestellt habe.

»Inwiefern?«, frage ich und entspanne mich ein wenig.

»Na, sie geht nicht auf, die Tür bewegt sich nicht.«

»Der Knopf funktioniert nicht?«, hinterfrage ich.

»Knopf, welcher Knopf?«

»Na, der, um die Mikrowelle zu öffnen.«

»Ach, ja, dieser Knopf!« Plötzlich lacht Bailey. »Ah, die Mikrowelle ist offen! Super!«, teilt sie mir mit. »Und wo bist du noch mal? Beziehungsweise wann kommst du nach Hause? Soll ich dir etwas von dem Auflauf übriglassen?«

»Nein, schon gut, bediene dich, ich war mit Zachary zum Abendessen verabredet, und komme erst morgen Früh zurück in die Wohnung.«

»Und du übernachtest bei Zachary? Wer ist das?«

Zachary schaut mich wie immer, wenn so etwas passiert, mit einem vielsagenden Blick an, und wie immer schaue ich dann schnell weg. »Zachary, mein Freund«, erkläre ich ihr. »Du hast ihn bereits kennengelernt.«

Für einen kurzen Augenblick bleibt es auf der anderen Seite stumm, und gerade, als ich nachfragen will, antwortet Bailey: »Ja, richtig, genau, Zachary.« Sie lacht wieder, macht nicht den Anschein, als würde es sie stören, dass sie meinen Freund kurzzeitig vergessen hat. »Klar kenne ich ihn, so alt bin ich noch nicht, um solche Sachen zu vergessen, ha!« Sie lacht abermals, trotzdem zieht sich mein Herz zusammen. »Na dann, bis später!«

Ich räuspere mich. »Okay, also hast du den Hasen nicht gegessen?«, komme ich auf unsere unterbrochene Unterhaltung zurück, weil ich mit Zachary nicht über meine Großmutter sprechen will. Ich will nicht daran denken, dass Zachary unter Umständen mit seiner Vermutung, ihr Gedächtnis lässt nach, recht hat.

»Juliet …« Ich kenne die Art, wie er meinen Namen betont.

»Nein, bitte nicht.«

»Aber –«

Ich unterbreche ihn. »Bitte, nicht heute, nicht jetzt. Lass uns diesen Abend genießen, in Ordnung?« Zachary öffnet seinen Mund, schließt ihn wieder und nickt. »Du hast die Speise wahrscheinlich nicht gegessen«, sage ich. »Warum sollte dir das peinlich sein?«

Zachary hebt seinen Arm an, um mir zu signalisieren, dass ich mich wieder zu ihm legen soll. »Stell dir vor, Welsh Rabbit hat nichts mit Kaninchen zu tun«, verkündet er mir, nachdem ich mich wieder an seine warme, nackte Brust gekuschelt habe.

»Das verstehe ich nicht?«

»Das Gericht heißt inzwischen offiziell Welsh Rarebit, *damit solche* Missverständnisse *nicht mehr passieren. Trotzdem wird oft noch der ursprüngliche Name verwendet. Willst du wissen, was es wirklich ist?«, fragt er mich, und ich nicke. »Käsetoast, ohne irgendein Fleisch drin.«*

Mein Gesicht entgleitet mir. »Also, was übersetzt walisisches Kaninchen heißt, ist ein Toast mit Käse?«, wiederhole ich, woraufhin er lacht und ich meinen Kopf schüttle. »Kein Wunder, dass es zu Missverständnissen kommt.« Und dann fällt mir wieder etwas ein. »Apropos Walisisch, was hast du vorhin gesagt, beziehungsweise geflucht, als ich dir das letzte Gummibärchen weggeschnappt habe?«

»Dim gwerth rhech dafad? *Meinst du das?«*

»Hm, ich glaube, das war's«, bestätige ich, bevor ich ihn neugierig betrachte. »Was heißt das übersetzt?«

»Das hat keine eindeutige Übersetzung, es heißt so viel wie, du bist des Schafes Furz nicht wert.« Er nimmt seine Hände schnell von meinem Rücken und hebt sie abwehrend in die Luft. »Aber zu meiner Verteidigung: Man kann diesen Spruch als Beleidigung und zum Necken ver-

wenden! Und ich habe dich damit definitiv nicht beschimpft.«

»Warte, dieser Spruch soll eine Kränkung sein?«

Zachary nickt. »In Wales ist das eine schlimme Beleidigung«, antwortet er mir. »Also je nachdem, wie du diesen Satz aussprichst.«

»Des Schafes Furz nicht wert?«, wiederhole ich und lache, denn egal, wie man ihn ausspricht, die Übersetzung verändert sich nicht – und das finde ich urkomisch. Und dadurch schaffe ich es glücklicherweise auch, zu verdrängen, was gerade mit Bailey passiert ist.

Zachary schaut mich irritiert an.

»Entschuldigung, es ist nur …« Ich muss mir kurz auf die Lippe beißen, um ein weiteres Lachen zu unterdrücken. »Wenn du es auf Walisisch sagst, kann es wahrscheinlich nach einer Beleidigung klingen, doch die Übersetzung?« Als ich dachte, dass Zachary nicht noch sympathischer werden kann, habe ich mich geirrt. »Wenn das eine schlimme Beleidigung für dich sein soll, welche habt ihr noch?«, will ich amüsiert wissen.

»Ich sag's dir, unter zwei Voraussetzungen.«

»Okay, und die wären?«

»Zuallererst: Du darfst mich nicht wieder auslachen«, beginnt er, sodass ich nicke und ein Schmunzeln unterdrücken muss. »Und nun zu zweitens.« Zachary zeigt mit dem Finger auf seine Lippen. »Einen Kuss, genau hier«, fordert er ein.

»Oh«, mache ich theatralisch. »Was für ein Opfer!«

»Ich weiß, wirklich schlimm.«

Ich lehne mich ein Stück nach oben, sodass sich unsere Lippen berühren, und sobald sie sich gestreift haben, verstärkt sich sein Griff um meine nackte Hüfte. Es startete als unschuldiger Kuss, inzwischen versucht Zacharys

Zunge mich in die süße Sünde zu locken, doch im Gegensatz zu ihm schaffe ich es, mich zu kontrollieren. Ein Seufzen kommt über seine Lippen, als ich mich zurückziehe. »Du schuldest mir eine Antwort.«

Er lächelt spitzbübisch. »Aber … danach?«

Ich lache laut auf. »Eins nach dem anderen, Zachary.«

»In Ordnung.« Seine Hand wandert zu meinem Rücken, um mich zu kraulen, sodass ich am liebsten meine Augen schließen würde, um seine Berührung zu genießen und einfach nur seiner Stimme zu lauschen. »Zum Beispiel pric pwdin, was man mit Schwanz-Pudding übersetzen kann.« Ich presse meine Lippen aufeinander. »Oder ganz schlimm ist: Disgleirio fel ceilliau ci. Es heißt, du scheinst wie die Hoden eines Hundes.« Ich stehe kurz davor, einen Lachkrampf zu bekommen. »Isaac liebte es, mich mit Drewgi zu beleidigen, was stinkender Hund bedeutet.«

Kaum haben die letzten Worte seinen Mund verlassen, ändert sich die Stimmung zwischen uns. Zachary hat seine Leichtigkeit verloren, und ich meine Amüsiertheit.

»Zachary?«, frage ich.

»Hm?«

»Was genau ist zwischen euch passiert?«

Seit Thanksgiving habe ich immer wieder versucht, mit ihm über seinen Bruder zu sprechen, doch bisher hat Zachary abgeblockt. Vielleicht ist nun der richtige Zeitpunkt? Es tut mir im Herzen weh, wie eine Familie derart entzweit sein kann. Hätte ich weitere Verwandte, würde ich alles dafür geben, sie nicht zu verlieren.

»Wie viel Zeit hast du mitgebracht?«

»So kompliziert?«, will ich wissen.

»Kompliziert ist noch eine Untertreibung.« Er lacht bitter auf, bevor er durchatmet und sich räuspert. »Wie du bereits weißt, sind wir Halbgeschwister, wir teilen uns nur *den Vater«, beginnt Zachary und starrt an die Decke. »Alles begann vor über vierzig Jahren, als meine Eltern die Schule zusammen besucht haben. Es war eine Privatschule, auf die es mein Vater aufgrund eines Stipendiums geschafft hat. Meine Mutter stammte aus altem Adel, weshalb ihre Eltern nicht begeistert waren, als sie sich in einen* Bürgerlichen *verliebt hat. Mit sechzehn planten sie wegzulaufen, da ihre Eltern die Beziehung der beiden beenden wollten. Die Eltern hatten einen engen Draht zum Schulkollegium, sodass sie es herausgefunden haben. Meine Mutter wurde in ein exklusives Mädcheninternat in Schottland geschickt, und mein Vater wurde wegen erfundener Gründe aus der Privatschule geworfen. Nachdem er seinen Abschluss woanders gemacht hat, versuchte er seine große Liebe zu finden, aber ...«*

»... er hat sie nicht gefunden«, beende ich seinen Satz, während ich unverzüglich Sympathie für die beiden unglücklich Verliebten empfinde.

»Aus diesem Grund entschloss er sich dazu, nach vorne zu schauen, und lernte in der Universität Enid kennen, Isaacs Mutter«, fährt Zachary mit der Geschichte fort. »Sie verliebten sich, heirateten, doch mein Vater meinte immer, dass es nie an die Liebe herankam, die er für Mari empfunden hat.« Mari muss dementsprechend seine Mutter sein. »Sie waren um die fünf Jahre verheiratet, als er meine Mutter durch einen Zufall in Cardiff wiedertraf. Mein Vater sagte, dass es Liebe auf den ersten Blick war – zum zweiten Mal, sozusagen.« Zachary seufzt. »Wie es zwischen den beiden weiterlief, war nicht in Ordnung, das muss selbst ich zugeben. Enid war depressiv, weshalb es mein Vater nicht übers Herz brachte, seine Ehefrau zu verlassen. Stattdessen begann er eine Affäre mit meiner

Mutter, die anderthalb Jahre hinter dem Rücken seiner Frau lief – bis sie mit mir schwanger wurde.«

»Oh … okay«, mache ich.

Zachary nickt. »Aufgrund dessen wollte sich mein Vater von Enid scheiden lassen, um meine Mutter zu ehelichen«, offenbart er mir. »Es stellte sich allerdings heraus, dass, als er Enid vor vollendete Tatsachen stellte, auch sie schwanger war.«

»Also hat er mit beiden gleichzeitig …?«

»Mein Vater hat viele Dinge falsch gemacht.«

Kann man so sagen.

»Und wie ging's weiter?«

»Die Scheidung wurde trotzdem eingereicht, Enid hat es nicht gut verkraftet, sie hat versucht, sich mitsamt des Babys in der Badewanne zu ertränken. Mein Vater sorgte dafür, dass sie in eine Klinik kam, in der ihr geholfen werden sollte. Sie wurde kurz vor der Geburt entlassen, weil man sie nicht mehr als gefährlich für sich selbst oder andere eingeschätzt hat. Nachdem sie Isaac entbunden hat, stieg sie aufs Dach des Krankenhauses und … sprang in den Tod.«

Kapitel 12

Während ich auf Zachary warte, wische ich über meinen Schreibtisch und mein technisches Equipment, das vor einer halben Stunde gebracht wurde. Obwohl die Sachen mit Planen bedeckt waren, kamen sie mit einer Staubschicht. Tracey, die bei der Lieferung ebenfalls anwesend war, war deswegen unzufrieden, weshalb sie Staub- und Feuchttücher holte. Zunächst bestand sie darauf, mitzuhelfen, doch ich versicherte ihr, dass ich das allein hinbekomme.

Mein Blick schweift durch die Glaswände, sucht nach Zachary in einem der anderen Büros oder auf dem Gang. Wir haben uns zu zwölf zum Mittagessen verabredet, und bis dahin fehlen nur noch zehn Minuten, sodass ich davon ausgehe, dass er jede Sekunde hier sein wird. Pünktlichkeit ist die einzige Sache, die die Brüder gemein haben.

Ansonsten verbindet die Geschwister nur noch eines: eine lange, *tragische* Familiengeschichte.

Nachdem sich Isaacs Mutter umgebracht hat, zögerte Mari nicht und forderte Jonathan auf, seinen Sohn in ihrem Zuhause aufzunehmen. Sie tat alles dafür, um Isaac eine zweite Mutter zu sein. In den ersten Jahren ist alles reibungslos verlaufen, die Brüder waren die besten Freunde, jedenfalls, bis Jonathan ihm mit vier offenbart hat, was mit seiner leiblichen Mutter passiert ist. Bis heute kann niemand verstehen, warum Jonathan das gemacht hat. *Der Junge ist alt genug für die Wahrheit, Isaac muss endlich abgehärtet werden,* lautete seine Antwort, als ihn Mari zur Rede gestellt hat.

Anfangs mied Isaac seinen Bruder und seine Stiefmutter – sein Vater war fast nie anwesend, sondern immer arbeiten.

Als die Brüder älter wurden, begann Jonathan jedoch, die beiden gegeneinander aufzustacheln. Er verglich ihre sportlichen Leistungen, ihre Noten und sogar ihr *Wachstum*, und in allen Punkten glänzte Zachary, ob er wollte oder nicht, sodass er immer gelobt wurde, während Isaac nur gerügt wurde. Jonathan nannte seinen eigenen Sohn oft eine Enttäuschung, während Zachary das goldene Kind war, das jeden Wunsch erfüllt bekam.

Es dauerte nicht lange, bis Isaac eine passive Aggressivität gegen seine Familie und vor allem seinen Bruder entwickelt hat. Zacharys Hausaufgaben verschwanden, wie auch seine Spielzeuge, die er nicht selten verbrannt im Kamin vorgefunden hat. Mari hat Zachary immer angefleht, dem Vater nichts zu verraten, damit dieser keinen Grund findet, Isaac das Leben noch schwerer zu machen – denn sie hat Isaac nie aufgegeben –, sodass Zachary sich auch unfair behandelt fühlte. Die Kluft zwischen den beiden wurde mit jedem Jahr größer.

Bis sie an jenem Weihnachten unüberwindbar wurde.

Jonathan war der Alleinverdiener, da Mari die Jungen großgezogen hat, sodass dieser auch für die Geschenke verantwortlich war. Isaac hatte nur einen Wunsch: eine Playstation. Sein Vater versprach ihm, wenn sich seine Noten im Laufe des Jahres verbessern, bekommt er diese zu Weihnachten. Isaac hat in jeder freien Minute gelernt, und was ist an Weihnachten passiert? Nicht Isaac hat eine Playstation bekommen, sondern Zachary. In seiner Wut und Frustration beleidigte Isaac Mari als Hure und ging danach auf Zachary los. Zachary, der durch seine Statur und Stärke die Oberhand hatte, brach Isaac dabei die Nase.

Das war das einzige Mal, dass sich Zachary in seinem Leben geprügelt hat. Er meinte zu mir, dass das auch der Tag war, an dem seine Familie kaputtgegangen ist, an dem er wusste, dass es kein Zurück geben wird.

***

Nachdem Zachary und ich uns Gyro Wraps bestellt haben, spazieren wir durch den Central Park. »So, wohin bringst du mich?«, frage ich, während ich mein Mittagessen *inhaliere.* Die Sommersonne strahlt zwischen den Bäumen auf uns herab, sodass es mich nicht wundern würde, wenn Zachary morgen mit noch mehr Sommersprossen aufwachen wird.

Im Augenblick habe ich nicht die leiseste Ahnung, wohin uns dieser Weg führt. Obwohl ich in New York geboren und aufgewachsen bin, habe ich nicht viel Zeit in diesem Park verbracht. Atlantic Records befand sich unweit des Rockefeller Center, und damit nicht in der Nähe. Und doch, stelle ich nun fest, dass er etwas Beruhigendes an sich hat. Touristen schlendern umher, Menschen führen ihre Vierbeiner spazieren, Schulklassen kommen an mir vorbei, und auf dem Sheep Meadow, einem großen, flachen Feld, tummeln sich etliche Personen auf Picknickdecken.

»Geduld, Juliet«, antwortet Zachary grinsend, der seinen Wrap noch schneller verschlungen hat als ich, gefühlt war dieser mit einem Bissen in seinem Magen. In dieser Hinsicht hat sich der verfressene Waliser auch nicht verändert.

»Wann war ich je geduldig?«

»Noch nie, aber man darf hoffen, oder nicht?« Als Antwort schlage ich nach seinem Arm, was Zachary mit einem Lachen quittiert. »Habe ich dir jemals erzählt, dass fehlende Geduld dieses Label Millionen gekostet hat?«, fragt er.

Einen Moment überlege ich, doch dann schüttle ich meinen Kopf. Vielleicht kann ich mich erinnern, wenn ich mehr Details bekomme, schließlich haben wir unsere Beziehung nicht erst gestern geführt. »Nicht, dass ich mich entsinnen kann«, antworte ich ihm ehrlich.

»Vor einigen Jahren ist ein Talentscout durch das Internet auf eine Band aus Las Vegas aufmerksam geworden, in der er eine Menge Potenzial sah – andere Labels aber auch. Dieser Talentscout hatte den *brillanten* Einfall, dass er die Band durch ein wenig Druck überredet, mit Birmingham Records einen Plattenvertrag einzugehen, von wegen, wenn ihr nicht sofort unterschreibt, dann macht ihr den Fehler eures Lebens, dieses Angebot gilt nur jetzt.« Wir biegen auf den West Drive ein. »Das hatte die gegensätzliche Wirkung«, teilt er mir mit und schnaubt verächtlich, »und Imagine Dragons gab uns den Laufpass.«

»Imagine Dragons?« Ich lache. »Ohhh, *Autsch.*«

Wahrscheinlich beißt sich inzwischen jedes Label in den Hintern, die der Band eine Absage verpasst oder den Wettkampf um den Plattenvertrag verloren haben. Es ist kein Geheimnis, dass Imagine Dragons zu den erfolgreichsten Bands dieser Welt zählt.

»Und nun lass uns die Aussicht genießen.«

»Aussicht? Welche Aus...« Meine Worte bleiben mir im Hals stecken, als wir eine Abzweigung nehmen und ich sehe, wovon er spricht.

»Das ist der Ladies Pavillon.« Besagter Pavillon befindet sich am seitlichen Rand des Sees, in einer Art Ausbuchtung, sodass es scheint, als wäre er über dem Wasser platziert worden. Augenblicklich laufe ich zum Geländer, stütze mich darauf, und Zachary tut es mir gleich. Über den Bäumen schrauben sich Wolkenkratzer in die Höhe. »Obwohl dieser Pavillon wunderschön ist, ist er recht unbekannt, auch unter den Einheimischen. Wenn Touristen durch den Park wollen, nehmen sie meistens den East Drive wegen der Alice in Wonderland-Statue und dem MET – daher hat man hier meist seine Ruhe, um ein wenig abzuschalten.«

»Und wenn es hier doch zu voll sein sollte, laufe ich zum Belvedere Castle und dem Turtle Pond weiter. Wenn ich Zeit habe, nehme ich mir eine Decke mit, um am Ufer die Schildkröten zu beobachten.«

Dadurch, dass wir uns nicht mehr unter den Bäumen bewegen, weht der Wind, der über den See entlangkommt, direkt über uns hinweg. Meine hellblonden Haare werden durch meinen Zopf gehalten, die dunkelblonden Haare von Zachary flattern in der Windböe umher.

»Hast du schon mal darüber nachgedacht, Tourguide zu werden?«, frage ich ihn grinsend. »Ich meine, ich würde dich buchen.«

»Vielleicht sollte ich mir das überlegen? Vor allem bei solch einer Kundin wie dir?« Mit diesen Worten läuft Zachary zu einer der Bänke, um sich hinzusetzen, und ich folge ihm automatisch. Zachary lehnt sich zurück, schließt seine Augen, sodass ich einen längeren

Blick riskiere. Seine Sommersprossen werden gefühlt von Mal zu Mal mehr.

»Aber wie kommt es, dass du das alles so gut kennst?«, hinterfrage ich. »Lebst du nicht erst seit rund einem Monat wieder in New York?« Ich kann mir nicht vorstellen, dass ihm die Arbeit derzeit viel Freizeit lässt.

Zachary öffnet die Augen. »Du scheinst vergessen zu haben, dass ich zwar nicht in Amerika aufgewachsen bin, trotzdem einige Jahre hier gelebt habe.«

»Ich … stimmt, tut mir leid.« Wenn ich mich an uns zurückerinnere, denke ich an die Fernbeziehung, die wir zwischen zwei Kontinenten geführt haben. Für mich ist Zachary ein stolzer Waliser, kein Amerikaner, der die doppelte Staatsbürgerschaft hat und in New York die High School besuchte. Zachary flog für mich damals alle zwei Wochen übers Wochenende aus Cardiff ein, um mich zu besuchen, und beschwerte sich immer über die Hektik der New Yorker.

»Wenn ich an dich denke, sehe ich einen jungen Mann, der mit seinen Tieren über die Weide seines Landhauses tollt.«

Zachary seufzt. »Ich vermisse mein Schwein.«

Er hat sich zum vierzehnten Geburtstag nur eine Sache gewünscht: ein Schwein. »Warte, wie hast du es noch mal genannt? Ach, ja, genau! *Gordon Bleu*!« Das schafft auch nur Zachary, ein Schwein nach Cordon Bleu zu benennen. »Es lebt aber nicht mehr, oder?«

»Tatsächlich lebt Gordon noch, mit seinen zwanzig Jahren ist er sogar rekordverdächtig und strotzt vor Gesundheit und Tatendrang.« Er zuckt mit seinen Schultern. »Okay, Gordon ist schon faul geworden, wie meine Großmutter berichtet.«

Genau wegen solcher Eigenarten habe ich mich damals in ihn verliebt. »Dann hoffe ich, dass dir Gordon noch ein wenig länger erhalten bleibt.«

Zachary räuspert sich und spielt mit seinen Fingern. »Apropos kümmern, darf ich dir eine persönliche Frage stellen?« Nachdem ich zustimmend genickt habe, fährt der Waliser fort. »Hattest du ... gibt es wieder jemanden in deinem Leben?« Meine Augen weiten sich, da ich nicht mit dieser Frage gerechnet habe. Es gab einen Grund, warum auch ich das nicht beim letzten Treffen gefragt habe – ich habe Angst vor seiner Antwort.

»Um ehrlich zu sein, habe ich mich seit unserer Trennung auf niemanden eingelassen, ich ... ich habe mich nicht danach gefühlt«, sage ich aufrichtig, aber ich lasse aus, dass ich ihn nie vergessen konnte. »Und ... ähm, was ist mit dir?«

Zachary versucht ein Lächeln zu unterdrücken, doch das Zucken seines Mundwinkels verrät ihn. »Nein, ich auch nicht.« Seine Antwort *beruhigt* mich. »So, Beziehungsstatus: *Check.*« Er reibt sich die Hände, bevor er mich frech anzwinkert. »So, nun interessiert mich eigentlich nur noch eine Sache.«

»Ah, und die wäre?«, frage ich.

Zachary grinst spitzbübisch. »Kannst du inzwischen Monopoly spielen, ohne danach tagelang zu schweigen, weil du eine schlechte Verliererin bist?«

»*Pfff!*« Ein Schnauben kann ich nicht unterdrücken. »Erstens, habe ich dich nicht tagelang ignoriert, sondern *höchstens* eine Stunde!«, verteidige ich mich, während Zachary erneut lacht. »Und darf ich dich daran erinnern, dass du betrogen hast?! Du hast bei jeder Partie damals drei Bahnhöfe bekommen. Drei!«

»Glück, Juliet, das nennt man pures Glück.«

Er schaut wie ein Honigkuchenpferd.

»Ich will eine Revanche?!«, fordere ich ihn auf.

Zachary strahlt über beide Ohren. »Wenn du verlieren willst, gerne.«

Eigentlich will ich nicht schmunzeln, aber ich kann es nicht verhindern.

Kapitel 13

»Und, wie war dein erster Arbeitstag?«, erkundigt sich Damien, während ich mein Büro mit meiner provisorischen Schlüsselkarte verriegle. Wir haben uns nach dem Feierabend zum Abendessen verabredet, um meinen ersten Tag gebührend abzuschließen.

»Wie ein typischer erster Arbeitstag«, antworte ich ihm. »Nicht besonders ereignisreich, außer, dass man mir mehr oder weniger alles gezeigt hat.« Tracey hat mich durch alle Stockwerke geführt. Birmingham Records nimmt die 54. bis 59. Etage ein. Im untersten Stockwerk befinden sich die Rechtsabteilung und die Büros der Angestellten, die für die Pressearbeit zuständig sind. Darüber gibt es Tonstudios, was mich überrascht hat, denn Atlantic Records hat für sämtliche Aufnahmen Studios gemietet. Mein Büro und die der anderen Talentscouts befinden sich in der 56. Etage, wo sich auch die Handler niedergelassen haben, die Leihverträge und Tauschgeschäfte mit anderen Labels aushandeln, beziehungsweise Künstler abwerben. Darüber folgen die Büros der Manager sowie die Finanz- und Personalabteilung. Das oberste Stockwerk ist die sogenannte Führungsetage mit den Büros der Geschäftsleitung und großen Meetingräumen. »Aber ich werde vermutlich zwei Wochen brauchen, bis ich mich zurechtfinde.«

»Ach, das geht schneller, als man denkt«, beruhigt mich Damien, während wir in Richtung der Aufzüge laufen, die sich auf der gegenüberliegenden Seite befinden. »Wann startest du einen weiteren Anlauf bei Saphire?«, erkundigt er sich.

Ein Schnauben entfährt mir, da ich langsam glaube, dass ich sie nie erwischen werde. »Saphire war jedes Mal bereits im Theater und mitten in den Proben, als ich es versucht habe.« Und dabei war ich immer eine halbe Stunde früher da und habe sogar ihre Kollegen nach ihrer Ankunftszeit ausgefragt und vergeblich zu bestechen versucht. »Ich habe sogar versucht, spontan Tickets für eine Vorstellung zu kaufen, um mich diesmal durch ihre Fans zu drängeln, doch die Show ist *wochenlang* ausgebucht.«

»Hättest du es nur damals geschafft, hm?«

»Du sagst es.« Der Aufzug kündigt sich mit einem Ping an. »Dafür ist heute etwas eingetreten, von dem ich nicht wollte, dass es publik wird«, eröffne ich, als wir in den Fahrstuhl treten, der glücklicherweise leer ist. »Beziehungsweise noch nicht.«

Damien schaut mich mit geweiteten Augen an. »Warte, man hat bereits herausgefunden, dass du mit Zachary zusammen warst?« Mein bester Freund fährt durch seine dunkelbraunen Haare und seufzt. »Das ging schneller als erwartet, wow.«

»Nicht *diese* Vorgeschichte.«

»Was meinst du dann?«

Ich drücke den Knopf der Eingangslobby. »Nun, Isaac hat mich aufgesucht und mich mit Vornamen begrüßt, direkt vor den Augen meiner Abteilungsleiterin«, erkläre ich ihm, während Damien aufmerksam zuhört. »Sie hat natürlich nachgefragt, woher wir uns kennen, und Isaac meinte, dass ich eine alte Freundin der Familie sei. Immerhin besser, als dass man mich als Ex-Freundin des Geschäftsführers betitelt.«

»Auch wieder wahr«, bestätigt Damien meinen Gedankengang. »Wie hat sich Tracey dir gegenüber verhalten, als sie das herausgefunden hat?«

»Sie wird sich wahrscheinlich ihren Teil denken.« An ihrer Stelle würde ich es nicht anders halten. »Allerdings hat sie sich nichts anmerken lassen.« Das hätte sicherlich nicht jeder geschafft oder getan. »Als sie mich herumgeführt hat, brachte sie mir ausschließlich Höflichkeit und Respekt entgegen.« Ich seufze. »Trotzdem gehe ich davon aus, dass es die Runde machen wird.« Ich zucke mit den Schultern, als wir die Eingangslobby erreichen und aussteigen. »So was spricht sich immer rum.«

»Und selbst wenn geredet wird, wirst du damit klarkommen.« Ich werfe Damien einen Blick zu, der mir aufmunternd zulächelt. »Du wirst denen zeigen, wer du bist und was du kannst, dann wird niemand infrage stellen, dass du hierhergehörst!« Er hebt seinen imaginären Trizeps an. »Ansonsten legt sich derjenige auch mit mir an, denn ich werde nicht zulassen, dass jemand hinter dem Rücken meiner besten Freundin Gerüchte verbreitet.«

Ich werfe ihm ein kleines, dankbares Lächeln zu. »Habe ich dir schon mal gesagt, dass du ein wahrer Schatz bist, Damien?«, frage ich.

Mein bester Freund lacht. »Eindeutig nicht oft genug!«

»Du bist ein Schatz, du bist ein Schatz, du bist ein Schatz«, wiederhole ich immer wieder, als wir durch die Tür nach draußen schreiten. »Hatten wir schon beschlossen, wo wir heute hingehen –« Mitten im Satz halte ich inne, weil ich aus meinem Augenwinkel etwas entdecke, das mich stocken lässt. Dicht an der Wand lehnt eine Frau, ihr Gesicht in den Händen verborgen, während ihr Oberkörper bebt.

»Komm«, sagt Damien und läuft bereits auf die weinende Frau zu, sodass ich ihm automatisch folge. Wir halten auf halber Strecke inne, als unsere Zielperson kurz den Kopf anhebt. Ich hatte mich mit der Annahme getäuscht, dass es sich um eine Frau handelt, es ist ein weinendes, junges Mädchen.

Damien überbrückt die letzten Meter und geht vor dem Mädchen, das höchstens fünfzehn oder sechzehn Jahre alt sein kann, auf die Knie und ich tue es ihm gleich. »Hey, alles in Ordnung bei dir?«, spricht er sie behutsam an.

»Können wir dir irgendwie helfen?«, will ich wissen.

Sie schüttelt den Kopf, sodass mir der blaue Lidschatten auffällt, der ebenfalls funkelt. Inzwischen sind ihre Wangen und Augen durch den nicht wasserfesten Mascara verschmiert.

Das Mädchen schnieft. »Niemand kann … mir helfen.«

Damien setzt seinen Rucksack ab, greift hinein und holt eine Taschentuchpackung heraus, die er ihr reicht. »Aber wir würden es gerne versuchen.« Mein bester Freund ist ein sehr empathischer Mensch, außerdem hat er eine kleine Schwester in ihrem Alter. »Ist dir etwas passiert? Hat dir jemand wehgetan?«, fragt er, während er ihre Arme und Beine mustert.

»Ich … w-will nur meinen Traum verwirklichen.«

Damien und ich wechseln irritierte Blicke.

»Mei-meine Familie sagt, ich habe keine Chance, und s-sie lassen mich nicht durch, ich will doch nur …« Sie bricht ab und schnieft ins Taschentuch.

»Was genau ist dein Traum?«, hake ich nach, denn es geht auch mir nah, ein junges Mädchen derart aufgelöst und verzweifelt zu sehen. Auch ich war in solchen Situationen, in denen ich jemand brauchte, der mich auffing. Ich kann mich glücklich schätzen, dass ich Menschen in meinem Leben hatte, die mich in der schwersten Zeit unterstützt haben.

Das Mädchen schluchzt erneut. »I-ich … i-ich …«

Damien greift nach ihren Händen. »Hey, tief einatmen, und wieder ausatmen«, redet er auf das Mädchen ein, dessen Augen sich wieder mit Tränen füllen. »Ganz ruhig, es ist alles in Ordnung.« Die beiden machen mehrere Atemübungen, bis sie sich beruhigt hat.

»Ich wollte schon immer Sängerin werden«, erzählt sie uns dann. »… aber meine Familie und auch meine Freunde machen sich über mich lustig und sagen, dass ich keine Chance habe, weil … ich nichts Besonderes bin.« Mein Herz bricht, denn so etwas von den engsten Vertrauten im Leben zu hören – vor allem in ihrem Alter – muss schwer sein. »Ich wollte es ihnen beweisen … und habe Videos an das Label dort oben gesendet. Ich habe nie eine Antwort bekommen, weshalb ich nachfragen wollte, aber man lässt mich nicht durch. Ich … ich schätze, sie haben recht … also meine Familie.« Das erklärt auch, warum wir das Mädchen ausgerechnet vor unserem Wolkenkratzer vorgefunden haben.

»Oh, das tut mir wirklich leid«, sage ich und lege ihr eine Hand auf den Arm. »Aber lasse dir bitte von niemandem einreden, dass du nichts Besonderes bist.« Sie schaut mich mit ihren verquollenen Augen an. »Ein jeder, wirklich jeder von uns, ist etwas Besonderes, denn das, was uns ausmacht, ist etwas ganz, ganz Einzigartiges, hörst du?«

Damien schaut mich zerknirscht an, bevor er sich ein wenig zurücklehnt und mir mit einer Kopfbewegung sagt, dass ich es ihm gleichtun soll. »Juliet …«, betont er derart verzweifelt, dass mein Herz blutet. »Wir müssen etwas unternehmen, wir können sie nicht in dem Glauben zurücklassen.«

»Aber was sollen wir tun, Damien?«

Er schaut mich vielsagend an. »Du weißt, *was.*«

Ich beuge mich weiter zu ihm, sodass das Mädchen unsere Unterhaltung auf keinen Fall verfolgen kann. »Das … das ist keine gute Idee. Was, wenn sie wirklich kein Talent hat? Willst du ihr Hoffnungen machen, nur um sie dann wieder im Keim zu ersticken?«

»Und wenn sie singen kann?«

»Und was, wenn nicht?!«

»Wie oft hast du bereits Absagen verteilt und damit Träume zerplatzen lassen?«, kontert Damien »Wenn es jemand nett, respektvoll und rücksichtsvoll rüberbringen kann, dann du. Komm schon, Juliet, gib dir einen Ruck.«

»Ach, ich weiß nicht …«

Damien schaut mich mit seinem Hundeblick an.

Ach, verdammt.

Kapitel 14

Mit der Kleinen im Arm laufen wir durch das 55. Stockwerk. Dort befinden sich auch die Tonstudios, in denen Damien arbeitet. Mit seinem Mitarbeiterausweis konnte mein bester Freund zudem Lovelyn, wie das Mädchen heißt, bei der Kontrolle als Gast anmelden.

Damien hält seine Ausweiskarte erst gegen den Scanner und uns dann die Tür auf. Als Talentscout darf ich diesen Bereich nur in Anwesenheit eines Tontechnikers betreten. Tracey erklärte mir, als sie mich herumgeführt hat, dass diese strengen Sicherheitsmaßnahmen getroffen wurden, damit unveröffentlichte Liedtexte nicht in falsche Hände geraten.

Damien schließt als Nächstes eine Tür auf, über der eine große Eins abgebildet ist, die anfängt zu leuchten, nachdem er von innen einen Knopf gedrückt hat. Zusammen betreten wir das Tonstudio. Im vorderen Teil befindet sich die Technik, sowie ein Bereich mit zwei Sofas, einem Wasserspender und einem Tisch, wo wahrscheinlich bei langen Albumaufnahmen ein Catering bereitsteht – so war es jedenfalls bei Atlantic Records.

Im hinteren Teil befindet sich der schalldichte Aufnahmebereich. Während bei den Instrumenten Stühle bereitstehen, ist das beim Mikrofon in der Mitte des Raumes nicht der Fall. Im Studium habe ich gelernt, dass eine aufrechte Haltung fürs Singen optimal ist, damit die Atemluft richtig fließen kann und das Zwerchfell, der Beckenboden und der Kehlkopf sich flexibel bewegen können. Es ist wichtig, weder zu sehr auf den Fußballen noch auf den Fersen zu stehen, die Knie dürfen nie durchgedrückt sein, sie müssen federn, Balance ist das A und O. Das Soundteam, das bei einer Aufnahme dabei ist, achtet immer penibel auf die Körperhaltung, um die bestmöglichen Aufnahmen zu bekommen.

Damien läuft in den hinteren Teil, um das Mikrofon für Lovelyn einzustellen. »Startklar«, sagt er und zeigt einen Daumen nach oben, bevor er sich an die Technik setzt.

»Dann ab mit dir«, ermutige ich Lovelyn.

»Ganz sicher, dass ich das darf?«

»Ich *will* deine Stimme hören.«

»Okeydokey«, sagt sie, und zum ersten Mal kommt ein Südstaaten-Akzent hervor. Ich höre, wie sie laut durchatmet und ins Studio läuft, während ich mich neben Damien setze.

Damien drückt den Knopf, der dafür sorgt, dass sie uns hören kann. »Welches Lied möchtest du zuerst für uns vortragen, Schätzchen?«

»Tim McGraw – I Like It, I Love it.«

Damien und ich wechseln Blicke.

Countrymusik.

Nun, damit habe ich definitiv nicht gerechnet, schließlich ist die Kleine wie eine funkelnde Discokugel angezogen – ich hatte Pop erwartet. Und doch sollte ich am besten wissen, dass man im Musikbusiness nie das bekommt, was man sich vorgestellt hat. Ein Kerl mit einer Stimme wie Madonna? *Check.* Ein Mönch, der in einer Heavy Metal-Band spielt? *Gibt es.* Ein attraktiver durchtrainierter Bodybuilder, der Country macht? *Existiert auch.*

»Dann leg los, Lovelyn«, weise ich sie an.

Lovelyn nimmt das Mikrofon in die Hand. »*Spent 48 dollars last night at the county fair. I throwed out my shoulder, but I won her that teddy bear. She's got me sayin' sugar-pie, honey, darlin' and dear.*«

Ihre Stimme hat die typischen Eigenschaften, die dieses Genre ausmachen. Country kitzelt selten die höchsten Töne hervor, was daher rührt, dass die ersten Sänger, die das Genre geprägt haben, nie eine musikalische Ausbildung genossen haben. Trotzdem ist das Feld breit gefächert, Lovelyn konzentriert sich eher auf die ländliche Countrymusik, die in einem Truckstop, einer Countrybar im tiefsten Süden oder im ländlichen Westen gespielt wird.

Sie schafft es, das Flatterhafte in der Stimme wiederzugeben, das die Musik bekannt und auch beliebt gemacht hat. »*Come on, baby. You know what I like. Yeah, I like that.*«

Als weiblicher Countrysänger hat man verschiedene Möglichkeiten, seinen Stil zu definieren, zum Beispiel rauchig und sexy oder auch niedlich und süß. Lovelyn würde ich in der letzteren Kategorie einordnen, denn sie hat etwas Reines und Unschuldiges an sich. Die Country-Community würde einen Narren an ihr fressen.

Aber genau da liegt das Problem.

Damien schaut Lovelyn nachdenklich an, und ich drücke den Knopf, sodass sie mich im Studio hören kann. »Hast du noch einen weiteren Song, welchen du uns vorsingen könntest?«, erkundige ich mich, um meinen Verdacht *hoffentlich* zu verschlagen.

»Chris Stapleton – Tennessee Whiskey?«

Damit habe ich meine Bestätigung.

»*Used to spend my nights out in a barroom. Liquor was the only love I'd known. But you rescued me from reachin' for the bottom.*« Die Kleine geht in die ländliche Country-Richtung – und ich weiß, was das bedeutet.

Nachdem ich von der Mittagspause zurückgekommen bin, habe ich meine Zeit genutzt und war bereits in der Musik-Cloud des Labels unterwegs. Die meisten Interpreten und Bands machen Pop, Pop-Rock, Rock, Rap, Hip-Hop und R&B-Musik, aber das ist für mich nichts Ungewöhnliches, Atlantic Records hatte seinen Fokus auf dieselben Genres gelegt. Allerdings habe ich festgestellt, dass sich Birmingham Records nicht auf diese Musikrichtungen versteift und alles andere ablehnt. Tatsächlich habe ich auch einige Metal-Bands und Pop-Countrysänger gefunden, die im Laufe der letzten Jahre einen Plattenvertrag erhalten haben.

Aber das ist der Knackpunkt: *Pop-Countrymusik.*

Für ihre Musikrichtung sind wir nicht der richtige Ansprechpartner. Labeln, die sich nicht auf Country spezialisiert haben, wäre Lovelyn nicht rentabel genug. Selbst poppige Country-Musik ist risikobehaftet, vor allem bei Plattenlabeln wie Atlantic oder Birmingham Records, die einen weltweiten Mark bevorzugen. Und nicht jedes Label bringt eine Taylor Swift hervor, die zwar mit Country anfängt, es aber dann schafft, sich weltweit einen Namen zu machen.

Mein Gefühl sagt mir, dass Lovelyn Erfolg haben könnte, aber keinen, der an meine jetzigen Künstler annähernd heranreicht. Sie ist gut, doch nicht so, dass mein Herz wegen ihrer Stimme aussetzt – was in der Vergangenheit bereits passiert ist.

»*You're as smooth as Tennessee whiskey*«, bringt sie das Lied zu Ende.

»Und, was denkst du?«, fragt mich Damien.

Ich zwinge mich zu einem Lächeln, weil uns Lovelyn beobachtet. »Sie hat etwas, aber sie passt nicht zum Label.« Damien nickt und seufzt, er kennt unser Business und weiß daher genau, was ich damit ausdrücken will. Mein bester Freund streicht sich durch seine dunklen Haare, bevor er mir seine Hand auf den Arm legt. Er weiß, was ich nun zu tun habe – was ich befürchtet habe. »Ich hasse dich dafür, das weißt du, oder?«

Damien lächelt mich entschuldigend an. »Es tut mir wirklich leid.« Danach sorgt der Tontechniker dafür, dass uns die Kleine wieder hören kann. »Warum kommst du nicht zu uns rüber, und wir unterhalten uns in Ruhe, hm?«, schlägt er vor.

Lovelyn läuft mit einem freudestrahlenden Gesicht auf uns zu, die schlechte Laune ist wie weggeblasen, während Damien und ich uns auf das Sofa setzen und sie heranwinken. »Das war ... wow-ey!« Sie grinst, als sie Platz nimmt. »Ich habe ein Lied von meinem Lieblingssänger in einem *richtigen Tonstudio* gesungen! *Wooohooo*!« Inzwischen sind der Südstaaten-Akzent und die Mentalität nicht mehr zu leugnen.

»Welcher von beiden?«, erkundige ich mich.

»Tim McGraw«, antwortet sie mir. »Ich kann mich noch erinnern, als mich meine Mutter zum Pumpkin Patch in Nashville mitgenommen hat, dort ist er aufgetreten. Meine große Schwester war ein riesiger Fan, sodass wir Stunden vorher da waren, um in der ersten Reihe zu stehen! *O yeahhaw*!« Sie legt eine Hand aufs

Herz. »Ich sah ihn, ich sah die tobende Menge und wusste … das will ich auch!«

In der Musikbranche ist es nicht selten, dass eine Berühmtheit einen dazu inspiriert, ins gleiche Business einzusteigen. Bei mir begann alles mit Rihanna.

Als ich ein pubertierender Teenager war, hatte ich eine *Obsession* für Rihanna, die gerade ihren Durchbruch geschafft hatte. Überall in meinem Zimmer waren Poster von ihr, Sticker klebten auf meinen Schulheftern und Büchern, selbst auf meinem klappbaren Nokia-Telefon. Ihre Musik lief auf voller Lautstärke in meinem Zimmer, und Bailey musste mich auf alle New Yorker Konzerte begleiten, was mehr oder weniger Folter für ihre Ohren war – die Frau ist durch und durch AC/DC-, Scorpions-, Metallica- und Kiss-Fan.

Zwei Jahre vor meinem Highschool-Abschluss lief eine Reportage über Rihanna, in der sie Evan Rogers gedankt hat – ohne den es Rihanna und ihre Musik nicht geben würde. Und in dieser Sekunde wusste ich, dass ich das auch möchte. Künstler entdecken, die Massen an Menschen mit ihrem Gesang in ihren Bann ziehen. Bailey war nicht begeistert davon, trotzdem hat sie mich unterstützt.

Wir saßen abends stundenlang im Wohnzimmer und haben uns informiert, was ich dafür studieren muss. Sie baute mich auf, wenn ein Bewerbungsgespräch negativ ausging, sie lud mich auf ein Abendessen in ein teures Michelin-Restaurant ein, nachdem ich ein bezahltes Praktikum bei Atlantic Records ergattern konnte.

Angestrengt zwinge ich mich, diese Erinnerungen zu verdrängen, denn im Augenblick geht es um Lovelyn.

»Also, ich …« Die Worte wollen meinen Mund nicht verlassen. Aber es hilft nichts, es hinauszuzögern, macht es nur noch schlimmer. »Du hast mich positiv überrascht, ich finde, dass du eine Stimme hast, die Menschen mitreißen kann.« Vor allem im Süden. »Countrymusik ist definitiv dein Genre, es passt zu dir wie die Faust aufs Auge. Aber ich glaube nicht, dass du hier richtig aufgehoben wärst, da das nicht zu den üblichen Musikrichtungen zählt, die wir vertreten.«

Ihre grünen Augen werden größer und größer.

»Lovelyn, nur weil es hier nicht klappt, heißt es nicht, dass es niemals woanders klappen wird«, möchte ich ihr Mut zusprechen, da sie mir unglaublich leidtut. »Es gibt viele Künstler, die jahrelang Absagen bekommen und schlussendlich doch einen Plattenvertrag erhalten.«

»O-oh, o-kay.«

Und dann habe ich einen Einfall, wie ich ihr einen Hoffnungsschimmer geben kann. »Aber weißt du was? Andere haben nicht mich an ihrer Seite.« Lovelyn schaut mich irritiert an, während ich mein Telefon hervorhole. Danach stehe ich auf und schaue mich im Raum um. »Ah, da«, sage ich, als ich einen Block und einen Stift gefunden habe. Ich notiere ihr eine Nummer. »Diese Nummer gehört Mary-Anne, sie arbeitet seit einem Jahr bei Hendricks Music in Nashville, die sich auf Country spezialisiert haben«, teile ich ihr mit. »Ruf sie an und sag, dass du von mir, Juliet Bryant, eine Empfehlung hast.« Ich überreiche ihr den Zettel. »Es ist kein garantierter Plattenvertrag, aber damit hast du einen Fuß in der Tür.«

Kapitel 15

Gerade, als ich die Spring Street Metro-Station in Little Italy verlasse, um Bailey in ihrem Pflegeheim zu besuchen, zeigt mir meine Smartwatch einen Anruf an. Laut den ersten Ziffern der Nummer möchte mich jemand aus Los Angeles sprechen.

»Juliet Bryant, hallo?«, melde ich mich irritiert, nachdem ich abgenommen habe.

»Miss Bryant, schön, dass Sie sofort rangehen!« Eine männliche, euphorisch klingende Stimme begrüßt mich, während ich in die Mulberry Street einbiege, um weiter in Richtung Süden in das Herz des Distrikts zu gelangen. »Hier ist Joshua McCoy, Leiter der Personalabteilung von Golden State Music aus dem wunderschönen L. A.!«, stellt er sich vor.

Es wundert mich, dass ich von ihm angerufen werde, schließlich habe ich nichts mit diesem Label zu tun. Der Name allerdings sagt mir etwas. Dabei handelt es sich um ein junges Unternehmen, das in den letzten Jahren eine Menge Einfluss gewinnen konnte.

»Sie fragen sich sicher, warum ich Sie kontaktiere«, fährt er fort, als könnte der Abteilungsleiter meine Gedanken lesen. »Ich will Ihnen ein Angebot machen.«

»Ein Angebot? Mir? *Warum*?«, wiederhole ich.

»Seit einigen Monaten erweitern wir unser Label, wie Sie vielleicht gehört haben. Wir sind auf der Suche nach jungen, frischen, talentierten und zielorientierten Mitarbeitern, die uns helfen sollen, Golden State Music noch erfolgreicher zu machen und uns nach ganz oben zu katapultieren.« Tatsächlich habe ich nichts davon gehört, dass sich das Label vergrößert. »Und deswegen bin ich auf Ihren Namen aufmerksam geworden«, offenbart er mir. »Für Ihr Alter haben Sie eine erstaunliche Erfolgsbilanz, und ich glaube, dass wir Ihnen helfen können, noch weit die Karriereleiter nach oben zu klettern, Miss Bryant.«

»Ich möchte mich zunächst für Ihre Einschätzung bedanken«, beginne ich, während ich den Eingang des Pflegeheims erreiche und draußen vor der Tür stehen bleibe. »Dass Sie mir ein Angebot machen wollen, ehrt mich.« Und das meine ich ernst, denn so etwas passiert nicht jeden Tag, eigentlich sogar recht selten – Zacharys ungewöhnliches Anwerben zählt dabei nicht. »Allerdings habe ich erst diese Woche eine neue Anstellung angetreten«, erkläre ich ihm. »Und dazu kommt, dass es meine familiäre Situation nicht zulässt, meinen Wohnsitz an die Westküste zu verlegen.«

»Sie haben unser Angebot noch nicht gehört, Miss Bryant«, versucht Mr McCoy, mich zu locken, sodass ich in der Tat neugierig bin – auch, wenn das nichts ändern wird. »Glauben Sie mir, Sie werden *freiwillig* in den nächsten Flieger nach L. A. steigen, um bei uns anzufangen.«

»Das bezweifle ich zwar, aber ich höre es mir trotzdem an.«

»Sechshunderttausend Dollar, Miss Bryant.«

»Wie ... wie war das?«

»Sie haben richtig gehört.«

Selbst Birmingham Records, die weit, weit oben in der Liga mitspielen, zahlen mir nur ein Jahresgehalt von einer halben Million Dollar.

»Entschuldigen Sie die Frage, aber können Sie sich das überhaupt leisten?« Ich möchte das Label nicht beleidigen oder infrage stellen, doch das kommt mir alles sehr unwirklich vor. Für ein Label, das keine fünf Jahre alt ist, ist das eine sehr unrealistische Summe.

»In der Tat kann ich Ihre Bedenken verstehen, aber machen Sie sich darüber keine Sorgen«, versucht er mich zu beruhigen. »Vor Kurzem ist ein sehr wohlhabender Investor eingestiegen, der solche hohen Summen möglich macht.«

»Ach wirklich?«, hinterfrage ich.

»Sie erwartet hier eine blühende Zukunft, Miss Bryant.«

Mit meinen Rücken lehne ich mich gegen die Fassade, da ich kurz eine Stütze brauche. Das Angebot klingt verlockend, und ich denke wirklich darüber nach, ob ich es annehmen sollte. Es ist eine *Menge* Geld. Und doch weiß ich instinktiv, dass ich diesen Schritt *niemals* gehen könnte. Wenn ich nach Los Angeles umziehe, müsste ich Bailey zurücklassen, da ich es nicht übers Herz bringe, dass sie die Stadt verlässt, die ihr noch immer ein bisschen Halt gibt.

Rose und Brenda haben mir bereits offenbart und mich darauf vorbereitet, dass sie auch Malcom und Eloise vergessen wird, doch es eine Stütze und Hilfe ist, dass sie New York mit vielen wunderschönen Erinnerungen verbindet. Außerdem würde ich es vermissen, Bailey mehrmals wöchentlich zu sehen. Ich bin mir bewusst, dass die Zeit mit ihr ein Ablaufdatum hat, weshalb ich jeden mir verbleibenden Augenblick genießen werde.

Aus diesem Grund werde ich Geld *niemals* über Bailey stellen.

»Ihr Angebot ist mehr als großzügig, Mr McCoy, doch ich kann es nicht annehmen, weil ich nicht aus New York wegziehen kann«, sage ich ehrlich, da ich das Gefühl habe, ihm eine Antwort schuldig zu sein. Bei einer solchen Summe kann ich nicht einfach *nein, danke* sagen, vor allem, weil sie sich solche Mühe gegeben haben. Das wäre falsch und undankbar.

»Ich fühle mich für meine Großmutter, meine letzte lebende Verwandte, verantwortlich, die aufgrund einer unheilbaren Krankheit hier im Pflegeheim lebt«, teile ich ihm meine Beweggründe mit. »Ich hoffe, Sie können nachvollziehen, warum ich deswegen Ihr Angebot ablehnen muss.«

***

Brenda wirft durch das Fenster in der Tür einen Blick auf Bailey, die in ihrem Bett liegt und mit dem Gesicht gespannt zum Fernseher schaut, in dem eine Tier-Dokumentation läuft. »Ich würde dir von einem Besuch abraten oder es wenigstens kurzhalten, sie hat heute einen schlechten Tag.«

»Wie schlimm ist es?«, frage ich.

Es gibt mehrere Stufen, die Baileys Verfassung beschreiben. Diese sollen sicherstellen, wann ich aufpassen sollte, um *mich* zu beschützen. Nicht, dass ich Angst habe, dass ich körperlich verletzt werden könnte – was schon mehrfach vorgekommen ist –, sondern ich sorge mich auch um mein seelisches Wohl.

Wenn Bailey einen guten Tag hat, kann ich mich stundenlang mit ihr unterhalten, sie kann mir folgen und besitzt die dementsprechende Konzentration. An einem halbwegs guten Tag können wir uns auch unterhalten, doch es kommt vor, dass sie ab und zu den Faden verliert und ich mich wiederholen muss.

An einem schlechten Tag hat sie keinerlei Konzentration. Sie stellt dieselben Fragen, vergisst immer wieder, wo sie ist, und möchte andauernd wissen, wo ihr Ehemann ist. Die ganz, ganz schlimmen Tage unterscheiden sich nicht groß von den schlimmen Tagen – außer, dass man sie nicht beruhigen kann, denn alles, was man sagt, bewirkt das Gegenteil bei Bailey. Sie hat ständig Anfälle vor Wut, Verwirrung und auch Verzweiflung. Brenda und Rose erklären es damit, dass sie immer wieder realisiert und durchlebt, dass etwas mit ihr und ihren Erinnerungen nicht stimmt.

An solchen Tagen möchte ich ihr nicht gegenübertreten.

Es bricht mir das Herz, sie *so* zu sehen.

Brenda überlegt einen Moment. »Sie verliert heute sehr schnell den Faden, doch emotional ist sie stabil.« Sie sagt mir damit durch die Blume, dass es unwahrscheinlich ist, dass sie einen Anfall bekommt.

»Ich möchte trotzdem gerne zu ihr.«

»Bitte nur kurz«, fordert sie, und ich nicke bestätigend. Für mich ist das kein Problem, da ich sowieso noch einiges für die Arbeit zu erledigen habe. Außerdem muss ich einen Techniker anheuern, der meine Klimaanlage repariert, die gestern urplötzlich den Geist aufgegeben hat und das Dachgeschoss in einen Heizofen verwandelt.

Brenda öffnet die Tür, sodass ich ins Zimmer treten kann, bevor sie diese wieder ran zieht, aber leicht angelehnt lässt. Unverzüglich richtet Bailey ihre Aufmerksamkeit auf mich – und lächelt herzlich.

»Eloise!«, ruft sie begeistert und zeigt auf den Stuhl, auf dem sonst immer Brenda sitzt, wenn die beiden nicht in der Einrichtung unterwegs sind, im Innenhof die Sonnenstrahlen genießen oder im großen Gemeinschaftssaal Zeit verbringen. »Wie schön! Dann können wir endlich nach Hause!«

Die Hälfte der Zeit weiß sie, dass sie diesen Ort nicht verlassen wird – auch wenn sie denkt, dass es nur vorübergehend ist. Nur so bekommen wir sie dazu, dass sie ruhig bleibt. In der anderen Hälfte muss man ihr wieder erklären, dass sie hierbleiben muss.

Wie auch jetzt.

»Ich fürchte, nein, es tut mir leid.«

»Aber … wo bin ich denn eigentlich?«, erkundigt sie sich, obwohl ihr Brenda diese Frage wahrscheinlich bereits Hunderte Male beantwortet hat, und schaut sich im spärlich eingerichteten Raum um, der nur noch aus den festgeschraubten Möbeln besteht. Nach und nach mussten ihre persönlichen Sachen wie Fotorahmen leider weichen, um Betreuer und auch Familienangehörige – *mich* – zu schützen, da sie nach greifbaren Objekten geschnappt hat, um diese zu werfen.

Wie üblich entscheide ich mich für die Variante, die eigentlich immer gut geht. »Du bist auf Reha, Ma«, erkläre ich ihr und schäme mich ein wenig dafür, die Frau zu belügen, die mich großgezogen und gelehrt hat, dass man immer aufrichtig sein soll.

Inzwischen spiele ich einfach mit, um sie nicht unnötig aufzuregen. Und soweit ich weiß, sagen ihr die

Schwestern vor Ort auch nicht mehr die Wahrheit. Denn wenn man versucht hat, ihr zu erklären, dass sie nun in einer Pflegeeinrichtung lebt und ihr geliebter Ehemann und ihre einzige Tochter tot sind, zerbricht etwas in Bailey.

Es ist verständlich. Wer würde glauben, dass die eigene Familie tot ist, wenn man sich nicht an die Tode erinnern kann?

»Und ... und wann kann ich nach Hause?«

»Schon sehr bald, Ma.«

»Hm«, macht sie nachdenklich, doch nickt dann. »Dann ... ah, ja, Frosch mir von deinem Tag, Eloise«, bittet sie mich. Ich blinzle mehrmals, während sich die Schrauben in meinem Gehirn drehen. »Was hast du gemacht?«

Ahh. Durch den weiteren Satz realisiere ich, was sie ausdrücken wollte. Erzählen, nicht Frosch. Es ist nicht das erste Mal, dass sie Wörter fehlerhaft verwendet, und ich gewöhne mich langsam daran, trotzdem muss ich immer überlegen. Bailey versucht, nach ihrem Glas zu greifen, weshalb ich ihr schnell zuvorkomme und es ihr vor den Mund halte, damit sie den Strohhalm mit ihren Lippen zu fassen bekommt.

»Diese Woche habe ich meine neue Stelle bei Birmingham Records angetreten«, verkünde ich, sodass sich ihre grünen Augen weiten.

»Du hast deinen Dienst beendet?« Sie stößt ein erleichtertes Stöhnen aus, weil sich Bailey immer gewünscht hat, dass Eloise nicht in die Fußstapfen ihres Vaters tritt. Hätte sie damals gewusst, was passieren würde, hätte sie ihre Tochter wahrscheinlich im Keller angekettet. »Warum hast du mir nichts erzählt?«

Seit über einem Jahr sage ich ihr immer wieder, dass ich – *ihre Tochter* – beim Militär aufgehört und eine neue Richtung eingeschlagen habe, um sie so an meinem Leben teilhaben zu lassen. Sie vergisst das nur immer wieder.

»Und, wie war gestern der Kinofilm?«, erkundigt sie sich plötzlich.

Ein Themenwechsel, der aus heiterem Himmel kommt, überrascht mich nicht mehr. Sie hat bereits wieder vergessen, was ich ihr vor wenigen Sekunden erzählt habe.

»Welcher noch mal?«, hinterfrage ich, weil ich nicht weiß, auf welchen Film Bailey anspielt. »Es laufen gerade so viele.«

»Dieser Harry und der Schrecken.«

Einen Augenblick muss ich über ihre Aussage nachdenken. »Meinst du, Harry Potter und die Kammer des Schreckens?«, frage ich lachend. »Dieser Harry und der Schrecken«, wiederhole ich schmunzelnd. »Also ich fand ihn sehr gut«, sage ich, was keine Lüge ist, da ich der Reihe verfallen bin – wie die meisten auch. Aber ich bin selbstverständlich nicht nur bis zum zweiten Teil gekommen, sondern habe bereits alle Filme gesehen.

»Warst du mit … ihm … dort?« Sie verzieht ihren Mund, und ich kann mir denken, worauf sie hinausmöchte, denn zu dieser Zeit war Eloise mit *ihm* zusammen.

Toni, alias mein Erzeuger.

Die beiden führten eine On-off-Beziehung, weil sie, wenn ich Bailey zitieren darf, toxisch zusammen waren. In den Monaten, in denen sie zwischen Einsätzen zu Hause war, haben sie immer heftig gestritten, trotzdem kamen sie nicht voneinander los – jedenfalls nicht, bis sie schwanger wurde.

Toni verlangte, dass sie abtrieb, doch meine Mutter brachte es nicht übers Herz, weil sie laut Bailey sich in der Sekunde in mich verliebt hat, als sie das erste Ultraschallbild sah. Toni hingegen packte seine sieben Sachen, verließ New York über Nacht, ohne sich zu verabschieden. Sein Mitbewohner musste seiner schwangeren Freundin diese Nachricht überbringen. Und weil sie weder seine Familie kannte, noch weitere Informationen von ihm hatte, kam er um den Unterhalt herum. Allerdings bezweifle ich, dass er gezahlt hätte, wenn sie gewusst hätte, wo er war.

Und plötzlich war meine Mutter, die noch über sieben Jahre der Armee verpflichtet war, über Nacht alleinerziehend.

Das erste halbe Jahr arbeitete sie auf der Basis in der Nähe von New York, doch da sie uns ein Haus kaufen wollte, übergab sie mich schweren Herzens Bailey, um einen letzten Auslandseinsatz für achtzehn Monate mitzumachen. Sie sollte nie zurückkommen, weil sie bei diesem Einsatz ums Leben kam.

»Nein, nicht mit Toni.«

Meine Großmutter blinzelt für einen kurzen Moment, nickt dann und lächelt. »Und, wie war der Kinofilm gestern, Eloise?« Bailey schaut mich interessiert an, als wüsste sie nicht mehr, dass ich ihr vor einer Minute gesagt habe, wie ich den Film fand.

»Er hat mir gefallen«, wiederhole ich.

»Das freut mich, meine Liebe.« Bailey beugt sich nach vorn, legt eine leicht zitternde Hand auf meine Wange. Sie streichelt mein Gesicht, bevor ihre Hand an Kraft verliert und sie diese nach unten fallen lässt. Dann schaut sie plötzlich hoch. »Oh, es ist schon so spät, und ich habe noch kein Essen für deinen Vater vorbereitet!« Es ist helllichter Tag, ich besuche sie gerade in meiner Mittagspause. »Vielleicht sollten wir von … von … wie heißt der kleine Laden an der Ecke noch mal? Ich … ich komme nicht drauf?«

»*Giovanni's*«, antworte ich ihr. Den Italiener gibt es noch immer, nur, dass er inzwischen von Giovanni junior übernommen wurde.

»Stimmt … ja … ja Gio… Giovan … *Giovanni's.*« Beim dritten Versuch hat Bailey es geschafft, den Namen des Restaurants zu wiederholen. Sie macht Anstalten, die Bettdecke zurückzuschlagen, doch ich hindere sie daran. »Was tust du? Ich muss die übliche Bestellung für uns aufgeben, Eloise.«

Ich drücke sie ins Bett zurück, denn wenn ich sie nicht aufhalte, wird Bailey versuchen, dorthin zu gelangen, bis sie vergisst, wohin sie wollte. »Ach, weißt du was? Wieso übernehme ich das nicht? Frische Luft tut mir gut.« Ich zwinkere sie an, sodass sie mich mit einer gerunzelten Stirn betrachtet. »Das sagst du mir doch immer!«

»Und seit wann hörst du auf mich?« Ich liebe diese Augenblicke, in denen es sich fast wie früher anfühlt – auch, wenn gleich der Reset-Knopf gedrückt wird.

»Ich bitte dich, ich höre *immer* auf dich.«

Bailey grinst mich an. »Du sollst doch nicht lügen.«

»Ich? Lügen? Nie.«

Sie schüttelt den Kopf, doch je länger sie es tut, desto mehr sinken ihre Mundwinkel nach unten, bevor sie sich nach allen Seiten umschaut. »Eloise?«, sagt sie den Namen meiner Mutter. Bailey blinzelt, rutscht in ihrem Bett hin und her. »Wo … wo bin ich Eloise? Warum … warum bin ich nicht zu Hause? Ich … versteh … nicht.«

Da ist er, der Reset-Knopf.

Kapitel 16

Louie miaut.

»*Psst!*«, mache ich, während ich von den Sicherheitskontrollen im Eingangsbereich zu den Aufzügen laufe. Den Sicherheitsbeamten, der die mit einer Decke verhüllte Katzentransportbox überprüft hat, habe ich mit einhundert Dollar bestochen, damit er mich passieren lässt. Hätte ich nicht gestern meinen Arbeitsausweis erhalten, wüsste ich nicht, ob ich mit meinem Kater durch die Kontrolle für die Gäste gekommen wäre, die deutlich strenger und gründlicher vorgenommen wird.

Tiere sind im Wolkenkratzer verboten, seit vor einem Jahr Angestellte aus einer anderen Firma auf die brillante Idee kamen, Shetlandponys mit ins Gebäude zu bringen, die ausgebüxt sind und Chaos verursacht haben. Zwei davon sind in den Aufzug gekommen, der dann ausgerechnet in unserer Führungsebene gehalten hat, wo Jonathan Birmingham einsteigen wollte. In ihrer Panik haben sie ihn umgerannt. Ich dachte, ich höre nicht richtig, als mir Damien lachend davon erzählt hat. Bis heute verstehe ich nicht, warum man diese Ponys erst mitgebracht hat.

Nach dem Besuch bei Bailey habe ich zwei Tage versucht, einen Techniker für meine kaputte Klimaanlage zu engagieren. Bisher war ich erfolglos, denn alle, die ich angerufen habe, hatten keine Zeit. Also bot ich meiner jetzigen Technikerin einen Aufschlag, den sie nicht ausschlagen konnte. Allerdings bekam ich gestern Vormittag einen Anruf von der Dame, der ich einen Schlüssel beim Pförtner hinterlassen hatte, damit sie sich um das Problem kümmern konnte.

Sie musste nach einer halben Stunde den Auftrag abbrechen, da sie Louie immer wieder angehisst und gekratzt hat. Sie hat versucht, ihn im Schlafzimmer einzusperren, doch da es keinen Schlüssel gibt und mein sonst so fauler Kater es schaffte, die Tür aus eigener Kraft zu öffnen, half das nicht. Eigentlich hat sie heute einen freien Tag, doch nachdem ich sie mehr oder weniger angebettelt habe, lenkte sie ein – unter der Voraussetzung, dass sich mein dicker, angriffslustiger Kater nicht in der Wohnung aufhält.

Spontan eine Übergangsunterkunft für Louie zu finden hat nicht funktioniert. Die Sitter und Tierpensionen sind durch die Sommersaison vollkommen ausgebucht. Und Damien konnte sich nicht freinehmen, da er mit der Überarbeitung eines Albums zu tun hat. Für einen Augenblick hatte ich es in Erwägung gezogen, Louie zu Hause in seiner Box einzusperren, doch ich brachte es nicht übers Herz.

Erleichtert bahne ich mir einen Weg über den Flur in Richtung meines Büros, denn wie geplant ist kurz nach sechs Uhr morgens das Stockwerk leer und keine Menschenseele zu sehen. Ich glaube zwar nicht, dass ich meine Anstellung verlieren würde, wenn man mich mit Louie erwischt, trotzdem möchte ich mir in meinem ersten Monat hier keinerlei Ärger einhandeln. Glücklicherweise sind die Glaswände mit Jalousien ausgestattet, sodass ich diese herunterlasse und so ein wenig Privatsphäre schaffe. Ich meine, wie könnte man diesen übergewichtigen Kater sonst nicht bemerken? Das wäre praktisch unmöglich.

Nachdem ich vorsorglich die Tür verschlossen habe, schiebe ich die Katzentransportbox unter meinen Schreibtisch und lasse das Gitter offen. Wenn es nachher schnell gehen muss, wenn mich zum Beispiel ein Kollege aufsucht, ist dies die beste Lösung. Die Frage, ob mein Kater dann mitspielt, ist eine andere, denn vorhin, als ich ihn mit Schwerstarbeit in die Box verfrachtet habe, haben seine Krallen meine Haut nicht nur verletzt, sie haben mich *massakriert*.

***

Als ich ein Klopfen wahrnehme, schießt mein Kopf augenblicklich in die Höhe. Der halbe Tag ist ohne Zwischenfälle verlaufen – bisher jedenfalls.

»Juliet?«, nehme ich die Stimme von Zachary wahr, sodass ich mich unverzüglich entspanne. »Hier sind Tracey und Zachary.«

Niemand Geringeres als Zachary Birmingham, der Geschäftsführer dieses Labels, und Tracey, meine Abteilungsleiterin, stehen vor meiner Tür. Wenn mich die beiden mit meinem Kater erwischen, werde ich von Zachary keine Konsequenzen zu erwarten haben, denn das würde mir der Geschäftsführer nie antun. *Das weiß ich.* Allerdings würde er meiner direkten Vorgesetzten damit beweisen, dass die Regeln, die für die anderen Mitarbeiter gelten, mich nicht betreffen. Eine Sonderbehandlung ist das Letzte, was ich gerade brauche.

Und deshalb bleibt mir nur eins übrig: *ein Versteckspiel.*

»Louie, du *musst* verschwinden!«

Als wüsste mein Kater, was passiert, springt er zur Seite, als ich auf ihn zukomme und ihn ergreifen will. Er faucht. »Fat Louie, dafür haben wir keine Zeit!« Erneut versuche ich, ihn zu greifen, doch das Einzige, was mich berührt, sind seine Krallen auf meinem rechten Arm, die eine lange, blutige Spur hinterlassen.

In diesem Augenblick gibt es nur eine Möglichkeit, ihn kooperieren zu lassen. Ich stürze mich auf meine Tasche, hole seine liebsten Leckerlies – Tender Fills mit Hühnchen-Geschmack – von Temptations aus der Tasche.

»Sicher, dass du nicht auf mich hören willst, hm?« Louie hält inne, den Blick starr auf die Tüte gerichtet. Ich schüttle sie. »Du bist doch sicherlich hungrig, Dickie?«

Fat Louie versteht genau zwei Wörter – Hunger und Essen. Sobald eine Variante davon aus meinem Mund kommt, ist er am Start.

Mein dicker, runder, Kater *liebt* sein Fressen.

»Juliet?«, höre ich Zachary erneut fragen.

»Ähm ... einen Augenblick!«, bitte ich ihn.

Louie folgt mir in Richtung der Box, die unter meinem Schreibtisch steht. Eilig platziere ich die gesamte Tüte darin. Es ist zwar nicht gut für seine Diät, doch ist mir nichts Besseres eingefallen.

Kaum habe ich meine Hand aus der Box entfernt, sprintet Louie bereits hinein, um sich auf sein Futter zu stürzen. Während ich nun zur Tür laufe, schaue ich mich schnell um, dass nichts auf die Anwesenheit von Louie hindeutet. Bei der Tür liegt noch ein Spielzeug, die anderen befinden sich hinter meinem Schreibtisch, weshalb ich es aufnehme und zu den anderen werfe.

Beim Aufkommen quietscht es – natürlich quietscht es! –, ich hoffe, dass man es auf dem Gang nicht gehört hat.

Ich atme noch einmal schnell durch, um meinen Herzschlag zu beruhigen, und dann öffne ich die Tür. Meine Vorgesetzten mustern mich skeptisch, als wüssten sie, dass irgendwas im Busch ist. Zachary mustert besorgt den Sichtschutz. »Ist alles in Ordnung bei dir, Juliet?«, erkundigt er sich.

»Nur Migräne«, sage ich beiläufig.

»Migräne?«, horcht Zachary.

Am liebsten würde ich mir für diese Ausrede gegen die Stirn klopfen, denn natürlich weiß Zachary, dass ich noch nie an Migräne gelitten habe. »Damit kämpfe ich seit rund einem Jahr immer mal wieder«, füge ich zu.

Tracey zeigt in den Raum hinein. »Dürfen wir?«

Nein. »Natürlich.«

Die beiden treten zu meinem Leidwesen ein. »Du wunderst dich sicherlich, warum wir dich beide sprechen wollen, richtig?«, beginnt Zachary, während ich hinter meinen Schreibtisch trete und sich meine Vorgesetzten auf die Sessel davor niederlassen. Louie gibt glücklicherweise keinen Ton von sich, und ich bin erleichtert, dass ich die weichen Leckerlies und nicht die knusprigen eingepackt habe. »Mrs Lambert hat mich wegen deines Arbeitsvertrags kontaktiert.« Er räuspert sich. »Ich weiß nicht, wie ich das erklären soll, aber anscheinend ist dieser abhandengekommen.«

»Wie ist das möglich?«

Tracey meldet sich zu Wort, nachdem sie ihre roten, mittellangen Haare nach hinten gestrichen hat. »Die Rechtsabteilung hat vom Sicherheitspersonal eine Fotokopie deines Arbeitsausweises bekommen, welche sie in deiner Akte ablegen wollten, und dabei ist aufgefallen, dass dein Arbeitsvertrag … nicht da ist, wo er sein sollte.« Sie knirscht nun mit den Zähnen, räuspert sich – es ist ihr anscheinend sehr unangenehm.

Louie bewegt sich, sodass ein leichtes Rascheln zu hören ist, weshalb ich augenblicklich einen Zettel zusammenknülle, der vor mir liegt – und eigentlich wichtig ist. »Hat man den nur, na ja, verlegt?« Die beiden schütteln ihre Köpfe. »Ähm, okay, und was tun wir dagegen? Soll ich ihn erneut unterschreiben?«

Tracey reicht mir eine Gittermappe, die ich in meiner Aufregung übersehen habe. »Genau, wir würden dich bitten, den Vertrag neu zu unterzeichnen. Er ist identisch mit deinem alten Arbeitsvertrag, aber du kannst ihn dir gerne in Ruhe durchlesen«, schlägt sie mir vor, während ich die Papiere aus der Mappe nehme. »Wir wollten dir das persönlich mitteilen und uns selbstverständlich für diese unprofessionelle Unannehmlichkeit bei dir entschuldigen.« Sie wechselt einen schnellen Blick mit Zachary. »So was wird hoffentlich nicht mehr vorkommen.«

»Ach, das macht nichts, das kann passieren.«

Schnell überfliege ich den Vertrag, vor allem die wichtigsten Daten, wie Vergütung, Kündigungsrichtlinien und Urlaubsansprüche, bei denen ich wie versprochen keine Änderungen finde. Aber ich hätte auch nicht erwartet, dass Zachary versucht, mich mit einem neuen Vertrag hinters Licht zu führen.

Ich setze meine Unterschrift und reiche ihr die Unterlagen wieder zurück.

Tracey wirft einen Blick darauf und lächelt dann. »Super, ich werde diesen höchstpersönlich in der Personalabteilung abgeben«, sagt Tracey, während sie bereits aufsteht und nun näher unter der Deckenlampe steht, sodass ihre Haarfarbe feuerrot leuchtet und glänzt. »Und wie gesagt, das tut uns wirklich leid.« Sie ist bereits an der Tür. »Ach, und es wäre schön, wenn wir heute ... oder auch morgen, je nachdem, wann du dich besser fühlst, kurz reden könnten. Du hast letztens diese Künstlerin angesprochen, die deinem alten Label zu unkonventionell war.« Ich hatte Tracey von Saphire erzählt, bis sie zu einem beruflichen Notfall aufbrechen musste. »Ich würde gerne mehr darüber hören, denn ich *liebe* unkonventionell.«

Ich lächle. »Das würde ich sehr schön finden.«

»Na dann, bis später!«

Nachdem die Tür hinter Tracey ins Schloss gefallen ist, miaut Louie. Wenigstens hatte mein Kater den Anstand zu warten, bis eine Vorgesetzte das Büro verlassen hat. *Was für ein Wunder.*

»War das eine Katze?« Zachary schaut verwundert zu den Außenfenstern, als Louie erneut einen Ton von sich gibt, diesmal lauter und länger als vorher, sodass mich mein Gegenüber mit offenem Mund anstarrt.

»Eine Katze? *Hier?*«, gebe ich mich ahnungslos.

Zachary weiß noch nicht, dass ich einen Kater habe, sodass er nicht ahnen kann, dass ich Louie hier verstecke. Dieser macht ihm die Sache allerdings zu leicht, denn Louie gibt erneut einen lauten und unzufriedenen Ton von sich. Anscheinend hat er bereits alle Leckerlies verputzt und will raus.

»Das war doch eine Katze?« Zachary steht mit gerunzelter Stirn von seinem Stuhl auf. Sein Blick bleibt an meinem Schreibtisch hängen und in diesem Moment verrät Louie mich erneut. Selbst wenn ich bereits ertappt wurde, drehe ich meinen Stuhl seitlich, sodass es Zachary die Sicht auf meinen fetten Kater versperrt.

»Das kommt nicht aus diesem Büro«, teile ich ihm mit einem zuckersüßen Grinsen mit. »Diese Wände sind nicht wirklich schalldicht, weißt du?«, erkläre ich ihm und zeige auf die verdunkelten Glaswände. »Vielleicht schaut sich jemand ein paar Katzenvideos an und daher hören wir diese Geräusche?«

Zachary schmunzelt, die blauen Augen leuchten, als würde er das hier genießen. »Und du bist sicher, dass das Geräusch nicht von unter deinem Schreibtisch stammt?« Der Waliser zeigt mit einem Zwinkern auf meine Beine. »Darf ich?«

»Eigentlich nicht vor dem dritten Date.«

»Und wenn ich ganz lieb *Bitte* sage?«

»Gab es trotzdem noch kein drittes Date.«

Zachary pirscht sich an mich heran. »Sind wir darüber nicht schon hinaus? Wie viele Dates hatten wir in der Vergangenheit?«

Ich mache ein nachdenkliches Gesicht. »Das ist in der Tat eine gute Frage, denn ... ich kann mich nicht mehr erinnern. Würdest du mir auf die Sprünge helfen?«, bitte ich.

Mein Gegenüber steht nun dicht vor mir. »Ich helfe dir liebend gern dich zu erinnern.« Anschließend beugt er sich zu mir herunter, sodass sich unsere Gesichter beinahe streifen. Die Nähe sorgt dafür, dass mir das Blut in die Wangen schießt und sich meine Atmung beschleunigt. »Woran *genau* soll ich dich erinnern?«

In meinem Kopf spielen sich viele Bilder der Vergangenheit ab und ich beiße auf meine Lippe.

Und dann … *schreit* Louie. Das kann man nicht mehr Miauen nennen, mein Kater klingt wie Chewbacca – nur in gemeingefährlich.

Zachary weicht lachend zurück, während ich zuerst tief durchatmen muss. Ich hatte nicht bemerkt, dass ich den Atem angehalten habe. »Sag mal, versteckst du Chewbacca unter deinem Schreibtisch?« Das wir die gleichen Namen benutzt haben, lässt mich schmunzeln.

»Darf ich vorstellen? *Godzilla.*«

»Godzilla?«, hinterfragt Zachary grinsend, während ich mit meinem Bürostuhl wegrolle, damit dieser freie Sicht auf die Katzentransportbox hat. »Na, wen haben wir denn da?«

Anstatt eine Erklärung zu fordern, kniet Zachary sich unter den Schreibtisch, um die Box hervorzuholen. Meine Augen weiten sich erschrocken, als er sich an der Tür zu schaffen macht. »Halte lieber Abstand!«, warne ich ihn. »Fat Louie mag fast *niemanden*, nicht einmal mich und –« Meine Augen spielen mir eindeutig einen Streich, denn Zachary nimmt den Kater an seine Brust und wiegt ihn hin und her, sodass Fat Louie *schnurrt.* Meine Kinnlade fällt beinahe zu Boden. Mein eigener Kater mag mich nicht, liebt aber ausgerechnet Damien und ihn? Louie kennt ihn nicht mal?!

»Das darf doch wohl nicht wahr sein.« Ich konnte die Worte nicht aufhalten, denn ich traue meinen Augen kaum.

Zachary lacht. »Fat Louie? Nicht Godzilla?«

»Godzilla ist nur ein weiterer Name, der Louie, wie er eigentlich heißt, perfekt beschreiben würde«, antworte ich ihm, während ich zusehe, wie sich mein Kater an Zachary schmiegt. »Wie du sehen kannst, hat sich Louie den Zusatz von *Fat* mehr als verdient.« Ich schüttle mich. »Es ist echt seltsam, dass er dich mag«, sage ich. »Ich meine, *ich* habe ihn vor dem Einschläfern gerettet, und was bekomme ich als Dankeschön?« Stöhnend zeige ich auf die Kratzspuren an meinen Armen. »Bisher hat Louie nur meinen besten Freund Damien an sich rangelassen.«

»Wirklich?«

»Ja, wirklich.«

»Und du hast ihn gerettet?«, fragt er, während er Louie an sich drückt, als könnte er den Gedanken nicht verkraften, dass er beinahe getötet wurde. Dieser fährt die Pfoten aus, spielt mit einer kurzen dunkelblonden Strähne, die sich über seiner Stirn befindet.

Ein Seufzen kommt über meine Lippen, als ich die beiden betrachte. »Louie galt als nicht vermittelbar, hätte ich ihn nicht adoptiert, würde dieses Dickerchen nicht mehr auf dieser Erde wandeln«, erkläre ich ihm. Auch, wenn ich es nicht bereue, ihn gerettet zu haben, hätte ich einen Kater bevorzugt, der mich nicht nur mit seinem Hintern anschaut.

»Wenn ich mehr Zeit hätte, hätte ich inzwischen eine ganze Kolonie adoptiert.« Zachary lächelt auf Louie hinab. »Wenn ich irgendwann in den Ruhestand gehe, komme ich meinem Wunsch endlich nach, und dann rette ich solche Fälle wie Louie«, sagt er, während er ihm einen Kuss auf das Köpfchen gibt. »Katzen, die sonst niemand will oder als schwer vermittelbar gelten und kurz vor dem Einschläfern stehen. Wieso sollte ich mir eine Zuchtkatze kaufen, wenn es Katzen gibt, die endlos im Heim versauern?«

Bevor Zacharys Familie vor über zwanzig Jahren ausgewandert ist, hatte sie in Wales drei Katzen, die Zachary abgöttisch geliebt hat. Diese mussten allerdings notgedrungen weggegeben werden, als Isaac eine Katzenhaarallergie entwickelt hat.

»Würde es dir etwas ausmachen, wenn ich Louie zu mir ins Büro nehme und ein wenig Zeit mit ihm verbringe?« Zacharys Frage überrascht mich. »Nur ein paar Stunden, bitte.«

Ein Lächeln umspielt meine Lippen. »Gerne.«

Zachary steckt Louie in seine Box, wohl angemerkt, dass er ihn *nicht* kratzt. »Du weißt nicht, wie viel mir das bedeutet, Juliet.« Und dann, ohne ein weiteres Wort zu verlieren, hebt er die Box hoch und spaziert zur Tür. »Na komm, lass uns einen schönen Nachmittag verbringen!«, sagt er zu Louie. »Ich werde meine Assistentin zu *The Pet Market* schicken, um dir ein paar gesunde, aber leckere Snacks zu bringen.«

»Warte!«, rufe ich, als seine Hand auf dem Knopf liegt, der die Tür öffnet. »Man wird dich mit Louie sehen!«

Zachary zuckt lachend mit seinen Schultern. »Ich bezweifle, dass sich jemand traut, den Geschäftsführer zu verpfeifen.«

Kapitel 17

Nachdem Zachary mit Louie in die Führungsetage verschwunden ist, habe ich mein Büro wieder in den ursprünglichen Zustand zurückgesetzt und danach Tracy aufgesucht, um sie über die Sängerin aufzuklären, auf die ich bereits länger ein Auge geworfen habe.

»Du hattest recht, Saphire klingt wirklich sehr vielversprechend.« Meine Abteilungsleiterin lehnt sich nachdenklich in ihrem Sitz zurück und kaut kurz auf ihrem Bleistift herum. »Es wird nicht lange dauern, bis andere Talentscouts bei ihr anfragen, falls das nicht schon längst passiert ist. Es ist schade, dass du Saphire bisher nicht abfangen konntest.«

Seufzend nicke ich. »Es ist, als würde sie ahnen, wann ich vorbeikommen will«, spinne ich meinen Gedanken aus. Nach all meinen Versuchen fühlt es sich an, als würde das Schicksal verhindern wollen, dass ich an sie herankomme.

»Sie arbeitet im *Séduction*, richtig?«

»Genau.«

Tracey tippt mit dem Finger gegen ihre Schläfe, als würde sie angestrengt über etwas nachdenken. »Der Name kommt mir sehr, sehr vertraut vor …« Sie nimmt ihr Telefon, was auf ihrem Schreibtisch liegt, tippt darauf herum und zeigt mir dann die Instagram-Seite. »Das hier, richtig?« Nachdem ich bejaht habe, schaut sie sich wieder die Seite an, bis sie sich gegen die Stirn klatscht. »Ach, klar, natürlich.« Lachend legt sie ihr Telefon weg. »Vor einer Ewigkeit, wahrscheinlich ein halbes Jahrzehnt, war ich dort, weil meine Familie Freikarten zur Eröffnung bekommen hat. Das Theater gehört einem Bekannten meines Vaters, vorausgesetzt, dass es nicht den Besitzer gewechselt hat. Ich kann versuchen, meine Fühler auszustrecken, vielleicht kann ich dir helfen.«

»Das ... das wäre wirklich toll, Tracey! Danke, dass du dir die Mühe machst.« In den letzten Jahren habe ich viele Talentscouts von anderen Labeln kennengelernt, und natürlich tauscht man auch Erfahrungen untereinander aus. Das, was ich aus diesen Unterhaltungen mitgenommen habe, war, dass ich mich für Abteilungsleiter wie Ace oder auch Tracey glücklich schätzen sollte, denn sie tun alles, um uns zu unterstützen.

»Für mich ist das selbstverständlich, Juliet.« Sie lächelt mich an. »Wenn ich helfen kann, dann zögere ich nicht. Der Erfolg meiner Scouts spiegelt indirekt auch mich wider. Wenn ihr nicht liefert, bekomme ich den Ärger. Und wenn ihr außerordentliche Arbeit leistet, werde ich nicht gefeuert.« Sie lacht. »Aber mal im Ernst, was für eine Vorgesetzte wäre ich, wenn ich nicht einspringe und die Ressourcen einsetze, die mir zur Verfügung stehen? Eine schlechte«, beantwortet sie ihre eigene Frage. »Als ich sagte, dass meine Tür immer offen steht ...« Die Rothaarige zeigt auf ihre Tür. »... meinte ich es.«

»Ich bin zwar traurig darüber, dass ich Ace als Abteilungsleiter verloren habe, aber es ist eine Erleichterung, dass ich dafür jemanden wie dich bekommen habe.« Das sage ich nicht, um ihr zu schmeicheln, sondern ich meine jedes Wort. Es hätte mich wirklich schlimmer treffen können – ich sage nur *Patrick.* »Und ich werde alles dafür tun, dass ihr nicht bereut, mich eingestellt zu haben.«

Tracey nickt. »Das *musst* du sogar.«

»Hm?«, hinterfrage ich.

»Wenn ich deine Verbindung zu den Birmingham-Brüdern herausgefunden habe, wird es nicht mehr lange dauern, bis die restliche Belegschaft Bescheid weiß, Juliet.« Mein Herz bleibt stehen. »Wir beide wissen genau, dass diese zu deiner Anstellung geführt hat – und damit will ich nicht sagen, dass du es nicht verdient hast, keinesfalls.« Sie weist Richtung Flur und anschließend auf die Büros, die uns umgeben. »Aber man wird immer denken, dass du es deinen Connections zu verdanken hast. Aus diesem Grund wirst du dich *immer* beweisen müssen.« Sie schaut mich ernst an, während sich meine Hände in die Stuhllehne krallen. »Und somit wirst du härter als alle anderen hier arbeiten, Juliet, denn Verbindungen sind Fluch und Segen zugleich, nur wissen das die meisten nicht.«

Die Art und Weise, wie sie davon spricht, erinnert mich daran, dass sie dasselbe durchgemacht hat. Sie stammt aus einer Familie, die seit Generationen in der Musikbranche tätig ist. »Du weißt genau, wovon du sprichst.«

»Das kann man so sagen.« Tracey seufzt. »Ich werde wahrscheinlich eine der wenigen sein, die dich nicht vorverurteilt, denn auch ich war einmal an dem Punkt, wo du heute bist – und verdammt, an manchen Tagen muss ich mich immer noch beweisen, weil man meinen

Erfolg meiner Familie zuschreiben will.« Meine Vorgesetzte zuckt mit ihren Schultern und lehnt sich seufzend zurück. »Das wird nie enden – vertrau mir in der Hinsicht.«

»Das klingt nach einer vielversprechenden Zukunft«, sage ich stöhnend. »Sagst du damit, dass ich schlauer gewesen wäre, wenn ich hier nicht angefangen hätte?« Ihre Einschätzung interessiert mich wirklich, denn sie weiß genau, was auf mich zukommen wird.

»Nein.« Tracey schüttelt ihren Kopf. »Juliet, wenn du diese Möglichkeit nicht genutzt hättest, wärst du das Gegenteil von clever gewesen. Wenn man Verbindungen besitzt, muss man sie nutzen, um weiterzukommen.« Sie hebt ihren Finger in die Luft. »Aber«, beginnt sie, »man muss der Herausforderung gewachsen sein und ein dickes Fell haben.«

»Fell wachsen lassen, gemerkt.«

Tracey lächelt mich plötzlich aufmunternd an. »Mache dir keine Sorgen, denn das, was ich von Ace über dich gehört habe, verspricht, dass du dich hier behaupten wirst, Juliet.« Die Rothaarige zwinkert mir zu. »Du schaffst das.« Danach benutzt sie die Maus ihres Computers. »Aber auch nur, wenn du Prioritäten setzt und deine Zeit sinnvoll nutzt.«

»Hm?«, hinterfrage ich irritiert.

Sie dreht den Bildschirm zu mir herum und zeigt mir ein Bild von Lovelyn am Mikrofon. Sie hat anscheinend von dem Vorfall mitbekommen – aber es war auch kein Geheimnis. »Dein Mitgefühl und deine Sympathie in allen Ehren, aber du solltest schnellstmöglich jemanden finden, um dir hier ein Standbein aufzubauen und zu zeigen, dass du dein Handwerk verstehst.« Mitgefühl und Sympathie? Sie kennt die *genaue* Geschichte? »Bitte lade zukünftig nur Künstler in unser Tonstudio ein, von denen du bereits weißt, dass sie in unser Label passen. Du weißt nun, worin deine Prioritäten liegen, richtig?«

Es fühlt sich wie eine Rüge an, dass ich das Richtige tun wollte, und gleichzeitig kann ich es nachvollziehen, also nach allem, was mir Tracey gerade mit auf dem Weg gegeben hat – bis ich mich bewiesen habe, darf ich mich nicht ablenken lassen. »Das tue ich.«

***

Das Sandwich, das ich mir zum Mittag geholt habe, ist bereits verspeist, als ich am Bethesda Fountain ankomme. Obwohl ich kaum im Central Park bin, würde ich diesen Ort trotzdem immer wiedererkennen, denn an den Treppen, die ich gerade herabgestiegen bin, haben Blair und Chuck geheiratet. Ich muss ehrlich sagen, dass Gossip Girl lange an mir vorbeigegangen ist, bis mich eine Grippe vor zwei Jahren, als ich sechsundzwanzig war, dermaßen bettlägerig gemacht hat, dass ich die sechs Staffeln an einem Stück gesichtet habe.

»Juliet!«

Weil ich plötzlich Isaacs Stimme hinter mir wahrnehme, wirble ich herum.

»Oh, hi«, begrüße ich ihn, nachdem sich mein Herzschlag wieder beruhigt hat. »Was machst du denn hier?«

Der stellvertretende Geschäftsführer schaut wie immer penibel herausgeputzt aus, aus seiner Frisur hat sich bisher keine einzelne Strähne gelöst. Wahrscheinlich finde ich auch an seinem Anzug keinen Fussel.

»Ich wollte der Straße weiter in Richtung des Central Park Driveway folgen, um zurück zum Label zu gelangen, weil ich auf dem Rückweg von einem Termin war. Und dann habe ich dich entdeckt.« Er zeigt zum bekannten Brunnen. »Wolltest du hier deine Mittagspause verbringen?«

»Nicht direkt hier, nein.« Zur Verdeutlichung schüttle ich meinen Kopf. »Tatsächlich laufe ich mehr oder weniger ziellos herum, um mir ein wenig die Beine zu vertreiben«, erkläre ich. »Ich kann nicht den ganzen Tag sitzen.«

»Hast du etwas dagegen, wenn ich dich begleite?«

Ich lächle ihn an. »Nein, nicht im Geringsten.«

»Wie kommt es eigentlich, dass du bei uns im Plattenlabel gelandet bist? Du warst doch immer so glücklich bei Atlantic Records«, erkundigt sich Isaac, nachdem wir in Richtung des Naumburg Bandshell, einem Veranstaltungsort in der Nähe, losgelaufen sind.

»Hat's dir Zachary nicht erzählt?«, will ich wissen.

Isaac schnaubt. »Ich habe erst kurz bevor ich dich am Montag aufgesucht habe, von ihm erfahren, dass du als unser Talentscout anfängst.« Aus dem Augenwinkel erkenne ich, dass Zacharys jüngerer Bruder seine Augen verdreht.

»Oh, ich hätte gedacht, dass –« Räuspernd unterbreche ich mich selbst. »Zum Schluss war ich nicht mehr glücklich.« In der Kurzfassung erzähle ich Isaac, was bei Atlantic Records passiert ist und warum ich dort nicht mehr bleiben wollte. »Und darum kam das Angebot von Zachary genau zum richtigen Zeitpunkt«, sage ich. »Das war die richtige Entscheidung von mir, das spüre ich, bei eurem Label liegt meine Zukunft.«

»Bist du dir *ganz* sicher, Juliet?« Gerade, als ich fragen will, was er damit meint, kommt mir Isaac zuvor. »Was ist mit dem Angebot von Golden State Music?«

Augenblicklich bleibe ich stehen und drehe mich zu Isaac um, sodass wir von Angesicht zu Angesicht sprechen können. »Ich war es, der dich empfohlen hat, Juliet«, verrät er mir.

»Du hast was getan? Warum?«

Er schaut mich irritiert an, als würde er nicht verstehen, warum ich seine Empfehlung nicht nachvollziehen kann. »Ich habe einen guten Draht zum Geschäftsführer, und als ich herausbekommen habe, dass sie auf der Suche sind, wusste ich, dass ich dich erwähnen *muss.* Das ist ein überdurchschnittlich gutes Angebot. Diese Konditionen bekommt man nicht oft oder erst, wenn man Jahrzehnte an Erfahrung nachweisen kann. Doch da ich weiß, was du alles in der Vergangenheit durchmachen musstest, dachte ich, dass es niemand mehr verdient als du.« Isaac zuckt mit seinen Schultern. »Daher hat es mich sehr gewundert, dass du das Angebot abgelehnt hast und lieber auf diesem sink…« Mein Gegenüber räuspert sich. »Ich dachte nicht, dass du eine solche Chance ausgeschlagen würdest.«

Seine Offenbarung überrascht mich zutiefst. »Dass du an mich gedacht hast, schätze ich dir sehr hoch an. Aber warum sollte ich an einer Anstellung an der Westküste interessiert sein?« Isaac fährt sich durch seine hellbraunen Haare und schaut mich irritiert an, als würde er nicht verstehen, warum ich *nicht* interessiert sein sollte. »Und was ist mit Bailey?«, erinnere ich ihn. »Hast du daran mal gedacht?«

»Kannst du sie nicht einfach mitnehmen?«

»Nein, das kann ich leider nicht, Isaac.« Mit meinen Fingern zeige ich um mich herum. »Für ihre Gesundheit ist es ausschlaggebend, dass sie in New York bleibt. Der Ort, wo sie ihren Mann kennengelernt hat, wo sie ihre

Familie gegründet hat«, versuche ich ihm zu erklären. »Sie wird noch einmal umziehen, hoffentlich schnellstmöglich, aber nur in das Pflegeheim, welches ich seit über einem Jahr für sie im Auge habe.« Meine Hoffnung ist, dass sich das Pflegeheim – wegen der Erinnerungen – positiv auf ihr Alzheimer auswirkt.

»Gut, ja … dann bleibt Bailey halt in New York?« Mein Gegenüber blinzelt. »Du könntest alle paar Wochen zurückfliegen, um sie zu besuchen. Ich meine, wie oft besuchst du sie denn?«

»Dein Ernst?«, frage ich schockiert zurück. »Du kannst doch nicht glauben, dass das eine Alternative für …« Isaacs verwirrter Gesichtsausdruck lässt mich innehalten, denn er versteht wirklich nicht, warum ich mich beinahe in Rage geredet hätte. Ich vergesse immer wieder, dass Isaac in einer dysfunktionalen Familie aufgewachsen ist, die ihn nie gelehrt hat, was wahrer Zusammenhalt bedeutet. »Isaac, nein, es reicht mir nicht, wenn ich Bailey alle paar Wochen sehe. Denn ich suche sie in ihrem Pflegeheim *mehrmals wöchentlich* auf, um die Zeit mit ihr zu genießen, die mir noch bleibt. Niemand weiß, wie schnell die Krankheit voranschreiten wird.«

Isaac schaut zerknirscht, presst kurz die Lippen aufeinander. »Ich … also tut mir leid, ich … ich wusste nicht, dass …« Er bricht ab, schaut kurz zu Boden, wahrscheinlich um die richtigen Worte zu finden. »Ich … ich wollte dir nur einen Gefallen tun.«

Ich lege ihm eine Hand auf den Arm. »Das weiß ich.«

Er räuspert sich, bevor er zum Weg zeigt, als stumme Frage, ob wir weiterlaufen wollen, weshalb ich meine Füße in Bewegung setze. »Ähm, du hast etwas von einem neuen Pflegeheim erzählt? Bist du mit ihrem jetzigen nicht zufrieden? Und wo genau ist das?«, wechselt Isaac das Thema – mehr oder weniger, jedenfalls.

»Sie ist im Mulberry-Saint-Pflegeheim in Little Italy«, beantworte ich seine Frage. »Und nein, es hat nichts mit zufrieden sein zu tun. Es ist ein gutes Heim, die Pfleger kümmern sich aufopferungsvoll um die Bewohner.« Eigentlich hatte ich ein anderes Heim für sie vorgesehen, doch den Preis hätte ich mit meinem Gehalt bei Atlantic Records niemals bezahlen können. »Aber ich würde sie gerne ins Hudson-River-Pflegeheim umsiedeln. Als ich vor wenigen Tagen angefragt habe, meinte man zu mir, dass man Bailey nur auf die Warteliste setzen kann, da nichts frei ist.«

»Und wie lange muss man warten?«

»Das kann man mir nicht sagen.« Weil es davon abhängt, dass die Bewohner, die zurzeit im Heim leben, sterben. »Sie meinten, es könnte ... noch ein wenig dauern.«

»Und warum ausgerechnet dort?«, will Isaac wissen,

»Der Aufenthaltsraum des Pflegeheims hat eine riesige Glasfront, sodass man einen perfekten Blick auf die Freiheitsstatue hat.« Die einen wichtigen Platz in Baileys Herzen eingenommen hat. »Sie hat dort meinen Großvater kennengelernt und ihren Jahrestag dort mit ihm verbracht, wenn er keinen Auslandsaufenthalt hatte.« Nachdem sie ihren Mann verloren hat, ist sie an diesem Tag – oder an Tagen, an denen es ihr nicht gut ging – zur Freiheitsstatue gefahren, weil sie sich ihm dort besonders verbunden fühlte. Und weil sie sich noch immer daran erinnern kann, würde ich es schön finden, wenn sie diesen besonderen Ort tagtäglich sehen und für sich bewahren kann.

»Ich kann nun verstehen, warum du nicht willst, dass Bailey die Stadt verlässt. Wenn ich das gewusst hätte, hätte ich dich niemals beim Label in Los Angeles vorgeschlagen.« Isaac lächelt mich entschuldigend an. »Das tut mir wirklich leid, aber ... was hältst du hiervon? Ich erinnere mich, wie gerne du Bubble-Waffeln mit Eis gefüllt magst.« Er zeigt auf die Seite der Skyline, die sich unserem Label gegenüber findet – denke ich jedenfalls, denn Orientierung ist nicht meine allergrößte Stärke. »Ich kenne einen Laden, dessen Waffeln außergewöhnlich sind.« Wir beide haben eine Schwäche für süße Nachspeisen. »Warum laufen wir nicht hin – und ich lade dich ein?«

Ein Schmunzeln umspielt meine Lippen. »Wie könnte ich da Nein sagen?«

»Nun, ganz einfach: *Nein.*«

»Wenn es um Desserts geht, gibt es das Wörtchen nicht in meinem Vokabular – und soweit ich mich erinnere, in deinem auch nicht.« Ich stoße im Laufen leicht gegen ihn. »Also, sei nicht so vorlaut, Isaac.«

»Vorlaut? Ich bitte dich.« Anstatt zu antworten, blicke ich ihn nur vielsagend an. »Gut, dann sage ich nun Folgendes: Wer zuletzt da ist, bezahlt.«

Überrascht schaue ich an. »Was ist aus der Einladung geworden?«

»Warum sollte ich noch? Ich bin frech, schon vergessen?« Isaac grinst mich an. »Also auf die Plätze, ...«

»Aber ich weiß nicht mal, wo der Laden ist?!«

»Fertig, ...«

»Isaac?!«, beschwere ich mich.

»Los!« Isaac rennt los.

»Ey!« Ich höre ihn nur laut lachen. »Na warte!«

Kapitel 18

»Und Zachary lebt noch?«

»Hast du in den letzten Tagen einen Artikel über eine mörderische Katze gelesen, die ihr Unwesen in New York treibt?«, erwidere ich, bevor ich an meinem Iced Latte nippe, da Damien und ich unsere Mittagspause in einem Café verbracht und Sandwiches gegessen haben. Gerade habe ich ihm davon erzählt, dass sich Zachary um meinen Kater gekümmert und es unbeschadet überstanden hat. »Das hätten wir sicherlich mitbekommen.«

»… außer, sie hat alle Zeugen um die Ecke gebracht.«

»Als ob Louie dazu imstande wäre.«

Damien schaut mich an. Ich schaue Damien an.

»Ja, wäre er«, sagen wir gleichzeitig und lachen.

»Und Louie hatte keine Probleme mit Zachary?«

Ich schüttle meinen Kopf. »Nein, es war, als wären sie die besten Freunde und würden sich bereits jahrelang kennen. Louie war vielleicht eine *Millisekunde* in seinen Armen und hat geschnurrt, als gäbe es kein Morgen mehr.« Die Erinnerung sorgt für ein Schmunzeln. »Zachary hat sein Herz im Sturm erobert.« Das kenne ich – zu gut.

Langsam beginne ich zu realisieren, dass meines ihn niemals losgelassen hat. Wahrscheinlich liegt es daran, dass sich Zachary nicht verändert hat und noch immer der humorvollste, charismatischste und sympathischste Mann ist, der mir je begegnet ist.

»Herz im Sturm erobert, hm?«, wiederholt Damien, während er mir, als wir zurück zum Plattenlabel laufen, einen vielsagenden Seitenblick zuwirft. »Nun, da wir das Thema Zachary angeschnitten haben«, beginnt Damien, nachdem er einen Schluck seines Café Americano getrunken hat, der ein paar Töne dunkler als seine Hautfarbe ist. »Es scheint, als würdet ihr euch wieder gut verstehen.« Ich bestätige dies. »Wie *gut* denn?«

»Ich ... weiß es nicht«, lasse ich mein Herz sprechen. »Ich spüre, dass da noch immer etwas zwischen uns ist. Doch ich kann nicht sagen, ob das nur Resthitze ist oder ... war sie bisher nur auf Sparflamme und kann nun wieder aufgedreht werden?« Ein Seufzen kommt über meine Lippen. »Und ich kann auch nicht einschätzen, was Zachary denkt.«

»Hat er denn etwas versucht?«

»Höchstens geflirtet, schätze ich?«

»Gut«, sagt Damien plötzlich.

»Gut? Was meinst du damit?«

»Soll ich ganz offen sprechen?«, fragt er, woraufhin ich nicke. »Ich glaube nicht, dass ihr herausfinden solltet, ob das zwischen euch wieder zum Laufen gebracht werden könnte.« Ich schaue ihn mit geweiteten Augen an, da ich das nicht erwartet habe. »Juliet, Zachary ist nicht mehr ein Mann, der eine Firma in einem anderen Land leitet, bei ihm handelt es sich um den Geschäftsführer des Labels, in dem du *angestellt* bist.«

»Ja, schon, aber –«

»Nichts aber.« Damien unterbricht mich. »Stell dir die Reaktionen der Belegschaft vor, wenn herauskommt, dass du mit Zachary schläfst. Wenn du denkst, dass du es schwerer haben wirst, weil du durch Connections an diese Stelle gekommen bist, dann willst du dir nicht ausmalen, was passiert, wenn man herausfindet, dass ihr eine intime Beziehung führt.«

»Das wird unschön«, muss ich zugeben.

»Ich will dir nichts ausreden, sondern …« Damien hält inne, als er meinen *natürlich-versuchst-du-das*-Blick bemerkt. »Okay, okay, am liebsten würde ich dich davon abhalten, weil ich möchte, dass es dir gut geht.« Er legt mir eine Hand auf die Schulter. »Aber ich werde dich trotzdem unterstützen, egal, welche Entscheidung du triffst. Weil du meine beste Freundin bist und ich dich liebe.« Er lächelt mich an. »Aber, sei dir *wirklich, wirklich* sicher, ob du das willst, bevor etwas passiert, okay?«, bittet er mich.

»Danke, dass du dich um mich sorgst«, sage ich mit voller Dankbarkeit im Herzen, denn wenn es um Loyalität geht, kann niemand Damien das Wasser reichen. »Und ich werde darüber nachdenken, in Ordnung?«, verspreche ich ihm, als mein Blick an ihm vorbei zu Krispy Kreme wandert, der die besten Donuts weit und breit macht. »Uh, weißt du, was? Ich überrasche Bailey nachher mit ein paar Donuts.« Und natürlich werde ich ein paar für das Pflegepersonal holen, um ihnen einfach mal Danke zu sagen. »Kommst du mit?«

Bailey hat mich, als ich noch ein Kind war, sonntags immer in aller Frühe aufgeweckt und wir sind zu dem Krispy Kreme in unsere Nähe spaziert, in der Hoffnung, dass das Schild leuchtet. Denn das bedeutet, dass die Donuts besonders frisch sind – nicht zu vergessen, dass man immer einen kostenlos bekommt.

Damien schaut auf seine Armbanduhr. »Das wird nichts, sonst komme ich zu spät zum Meeting, was in fünfzehn Minuten beginnt.« Mein bester Freund seufzt. »Dabei hätte ich richtig Lust auf einen Donut.«

»Ich kann dir einen mitbringen«, schlage ich ihm vor.

»Oh, das wäre ein Träumchen.«

»Lotus Biscoff?«, frage ich.

»Du kennst mich zu gut!«

»Okay, bis später!«

Nachdem wir uns verabschiedet haben, laufe ich zur nächsten Kreuzung, um dort die Straße zu überqueren. Die Filiale ist näher am Times Square als am Columbus Circle, sodass sie zu meinem Leidwesen überfüllt ist. Nicht zu vergessen, dass es gerade Mittagszeit ist und viele sich danach noch ein Dessert gönnen. Eigentlich bin ich satt, aber als mein Blick auf die Theke und die Donuts fällt, bin ich versucht, mir einen für unterwegs mitzunehmen und direkt aufzuessen. Nicht nur versucht, die Entscheidung steht eigentlich fest.

»Hi, was kann ich für dich tun?«

»Ich hätte gerne zwei Zwölfer-Boxen«, beginne ich, sodass die Verkäuferin bereits die Schachteln zurechtstellt, und rattere die verschiedenen Sorten herunter. Zum Schluss zeige ich zu den Lotus Biscoff. »Davon zwei«, bitte ich sie, bevor ich zu meiner Lieblingssorte zeige. »Und noch mal zwei Original Glazed. Ist es möglich, dass ich die vier Donuts in separaten Tüten bekomme?«

»Klar, kein Problem.«

Da ich die Menge naiverweise unterschätzt habe, wird nichts aus meinem Plan, meine Donuts auf dem Weg zu verspeisen, sodass ich die zwei Tüten in meine Tasche stopfe, bevor ich die riesigen Boxen auf meine

Arme nehme. Und gerade, als ich versuche, die Tür mit meinem Ellenbogen aufzubekommen, wird sie von außen für mich geöffnet – von niemand Geringerem als Zachary.

Er grinst über beide Ohren, als er mich erkennt, bevor er mir die Tür aufhält, sodass ich nach draußen schlüpfe. Zachary folgt mir auf den Gehweg. »Da bin ich anscheinend zur richtigen Zeit gekommen, hm?«, stellt er lachend fest, bevor er die zwei Boxen in meinen Armen mustert. »Dich hat der *kleine* Hunger gepackt, was?«

Ich zucke mit meinen Schultern, während ich schmunzeln muss. »Eigentlich sind die 24 Donuts viel zu wenig für mich. Wie soll ich davon nur satt werden? Am besten hole ich mir eine weitere Zwölfer-Box«, erwidere ich ironisch.

»Nur *eine* weitere Box?«

»Vielleicht auch zwei?«

»Sind die für deinen Einstand gedacht?«

Kaum haben die Worte seinen Mund verlassen, würde ich mir am liebsten gegen die Stirn klatschen, denn bisher habe ich nicht daran gedacht, eine Kleinigkeit für meine neuen Kollegen mitzubringen.

»Nein«, antworte ich, nehme mir aber vor, zur nächsten Teamsitzung etwas bereitzustellen. »Die sind für Baileys Pflegeheim«, teile ich ihm mit. »Und was treibt dich in die Nähe des Time Square?«

Zachary zeigt zu einem Wolkenkratzer auf der anderen Seite der Straße. »Ich habe mir ein Apartment gegenüber angeschaut«, eröffnet er mir. »Bisher wohne ich im Hotel, möchte aber langsam etwas Eigenes finden.«

»Und wie war die Wohnung?«, erkundige ich mich.

»Das Penthouse, meinst du?«, korrigiert er mich grinsend, woraufhin ich die Augen verdrehe. »Eigentlich nicht schlecht, aber es hat einen eigenen Fitnessraum, also denke ich nicht, dass ich meinen Immobilienmakler ein Angebot schreiben lasse.«

Das ist ein Deal Breaker, mit dem ich nicht gerechnet habe.

»Das ist ein Ausschlusskriterium für dich?«, hinterfrage ich, denn soweit ich mich erinnern kann, macht Zachary grundsätzlich zweimal die Woche Sport. »Ist das nicht eher ein Vorteil? Dann musst du nicht mehr extra ins Fitnessstudio fahren.«

»Ich gehe nicht mehr ins Fitnessstudio.«

Mein Blick wandert augenblicklich über seinen Körper. »Du willst behaupten, dass du keinen Sport mehr machst?« Zuerst zeige ich auf seine Oberarme, die durch sein kurzärmliges Hemd preisgegeben werden, danach auf seinen flachen Bauch. Es würde mich wundern, wenn Zachary keinen Waschbrettbauch hat. »Dein Körper sagt was anderes.«

Mein Gegenüber grinst verschmitzt. »Gut zu wissen, dass du noch immer denkst, dass ich einen umwerfenden Körper besitze, Juliet.«

»Habe ich gesagt, dass ich ihn umwerfend finde?«

»Ich habe nichts Gegenteiliges gehört.«

»Du bist unmöglich.« Ein amüsiertes Auflachen kann ich nicht unterdrücken. »Aber ich verweigere meine Aussage.«

Zacharys Schmunzeln lässt seine Grübchen hervortreten. »Das wir vor Gericht stehen, wusste ich nicht?«, kontert er. »Aber nein, um zum eigentlichen Thema zurückzukommen, ich habe nicht den Sport aufgegeben, sondern mich vor zwei Jahren umorientiert«, beginnt

Zachary, sodass ich neugierig werde. »Am Mittwochabend spiele ich Tennis, und am Sonntagmorgen gehe ich schwimmen.« Zachary zeigt in Richtung des Columbus Circles, den man von unserem Standpunkt aus deutlich erkennen kann. »Im New York Athletic Club, der sich nur wenige Hundert Meter vom Label entfernt befindet, mit direkter Sicht auf den Central Park – es ist der älteste Sportclub in den Staaten, man kann dort fast alle Sportarten ausüben.«

»Zum Tennis und zum Schwimmen, hm?«, hinterfrage ich überrascht. »Das nenne ich wirklich eine Umorientierung.«

»Es hat mir keinen Spaß mehr gemacht, ich habe gemerkt, dass ich mich dazu zwingen musste.« Zachary war niemand, der faul zu Hause rumsitzen wollte, wir haben immer etwas unternommen. »Aus diesem Grund habe ich mich lange durch verschiedene Sportarten durchprobiert, Squash, Volleyball, Football, Rugby und sogar Karate, aber am meisten haben mir Tennis und Schwimmen zugesagt.«

»Ja, das kann ich nachvollziehen, aber auch, dass dir das Fitnessstudio keinen Spaß gemacht hat«, sage ich, weil ich das *fühle.* »Wenn es hochkommt, besuche ich es nur alle zwei Wochen, weil ich mich sonst nicht dazu durchringen kann.«

»Probier doch mal Tennis aus.«

»Im Athletic Club?«, frage ich.

»Warum nicht?« Zachary zuckt mit seinen Schultern. »Wir können gerne eine Probestunde zusammen buchen.«

»Wie lange spielst du schon Tennis? Zwei Jahre, richtig?«, hinterfrage ich, woraufhin Zachary bejaht. »Nein, lieber nicht, danke, ich passe«, teile ich ihm meine Entscheidung mit. »Reicht schon, wenn du mich in Monopoly abziehst.«

»Das nennt man triumphieren, Juliet, ich ziehe dich nicht ab, ich *triumphiere* über dich!« Zachary lacht, während ich verteufle, dass ich nicht die Hände frei habe, um ihm meinen Stinkefinger zu zeigen. »Das ist ein großer Unterschied, weißt du?«

Mit einer gehobenen Augenbraue betrachte ich ihn. »Und du kennst den Unterschied zwischen chemischer Kastration und Schnipp-Schnapp-Hoden ab?«, kontere ich, sodass Zachary unverzüglich seinen Mund beim Erwähnen von *Kastration* verzieht.

Der Waliser legt eine Hand über sein Herz. »Über solche Themen sollten wir uns nicht unterhalten.«

»Was, gefällt dir das nicht?«, frage ich unschuldig.

»Nein, nein, aber ich denke dabei auch an dich.« Zachary stellt sich plötzlich neben mich, legt mir einen Arm um die Schultern und schaut zu mir herunter. »Wie sollst du mit der Gewissheit leben, dass mein *bestes* Stück nicht mehr auf dieser Erde weilt?« Mein Gegenüber grinst über beide Ohren, als würde er diesen Schlagabtausch genießen.

Ein Auflachen kann ich nicht unterdrücken. »Keine Sorge, ich überstehe das«, erwidere ich, während ich aus seinem Arm hervorschlüpfe. »Der Einzige, der dem *kleinen* Zachary hinterhertrauert, wirst du sein.«

»Weißt du, das glaube ich …« Plötzlich hält er mitten im Satz inne, um sein Telefon aus seiner Hosentasche zu holen und einen Blick auf den Bildschirm zu werfen. Ein Seufzen ist nicht zu überhören, bevor er es wieder wegsteckt. »Juliet, ich würde mich liebend gerne weiter mit dir über deinen ehemaligen besten Freund unterhalten, aber ich muss los.« Bei seinen Worten kommt sein

Schmunzeln zurück. »Bevor ich zurückeile, werde ich mir schnell noch einen Donut gönnen und …« Zachary hält ein weiteres Mal inne, als er in die Filiale hineinschaut, die noch immer aus allen Nähten platzt.

»Von *schnell* musst du dich verabschieden.«

»Was meinst du, wie lange das dauert?«

»Ich habe um die zehn Minuten gewartet.«

Zachary legt seinen Kopf in den Nacken. »Dafür reicht meine Zeit nicht.«

»Oder«, beginne ich und halte ihm lächelnd meine Boxen entgegen, »du trägst mir diese bis zum Columbus Circle zurück und im Gegenzug gebe ich dir einen meiner Original Glazed-Donuts ab«, schlage ich vor. »Was hältst du davon?«

Keine zwei Sekunden später wechseln die Boxen ihren Träger.

»Darüber muss ich nicht lange nachdenken«, antwortet Zachary grinsend, was mich nicht überrascht, denn wir beide bevorzugen die Donuts, die nur mit Zuckerguss bestrichen sind. »Allerdings hätte ich meinen Donut gerne jetzt, und nicht erst nachher.«

»Hast du eine dritte Hand, von der ich noch nichts weiß?« Zachary grinst verschmitzt, zu spät merke ich, dass ich ihm eine Steilvorlage gegeben habe. »Tu das nicht«, komme ich ihm schnell zuvor. »Sag nicht das, was ich denke, was du sagen wolltest.« Das Thema des *kleinen Zachary* hört einfach nicht auf.

»Okay, okay«, verspricht er, bevor er mich spitzbübisch angrinst und ich genau weiß, dass dieser Mann etwas im Schilde führt. »Darf ich dafür etwas anderes sagen?«, bittet er mich.

»Ich weiß nicht, ob ich das hören will.«

»Es ist eigentlich eher eine Frage.«

»Hm, meinetwegen.«

»Fütterst du mich?« Zachary lacht.

Das ist typisch Zachary, für keinen Scherz ist er sich zu schade. Und das ist leider auch die Art von Humor, die mich schmunzeln lässt. »Und wovon träumst du nachts? Ah, nein, ich nehme die Frage zurück!«, sage ich schnell, weshalb Zachary erst recht amüsiert grinst. »Dafür werde ich nun meinen Donut *genüsslich* vor deinen Augen verspeisen.«

»Das wagst du nicht!«

Provokativ hole ich die Tüte aus meiner Tasche hervor, in der sich die Original Glazed-Donuts befinden und halte sie in die Höhe, bevor ich in die Richtung des Columbus Circles loslaufe.

»Ach, nein?«, rufe ich ihm hinterher, als ich mich umdrehe und vor seinen Augen hineinbeiße, sodass sein Mund weit aufsteht. »*Hmm, wie lecker*!«

Zachary eilt mir hinterher. »So gemein hatte ich dich nicht in Erinnerung«, sagt er, während er den Donut in meiner Hand beäugt. »Ich bin schockiert, wie du dich entwickelt hast – du bist eiskalt, kennst keine Gnade!« Er seufzt, es klingt erschöpft. »Und dabei hätte ich dringend einen gebraucht.«

Die Betonung seines Satzes sorgt dafür, dass ich ihm einen Seitenblick zuwerfe – sein Lächeln ist verschwunden. Tatsächlich scheint es so, als würde ihn etwas beschäftigen. Ich kenne ihn zu gut, daher weiß ich, dass das gerade nicht zu seinem Spielchen gehört.

»Was ist los?«, will ich wissen.

»Ach nichts, alles in Ordnung.«

Ich bleibe stehen. »*Zachary.*«

Dieser legt kurz seinen Kopf in den Nacken, bevor er sich zu mir umdreht und mich zur Hauswand manövriert, damit wir nicht mitten auf dem Gehweg verharren.

»Vor meinem Termin mit dem Makler hatte ich meine allererste Sprechstunde«, beginnt er, bevor er kurz seine Lippen aufeinanderpresst. »Zu Hause in Wales hat man sich mit *jedem* möglichen Belang an mich gewendet, sie wollten meine Hilfe, sie wussten, dass mir meine Mitarbeiter nicht gleichgültig sind! In meiner Sprechstunde in Cardiff hatte ich immer mindestens fünf Personen, aber ... hier kam niemand zu mir, weil man mit mir unzufrieden ist.«

»Wegen der Kürzungen?«, erinnere ich mich.

»Unter anderem, ich habe eine Menge Änderungen beschlossen.«

Ich schaue ihn neugierig an. »Aber warum, eigentlich?«

»Mein Vater hatte eine bestimmte Vision für die Zukunft des Labels, eine, die ich unterstütze. Allerdings hat er es bisher nicht geschafft, diese umzusetzen, da das Kapital gefehlt hat und er das Label nicht verschulden wollte. Und ich will das Label auch nicht unsinnig ins Minus bringen, aber ohne Investoren oder Kredite werde ich meine Projekte nicht in die Tat umsetzen können. Sodass ich die Entscheidung getroffen habe, Geld einzusparen, indem wir Personal, das nicht essenziell ist, gehen lassen.«

»Was für Projekte?«, hinterfrage ich.

»Lizenzgeschäfte, ich will Asien ...« Er hält inne, schaut mich mit einem Schmunzeln an. »Entschuldige, aber ich kann das nicht länger mit ansehen.« Bevor ich fragen kann, wovon er spricht, verlagert er die Boxen auf nur einen Arm und bewegt seine Finger in Richtung meines Mundes. »Du hast Zuckerguss an deiner Lippe.«

Seine eisblauen Augen lassen mich für keine Millisekunde aus dem Blick, während er mit seinem Finger über meine Lippen wischt. Ein lautes Hupen, das von einem Auto stammt, das gerade an uns vorbeigerast ist, lässt den innigen Moment verfliegen und uns auseinanderfahren.

Irgendwas kommt immer dazwischen.

Das ist unser Fluch – damals wie heute.

Kapitel 19

Vor drei Jahren

Mit meinem Handgepäckskoffer überquere ich die Distanz zur Anzeigetafel, nachdem ich beinahe eine Stunde in der Schlange zur Sicherheitskontrolle des John F. Kennedy Flughafen verbracht habe. 07.05 PM, Amsterdam Schiphol – Gate B39. *Der Flug in die Niederlande dauert sieben Stunden, bevor ich dort umsteige und nach Cardiff weiterreise. Zachary hat mir vorletzte Woche, zum sechsmonatigen Jubiläum, Flugtickets nach Wales geschenkt, weil er mir seine Heimat zeigen und mich seinen Großeltern vorstellen möchte. Hinter meinem Rücken hat Zachary sogar mit Ace abgeklärt, dass ich mir Donnerstag und Freitag freinehmen kann, sodass wir ein verlängertes Wochenende zusammen verbringen.*

Zachary möchte mit mir in den Brecon Beacons Nationalpark, der mit dem Auto nur eine Stunde entfernt sein soll. In seiner Kindheit hat er die Sommer immer in Merthyr Tydfil *verbracht, einer Stadt in der Nähe. Vor allem freue ich mich auf den* Sgwd Yr Eira-Wasserfall, *laut einer Legende leben dort Elfen, die Wünsche erfüllen. Allerdings meinte Zachary auch, dass es eine solche Legende in* fast jeder *Stadt in Wales gibt. Falls wir am Tag darauf, am Samstag, von den Wanderungen und dem Erkunden seiner Heimatstadt nicht zu erschöpft sind, haben wir uns vorgenommen, nach Caerphilly zu fahren, in dem sich das zweitgrößte Schloss des Vereinigten Königreichs befindet.*

Lange habe ich überlegt, was ich Zacharys Großeltern mitbringen könnte, als Dankeschön, dass ich in deren Anwesen übernachten darf. Ich habe ihn gefragt, ob ich vielleicht im Flughafen einen Wein oder einen Whiskey für seine Familie kaufen soll, woraufhin Zachary nur gelacht hat – er dachte, ich scherze. »Biete niemals, wirklich niemals, Juliet, einem Waliser amerikanischen Alkohol an, denn das könnte man als Beleidigung interpretieren«, meinte Zachary zu mir, also habe ich mich von diesem Gedanken entfernt.

Da die ältere Dame auf unserem Stockwerk gerne stickt, habe ich die letzten drei Abende mit ihrer Hilfe ein edles, hochwertiges Taschentuch mit einem Drachen, Lauch und Narzissen bestickt, die heiligen walisischen Symbole.

Auf dem Weg zu meinem Gate fängt meine Smartwatch an zu vibrieren, das Display zeigt mir einen Anruf von Bailey an, sodass ich unverzüglich an mein Telefon herangehe.

»Ja? Alles in Ordnung bei dir?«, erkundige ich mich mit einem flauen Gefühl im Magen. Es fiel mir nicht leicht, meinen Koffer zu packen und Bailey einige Tage alleinzulassen, auch wenn ich Damien gebeten habe, regelmäßig nach ihr zu schauen. Zwischenfälle hat es in den letzten zwei Wochen auch nicht gegeben.

Am anderen Ende der Leitung ist ein Räuspern zu hören. »Ähm, hey. Also, das klingt jetzt vielleicht seltsam, aber mit wem genau spreche ich?«

»Wie bitte? Wer ich *bin?« Habe ich mich vielleicht geirrt? Schnell nehme ich mein Telefon vom Ohr, um den Namen des Anrufers zu überprüfen. Es ist Baileys Nummer, aber das ist nicht ihre Stimme. »Entschuldigung, aber wer sind Sie, und warum, zum Teufel, gehen Sie an das Telefon meiner Großmutter?«*

»Sie sind ihre Enkelin? O Gott, ein Glück.« Ihrer Stimme nach zu urteilen ist die Frau einige Jahre älter als ich. »Hören Sie, ich rufe aus dem Trader Joe's aus der Court Street in Brooklyn an.« Verwirrt runzle ich meine Stirn, der Lebensmittelladen befindet sich wenige Hundert Meter neben unserem Apartmentkomplex. Hat Bailey vielleicht ihr Telefon verloren? Und deshalb ruft man mich nun an? »Sie ... ich weiß nicht, wie ich das erklären soll, Ihre Großmutter arbeitet *hier.«*

»Wie war das bitte?«, frage ich irritiert.

»Sie ... na ja, sie ist durch den Mitarbeitereingang hereingekommen, hat ihre Sachen in einem freien Spind abgelegt, ist in den Markt spaziert und räumt nun ... ähm, Paletten an Lebensmitteln in die Regale ein«, berichtet sie mir – sie klingt selbst verwirrt. »Wir versuchen schon eine Weile, sie davon abzuhalten und ihr zu erklären, dass sie hier nicht angestellt ist, aber sie beteuert immer wieder, dass sie hier seit mehr als zwei Jahren arbeitet.« Ich kann mich beim besten Willen nicht daran erinnern, dass sie dort jemals *eine Anstellung hatte. In meiner Kindheit war Bailey immer zu Hause, um mich großzuziehen, sie lebte von der Witwenrente ihres Mannes und den Abfindungen des Militärs. »Sie lässt partout nicht mit sich reden, beklagt sich, dass hier alles falsch steht.« Langsam ahne ich, was gerade passiert. »Unser Filialleiter wollte die Polizei rufen, aber ... sie tut uns irgendwie leid, auch wenn sie alles durcheinanderbringt. Als sie beschäftigt war, haben*

wir in ihrer Tasche ihr Telefon gefunden. Ich habe den letzten Namen aus ihrer Anruferliste gewählt, damit Sie sie hoffentlich abholen können und nicht die Polizei.«

Lange wollte ich meine Augen vor der Wahrheit verschließen, wollte Zachary nicht glauben, dass mit Bailey etwas nicht stimmt, doch ich kann es nicht länger leugnen. Anscheinend ist sie gerade wieder in ihrer Vergangenheit gefangen.

»Würden Sie sie mir mal geben? Ich werde versuchen, mit ihr zu sprechen, vielleicht kann ich zu ihr durchdringen und sie dazu bewegen, nach Hause zu gehen.«

»Ich hoffe, dass das funktioniert.« Mit einem Rascheln nimmt sie das Telefon vom Ohr. Einen Augenblick höre ich nur die Hintergrundgeräusche des Ladens. »Hier, Ihre Enkelin möchte Sie sprechen«, höre ich sie leise zu Bailey sagen. Sie erwidert irgendwas, das kann ich hören, allerdings verstehe ich nicht, was sie sagt. »Doch, doch«, höre ich die Dame von Trader Joe's sagen. »Hier, nehmen Sie Ihr Telefon, und sprechen Sie mit ihr.«

»ICH HABE KEINE ENKELIN! WIE OFT NOCH?«

Mein Herz bricht in tausend kleine Einzelteile.

Sagt sie das, weil sie nicht mit mir sprechen möchte oder … kann sie sich wirklich nicht an mich erinnern? Es ist, als würde etwas in mir kaputtgehen – ist das meine Hoffnung? Mein Blick fällt auf eine freie Bank beim leeren Gate, auf die ich mich fallen lasse. Meine Beine fühlen sich plötzlich schwach an, während mein Brustkorb immer beengter wird, als würde man diesen zusammenpressen.

Ein lautes Räuspern ist am anderen Ende zu hören, die Dame ist wieder am Telefon. »Sie will nicht mit Ihnen sprechen«, erklärt sie mir, was ich bereits mitbekommen habe. »Ich habe alles versucht, aber … sie will nicht.« Ich kann die Stimme von Bailey wieder im Hintergrund wahrnehmen, die irgendwas von Lügen und einer Hinterlist faselt. »Entweder alarmieren wir die Polizei, oder Sie müssen vorbeikommen, um sie abzuholen.«

Mein Blick geht zu den Fensterscheiben. Dahinter wartet bereits mein Flieger, das Boarding beginnt in weniger als fünfzehn Minuten. Wenn ich diesen Flughafen verlasse, werde ich es nicht nach Wales zu Zachary schaffen, der sich bereits sehr auf mich freut – wie auch seine Familie. Aber wie könnte ich mich in diesem Moment gegen Bailey entscheiden? Die Frau, die mich allein großgezogen hat, die Frau, die mir alle Wünsche erfüllt hat, die Frau, die dafür gesorgt hat, dass es mir nie an etwas fehlt. Die Frau, die wie eine Mutter für mich ist.

Bailey oder Zachary?

Ich würde mich immer *für Bailey entscheiden.*

Kapitel 20

Das laute, kontinuierliche Klingeln lässt mich aus meinem Schlaf hochschrecken, der mich im Wohnzimmer auf dem Sofa beim Fernsehen überrascht hat. Meine Smartwatch zeigt an, dass es gerade erst halb neun ist. Heiliger Strohsack, wie kann ich so früh schon eingeschlafen sein?

Es klingelt erneut, erneut und erneut. Steht das Haus in Flammen, oder was hat es mit der Dringlichkeit auf sich? Während ich das Wohnzimmer verlasse, um zur Haustür zu gelangen, wische ich mir den Schlaf aus den Augen.

Inzwischen wird die Klingel nicht mehr losgelassen, sodass der schrille Ton mich stöhnen lässt. Louie flitzt mit einem mürrischen Miauen durch den Flur in mein Schlafzimmer.

»Ich würde dem Krach auch gerne entfliehen!«, rufe ich meinem Kater schnaubend hinterher, bevor ich die Tür öffne. »Einmal hätte –« Meine Worte bleiben mir im Hals stecken, als ich Isaac erkenne, der mit einem aufgebrachten Gesicht vor mir steht. Sein Gesicht ist tomatenrot, seine Lippen aufeinandergepresst, und er atmet unnatürlich schnell, als wäre er, anstatt den Aufzug zu nehmen, die Treppen hochgerannt. »Was machst du um diese Uhrzeit hier?«, frage ich verwirrt, dann zeige ich zur Klingel. »Und was soll dieser Terror?«

Isaac stürmt an mir vorbei. »Wir müssen reden.«

Augenverdrehend schaue ich ihm nach, wie er ins Wohnzimmer läuft, bevor ich die Tür schließe. »Ja, klar, komm doch rein«, sage ich ironisch. »Wieso machst du es dir nicht bequem, holst dir einen Kaffee, paar Chips, sonst noch was?« Weil ich gegen meinen Willen aufgeweckt worden bin, übermannt mich die schlechte Laune. »Ganz ehrlich, Isaac, was soll das? Hättest du nicht anrufen können?«

»Das habe ich versucht!« Er schaut mich an, als hätte *ich* etwas falsch gemacht, als wäre ich unangekündigt vor seiner Tür erschienen – und nicht andersherum. »Juliet, du darfst nichts mit Zachary anfangen, hörst du? Das geht nicht!«

»Bitte was?«, frage ich geschockt.

»Du hast mich schon verstanden!«

»Habe ich dich wirklich verstanden?«, frage ich und schnalze mit meiner Zunge. »Alles, was ich aus deinem Mund gehört habe, war gequirlte Scheiße.« Ich verschränke die Arme vor meiner Brust, um zu signalisieren, dass ich das nicht lustig finde. »Und wer, denkst du, wer du eigentlich bist, mir das vorzuschreiben?« Dabei läuft zwischen Zachary und mir nichts – jedenfalls noch nicht. Es gab ein paar innige Momente, doch das war's, aber das werde ich Isaac nicht sagen. »Und wie kommst du auf den Gedanken, dass ...«

Er unterbricht mich und fährt sich währenddessen durch die hellbraunen Haare, die durch den Sonnenuntergang beinahe golden wirken – wie die von Zachary. »Ich habe euch gesehen! Vor dem Label!« Ich runzle die Stirn, ich kann mich nicht an ihn erinnern. »Ich bin mit dem Auto …«

Nun unterbreche ich ihn. »Warst du das mit der Hupe?«

»Ich … ja, aber das ist doch egal? Das ist jetzt nicht von Belang!« Das sehe ich allerdings ein wenig anders.

»Scheiße, Juliet, du verstehst es nicht, du weißt nicht, was …« Isaac bricht mitten im Satz ab, wirft die Hände in die Luft, als würde ihn diese Situation überfordern und gleichzeitig frustrieren. »Vertrau mir bitte, wenn ich sage, dass es besser für dich ist, wenn du dich von ihm fernhältst. Ich will nicht, dass du zusammen mit ihm untergehst!« Isaac ballt seine Hände zu Fäusten. »Deshalb wollte ich, dass man dich abwirbt! Du solltest aus der Gefahrenzone heraus, ich will nicht, dass es *dich* trifft!«

»Isaac, wovon, zur Hölle, sprichst du?«, will ich wissen. Nichts von dem, was er gerade von sich gibt, macht ansatzweise Sinn.

»Ich …« Isaac bricht ab.

»Nun sag schon!«, fordere ich.

»Ich … ich kann es dir nicht sagen, denn je mehr davon wissen, desto unwahrscheinlicher ist es, dass mein Plan funktionieren wird.« Isaac schüttelt seinen Kopf. »Bitte, nimm das Angebot aus L. A. an … Oder geh wenigstens zu Atlantic Records zurück, sodass du nicht mittendrin bist, wenn …«

»Wenn *was*?« Anstatt zu antworten, schüttelt Isaac abermals seinen Kopf, sodass ich langsam wirklich wütend werde. Er kann mir nicht solche Brotkrumen zuwerfen und dann schweigen?! »Isaac, ich schwöre, wenn du mir nicht auf der Stelle sagst, was hier vor sich geht, werde ich meinen Kater auf dich loslassen, bevor *ich* dir danach noch die Augen auskratze!«

Isaac macht den Mund auf, aber schließt ihn direkt wieder.

»Ich werde Birmingham Records den Erdboden gleichmachen und dafür sorgen, dass es für immer aus der Geschichte ausradiert wird – ohne Rücksicht auf Verluste.«

»Das ist nicht dein Ernst?«

Er nickt langsam, schaut danach auf seine Finger. »Doch, meine Familie hat mich lange genug herumgeschubst und verarscht, das werde ich nicht länger ertragen.« Isaac schnaubt. »Ich habe mir den Hintern für dieses Label aufgerissen, meinem Vater zu höheren Absatzzahlen und einer verbesserten Statistik verholfen. Ich habe getan, getan und getan, weil ich wusste, dass es sich irgendwann auszahlen wird. Und was passiert? Mein Mistkerl von Vater und Verräter von Bruder hatten *nie* vor, mir das Label zu überlassen.«

»Nein, du musst da etwas falsch verstanden haben«, widerspreche ich. »Zachary wollte den Geschäftsführerposten nie haben!« Dabei hat er mich nicht belogen. Ich weiß zu gut, wie sehr dieser Mann sein Heimatland liebt und dortbleiben wollte.

»Das war kein Missverständnis! Mein Vater hat mir *ins Gesicht* gesagt, dass das nur eine Finte war, dass er nie vorhatte, mich als Nachfolger zu benennen! Unser liebreizender Herr wollte nur sicherstellen, dass ich bestmöglich vorbereitet bin, um dem Goldjungen als Stellvertreter unter die Arme zu greifen!«, verrät er mir, während er seinen Anzug glattstreicht, kontinuierlich, als würde ihn das beruhigen.

Diese Neuigkeit muss ich erst einmal verkraften, sodass ich zum Sofa laufe und mich fallen lasse. Kein Wunder, dass Isaac Rachegedanken verspürt und das Label von innen heraus zerstören will.

»Isaac, ich ... ich kann verstehen, warum du wütend bist, aber du musst mir nun ganz genau zuhören, in Ordnung?«, beginne ich. »Du darfst deine Rache nicht an Zachary auslassen, er wusste davon nichts! Er ...«

Isaac lässt von seinem Anzug ab, zeigt anklagend auf mich. »Hör auf, ihn zu verteidigen!« Er brüllt so laut, dass ich mich in mein Sofa drücke. Derart wütend habe ich ihn noch nie erlebt. Der jüngere Bruder ist eher zurückhaltend, fährt selten aus seiner Haut – aber das? Ich erkenne ihn überhaupt nicht wieder, hatte mich Zachary nicht genau davor vorgewarnt? »Zachary ist nicht der, für den du ihn hältst! Ich fasse es nicht, dass du dich wieder um den Finger wickeln lässt?! Mein Bruder weiß genau, was er tut! Er will mir damit eins auswischen! Er hat mit meinem Vater gemeinsame Sache gemacht!«

Heute werde ich unmöglich zu ihm durchdringen.

»Und wie willst du es anstellen?«, frage ich stattdessen. »Wie möchtest du Birmingham Records zerstören?« Ich muss mehr über seinen Plan herausfinden, sodass ich ihn verhindern oder torpedieren kann.

»Mir schwebt so einiges vor, aber der erste Schritt wird sein, den Ruf, das Ansehen und das Image von Zachary für alle Ewigkeit zu ruinieren, sodass sich dieser wünschen wird, sich nicht gegen mich verschworen zu haben!« Isaac presst kurz seine Lippen aufeinander. »Ich werde dafür sorgen, dass er in den Medien zerrissen wird, sich nicht mehr draußen blicken kann, und ich werde die Unzufriedenheit der Mitarbeiter nutzen, vielleicht sogar einen Aufstand anzetteln, wer weiß?«

»Isaac, das kannst du nicht tun?!«

»Und ob ich das kann.«

»Das werde ich nicht zulassen!«

»Du willst dich wirklich gegen mich stellen?«

»Um Zachary zu retten? Definitiv.«

Isaac schaut mich fuchsteufelswild an. »Du würdest dich wirklich für *ihn* entscheiden? Warum, Juliet? Zachary hat *nicht* um dich gekämpft! Dagegen war ich dir ein wahrer Freund, wollte dich mit Bailey unterstützen! Indem er dich ohne irgendeine Anstrengung gehen ließ, habe ich meine einzige Freundin verloren, die eine Person, die sich wirklich für mich interessiert hat, die für mich eingestanden ist!«

Halt, macht Isaac seinen Bruder dafür verantwortlich, dass ich den Kontakt beendet habe? Zachary hat *nichts* damit zu tun, dass ich ihn als Freund aufgegeben habe.

»Meine Güte, Isaac, hör auf, daraus einen Wettstreit zu machen!«, sage ich aufgebracht. »Zachary konnte nicht um mich kämpfen, denn *ich* habe es nicht zugelassen! Und er ist auch nicht dafür verantwortlich, dass unsere Freundschaft im Sande verlaufen ist, es war *meine* Entscheidung, den Kontakt zu dir zu beenden! Du kannst deinem Bruder nicht immer für alles die Schuld geben!«

»Es *ist* seine Schuld!«

Der Mann mir gegenüber ist nicht mehr der Isaac, den ich kennengelernt habe. Sie ähneln sich, doch es sind zwei komplett verschiedene Menschen. Es macht mich traurig, dass er sich dermaßen verändert hat. »Isaac, verdammt noch mal, lass es sein!«

»Du wirst mich nicht aufhalten, Juliet!«

Wir starren einander an, niemand wagt es, auch nur zu blinzeln. »Das wird dir nicht gelingen, denn dein Plan hat eine Schwachstelle«, versuche ich ihn aus der Reserve zu locken. Ich werde nicht eher ruhen, bis seine schwachsinnige Idee vom Tisch ist.

»Und die wäre?«

»Mich«, antworte ich ihm.

»Und inwiefern bist du eine Schwachstelle?«

Kann er nicht sehen, dass er sich selbst in den Fuß geschossen hat? »Du hast ausgerechnet *mir* deinen Plan verraten.« Ich schüttle den Kopf. »Du glaubst doch nicht, dass ich tatenlos zusehe und nichts unternehme? Nein, ich werde Zachary warnen.«

Isaac bleibt für einen Moment still, und seine Augen weiten sich, als hätte er diese Möglichkeit bisher nicht in Betracht gezogen. »Das wirst du nicht tun«, sagt Isaac plötzlich, als hätten die Rädchen, die sich gerade in seinem Kopf gedreht haben, ihm eine Antwort geliefert. »Denn weißt du, was dann passieren wird? Du wirst mit deiner Karriere bezahlen, Juliet.«

Ich schnaube. »Und wie willst du das anstellen?«

Isaac grinst mich überheblich an. »Wenn – *und nicht falls* – dieses Unternehmen untergeht, wirst du ohne eine Anstellung dastehen, Juliet. Wie willst du ein neues Plattenlabel finden, wenn du nur schlechte Arbeitszeugnisse vorweisen kannst?« Gerade, als ich fragen will, was Isaac damit meint, fährt er fort. »Der Leiter der Personalabteilung schuldet mir noch etwas, von daher wird er mir gern behilflich sein. Und erinnerst du dich an Patrick? Das ist ein Bekannter von mir, daher erwarte ich von ihm auch keinen Gegenwind«, offenbart er mir, während sich Wut in mir staut. »Wie schwer es wohl ist, mit *zwei schlechten Arbeitszeugnissen* eine Anstellung zu finden?«

»Du willst mich erpressen?«

Für einen kurzen Augenblick blinzelt Isaac, zögert, bis er wieder eine eiskalte Miene aufsetzt, als würde es ihm nichts ausmachen. »Du lässt mir keine andere Wahl, Juliet. Aber ich verspreche dir, dass ich dir danach wieder auf die Beine helfen werde.«

Mit einem Satz springe ich von meinem Sofa auf und laufe ihm mit stampfenden Füßen entgegen. Wenn meine Ohren vor Wut rauchen könnten, würden sie es in diesem Augenblick. Isaac soll mir drohen, wie er möchte, doch ich werde mich nicht erniedrigen lassen.

Niemals.

»Du wirst diesen Tag bereuen, das verspreche ich dir!« In einer Kurzschlussreaktion greife ich nach seinem Ohr, ziehe ihn zu mir herunter, um ihn anschließend durch meine Wohnung zu zerren. »Ich wollte wieder eine Freundschaft zu dir aufbauen, du Idiot, aber das hast du dir damit verbaut!«, weise ich ihn zurück, als ich mit meiner freien Hand die Tür öffne und ihn in den Hausflur schubse.

»Du kannst mich mal kreuzweise, Isaac!«

Ich werfe ihm die Tür vor der Nase zu.

Arschloch.

Kapitel 21

»Eloise, wer ist das noch mal?«

Bailey beäugt meinen besten Freund skeptisch.

»Ma, das ist mein guter Freund, Damien«, stelle ich ihn vor. »Wir arbeiten zusammen im Plattenlabel, seit ich gewechselt habe«, erinnere ich sie vorsorglich. Bailey streicht sich durch die ergrauten Haare, die einst meinem Blond glichen, und nickt mehrfach.

Damien, ganz Gentleman, reicht meiner Großmutter die Hand. »Es freut mich außerordentlich, Ihre Bekanntschaft zu machen, Mrs Bryant.« Nachdem er ihre Finger zur Begrüßung geküsst hat, kichert Bailey – er schafft es jedes Mal, sie um seinen gebräunten, brasilianischen Finger zu wickeln.

»Wissen Sie, Ihre Tochter und ich gehen nächste Woche auf ein Konzert! Wann war Ihr letztes Konzert?«, erkundigt er sich und verwickelt sie direkt in ein Gespräch.

Sie bleibt einen Moment ruhig. »Mein letztes Konzert ... letztes Konzert ... Ah, ja!« Meine Großmutter lächelt ihn glückselig an. »Mein geliebter Malcom ist seit einer Woche im Heimaturlaub, und er hat mich gestern spontan mit Konzerttickets überrascht!« Für Bailey ist es wirklich so, als wäre das alles gestern und nicht vor einer halben Ewigkeit passiert. »Das Konzert fand im Madison Square Park statt.« Sie schaut nach oben, als würde sie die Erinnerungen abrufen, und seufzt. »Die Tickets waren sehr billig, meinte Malcolm, weil es eine unbekannte Band war. De … Depeche … Depeche Irgendwas.« Sie meint wahrscheinlich Depeche Mode … aber unbekannt? Das kann ich mir kaum vorstellen! »Mittendrin haben wir uns weggeschlichen«, sie fängt an zu kichern, »und wurden in flagranti von den Sicherheitsleuten erwischt!«

Bailey hat sich von einem Depeche Mode-Konzert weggeschlichen, um ein Schäferstündchen mit ihrem Ehemann abzuhalten?!

»*Ma*!«, rufe ich schockiert aus, während sich Damien den Bauch vor lauter Lachen halten muss.

»Sie sind eine Ikone, Mrs Bryant!«

Bailey lächelt ihn freundlich an. »Ach, Damien, nenn mich doch Bailey«, bittet sie ihn wie üblich, sobald Damien zum Small Talk übergeht. Anschließend wirft sie mir einen belustigten Blick zu. »Was denkst du, wie du entstanden bist, Eloise? Ein fliegender Dampfer hat dich nicht gebracht!« Ihre leichte Sprachstörung sorgt dafür, dass sie wieder Wörter vertauscht.

Plötzlich wird Bailey ernst und schaut mehrfach zwischen Damien und mir hin und her. »Apropos Kinder, ihr zwei, ist es was Ernstes zwischen euch beiden?«, will sie wissen, weil sie meinen besten Freund mal wieder für einen meiner *Lover* hält.

Meine Mutter hatte zwischen den Pausen mit meinem Erzeuger kurze Liaisons mit Männern, und Bailey hoffte jedes Mal, dass sich Eloise endlich verlieben würde und von ihm wegkommt. Wahrscheinlich denkt sie, dass eine solche Beziehungspause gerade stattfindet.

Mein bester Freund und ich schauen uns für eine Sekunde stumm an, bevor wir lauthals loslachen. Obwohl es immer wieder passiert, wenn wir sie zusammen besuchen, ist es nicht weniger lustig.

»O nein, *Ma*, Damien und ich sind ausschließlich sehr gute Freunde.«

Ein lautes Seufzen kommt über ihre Lippen, als wäre sie über unsere Antwort enttäuscht.

»Ganz sicher, Eloise?«, will sie sich überzeugen, weshalb Damien und ich nicken. »Schade, wirklich sehr schade, dieser hier ist endlich vorzeigbar.« Wir beide wissen, auf wen sie damit anspielt, denn wir haben dieses Szenario schon mehrfach durch. »Nun, es ist nie zu spät, und ich hoffe, dass du deine Meinung Damien gegenüber änderst.« Sie hätte es zu jedem Mann gesagt, den sie an meiner Seite vorfindet – solange es nicht *er* ist.

Mein bester Freund schaut sie lächelnd an. »Ich nehme das als Kompliment, denn ich bin *wirklich* ein Hauptgewinn.« Bei dieser Aussage muss ich grinsend die Augen verdrehen, denn an Selbstbewusstsein hat es ihm noch nie gefehlt. »Und selbst, wenn sie ihre Meinung ändern sollte, würde ich es nicht, wir fischen an verschiedenen Ufern.«

Damien hat anscheinend nicht gelernt, was letztes Mal passiert ist, als er *das* sagte.

»Verschiedene Ufer? Eloise? Seit wann angelst du?«, erkundigt sich Bailey irritiert. Diese Redewendung ist erst später zu ihrem Sprachgebrauch dazu gekommen. »Warum sucht ihr zwei Hübschen euch nicht zusammen eine neue Stelle, hm?«

»Nein, Ma, er meint, er bevorzugt das *andere* Geschlecht.«

»*Ohhh*!«, macht sie, als hätte sie noch nie gehört, dass Damien schwul ist, obwohl er ihr das mindestens hundert Mal erzählt hat. »Ein Homo, also?«, will sie wissen, doch meint sie es nicht abwertend, denn früher wurde der Begriff nicht als Beleidigung verwendet. Sie sagt es mit keiner bösen Zelle in ihrem Körper – und Damien weiß das. »Die Straße runter ist vor Kurzem auch ein niedliches Homo-Pärchen eingezogen!« Dann lehnt sie sich vor, lächelt ihn an. »Ich finde es falsch, dass ihr nicht heiraten dürft!«

Bailey war schon immer rein im Herzen und liebt jeden Menschen gleich. Tatsächlich hat sie einmal versucht, Damien mit dem Sohn einer Freundin zu verkuppeln. Beziehungsweise immer, wenn sie einen schwulen Single kennengelernt hat, hat sie sich für Damien die Nummer geben lassen, da sie damals wusste, wie sehr er sich einen Partner gewünscht hat.

Damien drückt ihre Hand. »Das weiß ich zu schätzen.«

»Wo … wo ist eigentlich Malcom?«

Mein bester Freund und ich wechseln einen raschen Blick, denn wir haben immer eine Aussage parat, um davon abzulenken, dass mein Großvater nicht mehr unter den Lebenden weiht. »Papa bereitet eine Überraschung vor, wenn du morgen aus deiner Reha entlassen wirst.« Ich muss erklären, warum Bailey sich in solch einer Einrichtung und nicht in ihrem Zuhause befindet. Und eine kurzweilige Reha hat sie mir bisher immer abgekauft.

Baileys Augen leuchten. Erst macht es den Anschein, als würde sie sich freuen, dann reißt sie plötzlich den Mund auf. Sie zerrt mich praktisch an meinem Arm zu sich heran.

»Eloise, versprich mir, dass du deinen Vater aus der Küche fernhältst, ja? Ich erinnere mich noch genau daran, als er mich mit einer selbstgemachten Pizza überraschen wollte und die ganze Woche voller Rauch war!« Sie meint Wohnung, nicht Woche, sie bringt wieder die Wörter durcheinander. »Lass ihn nicht rein!« Mein Großvater Malcom konnte nicht kochen, auch wenn er es immer wieder probiert hat. Nach dem Pizza-Debakel sind noch unzählige Vorfälle passiert.

Ich drücke sanft Baileys Hand, die auf meinem Arm ruht, und ziehe mich dann lächelnd zurück.

»Ich versuche mein Bestes, versprochen.«

»Ach, Malcom, mein ... mein Malcom.« Bailey schaut ein wenig irritiert durch den Raum, als würde sie etwas stören, aber es nicht benennen können. »Malcom, er ... ich kann ... nicht ... was ... ist mit ihm ...?«

Damien wirft mir einen überraschten Blick zu, denn es klingt, als würde sie einen klaren Moment bekommen und sich daran erinnern, dass etwas Schreckliches mit ihrem Ehemann passiert ist.

»Apropos, Pa, warum erzählst du uns nicht, wie ihr euch beide kennengelernt habt? Damien würde die Geschichte bestimmt gerne hören.« Ich versuche das Thema zu wechseln, sodass sie nicht weiter über das nachdenkt, was sie gerade beschäftigt.

Mein bester Freund nickt euphorisch. »Ja, das würde ich auch gern wissen!«, meldet sich Damien zu Wort. »Erzähl sie uns bitte!«

Automatisch sucht meine freie Hand seine, drückt diese sanft, um ihm indirekt meinen Dank auszudrücken.

»Es war Ende März, und trotzdem habe ich tierisch gefroren«, beginnt Bailey, während sie sich schüttelt, als könnte sie noch immer die Kälte spüren. »Zu Ehren einiger Soldaten fand eine Feierlichkeit statt, und ich meldete mich als Freiwillige.« Sie kichert plötzlich, sodass sich mein Herz erwärmt. »Ich habe gerade einen Karton mit Luftschlangen getragen, die während der Zeremonie an die Anwesenden ausgegeben werden sollten, als ich stolperte ... und im wahrsten Sinne des Wortes in Malcoms Arme gefallen bin.« Ihr Arm schnellt in die Höhe. »Er war sooo groß, und als ich in seine warmen, braunen Augen schaute, war es um mich geschehen.« Danach umfasst sie sich selbst. »Und als er sah, dass ich fror und er mir eine dickere Jacke organisiert hat – schließlich durfte er mir seine Uniform nicht geben – wusste ich, dass ich ihn eines Tages heiraten werde.«

»Oh, wie romantisch!«, bemerkt Damien wie jedes Mal – schließlich kennt mein bester Freund die Geschichte in- und auswendig.

Bailey blinzelt, schaut sich in ihrem Zimmer um. »Wo ... bin ich?«, fragt sie verwirrt, da sie nicht mehr weiß, dass ich ihr bereits gesagt – beziehungsweise ihr vorgemacht – habe, dass sie sich in einer Reha befindet. Sie schaut von mir zu Damien, den sie erneut skeptisch mustert. »Und ... und wer ist das, Eloise?«

Es beginnt von vorne.

Daran werde ich mich nie gewöhnen.

»Und ... wo ist Malcom?«

Kapitel 22

Die Büros der Brüder befinden sich an gegenüberliegenden Enden der Führungsetage. Genau in der Mitte nehme ich auf einer großen grauen Sitzgarnitur Platz, um auf den stellvertretenden Geschäftsführer zu warten. Wir müssen uns *dringend* unterhalten, bevor ich zum Burlesque-Theater fahre, um Saphire abzufangen. Die Schonfrist für Isaac, um runterzukommen und sich zu besinnen, ist abgelaufen.

Die Führungsetage wirkt anders als das Stockwerk, auf dem ich mich tagtäglich herumtreibe. Durch die etlichen kleinen, durchsichtigen Büros aus Glas kommt der Ausblick, den dieses Gebäude mit sich bringt, kaum zur Geltung. Von meiner jetzigen Perspektive kann ich in jede Himmelsrichtung blicken. Allerdings befindet sich der Central Park hinter mir, dieser Ausblick ist Zachary vorbehalten.

Bevor ich mich bei Isaacs Assistentin angemeldet habe, warf ich einen schnellen Blick in Zacharys Büro, der wie sein Bruder noch nicht im Label erschienen ist. Und darüber bin ich erleichtert, denn ich wüsste nicht, wie ich meinen Besuch erklären sollte. Schon gar nicht, wenn Isaac und ich wieder streiten – nicht, dass das meine Absicht wäre.

Nachdem ich Isaac die Tür vor der Nase zugeschlagen hatte, debattierte ich lange mit mir, ob ich Zachary einweihen sollte. Schlussendlich habe ich mich vorerst dagegen entschieden. Nicht, weil mich sein Bruder erpresst hat, sondern weil ich weiß, was das bedeuten würde. *Kein Zurück mehr.*

Es steht außer Frage, ob ich sein Vorhaben, die Firma zu zerstören, zulassen werde. Ich werde Himmel und Hölle in Bewegung setzen, damit dies nicht passiert. Fakt ist, dass Isaacs grausame Rachegelüste aus einem Impuls heraus entstanden sind, schließlich fand er die Wahrheit über die Nachfolge erst vor wenigen Wochen heraus, sodass er weder über die Konsequenzen nachgedacht noch klare Pläne hat. Die Brüder sind zerstritten und wollen nichts miteinander zu tun haben, doch es besteht noch immer eine Chance, dass sie es *eines Tages* wieder hingebogen bekommen – es hat schon einmal beinahe funktioniert.

Wenn Isaac seinen Plan allerdings in die Tat umsetzt oder Zachary herausfindet, was ihm sein eigener Bruder antun wollte, wird dieser Tag nie eintreten. Vielleicht ist die Hoffnung, die beiden Brüder einander wieder näherzubringen, naiv und unrealistisch, aber ich muss es wenigstens versuchen – für Zachary, aber auch für Isaac.

»Mr Birmingham!«, höre ich plötzlich die Stimme der Assistentin, sodass ich mich zu den Aufzügen wende. Isaac steigt aus und bleibt augenblicklich stehen, als er mich erblickt. »Miss Bryant würde gerne mit Ihnen sprechen, sie ... sie wollte sich nicht vertrösten lassen.« Die Assistentin hat versucht, mich wieder wegzuschicken, aber ich habe mich geweigert und habe mich hingesetzt.

»Das ist schon in Ordnung.« Isaac macht eine Geste, dass ich ihm folgen soll. Gemeinsam betreten wir sein Büro. »Ich kann mir vorstellen, warum du hier bist. Und um deiner Frage zuvorzukommen, nein, mein Standpunkt hat sich nicht geändert.«

Das überrascht mich nicht, ich habe nicht damit gerechnet, dass er seine Meinung magischerweise geändert hat. Seine Stimmung ist allerdings eine andere, ihn übermannen nicht mehr die Ungeduld, der Frust und die Wut. Das sind ideale Voraussetzungen, um mit ihm in Ruhe zu sprechen.

»Aber es passt, dass du hier bist, denn auch ich wollte mit dir sprechen.«

»Ach, wirklich?«, hinterfrage ich.

Isaac lehnt sich gegen seinen Schreibtisch und runzelt nachdenklich die Stirn. »Dich zum Stillschweigen zu bringen ist definitiv nicht der richtige Weg.« Eigentlich sollte ich erleichtert sein, doch irgendwie werde ich das Gefühl nicht los, dass das noch nicht alles war. »Nicht, wenn ich dich besser einsetzen könnte.«

Wovon, zum Teufel, spricht Issac nun schon wieder?

»Einsetzen?«, wiederhole ich mit einem flauen Gefühl im Magen. »Inwiefern?«

»Kennst du dich mit der griechischen Mythologie aus, Juliet?«, beginnt Isaac, während er mich mit einem listigen und überheblichen Blick betrachtet. »Sagt dir das *trojanische Pferd* etwas?«, will er wissen, was ich bejahe. »Ein brillanter Schachzug, man hat Troja von *innen* heraus geschlagen. Der Feind befand sich in den eigenen Mauern, ohne, dass sie es geahnt haben.« Dann zeigt Isaac auf mich. »Und du, meine liebe Juliet, wirst *mein* trojanisches Pferd sein.«

»Meinst du etwa, dass –«

»Dass du Zachary hintergehen sollst?«, beendet er meinen Satz. »Genau das.«

Es ist, als würden ihm vor meinem Auge drei drachenartige Köpfe wachsen, sodass ich das Monster wahrnehme, das sich bisher vor mir verborgen hat.

»Du glaubst nicht wirklich, dass ich dir dabei helfe, deinen Bruder und dieses Label zu zerstören, oder?«, frage ich schockiert und tippe gegen meine Schläfe. »Wenn du denkst, dass ich wegen zwei schlechten Arbeitszeugnissen Zachary hintergehen werde, dann hast du den Verstand verloren.« Ich zucke mit meinen Schultern, er sollte mich eigentlich besser kennen. »Ich bin eine Bryant, wir sind Stehaufmännchen. Ich werde wieder eine Anstellung als Talentscout finden, denn ich gebe *niemals* auf!«

»Aber nicht, wenn *dein* Ruf ruiniert ist.«

»Wegen der Zeugnisse? Ich bitte dich!« Diese werden es schwierig machen, eine neue Festanstellung zu finden, doch das ruiniert nicht meinen Erfolg. »Das wird mich nur ins Stolpern bringen, mich aber nicht aufhalten, weiterhin an meiner Karriere als Talentscout festzuhalten.«

»Hast du *Derek* vergessen?«

Diesen Namen zu erwähnen reicht, um mich augenblicklich verstummen zu lassen. Die Geschichte mit Derek habe ich Isaac einst anvertraut, weil ich ihn als einen Freund gesehen habe – das war anscheinend ein Fehler. Derek Dougherty ist ein weltbekannter Sänger, den ich von einem Plattenvertrag bei Atlantic Records überzeugt habe. Bei ihm handelte es sich um den zweiten Künstler, den ich entdeckt habe. Als ich ihn das erste Mal in einer Bar mit Live-Musik gehört habe, wusste ich, dass er es weit schaffen würde – es war ein Instinkt, der mich nicht enttäuschen sollte.

Den Durchbruch hat er vor allem seinen weltweiten weiblichen Fans zu verdanken, er ist ein Frauenschwarm *und* Herzensbrecher. Seinem Charme bin auch ich erlegen, sodass es nicht lange gedauert hat, bis ich in Dereks Bett gelandet bin. Seine Entscheidung, bei Atlantic Records zu unterschreiben, hatte nichts mit mir zu tun, schließlich beendete er das, was wir einige Wochen lang hatten, für eine andere Dame. Und auch ich schlief nicht mit ihm, um ihn vom Label zu überzeugen. Sollte dies allerdings herauskommen, weiß ich, was alle Welt denken wird und wie man mich nennen wird: *Hure.*

In der Vergangenheit sind immer wieder Bettgeschichten von weiblichen Künstlern und männlichen Talentscouts bekannt geworden, einen Aufschrei hat es nie gegeben. Als im Gegenzug in den letzten Jahren zwei weibliche Talentscouts in der Presse landeten, die etwas mit Sängern ihres Labels hatten, wurden diese als billig und unprofessionell abgestempelt. Es dauerte nicht lange, bis man einen Grund fand, diese Frauen fristlos zu kündigen.

Das, wofür Männer tagtäglich gefeiert werden, ist der Strick für die Karriere der Frauen, die genau dasselbe getan haben – und doch dafür verurteilt werden.

»Und, sind wir uns einig?«, fragt er und holt mich aus meinen Überlegungen.

»Isaac, ich … ich habe dir das als meinem *Freund* anvertraut«, sage ich mit zitternder Stimme.

Mein Gegenüber blinzelt, presst einen Moment lang die Lippen aufeinander.

»Wir *waren* Freunde, dafür hast du gesorgt, Juliet.« Er spielt eiskalt darauf an, dass ich unsere Freundschaft mit meinem Kontaktabbruch beendet habe. Doch seine Augen zucken kurz, bevor er den Mund aufmacht, diesen direkt wieder schließt und tief durchatmet. »Du lässt mir keine andere Wahl. Also?«, möchte er meine Antwort hören.

Das alles überfordert mich, ich weiß nicht, was ich sagen, geschweige denn denken soll. Ich will mich nicht zwischen Zachary und meiner Karriere entscheiden, darüber will ich nicht einmal nachdenken.

Rette Zachary, sagt eine Stimme.

Du hast viel zu lange für deine Karriere gekämpft, sagt die andere.

Ich mache einen Schritt rückwärts, denn ich empfinde nur noch eines: *Ich muss hier raus.* Weiter und weiter laufe ich zurück zur Tür, während mein Herz mir bis zum Hals schlägt. Ich kann und will mich nicht entscheiden – das ist alles zu viel.

Kopfschüttelnd stürme ich zur Tür.

»Ich nehme das als ein Ja!«, ruft Isaac mir hinterher.

***

Mit dem Rücken zur Wand stehe ich am Bühneneingang des *Séduction*, um Saphire abzufangen.

Tracey hat es geschafft, mir eine Zeit zu nennen, zu der ich sie antreffen sollte. Um ganz sicherzugehen, war ich über eine Stunde zu früh hier. *Ich will sie nicht wieder verpassen.* Mein Gefühl sagt mir, dass ich mit ihr mein Können unter Beweis stellen kann. Damit sollte ich die Gerüchte und Vorurteile, die bisher nicht die Runde gemacht haben, aus der Welt schaffen können und zeigen, dass ich eine Daseinsberechtigung habe.

Und dadurch kann ich mich auch ein wenig von der Auseinandersetzung mit Isaac ablenken.

Aus meinen Augenwinkeln erkenne ich, wie ein Fahrzeug mit einer Uber-Plakette in der Windschutzscheibe an den Gehweg heranrollt. Eine große, kurvige Schönheit mit dunkelblauem Haar steigt aus, sodass ich weiß, wen ich hier vor mir habe.

»Saphire?«, spreche ich sie an.

Sie holt ihren Sportrucksack aus dem Fahrzeug und schlägt die Tür zu, bevor sie sich zu mir umdreht. In ihrem Gesicht funkeln blaue Augen, die ihren Namen widerspiegeln. »Nicht das übliche Geschlecht, das mir normalerweise auflauert.« Sie winkt dem Fahrer zum Abschied zu, bevor sie an mir vorbei zur Tür läuft und einen Schlüssel zückt.

»Sie können dir nicht das bieten, was ich habe.«

Sie lacht. »Das sagen sie alle.«

Zielstrebig laufe ich zu ihr, reiche ihr meine Visitenkarte, die ich immer griffbereit habe. Tracey hat mir glücklicherweise heute Morgen einen Stapel überreicht. »Hast du schon mal über eine Musikkarriere nachgedacht?«

Die blauhaarige Schönheit hält tatsächlich inne. »Arbeite ich nicht schon im Musikbusiness?«, erwidert sie und möchte mich damit aus der Reserve locken.

»Ich würde eher Entertainmentbranche sagen.«

Ihre Lippen zucken amüsiert. »*Touché.*«

»Vor wie vielen Leuten trittst du heute Abend auf?«, beginne ich die Rede, die ich in meinem Kopf einstudiert habe. »Ein paar hundert?« Die genaue Zahl beträgt 567, das *Séduction* zählt zu einem der größten Theater in New York. »Was, wenn du die Möglichkeit hättest, vor *Zehntausenden* Menschen zu spielen? Würdest du dir diese Chance entgehen lassen? Ich –«, weiter komme ich nicht, weil sie mir ins Wort fällt.

»Und lass mich raten, du könntest das erreichen?«, beendet sie den Satz, den ich *nicht* sagen wollte. »Du würdest dafür sorgen, dass die ganze Welt meinen Namen kennt? Ich werde erfolgreicher sein als alle anderen zuvor?«

»Dich hat bereits ein anderer Talentscout kontaktiert«, stelle ich fest, da das die Standardfloskeln sind, die die meisten verwenden.

»Nur einer?« Saphire lacht bitter auf.

»Aber du bist noch ungebunden?«, will ich wissen.

Saphire verdreht die Augen und schließt auf. »Ja, und das wird sich auch nicht ändern.« Sie öffnet die Tür und schlüpft hindurch. »Also versuche erst gar nicht, mir Honig ums Maul zu schmieren und mir zu versprechen, die Sterne vom Himmel herunterzuholen.«

»Das hatte ich nicht vor«, sage ich in dem Moment, in dem sich die Tür schließt.

Einen Augenblick später öffnet sich die Tür einen Spalt. Saphire schaut mich irritiert an, da sie anscheinend nicht mit meiner Antwort gerechnet hat. Und das ist meine Chance, denn mit jedem Künstler muss anders umgegangen werden. Ich merke schnell, welche Schiene ich fahren muss, um jemanden um meinen Finger zu wickeln – es ist ein Instinkt.

»Ich kann dir *noch* keinen Vertrag versprechen, das müsste erst abgesegnet werden, doch ich bin mehr als überzeugt von dir, Saphire«, versichere ich ihr. »Kann ich dir versprechen, dass du den Durchbruch schaffst? *Nein.* Kann ich versprechen, dass mein Label alles dafür tun wird? *Definitiv.* Niemand von uns kann in die Zukunft schauen, einige schaffen es, andere jedoch nicht, aber weißt du, was? Ich erkenne Talent. Und Saphire? Es strömt aus jeder kleinen Pore aus deinem Körper, du bist das personifizierte Talent.«

»Wie gesagt, das habe ich alles schon mal gehört, und siehe mal, wo ich noch immer bin.« Sie zeigt zum Theater. »Falsche Versprechungen sind das – *mehr nicht.*« Ihre Stimme bebt bei den letzten zwei Wörtern, sodass ich das Gefühl nicht loswerde, dass ich nicht die ganze Geschichte kenne, nicht weiß, warum sie sich derart sträubt.

»Was ist dir widerfahren?«, hinterfrage ich.

Ihre Mundpartie zuckt, ihre Lippen sind aufeinandergepresst. Für einen Moment glaube ich, nichts aus ihr herauszubekommen, doch dann tritt sie wieder zu mir auf die Straße heraus. »Ich wurde vor drei Jahren, in meinem ersten Monat, hier als Sängerin von einem Scout kontaktiert, der mir die große Karriere vorausgesagt hat. Meinte, dass sein Label mich *um jeden Preis* haben wollte«, eröffnet sie mir und ich höre aufmerksam zu. »Ich habe allen davon erzählt, habe mir bereits eine strahlende Zukunft ausgemalt.« Sie kneift ihre Augen zusammen, ihre Kiefer sind erneut angespannt. »Und dann sagte man mir aus heiterem Himmel, dass ich nicht ins Label passe.«

»Das tut mir wirklich leid.«

»Aus diesem Grund habe ich seitdem jeden Talentscout, der mir diese strahlende Zukunft vorgegaukelt hat, mit einer Abfuhr nach Hause geschickt.«

Ich halte ihr noch mal meine Karte hin. »Ich kann deine Haltung verstehen, wirklich. Aber wie gesagt, ich *verstehe* mein Handwerk. Schau mich an, Saphire, ich glaube dermaßen an dich, dass ich dir am helllichten Tag auflauere.« Ich zwinkere ihr zu. »Und das ist nicht das erste Mal, dass ich hier stehe und auf dich warte«, teile ich ihr mit. »Ich kann dir nichts versprechen, das meine ich ernst, doch ich werde mich für dich einsetzen, weil ich an dich und dein Talent glaube, denn du hast das *gewisse Etwas*, das mich nicht loslässt.«

Saphire nimmt die Karte entgegen. »Ich werde darüber nachdenken.«

Kapitel 23

Mit schnell schlagendem Herzen schrecke ich aus meinem Schlaf, setze mich kerzengerade auf und schaue mich in meinem dunklen Zimmer um. Mein Wecker zeigt *01.34 AM* an, was bedeutet, dass ich keine halbe Stunde geschlafen habe – falls man es überhaupt Schlaf nennen kann. Seitdem ich frühzeitig die Arbeit abgebrochen und nach Hause gefahren bin, kreisen meine Gedanken um Isaacs Vorschlag. Erschöpft lege ich mein Gesicht zurück aufs Kissen, zwinge mich, meine Augen zu schließen und erneut einzuschlafen. *Zachary oder deine Karriere, entscheide dich*, flüstert mir Isaacs Stimme zu, als wäre er direkt neben mir.

Im Dunkeln taste ich blind nach meinem Telefon, um Damien eine Nachricht zu senden.

Hey, bist du wach?
Ich kann nicht schlafen und brauche jemanden zum Reden …

Weil ich um diese Zeit keine Antwort von meinem besten Freund bekommen werde, werfe ich frustriert und erschöpft meine Bettdecke beiseite, durchquere die

Wohnung – leise, damit Louie nicht aufwacht – und betrete meine Dachterrasse, um durchzuatmen.

In der Ferne leuchtet die Brooklyn Bridge in der Dunkelheit.

Ich lehne mich gegen die kalte Außenwand, lasse mich herabsinken und schaue hinauf zu den Sternen – als hätten sie eine Antwort auf meine Bredouille. Noch immer lastet das Gefühl von Ausweglosigkeit, Hoffnungslosigkeit und auch Chancenlosigkeit zentnerschwer auf mir. In meinem bisherigen Leben bin ich immer wieder auf Hindernisse gestoßen, doch ich habe mich immer ausnahmslos durchmanövriert – *bis jetzt.*

Isaac hat mir eine Wahl gegeben, die eigentlich keine ist.

Ein lautes Mauzen sorgt dafür, dass ich zur Tür schaue, wo mein dicker, grauer Kater durchspaziert kommt.

»Louie, *nein*! Du kannst nicht wieder hinunter zu –« Ich stocke, als mein Kater nicht wie erwartet zur Feuertreppe watschelt, sondern in meine Richtung – um sich dann neben mich zu setzen.

Mein erster Gedanke ist: *Bloß nicht bewegen!* In den letzten zwei Jahren hat er mich entweder angefaucht, wenn ich mich zu ihm setzen wollte, oder er verschwand, wenn ich den Raum betrat.

Als ich meine Hand langsam in seine Richtung bewege, faucht er mich an – auch wenn es nicht so bedrohlich wie sonst klingt. »Okay, okay, dann nicht«, sage ich, lasse die Hand sinken, trotzdem fühlt es sich wie ein kleiner Erfolg an.

»Denkst du, dass wir jemals Freunde werden?«, frage ich ihn leise.

Mein grauer British-Kurzhaar-Kater schaut mich an, dann gibt er ein langes Miauen von sich, das man mit *kommt-darauf-an-ob-du-mich-wieder-auf-Diät-setzt* übersetzen könnte.

»Also, ist das ein Vielleicht?«, frage ich ihn. Louie miaut erneut, obwohl es eher wie ein belustigtes Schnauben klingt, dann setzt er sich wieder in Bewegung, trottet zurück ins Innere und lässt mich allein. »Oder auch nicht.«

Ich lehne meinen Kopf gegen die Mauer.

Und schließe meine Augen.

***

Eine Hand schüttelt mich leicht an meiner Schulter.

»Hey, aufwachen, Dornröschen.«

Verschlafen öffne ich meine Augen, um Damien zu erkennen, der sich vor mir hingekniet hat. »Damien?«, frage ich, bevor ich über meine Augen wische. »Was ... was machst du hier? Und wie bist du reingekommen?«, frage ich blinzelnd.

Mein bester Freund holt seinen Schlüsselbund hervor. »Hast du vergessen, dass du mir einen Ersatzschlüssel gegeben hast?«, erinnert er mich. »Ich habe mehrfach geklingelt, doch du hast nicht aufgemacht, weshalb ich den hier benutzt habe.« Er mustert mich besorgt. »Ich habe versucht, dich anzurufen, aber du bist nicht rangegangen ... Deshalb bin ich hergekommen, du würdest mir so eine Nachricht nicht ohne Grund mitten in der Nacht schicken.«

»Ich ... ja ... ich ...« Eigentlich wollte ich mit ihm reden, aber im Augenblick kommt nichts über meine Lippen. Stattdessen fühle ich, dass etwas Warmes über meine Wangen läuft. Sofort wischt Damien meine Tränen mit den Fingern fort.

Der Brasilianer lässt sich neben mir auf dem Boden nieder, legt seinen Arm um mich und positioniert meinen Kopf gegen seine Schulter. Alles an ihm strahlt Trost aus.

»Was ist los?«, will er wissen, denn ich kann nicht leugnen, dass etwas nicht stimmt.

»Isaac erpresst mich.«

Damien schaut mich schockiert an. »Wie bitte?«

Mein bester Freund hört mir aufmerksam zu, während ich ihm mein Herz ausschütte und ihm sage, was in den letzten Tagen vorgefallen ist. Sein Mund öffnet sich weiter, je länger mein Geständnis läuft. Als ich zu dem Teil mit Derek angekommen bin, greift Damien nach meiner Hand, um diese zu drücken und mir zu signalisieren, dass ich immer auf ihn zählen kann.

»Wenn ich für Zachary einstehe, kann ich meine Karriere im Musikbusiness vergessen, und wenn ich mich gegen ihn stelle, dann helfe ich mit, ihm sein Label wegzunehmen ... Nicht zu vergessen, dass ich ihm, falls doch noch etwas zwischen uns ist, das Herz brechen würde.«

Damien räuspert sich. »Ich will nicht noch mehr Salz in die Wunde streuen, aber du scheinst etwas Wichtiges außer Acht zu lassen, Juliet.«

Ich schaue ihn verwirrt an. »Okay?«

»Bailey«, teilt er mir mit. »Wenn du deine Anstellung als Talentscout verlierst, wie willst du für die Kosten ihres Pflegeheims aufkommen?«

Es ist, als würde in mir etwas zerbrechen.

Es steht viel mehr auf dem Spiel, als ich vermutet habe.

»Du kannst dir ihr derzeitiges Pflegeheim nur mit deinem Gehalt als Talentscout leisten«, erinnert mich Damien. »Und was ist mit dem Hudson-Pflegeheim? Dieser Traum wird dann *definitiv* platzen.«

»Das ... das habe ich nicht bedacht.«

»Nicht schlimm, zwei Köpfe denken mehr als einer. Dafür hast du mich«, versucht er mich zu beruhigen, während ich mich dafür verabscheue, dass ich auch Baileys Gesundheit aufs Spiel setze. »Okay, lass uns alle Möglichkeiten durchspielen«, schlägt Damien vor, sodass ich nur stumm nicke. »Sagen wir, du entscheidest dich dafür, Zachary nicht zu hintergehen«, beginnt er. »Ich will nicht negativ klingen, aber wenn die Geschichte mit Derek publik werden sollte, wirst du *nie wieder* Fuß in unserer Branche fassen – egal, wie gut du bist. Zachary wird dich auch nicht behalten können – schätze ich –, denn das würde dem Ruf des Labels schaden. Wir dürfen nicht außer Acht lassen, dass er Investoren bei Laune halten und seine Taten rechtfertigen muss – Geschäftsführer hin oder her. Das heißt, du müsstest auf Jobs zurückgreifen, die dir weniger Geld einbringen«, schlussfolgert er. »Wie viel kostet ihr derzeitiges Pflegeheim?«

Einen kurzen Augenblick denke ich über alle Kosten nach. »Unterbringung, Verpflegung und die grundlegende Pflege kosten mich jeden Monat neuntausendfünfhundert Dollar, dazu kommt die Tagespflegerin für monatlich dreitausend Dollar – also zwölftausendfünfhundert Dollar. Allerdings gibt es oft einen Aufschlag für eine Nachtpflegerin, vor allem, wenn Bailey schlechte Tage hat, die viel verlangen, sodass es mich im Monat bis zu fünfzehntausend Dollar kostet.«

»Wie viele Rücklagen hast du?«

»Um die hundertfünfzigtausend Dollar.«

»Das bedeutet, falls der *Worst Case* eintreten sollte, könntest du das jetzige Pflegeheim kaum ein Jahr finanzieren, Juliet.« Damien schaut mich ernst an. »Du müsstest darüber nachdenken, sie in ein billigeres zu geben, da wir nicht wissen, wie lange …« Er schaut kurz zu Boden. »… wir wissen nicht, wie lange wir ihre Pflege finanzieren müssen.«

Die preiswerteren Pflegeheime sind nicht schlecht, aber es hat einen guten Grund, warum ich bisher die Hälfte meines monatlichen Einkommens in die Einrichtung in Little Italy gesteckt habe. Indem ich mehr investiert habe, konnte ich sicherstellen, dass Bailey die Pflege bekommt, die sie benötigt. Der hohe Grundbetrag kommt daher, dass jedem Pfleger nur drei Bewohner zugeteilt sind, in anderen Heimen sieht das *ganz* anders aus.

Es ärgert mich, dass ich nicht mehr Geld beiseitegelegt habe.

Bisher dachte ich eigentlich, es reicht, wenn ich ein wenig später anfange, für meinen Ruhestand zu sparen. Ungern würde ich sagen, dass ich es bereue, Geld an Organisationen und Stiftungen gespendet oder Brenda, der Pflegerin von Bailey, einen Weihnachtsbonus von 10.000 Dollar überreicht zu haben, weil sie sich liebevoll um meine Großmutter kümmert – aber im Moment würde ich es gerne rückgängig machen.

»Sie soll in kein billigeres Pflegeheim«, entscheide ich, denn das könnte ich nicht übers Herz bringen. »Und wenn ich Zachary hintergehe?«, beginne ich mit der letzten Möglichkeit, die uns bleibt – auch, wenn mir das ebenfalls nicht leichtfällt. »Ich werde meine Karriere behalten, muss mir keine Sorgen um Bailey machen, aber dafür würde ich den Mann verletzen, der noch immer ein Stück meines Herzens besitzt.« Mit Tränen in den Augen schaue ich zu Damien auf, dessen Augen auch feucht glänzen. »Ich werde mich wieder zwischen Zachary und Bailey entscheiden müssen.«

Tatsächlich habe ich es nie nach Wales zu Zachary geschafft, weil immer etwas mit Bailey dazwischenkam. Und zum Schluss konnten wir oft nur Zeit miteinander verbringen, wenn Bailey dabei war, weil es mir nicht mehr möglich war, sie allein zu lassen. Zachary hat immer beteuert, dass es ihm nichts ausmacht, aber ich habe gespürt, wie sich die Last auf unsere Beziehung auswirkt. Ich habe immer wieder versucht, ihm entgegenzukommen, aber irgendwann haben mich selbst die Überlegungen überanstrengt. Wenn ich nicht mit der Arbeit beschäftigt war, drehten sich meine Gedanken *nur* um Bailey – nicht um Zachary.

Zum Schluss flehte Zachary mich an, Bailey in ein Pflegeheim zu geben, doch ich konnte das damals nicht. Es fühlte sich wie ein Verrat an. Sie hat mich nie aufgegeben, wie hätte ich es mit ihr machen können?

Es war Zachary gegenüber dennoch nicht fair, vor allem, weil es ihn unglücklich machte. Aus diesem Grund habe ich die Beziehung beendet. Zachary hat jemanden verdient, der ihn an die erste Stelle setzt, der Treffen nicht absagt, der sich tagtäglich meldet. Ich musste ihn ziehen lassen, damit er sein Glück findet.

Es war meine *bisher* schwierigste Entscheidung.

»Damien, ich kann … kann nicht erneut wählen.«

»Es gibt noch eine dritte Möglichkeit.«

»Welche denn?«, frage ich verzweifelt.

»Meinen Drei-Punkte-Plan.«

»Und der wäre …?«

»Zuallererst möchte ich betonen, dass dieser nicht ohne ein Risiko einhergeht.« Damien hebt einen Finger in die Luft. »Punkt *número um*«, beginnt er. »Du lässt dich auf Isaacs Erpressung ein, lässt ihn denken, dass er gewonnen hat.« Er nimmt einen zweiten Finger dazu. »Punkt *número dois* beinhaltet Folgendes: Du wirst zur Doppelagentin. Du nutzt die erzwungene Zusammenarbeit für deine eigene Agenda. Du weißt schon, du agierst im Geheimen, versuchst, Isaacs Pläne zu vereiteln, und sabotierst ihn, damit du Zachary davor bewahren kannst, sein Label zu verlieren – ohne, dass du dich offen zu ihm positionierst und somit deine Zukunft und Bailey gefährdest.« Damien zuckt mit den Schultern. »Es ist riskant, aber es ist vielleicht das Risiko wert?« Inzwischen sind drei Finger oben. »Punkt *número três*.« Plötzlich macht er ein Gesicht, als hätte er in eine Zitrone gebissen. »Okay, eigentlich passiert dieser Punkt parallel, also während Punkt *um e dois*.«

»Und was muss ich dafür tun?«

»Die Brüder wieder vereinen«, offenbart er mir und nimmt seine Finger herunter. »Ich weiß, es ist einfacher, den heiligen Gral zu finden, aber na ja …« Das nenne ich eine sehr motivierende und sehr optimistische Ansprache.

»Und hoffen, dass Isaac dadurch seinen Plan fallen lässt?«

»Richtig.«

»Und warum denkst du, dass ich es schaffen könnte? *Ich tue es nicht.*« Beziehungsweise ich tat es, bis mich Isaac mit der Sache erpresst hat, mit der ich nie im Leben gerechnet habe. »Zachary hat recht, Isaac hat sich verändert, und ich glaube nicht, dass ich noch an ihn rankommen könnte.«

»Isaac war wahrscheinlich nur frustriert, dass du auf der Seite seines Bruders stehst und dich somit gegen ihn gestellt hast. Er brauchte etwas, das dich in Schach hält. Es könnte ein –«

»– ein Bluff sein?«, beende ich seinen Satz.

»Gut möglich.«

»Ich … ich weiß nicht, wie ich anfangen soll?«

»Du musst dich mit Isaac gutstellen.«

»Kann ich nicht lieber den heiligen Gral suchen?« Meine Stimme trieft vor Sarkasmus. »Isaac wird mir niemals im Leben glauben, dass ich ihm helfen werde, seinen Bruder loszuwerden.«

Damien legt einen Finger auf seinen Mund.

»Da ist leider was dran … Das hatte ich nicht bedacht.« Nachdenklich beißt er auf seinen Finger, bevor er plötzlich die Augen aufreißt. »Ich hab's, ich weiß, was wir tun müssen! Ich habe eine viel bessere Idee – eine, die wirklich funktionieren kann.«

Kapitel 24

Gerade, als ich auf dem Weg zu den Aufzügen bin, um Isaac meine Entscheidung – beziehungsweise das Gegenangebot, das ich mit Damien ausgeklügelt habe – mitzuteilen, bekomme ich die Unterhaltung einer Gruppe von Mitarbeitern mit.

»Erst haben wir neue Beschränkungen, dann werden Entlassungen bekannt gegeben, was kommt noch?«

Die Unzufriedenheit in ihren Stimmen ist nicht zu überhören, und augenblicklich denke ich an Isaacs Kommentar zurück. *Aufstand anzetteln.* Wenn sich Zachary nicht schnellstmöglich bemüht, die Mitarbeiter auf seine Seite zu ziehen, könnte das ungemütlich werden.

Mit einem Räuspern nähere ich mich der Gruppe. »Entschuldigung, ich wollte nicht lauschen, aber ich habe mitbekommen, worüber ihr euch unterhaltet«, beginne ich. »Wisst ihr, was ich gehört habe? Die Kürzungen wurden infolge eines neuen Projekts gemacht, damit das Unternehmen lukrativer wird – und wer weiß, sich sogar unsere Gehälter erhöhen?«, versuche ich etwas Positives hervorzuheben. »Angeblich sollen die Entlassenen eine Weiterempfehlung und ein überdurchschnittliches Arbeitszeugnis bekommen haben.« Das reicht noch nicht – ich muss das besser machen. »Zachary Birmingham soll zudem die Fühler bei anderen Plattenlabeln ausgestreckt haben, um zu versuchen, die entlassenen Mitarbeiter bestmöglich und schnellstens woanders unterzubringen«, behaupte ich.

Das könnte Zachary mit Connections *vielleicht* hinbekommen.

»Wirklich?«, fragt einer von ihnen skeptisch.

»Das wäre das *Mindeste*, was er ihnen schuldet.«

Sie haben noch nicht angebissen.

»Und es wird eine Party geben!«

Eine Party? *Oh, Juliet, du gehst zu weit*!

»Ach, dafür ist Geld da?«

Warum habe ich das von mir gegeben? »Es soll ein Einstand werden, daher will er diese Party aus der eigenen Tasche bezahlen!« Ich versuche zwar, die Situation zu verbessern, aber damit reite mich noch tiefer rein. Das wird ein Spaß, Zachary davon zu überzeugen.

»Und wo?«, will einer von ihnen wissen.

»Ich –« *Halt die Klappe, Juliet, und mache es nicht noch schlimmer!* »Oh, ähm, das weiß ich nicht …« Schnell schaue ich auf meine Smartwatch, um eine Ausrede parat zu habe, warum ich mein vorschnelles Mundwerk aus dieser Situation entfernen muss. »Oh, ich muss dringend los – bis später!«

Als ich bei den Fahrstühlen warte, spüre ich den Blick der anderen Mitarbeiter auf mir, die noch immer von der ominösen Party sprechen. Das wird sich wie ein Lauffeuer verbreiten, sodass ich Zachary mehr oder weniger in Zugzwang bringe, diese Party zu veranstalten – und aus eigener Tasche zu bezahlen. Hoffentlich wird er Verständnis zeigen, wenn ich ihm erläutere, dass ich es für ihn gemacht habe. Also habe ich ihm damit einen

Gefallen getan, oder? *Oder*? Ich bin eine *super* Doppelagentin.

Der Aufzug bringt mich in die Führungsetage, und automatisch werfe ich zuerst einen Blick in Zacharys Büro, der mit dem Rücken zur mir steht, telefoniert und auf den Central Park blickt – und verspüre unverzüglich einen Stich im Herzen. Ich zwinge mich, nicht darüber nachzudenken, dass ich die Wahrheit vor ihm verbergen muss, sondern konzentriere mich auf mein eigentliches Ziel: *Isaac.*

Wenn ich ehrlich zu mir bin, empfinde ich noch immer ein Fünkchen Mitleid für Isaac. Obwohl er böswillig und durchaus hasserfüllt wirkt, kann und will ein kleiner Teil in mir nicht glauben, dass sich Isaac so sehr verändert hat. Wenn er es nur schaffen würde, seine Rachegedanken und sein Ego hinter sich zu lassen, könnte er wieder zu dem Mann werden, den ich damals lieb gewonnen habe.

Nicht, dass das heißt, dass ich vergessen werde, dass er mich mit einer Sache erpressen wollte, die ich ihm als Freund anvertraut habe und meinen beruflichen Ruin bedeuten würde. Darüber werde ich wahrscheinlich nie hinwegkommen, aber ich muss nach vorne schauen und darf nicht nachtragend sein, ansonsten wird der Plan von Damien und mir niemals funktionieren.

Weil sich die Assistentin im Augenblick nicht an ihrem Platz vor seinem Büro befindet, betrete ich unaufgefordert seine Räumlichkeiten. »Isaac«, begrüße ich ihn und setze mich in einen Sessel, der vor seinem Schreibtisch steht. »Ich habe lange über das nachgedacht, was passiert ist, und auch, wenn du mich und damit auch Bailey bedroht hast –«

Isaac unterbricht mich. »Wann habe ich Bailey gedroht?«

Mein Gegenüber hat diese Konsequenzen anscheinend auch nicht realisiert.

»Wenn du deine Drohung wahr machst, kann ich ihre Pflege nicht mehr bezahlen, Isaac.« Das ist eine Übertreibung, ich weiß, aber ich will ihm verdeutlichen, dass er indirekt einer alten, kranken Frau gedroht hat. »Bailey würde auch darunter leiden!«

Isaac blinzelt, als würde er nun die gesamte Tragweite seiner Worte verstehen.

»Ich würde nicht … ich meine, ich hätte nicht …« Der Stellvertreter fasst sich über seinen Mund und dreht sich kurz von mir weg. »Ich würde Bailey niemals *so was* antun.« Isaac schaut sich im Raum um, macht einen verzweifelten Eindruck. »Es tut mir leid, ich wollte nicht …« Er bricht abermals ab, wendet seinen Blick ab, als würde er seine Erpressung bereuen.

»Das weiß ich.« Auch nach allem, was passiert ist, glaube ich, dass Isaac meiner Großmutter niemals etwas Böses wollte. »Und … ich *verstehe* dich.« Isaac blinzelt verwirrt, als hätte er sich verhört. »Ich nehme es dir noch immer übel, dass du mich zur Zusammenarbeit erpressen wolltest.« Es ist wichtig, dass ich – soweit es mir möglich ist – ehrlich bin, sodass Isaac nicht an meinen Worten zweifelt und mir glaubt. »Anfangs war ich fuchsteufelswild, ich habe mich gefragt, wie ich jemals mit dir befreundet sein konnte.« Ich kann sehen, dass er bei dieser Aussage schlucken muss. »Aber … nachdem ich ein paar Nächte darüber geschlafen habe, konnte ich mich in deine Lage hineinversetzen.«

Er betrachtet mich skeptisch. »Wirklich?«

»Das, was dein Vater getan hat …« Wenn ich daran denke, wie Jonathan Birmingham beide Söhne – aber vor allem Isaac – belogen und manipuliert hat, brodelt das Blut in meinen Adern voller Zorn. Ohne ihn wäre das hier alles nie passiert. »Was dir widerfahren ist, ist unverzeihlich, Isaac, denn dieser Posten hätte *dir* zugestanden.« Erneut sage ich die Wahrheit, denn Isaac hatte sich sehr darauf gefreut, eines Tages Geschäftsführer zu werden. Es bedeutet nicht, dass ich es Zachary nicht gönne, aber ich weiß, dass Isaac vermutlich jahrelang für zwei geschuftet hat, um seinen Vater von sich zu überzeugen.

»Siehst du das wirklich so?«, hinterfragt er misstrauisch.

»Das tue ich.« Isaac tippt mit seinen Fingern auf seinem Schreibtisch herum, während er seinen Blick abwendet. »Aus diesem Grund werde ich dir nun ein *Gegenangebot* machen, Isaac.«

»Gegenangebot?«, wiederholt er irritiert.

»Aufgrund dessen, dass ich dich von früher kenne, und weiß, was für eine Art Mann du *wirklich* sein kannst«, beginne ich, wie ich es mit Damien geplant habe, »werde ich versuchen, nach vorne zu schauen.« Sein Mund steht nun leicht offen, er schließt diesen nur, weil ihn ein Schlucken nun dazu zwingt. »Vielleicht können wir eines Tages wieder eine Freundschaft aufbauen – aber dafür musst du Zachary aus dem Spiel lassen.«

Seine Hände krallen sich in seiner Stuhllehne fest und seine Fingerknöchel verfärben sich weiß. »Das ist genau das, was ich nicht wollte und –«

»Lass mich aussprechen, Isaac«, unterbreche ich mit einer strengen Stimme, sodass dieser tatsächlich stumm bleibt und ich fortfahren kann. »Trotzdem werde ich dir helfen, Birmingham Records von innen heraus zu zerstören.«

Seine Hände lockern sich. »Das verstehe ich nicht?«

»Mein Gefühl sagt mir, dass du nicht aufhören wirst, bis das dir versprochene und weggenommene Label dem Erdboden gleichgemacht wurde.« Isaac widerspricht mir nicht. »Und ich werde dir helfen, dich zu rächen, aber dafür erklärst du dich bereit, den Ruf deines Bruders unangetastet zu lassen – er wird aus allem herausgehalten.«

Isaac hätte mir niemals geglaubt, hätte ich mich einverstanden erklärt, Zachary öffentlich zu zerstören. Indem ich seinen Bruder aus der Variable entferne und dafür meine Freundschaft hinzufüge, habe ich gute Chancen, dass Isaac auf meinen Vorschlag eingeht. Somit könnte ich weiterhin im Geheimen agieren und versuchen, Birmingham Records vor dem Untergang zu retten – gleichzeitig werde ich den Plan verfolgen, die Brüder wieder näherzubringen.

»Du kannst mich als wahre Verbündete haben, Isaac.« Er meidet meinen Blick und beißt sich auf die Lippe. »Aber dafür musst du die Rachepläne gegenüber deinem Bruder aufgeben.«

»Wie soll das funktionieren?« Seine Stimme hat sich ein wenig erhoben. »Wie soll ich dem Unternehmen schaden, wenn ich ihn nicht dafür benutzen kann? Mein erster Schritt sollte sein, ihn in der Presse schlecht dastehen zu lassen, sodass Birmingham Records automatisch Schaden nimmt – er sollte der Auslöser sein! Ich wollte ihn als fei…« Isaac unterbricht sich, als wollte er nicht zu viel von seinem eigentlichen Plan preisgeben.

»Es ist deine Entscheidung.«

»Aber, wenn ich Zachary benutze, dann …«

»… werden wir nie wieder Freunde sein.«

»Wenn das Unternehmen den Bach runtergeht, wird Zachary automatisch schlecht in der Presse dastehen? Wie hast du dir das vorgestellt?«

»Es ist ein Unterschied, ob ein Unternehmen wegen des schlechten Rufs des Geschäftsführers untergeht oder dieser negativ in der Schlagzeile erwähnt wird, weil sein Unternehmen seinen Erfolg eingebüßt hat und geschlossen werden muss. Misserfolge passieren immer wieder, das ist nichts, was eine Karriere für immer zerstören würde.« Hauptsache, Zacharys Ruf wird nicht durch den Dreck gezogen. »Wir würden *zusammen* einen Weg finden.«

»Du und ich? Als Verbündete?«

»Wenn Zachary dadurch keinen persönlichen Schaden nimmt.«

Isaac schweigt einen Augenblick, tippt gegen seine Schläfe, bevor er mich unsicher betrachtet, als wüsste er nicht, was er davon halten soll. »Ich … in Ordnung.« Isaac steht von seinem Stuhl auf und kommt mir entgegen. »Ich schwöre, dich nicht mehr zu erpressen, um mir zu helfen, mich an Zachary zu rächen.« Er reicht mir seine Hand. »Dafür hilfst du mir, Birmingham Records dem Erdboden gleichzumachen. Deal?«

Ich ergreife seine Hand. »Deal.«

Ein aufrichtiges Lächeln umspielt seine Lippen. »Auf einen Neuanfang, Juliet.«

Wir schütteln einander die Hände, seine hellbraunen Augen leuchten fast wie früher. Für einen Augenblick muss ich ihn mit dem Mann von damals vergleichen. Einer, der mir sein Herz öffnete, einer, dessen Einsamkeit durch mich einst ein Ende fand. Ein Mann, den ich einen Freund nannte, einen, der mich als Freundin wertschätzte.

Die Hoffnung, dass ich diesen Mann wiederfinde, lässt mich ebenfalls lächeln.

Kapitel 25

Als ich in der Mittagspause die Auswahl bei Pick A Bagel beäuge, fängt meine Smartwatch zu vibrieren an, und ich erkenne, dass mich eine unbekannte Nummer anruft. Doch die Geräuschkulisse im Laden ist zu laut, weshalb ich die Räumlichkeiten verlasse. »Juliet Bryant«, melde ich mich, als ich den Anruf entgegengenommen habe.

»Juliet? Hier ist Saphire, ich rufe wegen deines Angebots an.« Augenblicklich fängt mein Herz an, schneller zu schlagen, denn für mich ist es ein gutes Zeichen. Ich gehe nicht davon aus, dass sie sich meldet, nur, um mir meine Absage zu überbringen. »Ich habe mich dazu entschlossen, dir eine Chance zu geben und den nächsten Schritt zu wagen.« Mein Herz setzt für eine Sekunde aus, dann schlägt es wieder und ich werfe eine Hand vor Freude in die Luft. »Du hast mich mit deiner offenen und ehrlichen Art überzeugen können.«

»*Jaaa*!«, rufe ich begeistert aus, nachdem ich mein Telefon heruntergenommen habe, bevor ich mich im Laufen einmal um die eigene Achse drehe. »Ja, ja, ja«, wiederhole ich erleichtert, während ich eine Tanzeinlage einlege – und die irritierten Blicke der Menschen ignoriere, die an mir vorbeigehen. »Saphire!«, sage ich, nachdem ich mein Telefon ans Ohr gelegt habe. »Du hast keine Ahnung, wie froh du mich mit diesem Anruf machst!«

Saphire lacht. »Doch, das habe ich gehört.«

»Oh«, erwidere ich grinsend. »Ich freue mich wirklich, dass du mir – Birmingham Records – eine Chance gibst.«

Augenblicklich verwerfe ich meinen Plan, mir etwas zu essen zu holen und laufe in Richtung des Plattenlabels zurück, weil ich die nächsten Vorbereitungen treffen möchte. Ich möchte die Sache mit Saphire schnellstmöglich unter Dach und Fach bringen. Nicht mal ein schmackhafter, deliziöser Bagel mit überbackenem Käse kann mich davon abhalten – und das soll eine Menge heißen, denn ich vergöttere Käse.

»Und, wie geht's nun weiter?«, will sie wissen.

»Ich werde mich mit meiner Abteilungsleiterin zusammensetzen, um die nächsten Schritte zu besprechen«, versichere ich ihr. »Sobald ich alles geregelt habe, werde ich dich unverzüglich zurückrufen. Wahrscheinlich schon innerhalb der nächsten Stunden.«

Nachdem sie mir mitgeteilt hat, dass sie meinen Rückruf nicht erwarten kann und wir das Gespräch beendet haben, lege ich einen Zahn zu, um zurück zu Birmingham Records zu kommen. Derzeit brauche ich noch Traceys Befugnis zur Selbstständigkeit, weshalb ich mir zuerst das Einverständnis meiner Abteilungsleiterin holen werde, danach werde ich unserer Rechtsabteilung Saphires Informationen zukommen lassen, damit ein Vertrag vorbereitet wird. Sobald der Vertrag unterzeichnet wurde, wird Saphire ein Manager zugeteilt, der auf ihre Musik-Bedürfnisse zugeschnitten ist.

Aus meinem Augenwinkel sehe ich, wie eine mir bekannte Person die Straße überquert und lächelnd in meine Richtung läuft. Bis auf Bailey habe ich bisher nie jemanden kennengelernt, der immer gute Laune an den Tag legt.

»Juliet, schön, dich zu sehen«, begrüßt mich Zachary und gibt mir einen raschen Kuss auf die Wange. Unverzüglich versuche ich die Schmetterlinge zu unterdrücken, die dabei in meinem Magen wach geworden sind und nun für ein wildes Flattern und Kribbeln sorgen. »Machst du Mittagspause?«, erkundigt er sich, nachdem ich stehen geblieben bin und mich ein wenig abseits an den Rand gestellt habe. In seiner rechten Hand befindet sich eine Tüte von Dave's Hot Chicken – bei diesem Anblick knurrt mein Magen.

»Eigentlich ja, allerdings ist etwas dazwischengekommen, sodass ich wieder zurück ins Label muss«, sage ich seufzend. Für mich geht Saphire in diesem Augenblick vor – ich kann die Angst nicht abschütteln, dass irgendetwas dazwischenkommen wird. »Wenn du auch auf dem Weg zurück zur Arbeit bist, würde ich gerne mit dir sprechen. Hast du Zeit?« Eigentlich wollte ich vorher alles mit Isaac klären, doch als ich dessen Büro verließ, war Zachary nicht mehr da gewesen.

»Tatsächlich bin ich auf dem Rückweg von einem Termin«, teilt er mir schmunzelnd mit, während er eine Geste macht, dass ich ihm folgen soll. »Worum geht's denn?«, erkundigt er sich, als wir anfangen, gemeinsam zum Label zu laufen.

»Kann sein, dass ich etwas sehr, sehr, sehr Dummes getan habe – in deinem Namen«, sage ich und kratze mich am Hinterkopf. »Jedenfalls habe ich heute mitbekommen, wie sich Angestellte über dich aufgeregt haben.« Zachary verzieht seinen Mund. »Und weil ich dir zur Hilfe kommen wollte, habe ich ein paar Sachen gesagt … Sachen, die nicht der Wahrheit entsprechen, aber … okay, nichts aber, ich habe gelogen.«

»Was hast du ihnen gesagt?«, will Zachary wissen.

»Kann sein, dass ich erwähnt habe, dass du den Mitarbeitern, die entlassen werden, Weiterempfehlungen und gute Arbeitszeugnisse aushändigst.« Ich räuspere mich und weigere mich, in seine blauen Augen zu schauen. »… und eventuell habe ich behauptet, dass du deine Fühler bei anderen Labeln ausstreckst, um ihnen zu neuen Stellen zu verhelfen.«

Zachary bleibt augenblicklich stehen. »Du … hast *was* getan?«

»Es tut mir wirklich leid, Zachary!«, entschuldige ich mich. »Ich habe das starke Bedürfnis gespürt, dir zur Hilfe zu kommen«, versuche ich mein Handeln zu erklären. »So was spricht sich immer rum, und ich wollte nicht, dass du, als neuer Geschäftsführer, schlechte Publicity bekommst«, sage ich, was der Wahrheit entspricht. »Ich wollte dir damit nicht schaden, aber irgendwie habe ich angefangen zu quatschen und konnte nicht mehr aufhören, in der Hoffnung, dass es dein Ansehen ein wenig bessert«, erläutere ich schuldbewusst und beiße mir kurz auf die Lippe. »Bitte sei nicht sauer auf mich.«

Einen Moment lang schweigt Zachary, dann seufzt er und fährt sich durch seine dunkelblonden Haare. »Ich bin nicht wütend auf dich«, versichert er mir mit einem Lächeln. »Tatsächlich ärgere ich mich, dass ich nicht auf die Idee gekommen bin. Denn ich fühle mich natürlich schuldig, dass ich eine Menge Angestellte für einen neuen Zweig entlassen musste.« Er fasst sich ans Kinn.

»Ich habe tatsächlich Connections zu anderen Plattenlabeln, sodass ich schauen werde, ob ich etwas tun kann.«

»Super.« Seine Reaktion erleichtert mich. »Dann fehlt nur noch eine Party ...«, sage ich mit einem verunsicherten Lächeln. »Gut möglich, dass ich *vielleicht* erwähnt habe, dass du zum Einstand eine Party für die gesamte Belegschaft schmeißen wirst. Es würde mich nicht wundern, wenn das bald die Runde machen wird ...«

»*Du* warst das?«

»Du weißt schon davon?«, frage ich geschockt.

Das ging *wirklich* schnell.

Zachary kann ein Schnauben nicht unterdrücken. »Meine Assistentin hat mir während meines Termins eine Nachricht gesendet und gefragt, warum ich ihr nichts von meinen Partyplänen erzählt habe und ob sie mir noch irgendwie behilflich sein kann.« Ich verziehe mein Gesicht. »Aber, liebste Juliet, hast du nicht ein wichtiges Detail vergessen?« Zachary schaut mich mit einer gerunzelten Stirn vielsagend an.

Das ist der Moment, in dem ich am liebsten im Erdboden versinken möchte. »Ach, ja, kann sein, dass ich erwähnt habe, dass du dafür aufkommen willst.«

»Gibt es noch etwas zu beichten?«

Ja, dein Bruder will dich ruinieren.

Oder wollte – wer weiß das schon.

Wir haben zwar einen Deal, aber ... ich bleibe vorsichtig.

»Nein«, lüge ich.

»Also finde ich nicht heraus, dass ich allen eine Luxus-Kreuzfahrt in der Karibik spendiere? Oder, dass ich allen zusätzliche zwanzig Urlaubstage schenke?« Ich schüttle meinen Kopf, sodass Zachary seufzt. »Versprich mir eines, Juliet, wenn Leute das nächste Mal schlecht über mich reden, dann lass sie reden, okay?«, bittet er mich. »Dann schätze ich, dass ich meine Ankündigung von der Sache, mit der *ich* meine Mitarbeiter beruhigen wollte, auf der Party machen werde.«

»Du hattest etwas geplant?«, hinterfrage ich.

»Dachtest du, dass ich danebenstehe und zusehe, wie sich die Unzufriedenheit durch das Plattenlabel frisst?«, fragt er ironisch. »Ein weiterer Grund, Leute zu entlassen, war, Geld umzulagern.« Wir laufen wieder in die Richtung des Columbus Circle. »Wie dir wahrscheinlich bewusst ist, haben die Vereinigten Staaten kein Mutterschutzgesetz, man ist nicht verpflichtet, bezahlte Elternzeit zu gewähren. Mein Vater hat in den Arbeitsverträgen geregelt, dass man einen Monat bezahlt bekommt – was viel zu wenig ist.«

Soweit ich mich erinnern kann, durfte man bei Atlantic Records bis zu vier Wochen *unbezahlt* aussetzen.

»Und du willst das ändern?«, schlussfolgere ich, als wir uns nur noch eine Querstraße von Birmingham Records entfernt befinden.

»Eine sechsmonatige, bezahlte Elternzeit.«

»*Wow!*«

»Eigentlich wollte ich neun Monate durchbringen, so, wie es auch in Wales gehandhabt wird, allerdings reicht unser Budget dafür nicht – noch nicht. Doch sobald wir unseren neuen Standort in Los Angeles eröffnet haben, es sich rentiert und wir damit eine Menge neuer Einnahmen generieren, sollte ich das anpassen können.«

»Ein neues Plattenlabel in L. A.?«

»Nicht direkt, nein.«

»Was dann?«, will ich wissen.

»Es handelt sich um eine neue Zweigstelle«, beginnt Zachary. »Man wird sich dort ausschließlich mit Lizenzgeschäften des asiatischen Marktes auseinandersetzen. Ein Beispiel: Beliebte K-Pop-Bands sind bereits bei asiatischen Labeln unter Vertrag. Diese gehen mit Labeln aus anderen Kontinenten wiederum Verträge ein, damit die Musik dort vermarktet werden kann – in deren Namen sozusagen.«

»Und warum in L. A., und nicht hier?«

»Los Angeles ist das Tor zu Asien.«

»Näher als New York ist das allemal«, bestätige ich.

»Das wird eine große Einnahmequelle.«

»Das kann ich mir vorstellen, vor allem K-Pop wird hier immer beliebter und gefragter«, werfe ich ein, als wir den Columbus Circle erreichen. »Wenn wir schon übers Label sprechen, hast du Isaac inzwischen aufgeklärt, dass du nicht die Nachfolge antreten wolltest?«

Selbstverständlich weiß ich, dass das nicht passiert ist, allerdings brauche ich einen Punkt, an dem ich einsteigen kann, um dieses sensible Thema aufzugreifen. Nicht nur Isaac muss ich beeinflussen, damit er sich seinem Bruder annähert, sondern auch Zachary überzeugen, wieder einen Schritt auf Isaac zuzumachen. Damit mein Plan funktioniert, muss ich an beiden Fronten gleichzeitig agieren.

»Nein.«

»Okay, weißt du, ich … habe mich mit ihm unterhalten«, fange ich an, während ich ihm einen Seitenblick zuwerfe und feststelle, dass ihn die Golden-Retriever-Vibes verlassen haben. »Wusstest du, dass euer Vater ihm ins Gesicht gesagt hat, dass er nie vorhatte, ihn als Nachfolger einzusetzen? Er wollte ihn nur als deinen Stellvertreter einarbeiten.«

»Was?« Zachary bleibt abermals stehen. »Das hat Isaac dir gesagt? Bist du dir da ganz sicher?« Ich bejahe. »Unser Vater würde so was nie ...« Zachary bricht ab, überlegt einen Augenblick. »Hast du das Isaac geglaubt?«

»Es ist zwar einige Zeit vergangen, aber ich kann einschätzen, ob Isaac mich belügt, Zachary«, versichere ich ihm und schaue ihn ernst an. »Euer Vater hat euch beide hintergangen.«

»Scheiße.«

»Und Isaac glaubt, du wusstest davon.«

Er schnaubt. »Das war klar.«

»Warum redest du nicht noch mal mit ihm?«

»Vielleicht, weil das Zeitverschwendung wäre?«

»Aber –«

Zachary unterbricht mich, bevor wir weiterlaufen und in die Seitenstraße einbiegen, in der sich der Eingang zum rechten Wolkenkratzer befindet. »Bitte, können wir dieses Thema sein lassen? Ich habe schon genug Ärger mit ihm, da muss ich mir in meiner Isaac-freien-Zeit nicht meinen Kopf über ihn zerbrechen.«

»Hm, worüber willst du dann sprechen?«, frage ich ihn und will somit das Thema wechseln, weil ich weiß, dass es nichts bringt, weiter auf ihn einzureden.

»Wie wäre es mit –« Mein lautes Magengrummeln lässt ihn verstummen. »Du hast anscheinend großen Hunger, hm?« Zachary schaut zur Tüte in seiner Hand. »Magst du noch immer scharfe Wings und Wedges?«

»Ähm ja, warum?«, frage ich.

Er hält mir die Tüte hin. »Hier, bitte.«

Ich mache keine Anstalten, sie zu nehmen.

»Ich will dir nicht dein Mittag abspenstig machen.«

Zachary schüttelt seinen Kopf. »Tatsächlich habe ich noch ein wenig Zeit, bevor mein nächster Termin anfängt.« Er lächelt mich an. »Bitte, Juliet, ich bestehe darauf«, fordert er mich auf. »Ich kann mir noch schnell etwas anderes holen.«

Einen Moment überlege ich, dann nicke ich schließlich. »Na gut, ich danke dir, Zachary«, lenke ich ein und nehme das Essen entgegen. »Aber dafür schulde ich dir etwas.« Ich möchte nichts ohne eine Gegenleistung erhalten.

Ein Grinsen schleicht sich auf Zacharys Gesicht, als wir vor dem Eingang stehen bleiben. Mein Herz setzt aus, als er sich plötzlich zu mir herüberbeugt. »Und ich kann mir wünschen, was ich will?«, flüstert er mir mit einer heiseren Stimme ins Ohr.

Du liebe Güte.

Ich kämpfe gegen den Drang an, die Augen zu schließen, die letzten Zentimeter zu überbrücken und mich an ihn zu schmiegen. »Das scheint mir sehr riskant.« Ein leises Aufatmen kann ich nicht unterdrücken, als er sich wieder von mir entfernt.

»Ach, bitte«, schmollt Zachary.

»Nach was steht dir der Sinn?«, möchte ich wissen.

Seine Augen scannen unsere Umgebung ab, bevor er seinen Finger auf meine Wange legt, diese sanft streichelt. »Nach einem Date.« Wenn mein Herz noch schneller schlägt, wird es demnächst explodieren – derart verrücktspielt es, wenn Zachary mit mir flirtet. Seine eisblauen Augen schauen auf mich herab, meinen Blick darf ich nicht seinen Lippen zuwenden, sonst stürze ich mich wie ein verliebter Teenager auf ihn.

Und dann fällt mir etwas ein, das diesen intimen Augenblick blitzschnell beenden wird. Ich hole einen

Briefumschlag hervor, in dem sich mehrere Selbsthilfe-Flyer befinden, die ich Isaac eigentlich überreichen wollte. *5 Schritte zur Vergebung, Wie kann ich verzeihen, wenn mich etwas zutiefst verletzt hat* und *Wie man mit sich selbst ins Reine kommt.* Nur ein kleiner Hinweis, um ihn an unsere Abmachung, Zachary aus dem Spiel zu lassen, zu erinnern – und ihn vielleicht dazu zu bewegen, sich mit den Flyern auseinanderzusetzen. »Nur wenn du Isaac diesen Umschlag für mich überreichst.«

Zachary macht einige Schritte zurück und verzieht seinen Mund. »Musstest du ihn ausgerechnet *jetzt* zur Sprache bringen?« Die Erwähnung seines Bruders wirkte auf ihn wahrscheinlich wie eine kalte Dusche. »Aber gut, wenn ich ihm diesen gebe, haben wir eine Verabredung, habe ich das richtig verstanden?«

»Abgemacht«, verspreche ich ihm.

»Dafür lohnt es sich sogar, in die Hölle zu gehen.«

»Zachary«, sage ich und schaue ihn ernst an.

Er grinst. »Klingt Tartaros etwa besser?«

»Pass auf, dass ich dich nicht gleich in die Unterwelt schicke.«

»Dann halte ich dir einen Platz frei – sonst wird's langweilig.«

Lachend läuft Zachary ins Gebäude hinein.

Kapitel 26

Die Schönheit mit den schwarzblauen Haaren und den saphirblauen Augen, aus denen ihr Künstlername resultiert, umklammert das Mikrofon und sorgt für ein stolzes Gefühl in meiner Brust. Jede einzelne Note sitzt, sie bringt ihren eigenen Stil mit rein, der unglaublich emotional, aber auch leicht verrucht ist.

»All the shine of a thousand spotlights. All the stars we steal from the night sky. Will never be enough.« Saphire singt den letzten Refrain von Never enough von Loren Allred. Ich musste nicht lange nachdenken, als sie mich fragte, welches Lied sie fürs Label vorbereiten soll – Saphire sollte das Lied singen, welches mich augenblicklich von ihr überzeugt hat.

Meine Augen schielen zu Tracey, deren Füße im Takt wippen, und ihr breites Lächeln verrät mir, dass sie mit meiner Künstlerin mehr als zufrieden ist.

Damit sich Tracey von meiner Wahl überzeugen kann, buchten wir ein Zeitfenster in unserem Tonstudio, was schwerer war, als ich mir vorgestellt hatte, da im Augenblick gleich mehrere Künstler Singles und Alben aufnehmen. Einen Termin fürs Vorsingen hätten wir ihr entweder in zwei Wochen oder spontan diesen Freitagabend um halb acht anbieten können. Nachdem ich kurz mit Saphire Rücksprache gehalten habe, entschieden wir uns für Freitag.

»*Never enough, for me, for me, for me.*« Saphire kommt langsam am Ende an, doch die Kraft ihrer Stimme nimmt sogar zu. »*For me*«, singt sie die letzte Zeile voller Leidenschaft, sodass ich eine Gänsehaut am ganzen Körper entwickle.

Tracey betätigt den Knopf, der dafür sorgt, dass uns Saphire hören kann. »Danke, das war wirklich sehr gut. Einen kurzen Moment, dann geht's weiter«, versichert sie ihr, bevor sie sich mir zuwendet. »Ihre Ausstrahlung, ihre Stimme – das Gesamtpaket – ist atemberaubend, Juliet, wirklich bemerkenswert.« Dann schaut sie sich noch einmal unsere Sängerin an, die uns neugierig betrachtet und am liebsten Mäuschen spielen würde – mir würde es nicht anders ergehen. »Und diese schwarzblau schimmernden Haare sind ein Wiedererkennungswert, wie zum Beispiel die von Billie Eilish.«

»Und wenn man eine Sache braucht, um in der Musikbranche Fuß zu fassen, dann ist das ein Wiedererkennungswert.« Die Frau hat etwas, das einem im Gedächtnis bleibt.

Wir können hören, dass sich Saphire räuspert, sodass wir ihr unsere Aufmerksamkeit schenken.

»Soll ich noch einen Song für euch singen?«

Tracey sorgt dafür, dass uns meine Künstlerin wieder hören kann. »Das wird nicht notwendig sein«, antwortet meine Abteilungsleiterin mit einem Pokerface. Saphire betrachtet sie mit weit aufgerissenen Augen, bis Tracey in schallendes Gelächter ausbricht und in ihre Hände klatscht. »Ich meine, es ist nicht notwendig, weil du mich bereits mit deinem ersten Lied von dir überzeugt hast, Saphire!«, versichert sie ihr.

»Wirklich?«, fragt sie, als könnte sie es nicht glauben.

Tracey nickt. »Juliet hat hiermit meine offizielle Erlaubnis, für dich einen Vertrag von der Rechtsabteilung aufsetzen zu lassen!«, eröffnet sie Saphire, weshalb auch ich ein erleichtertes Seufzen ausstoße.

Doch gerade, als ich am liebsten einen Luftsprung machen will, kündigt mir die Vibration meiner Smartwatch eine Nachricht von Zachary an.

Mein Arbeitstag ist endlich vorbei.
Für mich geht's nun nach Hause.
Wie war dein Tag bisher?

Bisher habe ich es noch nicht geschafft, mit ihm über meinen Plan – unser Date – zu sprechen, denn tatsächlich werde ich es als Vorwand nehmen, um meine Agenda zu verfolgen. Zachary weiß noch nichts von seinem Glück, doch, wenn der Geschäftsführer noch immer hier ist, nutze ich das direkt für meine Zwecke aus.

Bleib, wo du bist, ich komme zu dir hoch!
Ich möchte mit dir über unser Date sprechen.

Dann bewege ich mich keinen Millimeter!
Bis gleich. :)

Nachdem ich mein Telefon weggesteckt habe, wende ich mich an meine rothaarige Vorgesetzte. »Würde es dir etwas ausmachen, den Rest mit Saphire zu besprechen?« Mehr oder weniger wird ihr nur noch mitgeteilt, wie es jetzt weitergehen wird. »Ich hätte noch etwas zu erledigen«, versuche ich, ihr meinen Aufbruch zu erklären. »Ich wäre dir sehr dankbar.«

»Das kann ich selbstverständlich tun, das macht mir nichts aus«, versichert sie mir. »Du hast dir deinen Feierabend wirklich verdient« Das aus ihrem Mund zu hören bedeutet mir eine Menge, schließlich wollte ich ihr zeigen, dass ich mir ihren Rat zu Herzen genommen habe. »Aber dafür bringst du mir Montagfrüh einen Kaffee mit.«

Ich lache. »Das nenne ich einen guten Tausch.«

»Schwarz, ohne Milch, aber mit jeder Menge Zucker.«

»Habe ich notiert.« Ich tippe auf meinen Kopf. »Dann werde ich mich schnell verabschieden«, teile ich ihr mit, bevor ich zu Saphire ins Studio gehe, die noch immer das Mikrofon in der Hand umklammert hält. »Zuallererst: habe ich es dir nicht gesagt?!« Ich nehme sie freudig in die Arme. Bis heute verstehe ich nicht, warum man das Angebot damals zurückgezogen hat, aber es ist deren Pech, denn Saphire wird es bis an die Spitze schaffen – davon bin ich überzeugt. »Ich muss leider dringend weg, aber Tracey wird mit dir die restlichen Sachen besprechen. Wir sehen uns dann demnächst, um den Plattenvertrag zu unterzeichnen!«

Sie lächelt mich an. »Wie kann ich dir nur danken?«

Meine Hand legt sich auf ihren Arm. »Tu mir den Gefallen, und zeig es den Arschlöchern, die dich fallen gelassen haben, sodass sie es auf ewig bereuen werden«, entgegne ich ihr grinsend. »Das würde mich am glücklichsten machen, Saphire.«

»Esther«, berichtigt sie mich.

»Hm?«, frage ich.

»Mein richtiger Name lautet Esther.«

»Dann auf dich und deinen Erfolg, Esther.«

Nachdem ich mich von Tracey verabschiedet habe, verlasse ich das Tonstudio, um mit dem Aufzug in die Führungsetage zu fahren. Im Gegensatz zum 55. Stockwerk, wo das Vorsingen stattfand, wurden die meisten Lampen hier auf Notbeleuchtung umgestellt, ausschließlich im Büro von Zachary brennt Licht. Dieser räumt, als ich das Zimmer betrete, Unterlagen in eine Aktentasche, die er wahrscheinlich übers Wochenende mit ins Hotel nehmen wird, um weiterzuarbeiten.

Das Büro überrascht mich, die vielen Pflanzen und Blumen lassen es heimisch wirken, und auf seiner Schreibtischunterlage befinden sich nicht nur Notizen, sondern auch einige Fotos. Die Kaffeemaschine und der offene Schrank, der Kleidung und Kosmetika preisgibt, erklären zumindest, warum Zachary zu später Stunde noch hier ist.

Sein Gesicht blüht auf, als er mich bemerkt, sodass mein Herzschlag einen Takt zulegt. »Was machst du an einem Freitagabend im Label?«, erkundigt sich Zachary, bevor er um seinen Schreibtisch herumläuft und sich mir gegenüberstellt.

»Arbeiten«, antworte ich grinsend, sodass Zachary schmunzelnd seine Augen verdreht. »Ich hatte einen späten Termin im Tonstudio. Die Sängerin ist aus dem *Séduction* und unglaublich talentiert, am liebsten würde ich noch mal in die Show, aber leider sind die Karten restlos ausverkauft. Und du scheinst auch eine Menge zu tun zu haben, wenn du Arbeit übers Wochenende mit nach Hause nimmst«, stelle ich fest und mache eine

Kopfbewegung zu seiner Tasche, die auf dem Tisch steht.

»Wegen einer Besichtigung konnte ich heute erst später anfangen, und es gibt ein paar Dinge, die ich bis Montag fertigstellen muss.«

»Und wie war die Besichtigung?«

Zachary lächelt. »Wir werden ein Angebot schreiben.«

»Wirklich? Das freut mich für dich!«, sage ich aufrichtig, denn ich würde an seiner Stelle auch nicht wochenlang in einem Hotel nächtigen wollen. Hoffentlich wird der Verkäufer akzeptieren. »Und wo befindet sich die Immobilie?«

»Gegenüber dem Rockefeller Center«, antwortet er mir. »Durch die Nähe könnte ich sogar zur Arbeit laufen, der Fußmarsch würde nur zwanzig Minuten dauern.« Seine Augen funkeln und erscheinen durch das kühle Licht der Lampen dunkelblau. »Mein jetziges Hotel ist ähnlich weit entfernt, sodass ich in den letzten Wochen Gefallen daran gefunden habe.« Er holt sein Telefon hervor und schaut mich fragend an. »Willst du es sehen? Ich habe vorhin direkt ein paar Fotos gemacht.«

»Klar, gerne.«

Zachary zeigt mir seine Aufnahmen. »Und obwohl es ein Penthouse ist, wurde es nicht in diesem kühlen, schlichten und modernen Stil gebaut, siehst du? Hier, die Wände bestehen aus Holzvertäfelungen mit eingebauten Bücherregalen!«

Seine Begeisterung irritiert mich ein wenig, denn soweit ich mich erinnern kann, hat Zachary nie ein Buch in die Hand genommen – außer, als er in der Schule dazu gezwungen wurde.

»Seit wann liest du?«, frage ich.

»Gar nicht, aber sie eignen sich für meine Sammlung.«

»Welche Samm...«

Meinen Satz kann ich nicht zu Ende bringen, da mir Zachary weitere Fotos zeigt. Von Regalen, die voller *Funko-Pop-Figuren* sind. »Das ist ein Hobby, das ich erst vor wenigen Jahren aufgegriffen habe. Doch inzwischen kann ich nicht mehr damit aufhören«, erklärt er mir, da er meine Verwirrung bemerkt.

»Und wie viele hast du bereits zu Hause?«, erfrage ich.

Zachary denkt einen Augenblick nach. »Neunundsiebzig Figuren, davon zweiundzwanzig ungeöffnete, original eingeschweißte Boxen von Sammlerstücken aus den ersten Auflagen, und dann warte ich noch immer auf eine Lieferung aus Asien«, teilt er mir grinsend mit. »Ich habe letzte Woche einen *Limited Edition Green Lantern* erworben, der auf eBay versteigert worden ist. Und stell dir vor: Er leuchtet im Dunkeln!« Zachary hört sich wie ein aufgeregtes Kind am Tag vor Weihnachten an, das seine Geschenke am liebsten sofort auspacken möchte – ich finde das unglaublich süß. »Es wurden davon nur zweihundertvierzig Stück hergestellt!«

»Das ist keine hohe Zahl«, stelle selbst ich fest, die sich nicht mit diesen Figuren auskennt. »Dann will ich nicht wissen, wie viel er gekostet hat.«

Zachary lacht. »Das willst du wirklich nicht.«

Grinsend schüttle ich meinen Kopf, doch ich verurteile ihn nicht über seine neu entwickelte Leidenschaft. Jeder sollte etwas in seinem Leben haben, das ihn begeistert.

»Wollen wir übers Date reden, was ich dir schulde?«, komme ich zum eigentlichen Thema meines Besuches zu sprechen, nachdem er sein Telefon weggesteckt hat.

Zachary schnalzt mit seiner Zunge. »Schuldest?«, wiederholt er. »Ich würde nicht sagen, dass du mir ein Date schuldest, das klingt so unpersönlich.« Er hebt einen Finger in die Luft. »Wir reden über das Date, gegen das du absolut *nichts* einzuwenden hattest«, korrigiert er mich schmunzelnd und ändert somit den Hintergrund, wie es zum Date kam. »Und tatsächlich habe ich mir diesbezüglich ein paar Gedanken gemacht.«

»Ich auch«, sage ich. »Und da ich dir die Verabredung schulde ... ähm, ich meine, dir diesen Wunsch erfüllen möchte, würde ich gerne die Planung übernehmen. Hast du eventuell morgen Nachmittag Zeit?«, erkundige ich mich.

Zachary lächelt. »Ich nehme mir die Zeit.«

Dann muss ich nur noch Isaac einladen.

Und beide mit der Anwesenheit des jeweils anderen überraschen.

Kapitel 27

Das Erste, was mir ins Auge springt, ist der schicke, elegante Anzug, den Zachary trägt. Während meine Verabredung sich herausgeputzt hat, bin ich *normal* angezogen. Eine beigefarbene, lässige Dreiviertelhose, eine weiße, lockere Bluse und helle Sneaker. Es kam mir nicht mal in den Sinn, mich schick anzuziehen, da es für mich nie ein *richtiges* Date sein sollte. Zachary hingegen wartete am Treffpunkt auf mich mit einem Strauß roter Rosen.

»Juliet«, begrüßt er mich, und ich bekomme einen Kuss auf die Wange, bevor mir der Blumenstrauß überreicht wird. Seine blauen Augen strahlen, als ich diesen mit einem Lächeln entgegennehme.

»Der Strauß ist wirklich wunderschön, danke, Zachary«, bedanke ich mich, während meine Schuldgefühle mich überwältigen. Meine Gedanken waren ausschließlich mit der Planung eines Schlichtungsgesprächs beschäftigt, sodass ich nicht daran gedacht habe, wie Zachary sich fühlen wird, wenn er erfährt, dass unser Date keines ist.

»Und, wo müssen wir lang?«

»Wie meinst du das?«, frage ich irritiert.

Zachary schaut mich skeptisch an. »Na, wo ist unser Restaurant?« Er zeigt zum Café, vor dem wir uns befinden. »Ich hatte angenommen, das wir uns hier erst mal treffen, um dann gemeinsam dorthin zu gehen.«

Gestern Abend hatte ich ihm noch in einer Nachricht die Adresse unseres Treffpunktes geschrieben, ohne zu erwähnen, dass ich uns im Café einen Tisch reserviert habe. Für mich war das selbstverständlich.

»Oh, wir haben hier eine Reservierung, Zachary.«

»*Hier*? In einem … Café?« Zachary bleibt einen Augenblick stumm, nachdem meine Antwort nur aus einem Nicken bestand. Er räuspert sich, nachdem er sich kurz über den Mund gefasst hat. »Als ich dich zu einem Date eingeladen habe, dachte ich an ein Restaurant, ein Candle-Light-Lunch mit einem anderen Vibe.« Ich will mir nicht ausmalen, wie er reagiert, wenn er erfährt, dass Isaac noch hinzukommt.

»Das Café kann sicher sehr … romantisch sein.«

»Es ist zwar nicht das, was ich erwartet habe, doch … ich freue mich trotzdem darauf, Zeit mit dir zu verbringen.« Er lächelt. »Wollen wir reingehen?«, schlägt er vor.

Während mein Gegenüber Anstalten macht, das Café zu betreten, bleibe ich stehen. »Geh ruhig schon vor«, schlage ich vor, woraufhin Zachary seine Stirn runzelt. »Ich muss noch warten.«

»Warten? Auf was denn?«

»Als wir uns darauf geeinigt haben, dass ich dieses Date plane, standen mir automatisch alle Entscheidungen zu, richtig?«, rede ich um den heißen Brei herum. »Das heißt, dass ich entscheide, was wir machen, wo wir uns treffen … und wer teilnimmt.« Zachary schaut mich irritiert an, sodass ich fortfahre. »Ich habe noch jemanden eingeladen.«

Zachary schluckt. »Du hast jemanden zu *unserem* Date eingeladen?«

»Wir werden zu dritt sein«, bestätige ich ihm.

Zachary blinzelt kurz, bevor er laut seufzt. »Okay, dann wird sich also noch eine Person zu uns gesellen.« Er regt sich nicht darüber auf, genau diese Reaktion habe ich von ihm erwartet – so kenne ich ihn. »Ich frage mich aber etwas.« Plötzlich grinst mich der Waliser spitzbübisch an. »Denkst du nicht, wir hätten unsere Chemie nach all diesen Jahren erst *allein* überprüfen sollen? Bevor du eine Person zu einem Dreier einlädst?«

Mein Mund steht offen, denn mit dieser Retourkutsche habe ich nicht gerechnet, vor allem nicht, weil dieser geheime Unbekannte sein Bruder ist. »Ich ... was?« Für einen Augenblick bin ich sprachlos, währenddessen Zachary mit voller Inbrunst lacht. »Das wird nicht passieren«, weise ich ihn zurecht. »Schlag dir das aus dem Kopf!«

Zacharys Grinsen wird immer breiter, während ich nicht verhindern kann, dass auch meine Mundwinkel belustigt zucken. *Dieser Idiot.*

»Ein Schäferstündchen zu zweit? Oder meinst du etwa den Dreier?«

»Dreimal darfst du raten, Sherlock.«

Zachary lacht. »Dann meinst du den Dreier?«

»Willst du ...« Mein Satz wird unterbrochen, weil mein Gegenüber an mir vorbeischaut und sich seine Augen zu Schlitzen formen. Zachary presst seine Lippen aufeinander – und ich weiß genau, wen er gesehen hat.

»Was macht Isaac hier?«, will er angespannt wissen.

Keine zwei Sekunden später stellt sich sein Bruder neben uns, der Zachary einen genauso missbilligenden Blick zuwirft, bevor er sich an mich wendet. »Juliet, was will *er* hier?« Er schaut mich an, als hätte ich ihn verraten.

»Es ist Zeit, dass wir uns zusammen hinsetzen …«

»Das kannst du vergessen«, unterbricht mich Isaac.

»Ausgeschlossen«, stimmt ihm Zachary zu.

»Ich werde mich nicht mit ihm hinsetzen.«

Der Ältere schnaubt. »Das will ich auch nicht.«

Isaac zeigt anklagend auf mich. »Einen Kaffee trinken? Der alten Zeiten zuliebe?«, zitiert er meine Argumente, mit dem ich ihn eingeladen habe. Eigentlich hatte der jüngere Bruder etwas vor, doch für mich hat er seine Pläne direkt umgeworfen. Wahrscheinlich hoffte Isaac, das wiederherzustellen, was durch die Zeit – und seine Erpressung – kaputtgegangen ist, schließlich ist das ein Teil unseres Deals. »Du hast mich angelogen!« Seine Stimme klingt frustriert. »Ich werde mich nicht mit ihm an einen Tisch setzen.«

»Du tust so, als hätte *ich* die Krätze!« Zachary schaut Isaac wütend an. »Wer benimmt sich hier wie ein kleines, eingeschnapptes Kind?!«

»Dazu habe ich jeden Grund.«

»Einen Scheiß hast du!« Zacharys Gesicht verfärbt sich dunkelrot, sodass selbst die unzähligen Sommersprossen verblassen. »Du lebst in deiner kleinen Blase, weil du dir die Wahrheit nicht eingestehen willst! Du denkst, dass dir alle immer etwas Böses wollen, bist paranoid und siehst in *jedem* einen Feind!« Zachary verschränkt die Hände vor der Brust. »Und meine Zeit ist mir inzwischen zu kostbar, als dass ich dich davon überzeugen muss, dass ich dich nicht aufgegeben habe.«

Die Fehde zwischen den beiden ist schlimmer, als ich sie in Erinnerung habe. Sie ignorierten damals einander, ab und zu gab es ein paar schneidende, passiv-aggressive Kommentare – aber das war's. Es muss noch mehr in der Zwischenzeit passiert sein, anders kann ich mir die hasserfüllten Reaktionen nicht erklären. Ich muss herausfinden, was ich nicht mitbekommen habe.

Isaacs Nasenflügel blähen sich auf. »Ach, du hast mich *nicht* aufgegeben?« Er lacht verbittert auf. »Wann hast du mit deinem Kopf nicht im Arsch unseres Vaters gesteckt, um ihn zufriedenzustellen, während ich als schwarzes Schaf dieser *Familie* abgestempelt wurde?« Isaac schüttelt seinen Kopf. »Nein, das ist mir alles zuwider, ich verschwinde.«

Zachary ballt seine Hände zu Fäusten, während er seinen Kiefer fest aufeinanderbeißt, als würde er versuchen, sich zurückzuhalten. »Und ich bin auch weg!«

Ich stelle mich vor Isaac, sodass dieser nicht weglaufen kann. »*Isaac Iestyn Birmingham!*« Danach werfe ich Zachary einen strengen Blick zu. »*Zachary Llewellyn Birmingham!*« Dass ich deren vollständige Namen ausgesprochen habe, sorgt dafür, dass beide unverzüglich verstummen und zu Boden schauen, als würde der walisische Zweitname einer Rüge gleichkommen. »Ihr benimmt euch *beide* wie kleine Kinder! Ihr bringt mich um den Verstand! Ihr werdet euch jetzt an einen Tisch setzen! Und wenn ihr euch weiterhin weigert, werde ich eure Ärsche höchstpersönlich reinschleifen, haben wir uns verstanden?« Meine Stimme wurde so laut, dass sich selbst Passanten zu uns umdrehen.

»Verstanden«, sagt Isaac kleinlaut.

»Okay …«, stimmt Zachary zu.

»Wir werden nun endlich über alles reden, was –« Meine Worte versiegen, als meine Smartwatch anfängt zu vibrieren. Kaum sehe ich den Namen auf dem Display, hole ich mein Telefon hervor. Ein flaues Gefühl breitet sich im Magen aus.

»Es ist das Pflegeheim von Bailey, sie rufen nie ohne einen triftigen Grund an«, erkläre ich den beiden, die daraufhin verständnisvoll nicken.

»Nimm das Telefonat entgegen«, meint Zachary.

»Juliet Bryant hier«, melde ich mich zu Wort.

»Juliet? Hier ist Rose.« Es ist die oberste Pflegeschwester. Mein Magen macht einen Purzelbaum, und mir ist plötzlich schlecht. *Was ist passiert?* »Du musst schnellstmöglich herkommen. Bailey lässt sich nicht beruhigen und hat es irgendwie geschafft, sich von Brenda loszureißen und in einem Zimmer zu verbarrikadieren.«

»Sie … *was*?«

»Wir kommen nicht an sie heran, Bailey lässt auch nicht mit sich reden.« Ihre Stimme klingt verunsichert und ein wenig verängstigt – was mich noch mehr beunruhigt. »Sie verlangt Eloise … oder Malcolm, ansonsten wird sie nicht aus dem Zimmer herauskommen«, erklärt sie mir. »Wir haben zwar einen Generalschlüssel, doch sie hat – ich weiß nicht, mit welcher Kraft – einen Tisch vor die Tür geschoben.« Es klingt so, als hätte sie einen unerwarteten Adrenalinstoß gehabt. »Bevor wir die Feuerwehr rufen, mit Gewalt ins Zimmer eindringen und sie damit noch mehr aufregen, wollten wir es zuerst mit dir versuchen.«

»Ich … klar, ich komme sofort«, versichere ich. »Solltet ihr nicht trotzdem die Feuerwehr rufen? Sie sind wahrscheinlich schneller da als ich«, schlage ich vor. Durch die Erwähnung der Feuerwehr treten beide Brüder näher an mich heran. »Ich befinde mich in Washington Heights, am gegenüberliegenden Ende von Little Italy – das wird ein wenig dauern.«

»Die Feuerwehr sollte der letzte Ausweg sein. Im Augenblick ist sie dermaßen aufgeregt, dass sie wahrscheinlich einen Herzinfarkt bekommt, wenn die Feuerwehr das Zimmer aufbricht.«

»Hältst du das für möglich?«

»In ihrem Zustand und Alter? Ja.«

»Ich mache mich sofort auf den Weg«, versichere ich ihr, bevor ich das Telefonat beende, in Windeseile das Telefon wegstecke und loslaufe. »Ich ... ich muss weg!«, rufe ich den beiden Brüdern zu. In meiner Hektik remple ich gegen mehrere Passanten, die sich lautstark beschweren – doch das dringt nicht zu mir durch.

Die Rufe von Zachary und Isaac lassen mich nicht innehalten. *Ich muss weiter.* Alles, woran ich im Augenblick denken kann, ist Bailey. Ich muss zur 168-St.-Metro-Station, um ins Pflegeheim zu gelangen.

Die Brüder holen zu mir auf, Finger legen sich auf meine Schulter und halten mich zurück. »Was ist –«, Zachary stellt seine Frage nicht zu Ende, da ich bereits weiterstürme und ihn nicht länger hören kann – jedenfalls, bis ich erneut eingeholt werde. »Was ist los? Was ist mit Bailey passiert? Und was hat die Feuerwehr damit zu tun?«

»Ich kann nicht. Ich habe keine Zeit.«

Ich werde schneller.

»Wir wollen dich nicht aufhalten!«, ruft Zachary.

»Wir wollen dir nur helfen!«, kommt es von Isaac.

Kapitel 28

Rose bringt uns durch den Trakt der Schlafräume.

Zachary und Isaac begleiten mich – sie wollten mich nicht alleinlassen.

»Wie genau hat sich Bailey verbarrikadiert?«

»Bailey war den ganzen Tag bereits ein wenig … sagen wir, hibbelig und unausgeglichen, weshalb Brenda sie nach draußen bringen wollte. Für frische Luft und einen Szenenwechsel«, beginnt Rose, während wir weiter in Richtung ihres Zimmers laufen. »Ausgerechnet, als die beiden auf dem Gang unterwegs waren, kündigte sich ein Anfall an. Im gleichen Moment kam eine andere Pflegerin aus dem Pausenraum unserer Angestellten und trug mehrere Kisten mit gespendeten Spielen. Sie rannte leider direkt in Brenda hinein, sodass beide mitsamt den Kisten zu Boden fielen. Bailey nutzte die Chance und stürmte in den Pausenraum hinein. Und bevor die beiden Pflegerinnen reagieren konnten, hatte sie bereits von innen abgeschlossen – zu unserem Leidwesen befand sich der Schlüssel der Kollegin noch in der Tür.«

»Und sie lässt nicht mit sich reden?«, frage ich.

Wir nähern uns einer kleinen Menschenmenge, die sich vor einer Tür platziert hat, darunter auch Brenda – vermutlich der Pausenraum.

»Nein, sie verlangt weiterhin nach ihrer Tochter und ihrem Ehemann.« Wir halten bei den anderen Pflegern und Brenda, die mich entschuldigend betrachtet und mir eine Hand auf den Arm legt, während ich Baileys laute Stimme im Hintergrund wahrnehmen kann. »Glücklicherweise können wir ein Auge auf sie haben«, erklärt sie, während sie mich zur entsprechenden Tür zieht, die ein durchsichtiges, kleines Fenster hat. »Es war ursprünglich ein Patientenzimmer.«

Ich trete vor die Tür und schaue hinein.

Bailey sitzt mit dem Rücken zu uns auf dem Sofa, krallt sich mit den Händen in den Stoff und schüttelt ununterbrochen den Kopf. Ihre weißen Haare haben sich aus ihrem Zopf gelöst.

Ich klopfe an. »Ma? Ich bin's, Eloise«, rufe ich ins Zimmer.

Augenblicklich fährt ihr Kopf zu mir herum, sie stützt sich auf der Sofalehne ab, während sie aufsteht und näher kommt. Ihre grünen Augen, die meinen unglaublich ähneln, sind nass, als hätte sie geweint.

Sie schaut mich skeptisch an. »Was soll das werden? Welche Geschichten wollt ihr mir noch auftischen? Denkt ihr nicht, dass ich m-meine … ei-eigene Tochter lichten würde?« Die letzten Worte stottert sie, außerdem hat sie wieder Wörter verwechselt, sie meinte wahrscheinlich wiedererkennen. »Nein, nein, nein. Geht weg! Hinfort!«

»Aber Ma, ich bin es, deine Eloise.«

»Lügnerin, Sie sind eine Lügnerin, ja, das sind Sie.« Sie schüttelt ihren Kopf. »Meine Tochter ist erst zwei

Jahre alt!« Ah, darum erkennt sie mich nicht, sie kann sich nicht an ihre Tochter als erwachsene Frau erinnern. »Ihr ... ihr wollt mir einen Streich spielen, mit meinem Gehirn experimentieren, nicht wahr?«, sagt sie und kneift ihre Augen zusammen. »Ja, das tut ihr ... ihr seid für das Durcheinander hier drin verantwortlich, oder?«, mutmaßt sie und tippt sich mehrmals gegen ihre Stirn. »Das muss es sein, ja, ja, ihr wart das!«

»Bailey, *bitte*, mach uns auf«, flehe ich.

»Wir wollen dir nichts Böses«, mischt sich Brenda ein.

»Du musst nur aufmachen«, sagt Rose.

»Ich will nach Hause, ich will zu meiner Tochter und meinem Ehemann!«

Baileys Stimme wird wieder lauter, verzweifelter, als sie nach einer Glasflasche greift, die noch immer auf dem Tisch steht, und sie gegen das Fenster wirft. Die Flasche durchdringt das Glas mittig, sodass es dort zerspringt, und ich mich ducken muss, um den Splittern zu entkommen. Ein Brennen auf meiner Wange verrät mir, dass mich einer dennoch erwischt hat.

»Juliet!« Zachary ist unverzüglich bei mir, dreht mich zu sich um und inspiziert mein Gesicht. Die anderen Umstehenden untersuchen sich gegenseitig, während Bailey ein gehässiges Lachen von sich gibt – der Laut bricht mir das Herz.

Brenda stellt sich zu uns beiden, hält uns ein Taschentuch hin, das Zachary entgegennimmt und auf meine Wange drückt.

»Wie schlimm sieht's aus?«, will ich wissen.

»Bis zur Hochzeit sollte alles verheilt sein.« Zachary versucht, meine Stimmung aufzubessern, doch es gelingt ihm nicht. Es ist das erste Mal, dass ich wegen Bailey eine Schnittwunde habe – auch wenn sie nichts dafür kann, es ist Alzheimer, was sie antreibt. »Wir sollten das trotzdem untersuchen lassen, nur um sicherzugehen.«

Isaac tritt schweigend an meine Seite, legt mir eine Hand auf die Schulter und drückt sein Mitgefühl mit dem Blick aus, den er mir zuwirft. Im Augenblick bin ich wirklich dankbar, dass ich Unterstützung habe.

»Malcolm?«, höre ich Bailey fragen.

Alle Anwesenden drehen sich zu ihr um.

Meine Großmutter kneift ihre Augen zusammen, schaut mich an – nein, halt!, sie betrachtet nicht mich, sie schaut an mir vorbei. Sie macht ein paar Schritte nach vorne, bis sie wieder an den Tisch herantritt. »Malcolm? Du bist hier ... ja, ja, du bist hier!«

Langsam drehe ich mich in die Richtung, in die Bailey blickt. Sie betrachtet Isaac, sie hält Isaac für ihren verstorbenen Ehemann. *Wie ist das möglich*?

Der vermeintliche Ehemann schaut meine Großmutter mehrere Sekunden stumm an, bevor er sich schluckend an mich wendet. »Weißt du zufällig, ob dein Großvater ... einen Kosenamen für Bailey hatte?«, fragt er mich verunsichert, und augenblicklich weiß ich, was Isaac damit bezweckt.

»Malcolm?«, ruft Bailey erneut.

»Bells, er nannte sie Bells«, teile ich ihm mit, halte ihn aber am Arm zurück. »Du musst das nicht tun.« Isaac lächelt mich nur kurz an, bevor er zur Tür mit dem zersplitterten Fenster läuft.

»Bells«, wendet er sich an Bailey.

Sobald der Kosenamen seine Lippen verlässt, atmet sie erleichtert auf und sieht aus, als wäre eine Last von ihrem Herzen gefallen. »Malcolm, du bist wirklich hier, oder?«, fragt sie, als könnte sie es nicht glauben. »Du bringst mich nach Hause.«

»Ich bringe dich nach Hause. Zu Eloise«, versichert ihr Isaac, der behutsam auf Bailey einredet. »Dafür musst du aber herauskommen.«

Sie schaut an ihm vorbei. »Und ... und was ist mit denen?« Sie macht wieder einen Schritt zurück. »Sie wollten mich hier festhalten.«

»Niemand wird dich festhalten, Bells, dafür sorge ich.« Er geht noch näher an die Tür heran, zwängt seinen Arm durch das zersplitterte Fenster und kümmert sich nicht darum, dass er sich dabei verletzen könnte. Isaac hält Bailey seine Hand hin, lehnt sich noch weiter nach vorne. »Ich werde nicht zulassen, dass dir etwas passiert, Bells, also komm, rück den Tisch beiseite, schließ die Tür auf, und lass uns nach Hause gehen.«

Die Art, wie Isaac mit Bailey umgeht, beschwichtigt meinen Groll, denn er gibt sich wirklich Mühe.

Bailey lässt seine Hand los, nachdem er diese noch mal sanft gedrückt hat, und beginnt den Tisch wegzuräumen – bis sie plötzlich innehält. Sie schaut sich um, blinzelt und weicht von der Tür zurück. »Ich ... was tue ich hier? Warum ist die Tür blockiert? Ich verstehe ... nicht«, sagt sie verzweifelt.

Isaac zieht den Arm zurück, dreht sich verwundert zu mir herum.

»Sie weiß nicht mehr, was gerade passiert ist«, erkläre ich ihm. »Sag ihr am besten nicht, dass sie sich selbst eingesperrt hat, das würde sie nur noch mehr verwirren.«

Er dreht sich wieder zu Bailey um, die irritiert die Scherben auf dem Boden betrachtet. »Bells, hey, Bells«, spricht er meine Großmutter an, die nun hochblickt und einen erleichterten Seufzer herauslässt, als sie ihn entdeckt.

»Malcolm, was … was tue ich hier?«

»Wir haben ein Spiel gespielt, daran kannst du dich sicherlich noch erinnern, oder?«, versucht er sie zu ködern. »Du wolltest gerade den Tisch beiseiteschieben, die Tür aufschließen und dann mit mir nach Hause kommen.« Ein interessanter Ansatz, der anscheinend funktioniert, da Bailey beginnt, den Tisch zur Seite zu schieben. »Genau, Bells, das machst du super, weiter so«, feuert Isaac Bailey an, die ihre letzte Kraft sammelt und am Schloss der Tür hantiert.

Rose beugt sich kurz zu Isaac, um ihm etwas ins Ohr zu flüstern, woraufhin er nickt.

Baileys Augen glänzen. »Zu Eloise.«

Ich muss ein lautes Seufzen unterdrücken, als die Tür aufgeht. Bailey zögert allerdings hinauszutreten, wahrscheinlich, weil so viele Personen vor der Tür warten. Sie macht einen weiteren Schritt zurück, doch gleichzeitig betritt Isaac den Raum.

»Meine liebe Bells, es ist alles in Ordnung, das sind nur Freunde, die sichergehen wollen, dass es dir gut geht.« Er hält ihr die Hand hin. »Komm, nimm meine Hand, Bells, ich bin an deiner Seite.«

Bailey ergreift sie zögernd und lässt sich langsam von ihm aus dem Pausenzimmer führen. Isaac dreht sie einmal herum, sodass sie nun mit dem Rücken zu Brenda, Rose und mir steht. Anschließend zieht er Bailey in seine Arme, hält sie fest umschlungen. Im gleichen Augenblick tritt Rose hervor, die nun eine Spritze in der Hand hält. Isaac streicht über Baileys weiße Haare, während die oberste Pflegeschwester die Flüssigkeit in ihren Arm spritzt. Bailey wendet sich blitzschnell um, doch im gleichen Moment wird sie träge, taumelt sogar ein wenig, sodass Isaac meine Großmutter behutsam stützen muss.

»Was ist in der Spritze gewesen?«, frage ich.

»Ein starkes Sedativum«, antwortet Brenda.

Rose eilt mit zwei Pflegerinnen zu Bailey und ihrem angeblichen Ehemann, um meine Großmutter zu übernehmen. Isaac beachtet die beiden mit Adleraugen, hält seinen Griff weiterhin aufrecht, vielleicht aus Angst, dass die beiden Bailey aus Versehen loslassen könnten.

In diesem Moment realisiere ich, dass Isaac zu keinem Monster geworden ist. Der Mann, der mein guter Freund war, steckt immer noch in ihm.

Brenda wirft Bailey einen Blick zu. »Wir werden sie auf die Krankenstation bringen, um sie gründlich zu untersuchen«, teilt sie mir mit, bevor sie mich einen Augenblick mustert. »Wir können auch deine Wange verarzten.«

Ich schüttle meinen Kopf. »Schon in Ordnung, aber danke, Rose.«

Nach diesem Aufeinandertreffen mit Bailey möchte ich nur nach Hause und in mein Bett. Die Person, die mich aufgezogen hat, *so* zu sehen, ist wie ein Albtraum, aus dem ich nie aufwachen werde, denn es wird *niemals* eine Heilung für Bailey geben.

Vorfälle wie der gerade eben werden immer und immer wieder passieren. Bis die Alzheimer-Erkrankung sie eines Tages umbringt.

Rose wendet sich nun an Zachary und Isaac. »Dann sorgt bitte dafür, dass unsere Juliet gut nach Hause kommt«, bittet sie die Brüder höflich. »Sie sollte nicht alleine sein.«

Der jüngere Bruder räuspert sich und schaut Zachary an. »Ich ... ähm, ich werde nicht mitkommen«, sagt er, während er Bailey nachdenklich hinterherschaut. »Übernimmst du das?«, fragt er ihn, bevor er den Gang hinunter verschwinden will.

»Isaac?« Zacharys Ruf sorgt dafür, dass er innehält. »Das, was du gerade für Bailey getan hast ...« Für einen Moment schaut er auf seine Finger, schluckt, bevor er wieder seinen Bruder ansieht. »Das hast du wirklich gut gemacht.«

Isaac nickt und verschwindet ohne ein weiteres Wort.

Kapitel 29

Zacharys Arm ist um mich geschlungen, als wir mein Apartment betreten. »Brauchst du etwas? Kann ich etwas für dich tun?« Seit wir das Pflegeheim verlassen haben, fragt er mich das alle paar Minuten. »Willst du mit mir über das reden, was gerade passiert ist?«

Gleichzeitig schaut er sich in meinem Flur um. Allerdings lässt sich Zachary nicht anmerken, wie es für ihn ist, wieder einen Fuß in meine Wohnung zu setzen.

»Zachary«, sage ich langsam. »Du kannst mich loslassen, ich werde nicht umkippen.« Er stützt mich noch immer, was eigentlich nicht notwendig ist. Ich schenke ihm ein schwaches Lächeln, Zachary hadert einen Augenblick mit sich selbst, bevor er seinen Griff um meine Hüfte lockert. »Und, nein, ich möchte nicht darüber sprechen … ich will nach vorne schauen.«

»Du solltest das nicht in dich hineinfressen, Juliet.«

»Ich kann nichts dagegen unternehmen, und so was wird in Zukunft wieder vorkommen.« Ohne auf ihn zu warten, laufe ich ins Wohnzimmer. »Bailey würde nicht gut finden, dass ich jedes Mal, wenn so etwas passiert, die Trauer und Verzweiflung gewinnen lasse und in ein Loch fallen würde.« Zachary folgt mir, und ich drehe mich zu ihm um.

»Das verstehe ich.« Zachary nickt. »Wie kann ich dir helfen?« Das ist eine weitere Eigenschaft, die ich an diesem Mann liebe. Zachary akzeptiert andere Meinungen und würde niemals wagen, diese zu ändern, sondern bietet einem immer seine Unterstützung an.

»Helfe mir, diesen Tag besser zu machen.« Zachary hält mir als Antwort seine Hand entgegen, wahrscheinlich als Zeichen, dass er das gerne für mich tut. »Ich möchte nicht, dass Bailey zu einem schlechten Aspekt meines Lebens wird und dieses negativ prägt, ich möchte, solange es geht, sie mit etwas Schönem in Verbindung bringen.«

Ich möchte nachts nicht ins Bett gehen und weinen, weil mich ihre Krankheit fertigmacht und mir die Kräfte raubt.

»Also …?«

»Kein Bemuttern, kein Sorgen – nur gute Laune.«

Zachary fasst sich übers Herz und verzieht seinen Mund. »Ich bemuttere dich? Ich bitte dich!« Seine Stimme hat einen theatralischen Ton angenommen, sodass sich tatsächlich ein Lächeln auf meine Lippen schleicht. »Ah! Was war das gerade? Etwa ein Lächeln? Hat meine liebste Juliet tatsächlich die Mundwinkel nach oben gezogen?« Seine Finger streichen über meine Lippen, und als er mich anzwinkert, muss ich abermals schmunzeln.

»Danke«, hauche ich leise.

»Alles, was du brauchst, Juliet – *alles.*«

»Möchtest du etwas trinken?«, frage ich.

»Falls du Tee hast, würde ich einen nehmen«, bittet mich Zachary, während er sich gründlich in meinem Wohnzimmer umschaut – beziehungsweise den Boden absucht. »Am liebsten einen Schwarztee, aber –« Plötzlich stockt Zachary, bevor ein Grinsen seine Lippen umspielt und er sich zu Boden fallen lässt. »Ohhh, da bist du ja.« Irritiert folge ich seinem Blick.

Aus dem Flur kommt mein dicker, grauer Kater praktisch angerannt. Louie springt in Zacharys Arme und fängt unverzüglich an, zu schnurren. So werde ich nie begrüßt.

Während mein Besucher mit meinem übergewichtigen Kater ein kuschliges Wiedersehen feiert, laufe ich Augen verdrehend in die Küche und überlege, wo sich der Tee verstecken könnte. Mit Sicherheit kann ich sagen, dass ich welchen habe, schließlich trinkt Damien diesen bevorzugt und hat dadurch für gemeinsame Abende einen kleinen Vorrat angelegt.

Nachdem ich erfolglos in meinen Schubladen und Schränken nachgesehen habe, öffne ich den Wandschrank, der von mir als Vorratsschrank genutzt wird, und tatsächlich, ganz unten befindet sich ein Körbchen mit verschiedenen Sorten. Ich hole es heraus, krame darin herum. Brasilianische Limette, marokkanische Minze, Granatapfel und dann noch mehrere Tees der Marke *Fortnum & Mason*. War das nicht die Teemarke, die Zachary mag? Ich denke, ja.

Ich staple die Tees übereinander, nehme sie in meine Hände und drehe mich zu Zachary um, der noch immer mit Fat Louie beschäftigt ist. »Also … ich habe Earl Grey, Royal Blend, Countess Grey und Victoria Grey«, zähle ich auf.

Der Katzenliebhaber hebt seinen Kopf und schaut mich blinzelnd an. »Hm, wie war das?«, fragt er, da er mir offensichtlich nicht zugehört hat.

»Langsam glaube ich, du bist nicht wegen mir mit ins Apartment mitgekommen«, klage ich an und runzle meine Stirn, während ich die Tees auf die Theke stelle. »Von wegen, du willst mich nicht alleinlassen, du wolltest nur Zeit mit meinem Kater verbringen.«

Zachary schaut Louie an, Louie schaut ihn an. »Mayday, Mayday. Louie, wir sind aufgeflogen! Ich wiederhole: *Wir sind aufgeflogen*!«

Zachary greift nach Louie, holt Schwung und lässt ihn dann quer durch das Wohnzimmer schlittern, sodass dieser kurz vor der Fensterfront haltmacht, aufspringt und dann wieder zu Zachary zurücktapst und sich vor ihm hinlegt, als wollte er sagen, dass er ihn noch einmal über das Parkett schlittern soll.

Der Anblick der beiden hilft nochmals, den Kummer und die Traurigkeit zu verscheuchen, denn das sind die Erinnerungen, die ich brauche, um die Kraft nicht zu verlieren.

»Ich muss zugeben, dass ich *definitiv* Hintergedanken hatte«, bestätigt Zachary frech grinsend, bevor er Louie erneut über den Boden gleiten lässt, dann aufsteht und zu mir herüberläuft. »Entschuldigung, dass ich dir nicht richtig zugehört habe.«

Ich zeige auf die Tees. »Welchen möchtest du trinken?«

Zachary reißt überrascht seine Augen auf. »Fortnum & Mason? Du hast tatsächlich eine meiner Lieblingssorten!«, sagt er begeistert. Ein Lächeln umspielt seine Lippen, es verwandelt sich in ein Lachen, als Fat Louie ihn mehrfach antippt und miaut – als wolle er ihn zum Spielen auffordern. »Gleich, gleich«, sagt er lächelnd, bevor sich seine Stirn in Falten legt. »Das sind aber nicht deine Tees?«

»Nein, die gehören Damien.«

Er schmunzelt. »Das macht mehr Sinn.«

»Und welchen willst du?«, erkundige ich mich.

Zachary zieht die entsprechende Verpackung aus dem Stapel und legt sie beiseite. »Countess Grey, die Bergamotte- und Orangennote passt perfekt zum Sommer und ... Ohhh«, macht er, während er die Nase rümpft. »*Teebeutel.*« Zachary schüttelt sich kurz. »Okay, kein Problem«, wiederholt er, als müsste er sich selbst davon überzeugen, dass es kein loser Tee ist.

»Was ist so schlimm an Teebeuteln?«, frage ich verwundert, da ich nicht ahnte, dass es dabei Unterschiede gibt. Aber was weiß ich schon über Tee?

»Ich bevorzuge es, meinen Tee selbst zu dosieren, weißt du?« Er öffnet die Verpackung und zieht einen Teebeutel heraus. »Bei Beuteln kann man entweder zwei nehmen, sodass der Geschmack viel zu stark wird, oder man benutzt nur einen, weshalb es mit der Milch zu lasch schmecken kann.« Stimmt, in Großbritannien trinkt man Tee *mit Milch.* »Ich finde, Teebeutel sind nie perfekt dosiert, können Sie auch gar nicht, da jeder seinen Tee anders trinkt.«

»Milch und Tee, das hört sich nicht richtig an.«

Zachary fasst sich übers Herz, als hätte ich ihn beleidigt. »Die Milch macht ein einmaliges Aroma!«, verteidigt sich Zachary. »Und sie erfüllt einen wichtigen Zweck: Sie sorgt dafür, dass der Tee direkt auf Zimmertemperatur runterkühlt.«

»Teebanausen, *eindeutig*«, versuche ich ihn zu provozieren, und hole meine Teekanne hervor. Obwohl ich nicht wusste, wo genau sich der Tee befindet, kann ich die *riesige* Teekanne meiner Großmutter nicht übersehen. Damien und sie haben sie auf einem Flohmarkt gefunden und für ihre Teestunden genutzt. Ich selbst favorisiere Kaffee.

»Wir sind die Teebanausen?«, fragt Zachary lachend.

»Ich kenne sonst keinen, der ihn mit Milch trinkt.«

»Nicht nur Großbritannien bevorzugt Tee mit Milch, auch die meisten asiatischen Länder, wie zum Beispiel China, Japan oder Indien.« Zachary entzündet die Flamme an einer Platte, während ich die Kanne unter den Wasserhahn halte. »Ich denke also nicht, dass *wir* die Teebanausen sind.« Er grinst mich an. »Amerika hat's kopiert … und falsch gemacht.«

Ich verdrehe die Augen. »Darf ich dich daran erinnern, dass viele Amerikaner aus Großbritannien eingewandert sind? Vielleicht haben die Leute festgestellt, dass es ohne Milch besser schmeckt?«, stänkere ich, während ich merke, dass meine Niedergeschlagenheit weiter in den Hintergrund gerückt ist – genau, wie ich es wollte, wie Bailey es gewollt hätte.

»Nein.«

»Nein? Einfach nein?«, wiederhole ich.

Zachary grinst spitzbübisch.

Der Dampf im Teekessel verrät mir, dass das Wasser beinahe kocht, bei Gasherden geht dies sehr schnell. »Nicht besonders schlagfertig«, bemerke ich, während ich ein Lächeln unterdrücken muss. Ich wende mich ab und hole eine Tasse für ihn aus meinem Schrank.

»Manchmal sollte man sich einfach eine Niederlage eingestehen.«

»Stimmt, der Clevere gibt nach.«

Hinter mir höre ich ein halb unterdrücktes Auflachen. »Ich wusste doch, dass *du* die Schlauere von uns beiden bist.«

Nachdem ich die Tasse neben den Teekessel abgestellt habe, drehe ich mich blitzartig zu ihm herum.

Mir fehlen die Worte, seine Frechheit haut mich wortwörtlich um. Aus Reflex pieke ich mit meinem Finger in seine rechte Hüfte, woraufhin er leicht zusammenzuckt und dann atemlos aufspringt. Und ich weiß genau, was *das* bedeutet.

»Nein, nein, tue das nicht ... ich *warne* dich.«

»Sonst was? Schlägst du mich mit dem Kochlöffel?«, frage ich lächelnd.

Ich steche meine Finger in beide Seiten seiner Rippen, sodass Zachary sich kichernd windet. Er versucht sich zu wehren, doch ich presse ihn gegen den Herd, während ich ihn unbarmherzig durchkitzle – jedenfalls, bis mich etwas an der Stirn trifft und ich taumelnd zurückweiche.

Zachary schaut geschockt von dem Löffel in seiner Hand zu mir.

»Hast du etwa ...?«, breche ich ab und fasse gegen meine Stirn.

Seine Augen sind geweitet. »Ich ... das wollte ich nicht.« Abrupt lässt er das Kochutensil fallen. »Es war ein Reflex.« Mein Blick ist auf den Löffel auf dem Boden gerichtet. »Es tut mir so, so leid, Juliet.«

»Du bist mit dem Kochlöffel auf mich los«, sage ich ungläubig, sodass sich etwas tief in meinem Bauch zusammenzieht. Dann entweicht ein Lachen aus meinem Mund. »Mit einem *Löffel*! Oh ... ich kann nicht mehr.« Im ersten Moment war ich zu geschockt, inzwischen finde ich es komisch, dass er sich wie eine Hausfrau verteidigt hat. Es tut nicht mal weh, es ist, als hätte eine *Fliegenklatsche* nach mir geschlagen.

»Du bist nicht wütend?«

»Es ist ein Plastikkochlöffel, keine Pfanne aus Gusseisen«, sage ich lachend, bevor ich den Löffel aufhebe.

»Hier, schau, es tut nicht …« Bevor ich den Satz zu Ende bringe, schlage ich damit gegen seine Stirn. »Oh, ich …« Abermals fehlen mir die Worte. »*Ups?*«

Zachary blinzelt.

»Es … Es tut mir leid?«, sage ich, als ich ein Lachen unterdrücken muss, da er mich entsetzt und mit offenem Mund anschaut. »Aber hey? Ich würde sagen, wir sind quitt.«

»Lass mich mal überlegen …«, beginnt Zachary. »Du hast mich gekitzelt und geschlagen.« Dann zeigt Zachary auf seine Brust. »Ich habe dich nur einmal mit dem Kochlöffel geschlagen – und auch nur, um mich zu verteidigen.« Er grinst. »Was fehlt also, um quitt zu sein, liebste Juliet?«

Zachary hebt seine Hände an und ich weiche zurück.

»Das … musst du nicht tun.«

»Du hast recht, ich muss es nicht.«

Ich atme durch.

»Aber ich *will* es.«

Als Zachary einen Satz nach vorne macht, weiche ich instinktiv zurück, mache kehrt und laufe aus der Küche, um mich vor seinen kitzelnden Händen in Sicherheit zu bringen. Zachary ist mir dicht auf den Fersen, sein Arm ergreift mich und reißt mich zurück. Ich gerate ins Straucheln, der Läufer verrutscht, und im Fallen ziehe ich Zachary mit mir nach unten.

Der Schock des Falls sorgt dafür, dass ich nur blinzeln kann, bis ich realisiere, dass ausgerechnet ein Teppich Zacharys Kitzelattacke vereitelt hat. Langsam breitet sich auf unseren beiden Gesichtern ein Grinsen aus, bevor wir kichern müssen.

Unsere Blicke treffen sich, verhaken sich, sodass unser Gelächter langsam verstummt, wir sind einander so nah. Zachary liegt mit seinem Körper über mir – zwischen uns passt kein Blatt Papier. Mit seiner rechten Hand stützt er sich neben meinem Kopf ab, um seinen Oberkörper minimal anzuheben, damit er mich nicht mit seinem Gewicht erdrückt. Seine freie Hand findet ihren Weg an meine Wange, streichelt diese sanft und feinfühlig, sodass ich für einen Moment meine Augen schließe und ein sehnsüchtiges Seufzen nicht unterdrücken kann. Es fühlt sich wie früher an, als wären wir nie getrennt gewesen.

Wie sehr ich seine Berührungen vermisst habe.

Mein Herz beginnt schneller zu schlagen, als sich sein Gesicht senkt, aber nicht weit genug, dass sich unsere Münder berühren. Seine eisblauen Augen, die mit einer innigen Intensität auf mich herabschauen, lassen mich nur einen Wunsch verspüren: *Ich will ihn küssen.*

Zacharys Wärme hüllt mich ein wie ein Kokon. Seine Lippen, die leicht offen stehen, erhaschen meine Aufmerksamkeit – ich kann nicht wegsehen.

In meinen Wangen sammelt sich Wärme, mein Magen kribbelt voller Schmetterlinge. Meine Hände finden seinen Kopf, um die letzten Millimeter zu überbrücken. Aber genau dann, als sich unsere Lippen streifen, würgt Louie ein Fellknäuel aus.

Direkt neben unseren Köpfen.

Ich schwöre, dieser Kater macht das absichtlich!

Unsere Lippen bleiben zunächst aufeinander liegen, wahrscheinlich aus Schock. Ich spüre, wie Zacharys Mundwinkel belustigt zucken, was leider ansteckend ist. Plötzlich überkommt ihn ein amüsiertes Grunzen, sodass er sich von mir herunterrollt und lautstark lacht, während er weiter auf dem Fußboden sitzen bleibt.

»Catblocked, ich wurde gecatblocked.« Zachary wirft Louie einen gespielt bösen Blick zu. »Ich dachte, wir wären Freunde!«

»Als Wingman kann ich ihn nicht empfehlen«, sage ich ein wenig durch den Wind, während ich erst richtig realisiere, was genau zwischen uns passiert ist.

»Ich denke nicht, dass ich noch …« Zachary wird vom Klingeln seines Telefons unterbrochen. »Das ist meine Assistentin«, teilt er mir stirnrunzelnd mit. »Sie ruft am Wochenende nie ohne einen Grund an – einen Augenblick bitte.« Er nimmt das Telefonat an. »Hey, was gibt's denn so …« Plötzlich hält er inne, lauscht, bevor er seinen Mund zusammenpresst. »Ja, ich werde mich sofort darum kümmern. Kannst du bitte einen Flug für mich … Oh, hast du schon, und wann? Hm, in Ordnung.« Zachary legt auf. »Ich muss dringend nach Seoul.«

Kapitel 30

Die Vibrationen des Basses sind bis zum Gehweg zu hören, als ich mich der Karaokebar nähere, in der ich mich umschauen möchte. Und gerade als ich die Tür öffnen will, kommt eine Gruppe heraus, während sie aus vollem Halse das Lied mitsingt.

»Juliet!«, begrüßt mich Eva, die Betreiberin der Bar, die ich kenne, seit ich begonnen habe, die Etablissements abzuklappern. Sie kommt hinter dem Tresen hervor, der zugleich als Anmeldung, Information und Kasse benutzt wird. »Es ist immer noch seltsam, dich mitten am Tag anzutreffen«, sagt sie lächelnd, da ich sonst nur nachts auftauche.

Eine Ausnahme ist der erste Montag im Juni, der bei Musikliebhabern als New Yorker Karaokefeiertag zelebriert wird. Sämtliche Karaokebars öffnen ihre Pforten bereits um neun Uhr morgens. Aufgrund dessen wurde unser wöchentliches Teammeeting auf morgen verschoben.

Seit Stunden bin ich auf den Beinen, doch habe ich niemanden entdeckt, der mich umgehauen hat. Evas Bar ist mein letzter Stopp, bevor ich ins Plattenlabel fahre, um dort weiterzuarbeiten. Erst am frühen Abend werde ich in die weiter entfernten Bars fahren. Derzeit gibt es für mich viel zu tun, da ich mir Hunderte Videos von Bewerbern anschauen muss, die an einem Plattenvertrag interessiert sind – was mehr oder weniger verschwendete Zeit ist. Es liegt wahrscheinlich daran, dass mich Aufnahmen nie so berührt haben wie die Menschen, die ich erstmalig live in einer Bar, auf einer kleinen Bühne oder auf der Straße gehört habe. Der Unterschied ist, dass Künstler bei einem Live-Auftritt nie wissen, dass ich ein Talentscout bin, bis ich mich zu erkennen gebe. Die Singenden der Tapes spüren den Druck, das Allerbeste geben zu müssen, und verstellen sich – und das wirkt sich negativ aus.

»Und wie sieht's aus?«, erkundige ich mich.

»Bisher habe ich nichts gehört, was dich interessieren könnte«, antwortet Eva mir. »Allerdings bin ich ziemlich eingespannt«, sagt sie, während sie zur Bar zeigt, wo ein Tablett mit fertigen Drinks wartet. »Ich konnte noch nicht viel lauschen.«

»Darf ich?«, frage ich sie.

»Bitte, ich liebe es, wenn du mir Arbeit abnimmst«, antwortet sie grinsend, während sie hinter die Theke läuft. »Ganz hinten, rechts.«

Kellnerin zu spielen und Getränke zu verteilen gibt mir die Chance, in Räume reinzugehen, wenn ich etwas höre, das mir gefällt. Wenn die Getränke für jemand anderen bestimmt sind, sage ich, dass ich mich geirrt habe, denn die meisten Leute mögen es nicht, wenn man ihnen zuhört. Als ich mich damals beweisen und Ace von mir überzeugen musste, habe ich die Lektion auf die harte Art gelernt. Ich habe einem Mann bezüglich seiner Stimme ein Kompliment gemacht, was seiner Freundin nicht gepasst hat. Sie dachte, dass ich ihn angrabe – vor ihren Augen. Es war eine temperamentvolle

Latina, die mich an den Haaren aus dem Raum gezerrt hat. Dass ich Talentscout bin, hat sie mir nicht abgekauft.

Mit dem Tablett in der Hand halte ich vor der ersten Tür inne, um zu lauschen. *Oh herrjemine. Schief, keinerlei Lungenvolumen.* Ich kundschafte auch die nächsten Räume aus, ohne fündig zu werden. Nachdem ich die Getränke im letzten Raum abgestellt habe, höre ich eine Stimme, die mich in der Tat neugierig macht. Es ist eine tiefe, rauchige und melodische Männerstimme, die *Enjoy the Silence* von Depeche Mode wiedergibt.

Was mich fasziniert, ist seine Interpretation. Es spricht nichts dagegen, Lieder zu covern, doch es sollte immer einen eigenen Touch haben. Viele Möchtegern-Sänger wollen das nicht verstehen, sagen, dass sie es genauso gesungen haben wie der eigentliche Interpret, genauso, wie es sein soll.

Ich klemme das leere Tablett unter meinen Arm und signalisiere der Gruppe, weitere Bestellungen aufzunehmen, sobald das Lied vorbei ist. Während die meisten die Karte studieren, bemerke ich, dass ich anfange, zu wippen und leise mitzusingen. *»All I ever wanted, all I ever needed, is here in my arms. Words are very unnecessary, they can only do harm.«* Kaum dass der Mann den Song beendet hat, laufe ich zu ihm hinüber. Er muss ungefähr in meinem Alter sein, schätze ich, hat gebräunte Haut und strohblonde Haare.

»Ich weiß, ich habe ein Tablett unter dem Arm, doch ich bin keine Kellnerin«, eröffne ich ihm, während meine freie Hand eine Visitenkarte hervorholt. »Tatsächlich bin ich Talentscout bei Birmingham Records. Schon mal über eine Musikkarriere nachgedacht?«

Der Sänger lächelt mich entschuldigend an, bevor er eine allzu bekannte Kette unter seinem Shirt hervorholt. »Heimaturlaub, in einer Woche geht's zurück an die Front«, teilt er mir mit. »Und ich bin noch einige Jahre den Seals verpflichtet, Miss.«

Bis in meine Teenagerzeit hinein habe ich eine tiefe Abneigung gegenüber dem Militär verspürt, weil ich ihm die Schuld am Tod meiner Mutter gegeben habe. Erst als ich älter wurde, verstand ich, dass nicht *unser* Militär die Sprengfalle installiert hatte, die sie das Leben kostete.

Bailey sagte immer, dass meine Mutter helfen wollte, dass die Welt ein besserer Ort wird. Sie wollte wie ihr Vater – mein Großvater – werden, der früh in seiner Karriere eine Ehrenmedaille erhielt, da er, obwohl der Rückzug beordert wurde, mit zwei weiteren Soldaten ein Kinderheim befreit hat, das von Terroristen in Afghanistan eingenommen worden war.

»Gleichzeitig Verlust und Gewinn fürs Vaterland«, sage ich aufrichtig.

Bei jeder Abfuhr empfinde ich noch immer Enttäuschung. Man sollte meinen, dass sich alle um einen Vertrag bei einem Plattenlabel reißen würden, doch dem ist nicht so. Einige Künstler hatten wichtige Verpflichtungen, sangen nur zum Spaß, aber die meisten, auf die ich verzichten musste, wollten nicht in die Öffentlichkeit treten. Nicht nur wegen Lampenfieber, sondern auch, weil sie nicht das Bedürfnis verspürten, die Aufmerksamkeit auf sich zu ziehen.

Nachdem ich mich von dem Seal und seinen Freunden verabschiedet habe, laufe ich zum Eingangsbereich der Karaokebar zurück.

»Und? War jemand dabei?«, erkundigt sich Eva bei mir, weshalb ich den Kopf schüttle. »Schade.« Die Entdeckung eines großen Talents würde natürlich Publicity für ihren Laden bedeuten.

»Vielleicht nächstes Mal.«

»Bis dann!«, verabschiedet sich Eva.

Als ich zurück nach draußen trete, bleibt mir noch eine halbe Stunde, um die Bestellung abzuholen, die ich heute Morgen aufgegeben habe. Das Restaurant *Soba Noodle Azuma* – welches Isaac so gerne mag – liegt nur wenige Querstraßen entfernt, sodass ich keinen Zeitdruck habe. Vor allem, weil ich mich vom Broadway fernhalten kann, der überfülltesten Straße Manhattans – für Fußgänger und Autos zugleich.

Ich möchte Isaac mit seinem Lieblingsessen überraschen und mich für die Hilfe mit Bailey bedanken. Selbstverständlich habe ich ihm noch am selben Tag eine Nachricht geschickt, trotzdem wollte ich mich von Angesicht zu Angesicht bedanken, denn sein Eingreifen hat mir eine Menge bedeutet.

»Hallo, die Bestellung für Bryant, bitte«, begrüße ich den Mitarbeiter des Restaurants, sobald ich dieses betreten habe.

Er schaut in einen Notizblock. »Ahhh, ja. Einen Moment.« Er ruft etwas in die Küche, die ich durch eine Durchgangstheke einsehen kann. Keine Minute später wird ihm eine Tüte mit dem Essen in die Hand gedrückt. »Fried Chicken Curry Udon – und der besondere Glückskeks.« Er reicht mir das Mittagessen mit einem Zwinkern – wahrscheinlich wegen der Zusatzleistung. »36 Dollar, bitte.«

Ich überreiche es ihm, samt Trinkgeld. Hätte das Restaurant nicht mitgespielt, wäre mein Plan, Isaac einen indiskreten Wink mit dem Zaunpfahl zu verpassen, nicht aufgegangen. Ich habe angefragt, ob sie eine besondere Botschaft in den Glückskeks packen können.

»Ich danke Ihnen für Ihre Hilfe.«

»Viel Erfolg!«

Mit unserem Mittagessen laufe ich zum Broadway zurück, der mich bis zum Columbus Circle führen wird. Weil viele Touristen diesen Weg nehmen, um vom Times Square in Richtung Central Park zu laufen, sind die Gehwege überfüllt. Ständig bleiben Menschen stehen, um sich mit Hilfe des Telefons zurechtzufinden – wenn sie nicht gerade ein Selfie mitten im Weg machen und andere Leute zwingen, um sie herumzugehen.

Ein erleichtertes Seufzen kommt über meine Lippen, als ich den Columbus Circle erreiche, denn während die meisten Menschen zum Central Park laufen, bewege ich mich Richtung Trump Tower. Es dauert nicht lange, bis ich mich im Aufzug befinde, der mich in die Führungsetage bringt, wo ich Isaac um diese Zeit vermute.

Mein erster Blick, als ich das Stockwerk betrete, ist den Räumlichkeiten von Zachary vorbehalten, der sich seit vorgestern in Südkorea befindet. Anscheinend hängt das Problem mit dem neuen Standort in Los Angeles zusammen. Mehr habe ich bisher nicht aus ihm herausbekommen, da der Zeitunterschied ein längeres Gespräch schwer macht und der Geschäftsführer jede freie Minute damit verbringt, eine Lösung für das Problem zu finden.

Doch auch das Büro von Isaac ist ... leer.

Irritiert trete ich an den Schreibtisch seiner Sekretärin heran. »Entschuldigung, ich wollte eigentlich zu Is–« Ich räuspere mich. »... zu Mr Birmingham.« Dann zeige ich in sein leeres Büro. »Wissen Sie, wann ich ihn antreffen kann?«

»Vermutlich erst morgen früh.« Sie lächelt mich an. »Der Flug von Mr Birmingham landet erst in wenigen Stunden, und ich gehe nicht davon aus, dass er heute noch ins Büro kommen wird. Soll ich morgen einen Termin für Sie einplanen?«

Auf ihre Frage kann ich nicht eingehen. »Flug? Er ist geschäftlich unterwegs?«

»Mr Birmingham hat sich Urlaub genommen.«

Ich schaue auf meine Tüte. »Oh.«

Kapitel 31

»Gott, nein, nein, nein.«

Im Eiltempo beende ich das Musikvideo, um nicht länger den schiefen Tönen der Bewerberin zu lauschen. Manchmal frage ich mich, wie Menschen ein derartiges Selbstbewusstsein besitzen, sich mit solch einer Stimme bei einem Plattenlabel zu bewerben. Die zwei Huskys, die unter mir leben und tagtäglich aus vollem Halse grölen, haben mehr musikalisches Feingefühl.

Ich öffne ein von mir vorgefertigtes Dokument, in dem ich nur noch die Daten der Bewerberin ergänze und es dann wenige Augenblicke später ausdrucke, unterzeichne und in einen Briefumschlag stecke. Es sind übliche Floskeln, indem ich ihr entschuldigend mitteile, dass ich ihr keinen Plattenvertrag anbieten kann.

Mein Telefon klingelt, sodass ich einen Blick aufs Display werfe, und mein Herz verkrampft sich: Zachary ruft mich an. In den letzten drei Tagen hatten wir nicht die Chance, über den Kuss – oder das Berühren unserer Lippen – zu sprechen. Wenn uns Louie nicht mit seinem Würgen unterbrochen hätte, hätte ich den Kuss bereut, denn ich hätte nicht aufhören können. Mein Herz wollte – will eigentlich noch immer –, dass wir wieder da ansetzen, wo unsere Beziehung damals gescheitert ist.

Im Augenblick kann ich mich aber nicht auf ihn einlassen, denn ich belüge Zachary und enthalte ihm vor, dass sein Bruder sein Leben zerstören will oder wollte – je nachdem, ob Isaac die Wahrheit sagt. Zwar habe ich vor einer Woche die Vereinbarung mit ihm getroffen, Zachary in seinen Racheplänen außen vor zu lassen, doch ich kann nicht mit Gewissheit sagen, ob sich Isaac an seinen Teil der Abmachung halten wird. Wahrscheinlich werde ich mir dessen nie sicher sein können, denn auch wenn sich der alte Isaac vereinzelt an die Oberfläche kämpft und sich mir offenbart, hat Isaac sich unleugbar verändert. Ich kann ihm nach allem, was vorgefallen ist, nicht mehr vertrauen.

Aus diesem Grund muss ich sicherstellen, dass Isaac seine Rachegedanken seinem Bruder gegenüber aus *freien Stücken* fallen lässt. Und das wird nur funktionieren, wenn ich es schaffe, die zerstrittenen Brüder wieder zu vereinen.

»Hi. Bist du gerade gelandet?«, frage ich, nachdem ich den Anruf angenommen habe. In einer Nachricht hat mir Zachary gestern Abend noch mitgeteilt, dass er heute Mittag am JFK ankommen wird. Irgendwie habe ich mich darüber gefreut, aber irgendwie auch nicht – ich zweifle meine Selbstkontrolle ihm gegenüber an.

»Ich warte gerade auf ein Taxi.« Das Herz in meiner Brust schlägt schneller – nur, weil ich seine Stimme höre. »Und dann geht's erst mal ins Hotel, ich muss dringend Schlaf nachholen – hinter mir saßen zwei schreiende Kinder.« Ich höre ihn seufzen. »Das Kind hinter mir hat ununterbrochen gegen meinen Sitz getreten.«

»Klingt nach einem *angenehmen* Flug.«

Zachary schnaubt. »Kann man so sagen.«

»Und, warst du in Seoul erfolgreich?«

»Nach viel Überzeugungsarbeit, ja.«

»Was genau ist denn passiert?«, erkundige ich mich.

»Ich habe Ahn Minho Jungkook, den CEO von Dream Bigger Records, getroffen. Ein Label, das in den letzten Jahren etliche K-Pop-Bands zum Erfolg gebracht hat«, beginnt er. »Der weltweite Erfolg ist noch ausbaufähig, nicht schlecht, aber kommt nicht an YG Entertainment und Big Hit Entertainment heran. Sie sehen sich zurzeit nach einem neuen Plattenlabel um, das für die westliche Vermarktung zuständig sein soll«, teilt er mir mit, und ich habe einen Verdacht, warum Zachary in Südkorea war. »Minho ist ein alter Bekannter der Familie, sodass ich ihn überzeugen konnte, sein Vertrauen in Birmingham Records zu legen und mit uns einen Vertrag einzugehen.«

»Aber dann ist etwas schiefgelaufen?«, schlussfolgere ich.

»Kann man so sagen«, brummt Zachary bestätigend. »Ihm sind Gerüchte – besser gesagt Lügen – zugetragen worden, dass ich sexuelle Missbrauchsvorwürfe unter den Teppich gekehrt hatte, um einige meiner Top-Manager zu beschützen.«

»*Bitte was?*«

»So habe auch ich reagiert, als ich das hörte.« Das sind bloß Gerüchte, dafür würde ich nicht nur meine Hand ins Feuer halten – sondern meinen ganzen Körper. Zachary würde so etwas niemals verheimlichen. »Minho nimmt solche Anschuldigungen ernst, sodass er darüber nachdachte, den Vertrag einem Label in Los Angeles anzubieten.«

»Aber du konntest seine Meinung ändern?«

»Nach zwei langen, anstrengenden Tagen, ja.«

»Und wie genau hast du es angestellt?«, will ich wissen.

»Warum erzähle ich dir das nicht morgen nach der Arbeit?«, schlägt Zachary vor. »Ich habe einen Termin in einem Nachtclub, um diesen für die Feier zu mieten, für die du mehr oder weniger verantwortlich bist, und ich hätte dich gerne dabei.« Stimmt, die Party. »Danach könnten wir vielleicht den Abend in meinem Hotelzimmer verbringen?«

Mir ist bewusst, dass ich mit ihm Zeit verbringen muss, wenn ich ihn für die Idee erweichen will, sich seinem Bruder wieder anzunähern. Ich muss *beide* Fronten überzeugen, wenn mein Plan funktionieren soll. Allerdings befürchte ich, dass meine Zurückhaltung nicht standhält, wenn ich einen Abend mit ihm allein verbringe.

»Ich ... ähm.« Verdammt, wie soll ich ihm das erklären? Zachary wird mir nicht abkaufen, dass ich die Funken zwischen uns nicht gespürt habe. Dieses Feuerwerk konnte ich nicht ignorieren. »Ich ... ich wäre kein guter Zeitvertreib, da ich im Augenblick nicht ... nicht gut drauf bin«, lüge ich.

»Oh, warum?« Er klingt besorgt.

»Ich war heute Vormittag wieder bei Bailey – und sie hat mich erneut nicht als Eloise erkannt.« Es fühlt sich abartig an, dass ich diesen Weg einschlage, um den Abend – oder die Nacht – nicht mit ihm verbringen zu müssen, aber im Augenblick fällt mir nichts anderes ein. »Ich weiß, ich sagte, ich will nach vorne schauen, aber ... zweimal so kurz hintereinander hat mich mehr mitgenommen als gedacht.« Die Bedrücktheit, die in meiner Stimme mitschwingt, ist echt, denn damit hatte ich tatsächlich die ersten Male zu kämpfen – aber ich hab's bestmöglich überwunden. Der Vorfall hat mir aber gezeigt, wie schnell es mit einer Krankheit voranschreitet, dass die Zeit gegen uns spielt. »Ich möchte gerade keine Gesellschaft, auch morgen nicht.«

»Bist du wirklich sicher, dass du allein sein möchtest?«, hinterfragt Zachary. »Vielleicht tut dir eine Ablenkung gut? Wir müssen nicht …« Er bricht ab und räuspert sich. »Ich meine, wir können auch einen Film schauen und etwas zu essen bestellen.«

»Nein, ich … will wirklich nicht.«

»Kann ich dich irgendwie anders aufheitern?«

»Nein, ich denke nicht …«

»Und wenn ich verspreche, dass, wenn wir eine Partie Monopoly spielen, ich mit aller Macht versuche, nicht auf einen Bahnhof zu kommen – oder erst, wenn du diesen besitzt?«, will er mich überzeugen. »Wir könnten auch deine geliebten Waffle-Fries bestellen? Na, wie klingt das? Ich weiß doch, wie sehr du diese vergötterst.«

»Nein, tut mir leid, Zachary, und … ich muss nun auch los.«

Nachdem ich nach einer halbherzigen Verabschiedung aufgelegt habe, möchte ich am liebsten laut losschreien, weil ich nichts lieber will, als mich in seine Arme zu flüchten, um all das Schlechte in der Welt auszublenden, aber das geht nicht.

Kapitel 32

Die Sonnenstrahlen, die durch die dichte Wolkendecke zu meiner Dachterrasse durchbrechen, lassen Damiens schokoladenbraunes Haar leuchten. »Ich kann dieses komische Gefühl in meiner Bauchgegend nicht abschütteln«, sagt mein bester Freund, nachdem dieser vorbeigekommen ist und ich ihm die Geschichte, die mir Zachary gestern über das Plattenlabel in Südkorea erzählt hat, wiedergegeben habe.

»Kann dieses Gefühl von Blähungen stammen?«, necke ich ihn.

»Pass bloß auf, was du sagst!« Damien hält drohend einen Finger in die Luft, während er versucht, mich wütend anzusehen, doch seine zuckenden Mundwinkel verraten ihn. »Sonst lasse ich meine nervösen Blähungen in *deinem* Zimmer raus!«

»Als ob«, provoziere ich ihn.

»Worum willst du wetten?«, fordert er mich heraus.

»Lieber um nichts, deine Fürze riechen schlimmer als Louies.«

»Das ... das hast du nicht wirklich gesagt!«, beschwert sich Damien empört. Anstatt etwas zu kontern, steht er von der Sitzecke auf meiner Dachterrasse auf, läuft hinein, und befüllt an der Küchenspüle einen Becher mit Wasser. *O nein.* Instinktiv stehe auch ich auf und laufe in die Mitte meiner Terrasse – ich weiß genau, was mein bester Freund vorhat.

Damien betritt den Außenbereich und schaut mich provozierend an. »Schlimmer als Fat Louie?«, fragt er, kommt langsam auf mich zu.

»Nun, ja, ich – *ahhh*!«

Mein Satz endet in einem abrupten Aufschrei, da Damien auf mich zustürzt und mich nun im Schwitzkasten hält. Ich kann meinen Kopf leicht drehen, sodass ich erkenne, dass der Becher über meinem Kopf schwebt.

»Wenn ich du wäre, würde ich meine Antwort überdenken, außer …« Damien bricht ab, denn er kann ein Kichern nicht unterdrücken. »Außer, du willst, dass ich deine Haare und deine Klamotten für dich wasche?«

»Das tust du nicht –« Ein wenig Wasser tropft auf meine Stirn. »Halt!«, rufe ich. »Ich nehme es zurück!«, sage ich lachend, weil ich weiß, dass das nur eine haltlose Drohung ist. Mein bester Freund lehnt sich nach vorne, sodass ich sein Gesicht sehen kann, das so viel sagt wie: *Das reicht mir noch nicht.* Ein Seufzen meinerseits sorgt für ein siegessicheres Grinsen von ihm. »Herr und Meister Damien, ich flehe dich an, von mir abzulassen. Du darfst als Wiedergutmachung den Film für den nächsten Kinoabend aussuchen.«

»Hm«, macht Damien nachdenklich. »Ich akzeptiere deine Bedingung und …«

Als er einen Schritt zurückmacht, verliert er sein Gleichgewicht, und der Inhalt des Bechers kippt über meinem Kopf aus. Damien lässt mich mit weit geöffnetem Mund los. Aus den Augenwinkeln kann ich erkennen, wie etwas Dunkelgraues davonflitzt.

»Ich … ich wollte das wirklich nicht«, sagt Damien geschockt. »Louie … er kam aus dem Nichts, und ich bin über ihn gestolpert.« Blinzelnd wische ich mir das Wasser aus dem Gesicht.

»Louie!«, rufe ich dem Dicken hinterher.

Damien presst seine Lippen aufeinander, und er fasst sich über den Mund, doch ein Grunzen kann er nicht mehr zurückhalten. »Dein Kater … er hasst dich … wirklich!«, brüllt er vor Lachen.

Zuerst versuche ich, ernst zu bleiben, doch je lauter Damien kichert und belustigter grunzt, desto schwieriger wird es.

»Hör auf«, warne ich ihn, grinsend.

»Ich *kann* nicht!« Damien sinkt zu Boden und schlägt mit der Faust auf die Fliesen.

»Damien«, beginne ich, während ich mich ebenfalls auf den Boden setze. »Wir müssen aufhören!« Meine Hände halten meinen Bauch, weil es langsam wirklich wehtut.

Damien zieht sich am offenen Wandregal hoch, in dem sich Pflanzen befinden, rutscht allerdings durch einen weiteren Lachanfall aus, sodass er dadurch einige herunterreißt. »Verdammt!« Mehrere Blumentöpfe und jede Menge Erde verteilen sich auf dem Boden meiner Dachterrasse.

»Das ist das erste Mal, dass nicht Louie ein Chaos veranstaltet hat«, stelle ich schmunzelnd fest, bevor ich zum Schrank laufe, in dem sich ein Handfeger befindet.

Damien hebt einen Finger in die Luft. »Zu meiner Verteidigung: Dein Kater war *indirekt* schuld. Wenn er nicht heimlich um meine Beine geschlichen wäre, hätte ich nie mein Gleichgewicht verloren und folglich die Pflanzen nie heruntergerissen.«

Ich grinse. »Also doch wie immer Louie!«

»So gern ich über deinen Kater rede, können wir bitte noch über mein komisches Bauchgefühl sprechen?«, beginnt Damien, während er die Blumentöpfe wieder ins Regal stellt. »Kommt dir das nicht alles seltsam vor?«, fragt er mich.

Ich zucke nur mit den Schultern und konzentriere mich darauf, die Erde zusammenzufegen. »Dieser … was auch immer sein Name war, ist ein alter Familienfreund, also kennt er vermutlich auch Isaac. Was denkst du, wer ihm diesen Floh ins Ohr gesetzt hat? Vor allem, da nicht viele wussten, was Zachary in Los Angeles plant. Es handelt sich um Insiderwissen, Wissen, das ein Stellvertreter hat.«

»Du meinst …« Ich halte beim Fegen inne.

»Isaac steckt dahinter«, beendet er meinen Gedanken.

»Die Koreaner haben darüber nachgedacht, den Vertrag einem Label in Los Angeles anzubieten.« Damien schüttelt seinen Kopf. »Wo will Isaac nach seinem Plan noch mal einsteigen?«, erinnert er mich und ich muss schlucken.

»Bei Golden State Records, das sich in L. A. befindet.«

Für einen Augenblick würde ich mir am liebsten gegen die Stirn klatschen, denn wie konnte ich diesen Zusammenhang übersehen? Wie konnte ich das schlechte Gefühl, das Damien plagt, einfach übergehen? *Ich hätte es wissen müssen.*

»Der kann sich etwas anhören!«, brumme ich wütend – auf ihn und auch auf mich – und hole mein Telefon hervor, um Isaac unverzüglich anzurufen.

»Lautsprecher an!«, fordert Damien.

Nachdem ich die Nummer gewählt habe, komme ich der Bitte von Damien nach. »Juliet! Hi!«, grüßt Isaac nach dem ersten Klingeln. »Schön, von dir zu hören!« Isaacs Stimme klingt freundlich, als wäre kein böses Blut zwischen uns.

»Wie lange?«, frage ich, während ich versuche, meine aufgebrachte Stimme unter Kontrolle zu halten. »Wie lange hast du gewartet, nachdem du das Pflegeheim verlassen hast, um deine Intrige weiterzuspinnen? Obwohl dein Bruder einen Schritt auf dich *zugegangen* ist, dich für deine Hilfsbereitschaft gelobt hat? Obwohl du mir *versprochen* hast, nichts gegen ihn zu unternehmen?«, will ich wissen. »Eine Stunde? Direkt auf deinem Weg nach draußen?« Isaac will etwas erwidern, doch ich schneide ihm das Wort ab. »Weißt du, weil du im Urlaub warst – Südkorea, nehme ich an, was? –, habe ich mich noch nicht bei dir gemeldet. Eigentlich wollte ich dir gegenübertreten, wenn ich mich für deine Hilfe mit Bailey bedanke. Ich wollte dir sagen, dass ich wieder den Mann in dir gesehen habe, den ich damals gernhatte, den ich stolz meinen Freund nannte – aber ich lag falsch.«

»Ich ... ich war in Seoul, aber nicht ...«

»Nicht, um deinen Bruder zu sabotieren? *Genau.*«

»Ich wollte Zachary helfen!«, sagt er stattdessen.

»Bitte?« Damien schaut mich überrascht an.

»Ich habe Minho diese Informationen anonym zugespielt, ja, aber Tage bevor wir eine Abmachung eingegangen sind!« Damit bewahrheitet sich unsere Befürchtung, dass dieser dafür verantwortlich ist. »Ich ... habe mich schlecht gefühlt, weshalb ich am Sonntag hinterhergereist bin, um Minho zu erklären, dass die Informationen von einem Neider stammen.« Isaac hält kurz inne. »Aber Zachary hat mich wieder weggeschickt.«

Mein bester Freund schnaubt laut. »Hätte ich auch gemacht«, sagt Damien leise.

Ich stoße meinem Freund meinen Ellenbogen in die Rippen, als Erinnerung, dass er sich ruhig verhalten soll. Er formt stumm *Entschuldigung* mit seinen Lippen.

»Wie konntest du nur solche Gerüchte in die Welt setzen?«

»Ich musste um jede Macht verhindern, dass das Projekt in Los Angeles gelingt, denn ... ich wollte mich dafür rächen, dass Zachary mir ein Messer in den Rücken gerammt hat. Ich bin vielleicht zu weit gegangen, aber ...«

Ich unterbreche ihn. »Er hat dir ... was?«, frage ich irritiert.

»Die Expansion nach Los Angeles und die Lizenzgeschäfte mit Korea ... das habe ich zusammen mit unserem Vater ausgearbeitet, aber es wurde aufgrund von fehlendem Kapital auf Eis gelegt«, eröffnet er mir, was mich überrascht, da Zachary das nicht erwähnt hat. »Als Zachary das Projekt übernahm, hat er mich zunächst ins Boot geholt, damit ich alle Schritte mit ihm zusammen durchgehe. Und danach wurde ich *schon wieder* aus meinem eigenen Projekt gekickt.«

Ein weiterer Grund, der dafür sorgte, dass sich Isaac gegen seinen Bruder stellte.

»Warum sollte er das tun?«, frage ich.

»Weil Zachary mir keinen Erfolg gönnt.« Ich höre Isaac schnauben, und bevor ich reagieren kann, fährt der Stellvertreter fort. »Weißt du, ich habe sogar kurzzeitig darüber nachgedacht, meine Rachepläne hinter mir zu lassen.« Mein Herz schlägt bei seinen Worten schneller. »Aber als Zachary bei Minho meine Hilfe ablehnte, merkte ich erneut, was er wirklich von mir hält.« Bevor ich versuchen kann zu schlichten, fährt Isaac fort. »Ich halte mich weiterhin an unseren Deal, Juliet – *für dich.*« Kann ich ihm glauben? Ich weiß es nicht. »Aber Zachary ist und bleibt für mich gestorben.«

»Isaac, bitte, denke noch mal darüber nach«, flehe ich ihn an.

»Du wirst meine Meinung nicht ändern, Juliet.«

»Isaac«, beginne ich erneut, während meine Stimme bricht und ich fühle, wie sich Tränenflüssigkeit in meinen Augen sammelt. Damien legt eine Hand auf meinen Arm, um mir Trost zu spenden. »Bitte, tu das nicht.« Ich kann ein Schniefen nicht unterdrücken. »Überlege es dir anders, dein Hass wird dich sonst zerfressen – das will ich nicht.« Das will ich wirklich nicht, aber der Gedanke, dass ich die beiden nie wieder zueinanderführen kann, erfüllt mich mit Verzweiflung, denn alles ... alles hängt genau *davon* ab.

Einen Augenblick bleibt Isaac still, sagt nichts, doch ich höre ihn deutlich schwerer atmen. »Weinst ...« Seine Stimme bricht ab, sodass wieder nur die Stille zwischen uns zu hören ist. »Du sollst nicht ... Du darfst nicht wegen mir ...« Auch diesen Satz kann Isaac nicht zu Ende bringen, als würde es ihm schwerfallen, die richtigen Worte zu finden. »Ich ... ich muss los«, sagt er schließlich und legt auf.

Damien blinzelt. »Ich weiß nicht, was ich davon halten soll.«

»Ich auch nicht«, kommt aus meinem Mund. Doch für den Moment muss ich nicht weiter darüber nachdenken,

Meine Smartwatch vibriert, als mich eine Nachricht von Saphire erreicht:

Hey, kannst du um halb acht beim Séduction sein?
Ich habe eine Überraschung für dich.
PS: Zieh dich schick an.

Kapitel 33

Nicht Saphire empfängt mich vor dem *Séduction.*

Es ist Zachary.

Der Waliser trägt einen eleganten, schwarzen Smoking, der wie angegossen an seinem Körper sitzt. Seine hellen, eisblauen Augen heben sich stark von seinem dunklen Outfit ab. Dieser Blick, mit dem mich seine Augen aufmerksam verfolgen und dann über mein eng anliegendes, silberfunkelndes Oberteil und meinen knappen Rock fährt, lässt mich meine Selbstkontrolle abermals anzweifeln.

Zachary küsst mich zur Begrüßung auf die Wange, bevor er meine Hand nimmt und mich einmal im Kreis dreht, um mich zu begutachten. »Du siehst atemberaubend aus.«

Ich merke, wie ich instinktiv einen Schritt auf ihn zumache – nur, um dann wieder zurückzuweichen.

»Du kannst dich auch sehen lassen«, antworte ich und spiele herunter, wie mein Körper auf ihn reagiert. Für mich ist Zachary die Kirsche auf dem Sahnetörtchen. *Eins, zwei, drei – lassen wir die Libido im Keller* – ermahne ich mich und konzentriere mich auf die Frage, die mich brennend interessiert. »Was machst du hier, Zachary?«

Zachary lächelt mich an. »Die letzten Tage habe ich darüber nachgedacht, wie ich dich aufheitern könnte, weil dich das mit Bailey so sehr mitnimmt«, beginnt er, und augenblicklich wird mein Herz schwer. »Heute Nachmittag habe ich die neuen Plattenverträge unterzeichnet, die mir die Rechtsabteilung zugeschickt hat – darunter war auch der von Saphire. Ich habe mich erinnert, dass du ihre Show gerne noch einmal sehen würdest.« Zachary holt einen Umschlag hervor. »Aus diesem Grund habe ich uns Tickets fürs Burlesque besorgt, ich will dir ein Lächeln aufs Gesicht zaubern.«

»Es ist unmöglich, dass du kein Lächeln bei mir hervorzauberst«, antworte ich ehrlich, bevor meine Hand instinktiv seine sucht. Ich kann mich seiner Anziehung nicht entziehen. »Ich danke dir von Herzen.«

Zachary beugt sich zu mir, um mir ein weiteres Mal einen Kuss auf die Wange zu geben, diesmal länger, während ich automatisch meine Augen schließe und mich gegen seine Brust lehne.

»Da Saphire involviert ist, gehe ich nicht davon aus, dass du diese Tickets vom Schwarzmarkt hast«, schlussfolgere ich, nachdem wir uns voneinander gelöst haben. »Wie genau hast du es angestellt? Die Show ist wochenlang ausgebucht.«

»Ich habe Saphire angerufen.«

Ich blinzle. »Das war's?«

Zachary lacht. »Ja, mehr nicht.«

Automatisch fasse ich mir gegen die Stirn. »Wieso habe ich nicht daran gedacht?«

»Dein Kopf hat schon immer alles kompliziert und schwerer gemacht, als es sein sollte.« Er tippt mir gegen die Stirn. »Aber, sei unbesorgt.« Zachary schmunzelt spitzbübisch. »Dafür hast du ja mich.«

»Wie konnte ich nur ohne dich überleben?«

Er grinst. »Tue es nicht – ohne mich wirst du deines Lebens nicht mehr froh!«

»Dann nenne mal einen ultimativen Tipp.«

»Zum Überleben?«, fragt er mich herausfordernd.

»Fangen wir mal mit zum Leben an«, sage ich zwinkernd.

»Happy Wife – Happy Life.«

»Hast du mir da etwas verschwiegen?«, will ich amüsiert wissen. »Ich wusste nicht, dass du eine Ehefrau hast.« Dieser Mann bringt mich noch um den Verstand – aber im positiven Sinne. »Soweit ich sehen kann, trägst du keinen Ehering.«

Zachary schmunzelt. »Nein, aber war das eine Bewerbung?«

»Das hättest du wohl gerne.«

»Und das wüsstest *du* wohl gern!«

»Nein«, sage ich grinsend. »Interessiert mich nicht.«

Blitzschnell stellt er sich neben mich, legt mir einen Arm um die Schultern. »Deine Bewerbung sollte ich nicht allzu ernst nehmen, denn wie könnte ich jemanden heiraten, der mir jedes Mal bei Monopoly vorwirft, zu betrügen?«, fragt er belustigt, weicht meiner Faust aus und hebt abwehrend seine Hände. »Okay, okay, ich spreche dieses hochexplosive Thema nicht mehr an«, versichert er mir und lacht – ein Singsang, eine wunderschöne Melodie in meinem Herzen. »Wollen wir rein?«

Er hält mir die Hand hin.

Ich lege meine Hand hinein.

»Liebend gerne.«

Nachdem Zachary die Karten vorgezeigt hat, werden wir in den Vorraum gelassen – und er kommt aus dem

Staunen nicht mehr heraus. Als ich zum ersten Mal das Theater betreten habe, erging es mir nicht anders. Die Wände bestehen aus wunderschönem weißem Marmor mit vergoldeten Elementen, und ein dunkelroter, samtiger Teppich wurde ausgerollt. Ein weiteres Highlight sind die Marmorsäulen, links und rechts vom Teppich. Sobald der vergoldete Torbogen in unserem Blickfeld erscheint, der einen in den Saal schauen lässt, bleibt Zachary stehen. Die atemberaubende Bühne würde man eher in einem Musical-Theater oder einer Oper erwarten – aber nicht beim Burlesque. Die Betreiber haben keine Kosten gescheut, um den Gästen ein einmaliges Spektakel zu bieten.

Das Besondere an diesem Theater ist, dass es keine Sitzreihen gibt, sondern ausschließlich Tische und die Verpflegung im Preis inklusive ist. Vor der Vorstellung kommen die Kellner vorbei, um die Bestellungen aufzunehmen. Die Vorspeise wird vor dem ersten Akt geliefert – denn ja, diese Burlesque-Show ist in Akte gegliedert. Der Hauptgang wird zwischen den beiden Akten serviert, und der Nachtisch bei einer kleinen Pause im zweiten Akt, während die Bühne umgebaut wird.

»Wo sitzen wir?«, frage ich Zachary.

Er zeigt nach oben in die erste Etage. »Dort.«

»In einer Loge?«, frage ich begeistert.

»Saphire ist dir anscheinend *sehr, sehr* dankbar, Juliet.«

»Wenn es nach mir geht, kann sie mir ihren Dank zeigen, indem sie Karriere macht und weltweit bekannt wird – mehr will ich nicht«, sage ich lachend, was überhaupt nicht viel verlangt ist. Wir nehmen eine Treppe in die erste Etage, die in den gleichen dunkelroten Akzenten gehalten ist. »Aber«, sage ich, als wir vor unserem Ziel ankommen, »zu einer Loge sage ich nicht Nein.«

Er schmunzelt. »Gegen Ersteres hätte auch ich nichts einzuwenden«, stimmt mir Zachary zu und öffnet die Tür, die einen halb offenen, dunkelroten Raum preisgibt, mit perfekter Sicht auf die Bühne. Der Tisch wurde quer vor das Geländer gestellt, sodass die Sicht durch das Essen nicht beeinträchtigt wird. »Allerdings weiß ich nicht, ob ich etwas mit Burlesque anfangen kann«, gibt er zu. »Man könnte sagen, dass ich eine Burlesque-Jungfrau bin, ich brauche jemand Erfahrenes an meiner Seite.«

Zachary klimpert mit seinen Wimpern.

»Willst du damit fragen, ob ich dich einweisen kann?«

»*Unterrichte mich*, Miss Bryant.«

»Ist es möglich, dass du einmal nicht pervers klingst?«, frage ich grinsend, obwohl ich die Antwort kenne. Das luxuriöse Theater verschwindet im Hintergrund, denn alles, woran ich denken will, ist, wie gut ich mich in seiner Gegenwart fühle, wie glücklich mich Zachary macht – ich vergesse alles um ihn herum.

Der Waliser schaut mich unschuldig an. »Willst du mir unterstellen, dass ich meinen Sätzen eine zweideutige Bedeutung hinzufüge?« Er schüttelt seinen Kopf.

Ich hebe entschuldigend meine Hände.

»Um mich mit deiner Ausbildung zu beschäftigen, Schüler Birmingham, muss ich zuerst herausfinden, wie dein Wissensstand ist.« Zacharys Augen strahlen voller Lebensfreude. »Was weißt du übers Burlesque?«

Er grinst. »Nur, dass man sich auszieht.«

»Aber *wie* zieht man sich aus?«

»Eine gute Frage.« Zachary lehnt sich näher an mich heran. »Ich bezweifle, dass sie sich die Sachen so vom Leib reißen, wie du es immer mit mir gemacht hast.«

Ich kann seinen Atem auf meiner Wange spüren. Mein Blick schweift zwischen seinen hypnotisierenden Augen und seinem verführerischen Mund hin und her. Mein Finger verhakt sich in seinem Ausschnitt, um ihn noch näher an mich heranzuziehen. Doch gerade, als sich unsere Lippen streifen, öffnet sich die Tür zur Loge, und wir weichen voneinander zurück.

Eine Kellnerin in einer schwarzen und dunkelroten Uniform läuft auf uns zu, lässt sich nicht anmerken, dass sie uns bei einem intimen Moment erwischt hat. »Willkommen im *Séduction*«, begrüßt sie uns höflich. »Die Show beginnt in Kürze, weshalb ich nun Ihre Bestellungen aufnehmen werde«, teilt sie uns mit, bevor sie auf unsere ungeöffneten Karten schaut. »Oh, ich kann auch später zurückkommen.«

Nachdem ich sie für das Entgegenkommen angelächelt habe, schüttle ich meinen Kopf. »Ich weiß, was ich bestellen möchte«, sage ich, weil ich bereits hier war. Zachary überfliegt derweil die Karte. »Als Vorspeise nehme ich Tortillas mit Salsa, als Hauptgang die Käsefritten mit Bacon, für die Nachspeise hätte ich gerne den Schokoladenkuchen mit einer Kugel Vanilleeis, und zu trinken …« Ich schlage schnell die Karte auf, denn ich werde definitiv keinen Alkohol ordern. Das wäre heute fatal. »Den Peach Virgin Punch, bitte.«

»Ist der Cocktail ohne Alkohol?«, fragt mich Zachary, woraufhin ich nicke. »Dann würde ich den auch nehmen und noch eine Flasche stilles Wasser, bitte. Könnte ich die Tomatensuppe als Vorspeise haben? Kalbsblanquette als Hauptspeise und den Schokoladenkuchen mit Eis auch für mich, bitte.« Das Gute an der Karte ist, dass wirklich *alles* vertreten ist: von elitärer Küche bis zu Fast Food.

»So, zurück zum Burlesque«, sage ich, nachdem die Kellnerin wieder gegangen ist. »Diese Form von Kunst ist dazu da, dich in andere Welten zu entführen. Natürlich ist Burlesque *nicht* unschuldig, eher wie ein angedeuteter Striptease. Die Künstlerinnen nutzen ihre Sexualität nur in kleinen Portionen, um sich machtvoll und unwiderstehlich, aber nicht billig oder käuflich zu fühlen«, teile ich ihm mein Wissen mit. »Willst du raten, was beim Burlesque als Höhepunkt angesehen wird?«

Zachary grinst. »Besser nicht.«

»Ach, komm schon!«

Er runzelt seine Stirn. »Ich werde das Gefühl nicht los, dass du mich in ein Fettnäpfchen treten lassen willst.« Dann seufzt er. »Wenn die Tänzerin entkleidet ist?«, mutmaßt er.

»Wenn die Frau den *Handschuh* auszieht.«

»Wirklich?«

»Ja, wirklich«, bestätige ich ihm.

»Wenn du dich in meiner Gegenwart auch nur eines Kleidungsstücks entledigen würdest, wäre das der Höhepunkt meines Tages.« Zachary schaut mich verschmitzt an, bevor er lauthals zu lachen anfängt. »Okay, das ist mir spontan eingefallen und ich konnte nicht widerstehen.«

Dass meine Mundwinkel zucken, kann ich leider nicht verhindern. Zachary hatte schon immer etwas Mitreißendes an sich.

»Und was wolltest du eigentlich sagen?«, will ich wissen.

Zachary ergreift meine Hand. »Das hier.«

»Hm?«

»Das ist der Höhepunkt meiner Woche.«

Meine Gefühle waren noch nie so zwiegespalten, denn es fühlt sich gleichzeitig richtig, aber auch falsch an. Einerseits will ich liebend gerne sagen, dass das Erlebnis mit Zachary bereits zum Höhepunkt für mich geworden ist, andererseits fürchte ich, dass ich ihn damit ermutige, dass wir *mehr* sein könnten. Ich will, dass aus ihm und mir ein Uns wird, doch dafür muss ich die Hindernisse erst mal überwinden.

Wenige Minuten später werden unsere Vorspeisen und Getränke gebracht, kurz bevor sich die Atmosphäre schlagartig verändert. Die Lichter werden in einem dunkelroten Farbton gedimmt, Stille herrscht augenblicklich über dem Saal – niemand verliert ein Wort. Und dann wird der Vorhang gelüftet. Obwohl ich die Vorstellung kenne, erfüllt mich der Anblick noch immer mit Euphorie. Das Bühnenbild ist eine Stadt, die vom Sonnenaufgang in einem orange-roten Farbton gehüllt ist.

»Willkommen im *Séduction*, einem Ort, der Ihre Sinne vernebeln wird. Wir freuen uns, Ihnen eine einmalige Show zu liefern, von der Sie selbst Ihren Kindern erzählen werden. Aus rechtlichen Gründen ist die Aufnahme der Show untersagt, weshalb ich Sie jetzt auffordere, Ihre Mobiltelefone auszuschalten.« Zachary und ich leisten dem Folge. »Die Show wird heute von *Bordeaux* eröffnet.«

Eine schwarzhaarige Schönheit betritt die Bühne, die ein hinreißendes dunkelrotes Korsagen-Kleid trägt, welches von tausend schwarzen Strasssteinchen besetzt ist. Zudem trägt sie schwarze Handschuhe, die bis zu ihren

Armbeugen reichen. Sobald sie *Some Kind Of Heaven* von *Hurts* anstimmt, erscheinen fünf Tänzerinnen im Hintergrund, alle in einheitlich schwarze Korsagen gehüllt, die wiederum mit roten Steinchen besetzt sind.

Die Mischung aus dramatischem Gesang und Tanz lässt mich direkt in die atemberaubende Erfahrung eintauchen und mitsummen.

***

»Wow ... ich weiß nicht, was ich sagen soll«, bemerkt Zachary, als der Vorhang nach dem ersten Akt fällt.

Der erste Akt war großartig, keine Frage, doch Saphire stößt erst im zweiten hinzu. Danach wird er nicht mehr wissen, wo vorne und hinten ist. So erging es mir.

»Was passiert jetzt?«, fragt Zachary verwundert, als er sieht, dass die Lichter plötzlich dunkelblau erstrahlen. »Wieso sind die Lichter nicht mehr rot? Und wieso tragen die Kellner plötzlich ein anderes Outfit?«, fragt er irritiert, aber auch aufgeregt.

Ich halte einen Flyer hoch. »Hast du dir das Thema der Show nicht durchgelesen?«, frage ich ihn und lese vor, ohne auf eine Antwort zu warten: »Lassen Sie sich in die Welten von *Fire & Ice* entführen. Eine Hitze, die Sie bei lebendigem Leib verbrennen wird und eine Kälte, die Ihr Blut gefrieren lässt. Der zweite Teil ist mein Favorit.«

»Ich kann es kaum erwarten.«

Unsere Hauptgänge werden kurz vor dem Ende der Pause serviert und ich genieße gerade eine warme, mit Käse überzogene Pommes, als der Gong ertönt und der Vorhang fällt. Eine sternenerfüllte Nacht im tiefsten verschneiten Norden zeigt sich uns, während Polarlichter über den Köpfen der Gäste projiziert werden. Die

Kostüme der Sängerinnen und Tänzerinnen halten sich perfekt ans Thema: unendlich viele Blau-, Grau-, Silber- und Weißtöne, um die Kälte darzustellen.

Die Stimme des Moderators meldet sich wieder – und ich weiß, wen er ankündigen wird. »Meine Damen und Herren, den zweiten Akt wird unsere atemberaubende und einzigartige Saphire eröffnen. Wir wünschen Ihnen weiterhin eine angenehme Show.«

Kaum ist seine Ansage zu Ende, beginnen die wunderschönen Töne eines Klaviers den Saal zu erfüllen, während die Helligkeit und die Anzahl der Sterne erhöht wird. Kurz danach wird Saphire auf einer Schaukel von oben herabgelassen, und sie beginnt mit *Never Enough* von *Loren Allred*. Sie trägt eine knappe Korsage, die aus unzähligen Diamanten, Onyxen und Saphiren besteht. Um ihre Hüfte ist eine schwarze durchscheinende Schleppe befestigt, die das Outfit perfekt macht. Sobald der Refrain beginnt, fallen Schneeflocken, weshalb man einige erstaunte Aufrufe aus dem Publikum hört. Doch nicht nur Flocken sind hinzugekommen, auch vier Tänzerinnen, die das Bühnenbild perfekt machen.

»All the shine of a thousand spotlights. All the stars we steal from the night sky. Will never be enough. Never be enough.«

Zachary klebt an ihren Lippen, lehnt sich ein bisschen nach vorne, als würde er dadurch der Bühne noch näher kommen. Als Saphire wieder zum Refrain kommt, treffen sich unsere Blicke – Zachary lächelt mich glücklich an. Seine Hand legt sich sanft auf meinen Oberschenkel, meine lege ich darüber, und unsere Finger verschränken sich.

Dieser Tag soll *niemals* enden.

Kapitel 34

Das *Séduction* befindet sich unweit der Promenade an der Brooklyn-Bridge, sodass wir nach der Vorstellung eine Runde spazieren gehen. Obwohl kein einziger Stern am Himmel zu erkennen ist, funkelt und strahlt alles um uns herum. Nur wenige Hundert Meter entfernt von uns befindet sich das historische Karussell *Jane's Carousel*, direkt unter der bekannten Brücke am East River. Die Wolkenkratzer, die man an der Skyline gegenüber erkennen kann, runden das Gesamtbild ab.

Obwohl es spät ist und auf Mitternacht zugeht, herrscht reges Treiben.

»Ich würde gerne mit dir über etwas reden«, sage ich.

»Worüber?«, erkundigt sich Zachary.

Jetzt oder nie. »Isaac.«

Er bleibt unverzüglich stehen, sodass ich mich zu ihm umdrehe. Zacharys unbeschwerter Gesichtsausdruck ist verschwunden.

»Juliet, ich verstehe, warum dir das nicht gleichgültig ist, aber ich möchte nicht über ihn sprechen.«

Mein Leben würde sich um einiges vereinfachen, wenn die beiden wieder zueinanderfinden, allerdings kann ich ihn zu nichts zwingen – das wäre kontraproduktiv.

»Und ich kann nachvollziehen, warum du dich nicht mehr mit Isaac beschäftigen willst«, erkläre ich. »Aber, wenn du nicht willst, respektiere ich deine Entscheidung selbstverständlich.«

Zachary schweigt einen Moment, während er sich von innen auf die Wange beißt, wahrscheinlich, um über meine Worte nachzudenken. Schlussendlich höre ich ihn seufzen, bevor er zu einer Parkbank zeigt, sodass wir hinüberlaufen und uns hinsetzen.

»In Ordnung«, lenkt er ein. »Worüber möchtest du sprechen?«

»Das Pilotprojekt in Los Angeles.«

Er blinzelt verwirrt. »Warum darüber?«

»Isaac hat mir erzählt, dass du ihm nicht das Projekt übertragen hast, obwohl er es auf die Beine gestellt hat. Stimmt das?«, frage ich vorsichtig nach. Ich möchte ihm nichts unterstellen.

Zachary seufzt. »Das ist die Wahrheit.«

»Aber nicht, weil du es ihm nicht gönnst, oder?«

Er schaut mich überrascht an, bevor er seinen Kopf schüttelt. »Nein, wie kommst du darauf? Isaac glaubt das?«, erkundigt er sich, woraufhin ich nicke. »Ich habe es nicht deswegen getan.«

»Und warum dann?«, möchte ich wissen.

»Ich ... ich hatte meine Gründe, okay?«

Irritiert schaue ich ihn an. »Ja, und die wären?«

»Warum hakst du so verbohrt nach?« Zachary klingt mit einem Mal frustriert. »Vertraust du mir plötzlich nicht mehr?« Er wendet seinen Blick ab, sodass ich instinktiv spüre, dass er mir etwas verheimlicht. Meine Finger fahren zu seinem Gesicht, um es wieder zu mir zu drehen. Seine Augen sind leicht zusammengepresst, während seine Kiefermuskeln zucken.

»Wie soll ich dir glauben, wenn du mich mit Phrasen abspeist?«, frage ich ihn ernst. »Du gibst mir keine richtigen Antworten.« Er will sein Gesicht wieder abwenden, doch mein Griff verstärkt sich. »Ich kenne dich, Zachary, du sagst mir nicht die ganze Wahrheit.«

Für einen Augenblick presst er seine Lippen aufeinander, bevor ein frustriertes Stöhnen seinen Mund verlässt. »Weil ich es nicht konnte, okay? Nachdem unser Vater mich als Nachfolger ernannt hat, strafte mich Isaac mit Schweigen und passiver Aggressivität – bis ich ihn um Rat fragte.« Zachary hat also selbst versucht, die Kluft zu überbrücken. »Tatsächlich hat unsere Zusammenarbeit entgegen meiner Erwartung funktioniert, es waren zwar nur zwei Wochen, in denen wir *wirklich* als Team agiert haben, aber wenn ich ihn zum Leiter des Pilotprojekts ernannt hätte, das in Los Angeles seinen Sitz hat …«

»Du wolltest das, was ihr hattet, nicht verlieren«, schlussfolgere ich. »Aus diesem Grund wolltest du nicht, dass Isaac nach L. A. zieht.« Zachary bejaht. »Aber wie konnte es dann wieder eskalieren?«, frage ich. Als ich die beiden Brüder wiedertraf, war die Kluft zwischen ihnen größer als jemals zuvor. »Wieso hast du ihm das nicht gesagt?«

Bei der Erinnerung schüttelt Zachary zunächst seinen Kopf, dann schließt er seine Augen.

»Isaac ist ausgerastet«, teilt er mir mit. »Ich habe versucht, ihm meine Beweggründe zu erläutern, doch er wollte mir nicht zuhören. Er schrie, schmetterte Sachen von meinem Schreibtisch gegen die Glaswände.« Das überrascht mich, denn ich habe Isaac noch nie gewalttätig erlebt. »Erinnerst du dich an das bestickte Taschentuch, das du als Geschenk nach Wales mitnehmen wolltest?«

»Wie könnte ich das vergessen, Zachary?«

Ich wollte es nicht wegwerfen, behalten konnte ich es allerdings auch nicht, weshalb ich es ihm bei unserer Trennung überreicht habe.

»Es wird dich vielleicht überraschen, aber ich habe es damals rahmen lassen und in meinem Büro in Cardiff aufgehangen«, eröffnet mir Zachary und kratzt sich am Hinterkopf. »Diese Erinnerung war wie ein Versprechen an mich selbst. Solange ich das Taschentuch habe, hatte ich den Funken Hoffnung, dass wir uns eines Tages, wenn der Zeitpunkt richtig ist, wiedersehen würden.«

Mein Herz schlägt schneller. »Oh, Zachary.« Das zeigt mir wieder, warum ich mich damals in ihn verliebt habe, und er mich im Sturm erobern konnte.

»Isaac *wusste*, wie viel mir dieses Taschentuch bedeutet«, fährt er fort, während ich den Schmerz in seiner Stimme heraushören kann. »In seiner rasenden Wut hat er den Bilderrahmen von der Wand gerissen, und bevor ich reagieren konnte, hielt er das Taschentuch unter die Flamme eines Feuerzeugs.« Daher stammt seine Feindlichkeit – von einem Schmerz, dem er seinem Bruder nicht verzeihen kann. »Und das i-Tüpfelchen?«, fragt er und lacht bitter auf. »Es war ein graviertes Feuerzeug, das *ich* ihm einst schenkte.«

»Das tut mir wirklich leid, Zachary«, sage ich aufrichtig. »Und ich will Isaac nicht in Schutz nehmen oder seine Taten entschuldigen, denn sie sind falsch, keine Frage, aber ich verstehe, warum er so ausgerastet ist.« Ich schaue ihn ernst an, möchte ihm zeigen, dass alles seine Gründe hat. »Er fühlte sich von dir verraten,

Zachary, und nach allem, was euer Vater ihm antat, brachte dies das Fass zum Überlaufen.«

Ich höre ihn seufzen. »Wenn er mir nun gegenübersteht ...« Zachary bricht einen Moment ab, bevor er sich fasst. »... dann sehe ich bloß, wie er das Taschentuch verbrennt.«

»Und das regt dich auf«, schlussfolgere ich.

»Du weißt nicht, *wie* sehr.«

Ich lege ihm eine Hand auf den Arm, und seine legt sich darüber.

»Zachary«, beginne ich, »du scheinst zu vergessen, dass du das Taschentuch, und das, wofür es stand, nicht mehr brauchst.« Er schaut mich verwundert an, als wüsste er nicht, worauf ich hinauswill. Ich tippe mit einem Finger gegen seine Brust. »Ich bin hier.«

»Ich weiß, aber ...«

»Es ist schwer, loszulassen?«, beende ich seinen Satz.

»Wenn ich ihm das vergebe, würde es sich so anfühlen, als wäre die Erinnerung ohne Bedeutung gewesen«, versucht Zachary mir sein Gefühlschaos zu erklären. »Es fühlt sich wie ein Verrat an.«

Diese Gedankengänge sollte er nicht haben. »Aber an wem, Zachary?«, frage ich. »An mir ... an *uns*?« Ein bloßes Kopfnicken verrät mir die Antwort. »Soll ich dir sagen, was es bedeutet, wenn du das hinter dir lässt? Nicht, dass du gutheißt, was passiert ist, nein, es zeigt, dass du bereit bist, in die Zukunft zu schauen, und keinen Groll hegst.«

Ich sage dies nicht, damit Isaac seinen Plan fallen lässt, ich mache es auch für Zachary, der nicht in der Vergangenheit gefangen bleiben soll. Ansonsten endet er eines Tages wie Isaac.

»Was erwartest du von mir?«, fragt Zachary. »Soll ich ihm das Projekt übertragen, um ihn milde zu stimmen?«

»Es wäre eine Möglichkeit.«

»Aber *soll* ich es tun?«

»Die Entscheidung kann ich dir nicht abnehmen.« Wenn ich ihm sage, dass er es machen soll, würde es Zachary nur für mich tun – nicht für sich selbst. »Du würdest ihm damit entgegenkommen und ihm die Hand reichen. Sorgt das dafür, dass ihr euch danach glückselig in die Arme fällt? Ich denke nicht. Aber vielleicht schwächen sich die Rivalität und die tiefe Abneigung zwischen euch dadurch ab«, sage ich. »An deiner Stelle würde ich es tun, aber ich verstehe auch, wenn du dies nicht machen willst.«

»Ich ... werde darüber nachdenken.«

»Das solltest du.«

Zachary nimmt meine Hand von seinem Arm, legt seine hinein, sodass sich unsere Finger verschränken. »Ich danke dir, Juliet.« Er hebt unsere vereinten Hände an seine Lippen, küsst meinen Handrücken und atmet tief ein.

»Für einen Ratschlag?«, frage ich, bevor er sich hinunterbeugt und seine Lippen auf meine Stirn legt, um diese sanft zu küssen. Während er sich leicht zurückzieht, spielt seine freie Hand mit einer meiner Strähnen.

»Nein, dafür, dass du *niemals* aufgibst.«

Laute Musik erhascht plötzlich unsere Aufmerksamkeit.

»Das kommt von da drüben, oder?«, frage ich und zeige in die Richtung. Ich kneife meine Augen zusammen, um in der Dunkelheit etwas zu erkennen, als Licht aus dem Nichts aufflackert. Es scheinen Laternen zu sein, die in den Sand gesteckt wurden. Durch die Helligkeit sind nun die Felsen und der Wellengang zu erkennen. »Scheint vom Pebble Beach zu kommen.«

»Wollen wir nachsehen, was dort los ist?«

»Gerne.« Wir passieren das historische Karussell, als die Musik klarer wird. *»One shaft of light that shows the way. No mortal man can win this day. It's a kind of magic.«* Anstatt Freddie Mercury höre ich vielfältige Stimmen, anscheinend hat sich eine Gruppe Menschen getroffen, um zu dieser Zeit zusammen zu singen. Um die zwanzig Personen haben sich versammelt. Einige sitzen auf den Stufen, andere tanzen und lachen am Strand.

Als wir die Menge erreicht haben, schaut Zachary sich mit einem Lächeln im Gesicht um, bevor er mit mir zum Strand läuft. Er hält unsere verschränkten Hände hoch. »Darf ich bitten?«

Ich fühle die Musik in meinem Blut, mein Körper will sich bewegen.

»Liebend gerne, Zachary.«

Der Waliser legt seine freie Hand auf meinen unteren Rücken, bevor ich mich an ihn anlehne und wir uns zum Rhythmus des Songs bewegen.

»This flame that burns inside of me. I'm hearing secret harmonies. It's a kind of magic«, singt Zachary leise mit, sodass ich seine melodische Singstimme höre. Ganz ehrlich, wenn er es nicht als Geschäftsführer geschafft hätte, hätte aus Zachary ein Sänger werden können.

Plötzlich wirbelt mich Zachary herum, sodass ich lachend gegen seine Brust stoße. Seine blauen Augen, welche die Feuer der Fackeln spiegeln, betrachten mich aufmerksam und ich befürchte, dass Zachary in die unendlichen Weiten meiner Seele sehen kann und mich mit Haut und Haar verschlingt. Das Blut in meinen

Adern brodelt, als er sich langsam näherbeugt und kurz vor meinen Lippen haltmacht. Ich kann die Enttäuschung nicht verdrängen, die sich durch meinen Körper schleicht. Kleine Nadelstiche auf meiner Haut, die nach *mehr* schreien, mehr Nähe, mehr Intimität.

Ich habe mir geschworen, dass zwischen uns nichts passiert, solange ich ihm die Wahrheit vorenthalte, dennoch kann ich das Verlangen nicht abschalten, die letzten Millimeter zu überbrücken – auch, wenn es vielleicht falsch ist.

Zacharys Hand, die auf meinem Rücken lag, wandert zu meiner Hüfte. Dass der Stoff des Shirts dabei hochrutscht, macht es nicht unbedingt einfacher. »Wo wurden wir letztens unterbrochen?«, flüstert mir Zachary ins Ohr, bevor er sanft daran knabbert.

Alles in mir zieht sich zusammen.

Ich *brauche* ihn.

»Genau hierbei.«

Zachary legt die Hand an meine Wange, die zuvor mit meinen Fingern verschränkt war, während wir uns zum Rhythmus von *Spectrum* von Florence and The Machine und Calvin Harris bewegen. Langsam und behutsam senkt Zachary seine Lippen auf meine, sodass ich automatisch die Augen schließe, während gefühlt tausende Schmetterlinge in meinem Magen herumflattern, und oh, habe ich das Kribbeln in dieser Gegend vermisst – wie habe ich *ihn* vermisst.

Ich will nicht, dass dieser Augenblick endet, am liebsten würde ich die Zeit anhalten, um ihn für immer zu küssen.

Ich öffne meine Lippen für ihn, seine Zunge dringt in meinen Mund ein und wir vertiefen unseren Kuss, während wir die tanzenden, singenden und feiernden Menschen um uns herum ausblenden – denn es zählen nur noch *wir beide.* Als ich anfange, mit meinen Händen über seinen Oberkörper zu fahren, verstärkt sich sein Griff an meiner Hüfte. Seine Lippen wandern zu meiner Wange, meinem Schlüsselbein und schlussendlich meinem Hals, welchen er mit unzähligen heißen Küssen bedeckt.

Zachary weiß genau, was das mit mir anstellt, weshalb ich mich in seinen Haaren festkralle und meinen Kopf nach hinten fallen lasse, um seine feurigen Berührungen und Küsse auf meiner Haut zu genießen.

Ich *verzehre* mich nach ihm.

Seine Hände wandern zu meinen Oberschenkeln, um mich im nächsten Moment hochzuheben, sodass ich meine Beine automatisch um ihn wickle. »Ich entführe dich mal schnell«, sagt er lachend, während er sich mit mir in seinen Armen einen Weg durch die Menge bahnt, um mit mir ins Wäldchen zu verschwinden, was den angrenzenden Spielplatz umgibt.

Kaum haben wir einen Platz gefunden, der uns Sichtschutz gibt, lässt mich Zachary herunter und drückt mich gegen einen Baumstamm. Es ist stockduster, doch ausreichend, um seine Umrisse auszumachen. Ein Stöhnen entweicht meinen Mund, als sich Zachary erneut meinem Hals – *meiner empfindlichsten Stelle* – widmet. Nichts bringt mich schneller in Stimmung, als wenn man mich knapp unter den Ohren küsst.

Mein himmlischer Verführer wendet dieses Wissen an, um dafür zu sorgen, dass ich ein Kribbeln zwischen meinen Beinen verspüre. Zachary lehnt sich ein wenig zurück, sodass ich enttäuscht seufze, bis seine Hände ihren Weg zu meinem Oberkörper finden. Sie umfassen meine Brüste, bevor er meine Nippel mit gekonnten Berührungen zuckersüß quält. Ich verliere sämtliche Beherrschung, als sein Kopf südlich wandert, mein kurzes Oberteil anhebt und er feuchte, warme Küsse auf meinem Dekolleté verteilt.

Ich kralle mich in seinen Anzug, als meine Brust aus dem BH springt. Ich kann ein lautes Aufstöhnen nicht verhindern, als Zachary seine Zunge auf meine Nippel loslässt. Um das Ziehen zwischen meinen Beinen loszuwerden, schiebe ich seine Hand genau dorthin, wo ich sie im Augenblick brauche. *O ja, genau dort.* Während seine Zunge noch immer mit meinen Brüsten beschäftigt ist, umkreisen seine Finger meine Klitoris. Und ich danke mir selbst, dass ich einen kurzen Rock angezogen habe.

»Oh, bitte, hör nicht auf«, bitte ich, als sich ein Kribbeln auf meinem ganzen Körper ausbreitet – und doch tut er genau *das.*

Ich komme nicht dazu, eine Frage zu stellen, da Zachary mit dem Kopf unter meinem Rock verschwindet.

Kaum spüre ich seine Zunge auf meiner Klitoris, muss ich mich gegen den Baumstamm pressen, um nicht den Halt zu verlieren. Ich habe vergessen, wie sich *das* anfühlt – mein Körper steht in Flammen. Als sein Finger gleichzeitig in mich eindringt, spüre ich, dass es nicht mehr viel braucht, um mich wortwörtlich explodieren zu lassen. Das Ziehen in meinem Unterleib verstärkt sich, allein die lauwarme Abendluft sorgt dafür, dass ich nicht verglühe. Und dann verspüre ich ein vertrautes Zucken zwischen meinen Beinen, sodass ich erleichtert seufzen muss und nur noch Glückseligkeit empfinde.

Zachary kommt unter meinem Rock hervor, bevor er wieder an meinem Ohr knabbert. »Und nun will ich dich in meinem Bett.«

Oh Gott – ich bin verloren.

Kapitel 35

Während das warme Wasser der Dusche auf mich herabprasselt, herrscht in mir ein Gefühlschaos. Letzte Nacht hat sich gleichzeitig richtig, aber auch falsch angefühlt. Einerseits war es die schönste Verabredung, die ich seit langer Zeit hatte – nicht, dass ich seit unserer Trennung auf irgendein Date gegangen bin – andererseits fühlt es sich an, als würde ich einen schweren Fehler machen. Selbst, wenn ich versuche, Zachary zu beschützen, hintergehe ich ihn noch immer. Was aber würde passieren, wenn ich ihm alles anvertraue? Was würde Isaac dann tun?

Gleichzeitig weiß ich auch, dass es zu spät ist, um mich von Zachary fernzuhalten und die Grenze, die ich mir gesetzt habe, nicht zu überschreiten – das tat ich bereits letzte Nacht, immer und immer wieder. Gerne würde ich sagen, dass ich es bereue, aber das wäre gelogen. Seit einer Ewigkeit habe ich mich nicht mehr so befreit gefühlt, obwohl ich gleichzeitig wegen Isaac in einem Käfig gefangen bin.

Stöhnend lehne ich meinen Kopf gegen die Fliesen der Dusche, die sich angenehm warm auf meiner Haut anfühlen. Zachary kennt mich zu gut, er wird mich durchschauen, dass ich ihm etwas verschweige, und nachforschen, bis ich ihm die Wahrheit gesagt habe – und somit bleibt mir nur eine Möglichkeit, mich aus dieser Bredouille zu befreien. Ich *muss* die Fehde zwischen den Brüdern beenden.

Plötzlich presst sich ein Körper von hinten an mich, sodass ich erschrocken zusammenzucke. Als mich Zacharys starke Arme umfassen, entspanne ich augenblicklich. Mein Magen zieht sich zusammen, während seine Hände über meinen Bauch streicheln und mein Kopf sich automatisch gegen ihn lehnt. Zachary drängt mich ein Stückchen weiter in die Mitte der Dusche, bevor seine Finger nach unten wandern und er meine Beine spreizt.

»Ich habe letztens etwas entdeckt, was dir gefallen könnte, Juliet«, raunt mir Zachary ins Ohr, allerdings verlassen seine Finger meine Mitte, um an den Knöpfen der Armatur zu spielen. Ich will gerade fragen, was er da macht, als mich ein Wasserstrahl von unten an meiner Mitte erwischt.

»*Heilige Scheiße*«, stöhne ich.

Zachary hält mich weiterhin fest umschlungen, während der Wasserdruck von Sekunde zu Sekunde zunimmt und mich damit um den Verstand bringt. Seine freie Hand wandert über meinen Körper, und ich presse mich fester gegen ihn, während ich seine Erektion an meinem Gesäß spüren kann. *Grundgütiger …*

Der Wasserstrahl nimmt nun eine Intensität an, die mich laut und unkontrolliert aufstöhnen lässt, während Zachary sich an mir reibt, meine Brüste umfasst und meine Nippel zwirbelt. Der Druck zwischen meinen Beinen und das Kribbeln, das sich in mir ausbreitet, lässt mich eine Hand ausfahren, um mich zusätzlich an den Kacheln zu stützen. Ich unterdrücke das Bedürfnis, meine Beine zu schließen, weil ich den Druck nicht mehr aushalten kann – ich drehe durch, wenn ich nicht gleich komme.

Zacharys eine Hand nimmt sich meiner Klitoris an, die bis eben noch von dem Strahl *sinnlich gefoltert* wurde. Mein Kopf fällt nach vorn, weil er genau die richtige Intensität ausübt, um einen Schauer durch meinen Körper zu schicken. Es fehlt nicht mehr viel, um mich an meine Grenzen zu bringen. Zachary zieht an meinen Nippeln, ein süßer Schmerz lässt mich stöhnen, bevor er das Tempo an meiner Klitoris erhöht – und mich die Schwelle übertreten lässt. Mein Körper streckt sich, das Kribbeln erlebt seinen Höhepunkt, als die Wellen eines Orgasmus mich mit sich reißen.

Zachary hebt meinen Kopf an, sodass er mich innig und leidenschaftlich küssen kann, während sich mein Körper entspannt. Seine Finger liebkosen weiter meine Brüste, der Wasserstrahl wird gedrosselt. Ich drehe mich zu Zachary um, schicke meine Finger auf Wanderschaft und nehme seinen Schaft in die Hand, um ihn zu streicheln. Seine Finger krallen sich in meine Hüfte, sodass ich sein Glied enger umfasse und ihn schneller beglücke.

Sein lautes Stöhnen ist Musik in meinen Ohren.

Zachary *ist* meine Melodie.

Urplötzlich hebt er mich an, sodass ich meine Beine um ihn schlinge, und läuft mit schnellen Schritten in sein Schlafzimmer. Zachary wirft mich ungeduldig auf sein Bett, bevor er sich über mir platziert. Seine Erektion befindet sich bereits am Eingang meiner Mitte. Sein Mund wandert zu meinen Brüsten, als ich aus dem Augenwinkel sehe, wie Zachary in seinem Nachttisch herumkramt.

Eilig streift er sich ein Kondom über, bevor er keine Sekunde später in mich eindringt. Unsere Lippen finden sich und Zachary bringt mich mit tiefen und schnellen Stößen um den Verstand, als er anfängt, nebenbei meine Klitoris zu streicheln. Er übt nur sanft Druck aus, da ich von dem Wasserstrahl bereits überreizt bin.

Zachary weiß *genau*, was er tut.

Je lauter Zachary stöhnt, desto erregter werde ich, denn es gibt im Augenblick nichts, dass mich mehr anmacht, als zu sehen, wie ich ihn zum Höhepunkt bringe. Ich ziehe Zachary mit einer Umarmung näher an mich heran, bevor der nächste Orgasmus über mich hinwegrollt. Keine Sekunde später spüre ich sein Glied in mir zucken und vibrieren, sodass ich weiß, dass Zachary gekommen ist.

»Willst du nicht noch ein wenig länger hier wohnen?«, frage ich mit einem breiten Grinsen, nachdem sich Zachary von mir heruntergerollt und mich anschließend in seine Arme gezogen hat. »Wie lange steht mir diese Dusche noch zur Verfügung?«

»Ich fürchte, nur noch bis nächsten Mittwoch.«

Ich schaue ihn interessiert an. »Dann ist das Apartment einzugsbereit?«

Zachary nickt und lächelt. »Ja, das wollte ich dir eigentlich gestern erzählen, aber irgendwie ist das untergegangen. Die Sachen, die ich bereits hier habe und die sich in einem Lagerhaus befinden, werden am Donnerstag von einem Umzugsunternehmen geliefert. Für den Rest beauftrage ich noch diese Woche eine Spedition.«

»Was hast du denn schon alles hier?«, erkundige ich mich.

»Unzählige Boxen mit Klamotten, Kleinkram, Erinnerungsstücke und ein paar Dekorationen«, beantwortet Zachary meine Frage. »In Wales befinden sich noch meine Funko-Pop-Figuren und zwei, drei Möbelstücke, die ich gerne in meinem Penthouse haben möchte.«

»Und was ist mit den restlichen Möbeln?«, frage ich.

»Die sind bereits im Preis inkludiert und gefallen mir auch.«

»Nimmst du dir dann Mittwoch und Donnerstag frei?«

Zachary schüttelt seinen Kopf. »Mittwoch checke ich aus dem Hotel aus und bringe meine zwei Koffer ins Penthouse«, sagt er und seufzt. »Donnerstag hätte ich mir gerne freigenommen, aber ich habe einige Meetings, die sich nicht verschieben lassen. Die Firma wird die Boxen ohne meine Anwesenheit transportieren, aber das sollte kein Problem sein, die sind beschriftet. Sicherheitshalber werde ich der Firma die Baupläne senden und einzeichnen, wie die Zimmer genutzt werden.« Seine Hand streicht über meinen Rücken, krault diesen, sodass ich Wachs in seinen Händen werde – ich werde nie wieder weggehen. Man müsste mich aus diesem Bett zerren, bevor ich seine warmen Arme verlasse.

»Wenn du willst, helfe ich dir abends beim Einräumen?«, schlage ich vor. »Zu zweit geht es bestimmt schneller.« Bisher hat mir Zachary auch immer seine Hilfe angeboten, stand mir bei, kümmerte sich um mich – damals und auch jetzt. Und ich möchte ihm beweisen, dass ich das für ihn tun werde.

Zachary beugt sich zu mir herunter und drückt mir einen Kuss aufs Haar. »Grundsätzlich liebend gerne, aber wir haben Donnerstagabend keine Zeit.« Stirnrunzelnd schaut er auf mich herunter. »Das habe ich dir doch erzählt – oder nicht?«

Verwirrt betrachte ich ihn, denn ich kann mich nicht entsinnen, dass wir uns Donnerstag verabredet haben. »Ich glaube nicht«, antworte ich.

Einen Augenblick überlegt Zachary. »Tut mir leid, ich dachte, ich hätte es beiläufig erwähnt«, erklärt er und lächelt mich danach an. »Am Montag wird eine E-Mail an alle Mitarbeiter bezüglich der Party rausgehen, die Donnerstag stattfinden wird.«

»Party?«, frage ich irritiert. »Welche Party?«

Zachary schaut mich an, als hätte ich den Verstand verloren. »Die, die ich *deinetwegen* veranstalten muss«, erinnert er mich. »Da es ein Nachtclub ist, der auch unter der Woche geöffnet hat, gibt es nur bestimmte Tage, an denen man das *Avenue* buchen kann«, teilt er mir mit. »Eigentlich sind sie immer ausgebucht, aber nächste Woche ist etwas freigeworden.«

»Das ist sehr kurzfristig, Zachary.« Ich schaue ihn nachdenklich an.

»Ich mag das *Avenue,* und ich kenne den Betreiber.«

»Darüber werden nicht alle glücklich sein«, werfe ich berechtigterweise ein. »Manche haben Verpflichtungen zu Hause – wie zum Beispiel Kinder, die betreut werden müssen.«

Zachary nickt. »Dessen bin ich mir bewusst, aber ich wollte meine Einstandsfeier nicht zu lange aufschieben«, erklärt er mir. »Deshalb habe ich beschlossen, als Entschädigung den Freitag freizugeben«, eröffnet er mir, was mich überrascht – und auch ein wenig beruhigt. »Ein bezahlter Urlaubstag für alle Mitarbeiter, egal, ob sie anwesend sein konnten oder nicht.«

»Das nenne ich einen guten Kompromiss«, sage ich ehrlich.

»Meinst du wirklich?«, möchte er sich versichern, sodass ich nicke und Zachary erleichtert seufzt – als würde ihn meine Antwort beruhigen. Er legt seine Hand auf meine, schaut mich liebevoll an. »Wollen wir gemeinsam hingehen?«

»Ich …« Meine Worte versiegen.

Zachary richtet sich plötzlich auf, sodass mein Kopf von seiner Brust rutscht und ich mich ebenfalls aufsetze. »Du willst nicht?«, schlussfolgert er, während er blinzeln muss. »Ich weiß, wir haben nicht explizit darüber gesprochen, was wir nun sind … Ich kenne dich, Juliet, du würdest nicht mit mir schlafen, wenn du keine Gefühle für mich hättest.«

»Zachary, du missverstehst mich«, beginne ich, bevor ich nach seiner Hand greife. »Ich habe in der Tat Gefühle für dich und würde gerne herausfinden, wo es uns hinführt«, sage ich, sodass Zachary Luft holt, als hätte er einen Augenblick den Atem angehalten. »Es ist nur … ich bin erst seit Kurzem im Label angestellt«, erinnere ich ihn. »Und wenn herauskommt, dass ich mit dem Geschäftsführer zusammen bin … dann kannst du dir ausmalen, was alle über mich sagen werden.«

Er bleibt einen Augenblick ruhig, denkt über meine Worte nach. »Sie werden sagen, dass du die Anstellung nur deswegen bekommen hast«, reimt sich Zachary zusammen. »Man wird über dich tratschen und deine Leistungen infrage stellen.« Er beugt sich zu mir herunter, küsst mich auf meine Wange. »Tut mir leid, das habe ich nicht bedacht. Wir können unsere Beziehung selbstverständlich geheim halten – solange du das willst.«

Abermals bringt mir Zachary nichts als Verständnis entgegen, versucht sich in meine Lage hineinzuversetzen und würde mich zu nichts drängen, was ich nicht möchte. Es sollte nicht möglich sein, dass ich ihn noch mehr vergöttere, doch im Augenblick könnte mein Herz vor Glück zerspringen, denn ich habe ihn endlich wieder.

Obwohl alle Variablen noch offen sind und ich nicht vorhersagen kann, wie es zwischen uns ausgehen wird, spornt seine Anwesenheit mich an, mich weiter anzustrengen. Denn nun habe ich noch mehr zu verlieren: *ihn.*

Kapitel 36

Nachdem ich die Tür hinter mir geschlossen habe, betrete ich mein Wohnzimmer, halte unverzüglich inne und zucke zusammen. *Heilige Scheiße* da liegt jemand unter einer Decke auf meinem Sofa! Eigentlich sollte niemand hier sein – mit Ausnahme von meinem tierischen Begleiter, aber ich bezweifle, dass Louie über Nacht zum Menschen mutiert ist.

Zögerlich trete ich näher heran, begutachte die Situation und entspanne mich.

Die dunklen Haare waren das erste Anzeichen, aber da Louie auf der Decke ein Nickerchen hält, kann es nur mein bester Freund sein. »Damien?« Keine Reaktion. »Damien?«, sage ich lauter und tippe ihn an, sodass er hochschreckt und sich verwirrt umschaut.

»Was machst du hier?«, fragt er.

»Lustig, das wollte ich von dir wissen.«

»Warum willst du wissen, was ich bei mir –« Damien unterbricht sich und stellt dann fest: »Ich bin nicht zu Hause.« Die Decke rutscht herunter, sodass ich Sicht auf das T-Shirt bekomme, welches er bereits gestern getragen hat. Damien hatte mir angeboten, für mich aufzuräumen, weil ich es vor dem Aufbruch zum *Séduction* nicht mehr geschafft habe.

»Hast du hier übernachtet?«, frage ich.

Mein bester Freund nickt. »Als ich gehen wollte, hat mir dieser Freund hier ...« Damien zeigt zu Louie, der noch immer auf seinem Schoß ruht und gemütlich schläft. »... ein schlechtes Gewissen gemacht. Miaute – heulte, wenn ich ehrlich bin – und schlich zwischen meinen Füßen hin und her.«

»Und da konntest du nicht widerstehen?«

Damien zuckt schmunzelnd mit den Schultern. »Als du mir geschrieben hast, dass Zachary dich am Theater erwartet hat, konnte ich nicht nach Hause – jedenfalls nicht, bevor du mir alles haargenau berichtet hast. Dann bin ich anscheinend eingeschlafen und –« Damien hält plötzlich inne, schaut zur Dachterrasse und danach auf seine Uhr. »Es ist elf Uhr morgens, du trägst noch immer die Kleidung von gestern«, zählt Damien die Fakten auf. »*O mein Gott.*« Der Brasilianer reißt seine Augen auf. »Du hast die Nacht mit Zachary verbracht!«

Leugnen ist sinnlos, also werde ich es zugeben. »Das habe ich, ja.« Damien macht mir Platz auf dem Sofa. »Ich weiß, ich hatte vor, Abstand zu halten«, sage ich, während ich mich hinsetze. »Ich wollte es wirklich, aber dann wollte ich ihn *mehr.* Und das will ich noch immer, Damien, ich kann Zachary nicht mehr aus meinem Leben wegdenken.« Ich lehne mich zurück, lasse den Kopf zurückfallen und schaue an die Decke.

»Also seid ihr wieder zusammen?«, erkundigt sich Damien.

»Ja, sind wir«, antworte ich ihm und kann ein Lächeln nicht unterdrücken. Es fühlt sich noch immer unwirklich an, dass Zachary und ich wieder vereint sind.

Jedenfalls, bis ich Damiens Stirnrunzeln bemerke. Er muss es nicht aussprechen, ich weiß, was im Augenblick durch seinen Kopf geht. Er hat seine Bedenken bereits einmal geäußert. »Aber ich habe deine Worte nicht vergessen«, sage ich, sodass mein bester Freund eine Augenbraue hebt. »Wir haben uns darauf geeinigt, die Beziehung vorerst geheim zu halten.«

Damien bleibt einen Moment lang still. »Wenn du glücklich bist, bin ich es auch«, sagt er schlussendlich. »Und ich finde, dass ihr die richtige Entscheidung getroffen habt.«

»Zachary macht mich glücklich«, kommt es unverzüglich aus meinem Mund, gefolgt von einem Seufzen. »Es könnte so einfach sein, wenn nicht ...«

»... wenn nicht Isaac wäre«, beendet Damien meinen Satz. »Und was nun?«

»Gestern habe ich noch etwas herausgefunden«, beginne ich und setze mich wieder aufrecht hin. »Zachary hat Isaac L. A. nicht vorenthalten, weil er es ihm nicht gönnt.« Damien schaut mich neugierig an, sodass ich ihm schildere, was mir Zachary anvertraut hat. »Ich musste aus ihm herausquetschen, dass Isaac nicht an die Westküste ziehen soll, weil er ihn nicht verlieren will. Er schätzt ihre Zusammenarbeit.« Und danach teile ich ihm noch die anderen Einzelheiten mit, die mir Zachary anvertraut hat.

Damien hebt einen Finger in die Luft und beginnt die Situation zusammenzufassen: »Isaac wollte Zachary nicht zuhören, ihm waren die Beweggründe gleich, weil er verletzt war.« Ein zweiter Finger kommt dazu. »Zachary sperrt seinen Bruder aufgrund des Taschentuchs aus seinem Leben aus und weigert sich zuzugeben, warum er das tut, richtig?«

»Mehr oder weniger.«

Damien schnaubt. »Misskommunikation vom Feinsten.« Mein bester Freund schüttelt seinen Kopf. »Dieses Drama hasse ich auch in Filmen, man müsste sich nur zusammensetzen und miteinander reden, um die Missverständnisse aus der Welt zu räumen.«

»Aber dazu müsste man auch bereit sein, einander zuzuhören«, werfe ich einen sehr wichtigen Punkt ein, den man nicht unterschätzen sollte – ich tat es. »Ich habe das schon einmal versucht, also bevor das mit Bailey passiert ist, aber da hatte ich bereits Probleme, die Streithähne unter Kontrolle zu bringen.«

Mein bester Freund denkt einen Moment nach. »Wir sollten sie irgendwo einsperren, bis sie es unter sich geklärt haben.« Er schaut mich fragend an. »Oder denkst du, dass sie sich zerfleischen werden und nur einer wieder rauskommt?«

»Wahrscheinlich würden sie lieber verhungern und verdursten, als ein klärendes Gespräch miteinander zu führen«, werfe ich ein, während sich Louie reckt, sich dehnt und dann in Richtung seines Futternapfes verschwindet.

»Auch, wenn du dadurch Isaac los wärst?«

Ein Seufzen verlässt meinen Mund und Damien legt mir eine Hand auf den Arm. »Trotz allem, was Isaac getan hat und womit er mir gedroht hat, kann ich ihn nicht hassen. Ich könnte ihm noch immer den Hals umdrehen, bin wütend, aber auch enttäuscht, dass er nicht mehr der Mann ist, den ich einst gerne einen Freund genannt habe, weißt du?«

»Und wie sieht der neue Plan aus?«

»Ich habe Zachary überredet, darüber nachzudenken, ob er seinem Bruder die Verantwortung für L. A. doch noch übergibt«, teile ich ihm mit. »Wenn ihm Zachary entgegenkommt, wird das Isaac vielleicht so weit beruhigen, dass es die beiden für ein klärendes Gespräch zusammenbringt.« Ich lege meine Hand auf seine, die noch immer auf meinem Arm ruht. »Dann wird Isaac vielleicht verstehen, dass er Zachary etwas bedeutet.«

»Aber glaubst du, dass Zachary wirklich über die Sache mit dem Taschentuch hinwegsehen kann?«, fragt Damien weiter.

Ich zucke mit meinen Schultern, das kann ich nicht einschätzen. »Für ihn war dieses Taschentuch viel mehr als eine Erinnerung, es war Hoffnung.«

»Kannst du ihm nicht einfach ein neues sticken?«

»Die Nachbarin, die mir half, lebt nicht mehr hier«, sage ich, während ich weiter über seinen Einfall nachdenke. Wenn ich Zachary eine neue Hoffnung – ein Versprechen – schenke, kann er vielleicht mit dem Vorfall abschließen und nach vorne schauen. Und ich habe eine Idee, die sogar noch besser als ein Taschentuch zu ihm passt.

»In TaskRabbit kann man Jobs anbieten, oder?«

»Ähm, denke schon, aber ... warum?«

»Dann brauche ich jemanden aus Los Angeles.«

Kapitel 37

Der Grund, warum ich Bailey diesen Sonntag – oder eigentlich immer, wenn es mir möglich ist – in den frühen Morgenstunden besuche, ist, dass die Wahrscheinlichkeit, ein richtiges Gespräch mit ihr zu führen, zu dieser Zeit am größten ist.

»Eine Beziehung ist wie ein Haus«, beginnt Bailey, nachdem ich ihr mitgeteilt habe, dass ich Zachary und Isaac versöhnen will – auch, wenn sie sich nicht an die beiden erinnern kann. Um es nicht zu verkomplizieren, habe ich behauptet, dass es sich dabei um zwei Brüder handelt, mit denen ich arbeite. »Und ohne ein Fundament kann man es nicht erbauen. In deren Fall ist es deren Blut, das die beiden zusammenpustet.« *Zusammenhält,* das meint sie. »Sie müssen das Haus wiederaufbauen, nachdem es eingestürzt ist.«

»Aber wie, Ma?«, will ich wissen.

Bailey schaut mich irritiert an. »Wie was?«

»Na, wie helfe ich, das Haus wiederaufzubauen?«

»Hausbau? Wovon sprichst du? Hast du ein Haus gekauft, Eloise?«

»Du hast doch gerade –« An ihrem verwirrten Blick kann ich deutlich ablesen, dass wieder auf Reset gedrückt wurde, sodass es keinen Sinn macht, ihr zu erklären, worüber wir gerade gesprochen haben. »Ach nichts, ich … Das war nur eine Metapher.«

»Ah, ja, wie alle Straßen führen nach Niagara?« Rom, sie meint Rom, doch bringt sie es wahrscheinlich mit ihrem Heimatort in Verbindung, der in der Nähe der Niagarafälle liegt. »Warum, Eloise? Hast du Probleme? Und … mit wem? Doch nicht etwa mit diesem Unruhestifter?« Sie schnalzt mit ihrer Zunge. »Lass das nicht deinen Vater hören.«

»Keine Sorge, und nein, es geht nicht um *ihn*.« Meinen Erzeuger. »Es geht um eine Freundin, wir haben uns sehr zerstritten. Hast du vielleicht einen Rat?«

»Wir müssen definitiv Spaghetti kaufen, dein Vater hat sich gestern Bolognese gewünscht.« Es ist wieder einer dieser Tage, an denen Bailey keinen Bezug zur Gegenwart hat und einer Konversation nicht folgen kann. Manchmal schafft sie es, mir zu antworten, dann wieder nicht. Manchmal kann sie mir zuhören, oder ich dringe zu ihr durch, manchmal nicht. »Und dann müssen wir noch zu den Johnsons, wir müssen dich abholen … dich abholen. Aber … du bist hier … und … dabei bist du erst drei Jahre alt …«

»Nein, du meinst nicht mich, Ma. Erinnerst du dich nicht mehr? Du hast dich bereit erklärt, Erikas Tochter von den Johnsons abzuholen, damit wir zusammen aufs Konzert können«, spinne ich gerade zusammen, obwohl es keinen Sinn ergibt – ich kenne nicht mal eine Erika. Solange ich es Bailey selbstbewusst auftische, glaubt sie mir meistens. »Die Tochter heißt auch Eloise, sie wurde nach mir benannt.«

»Ah, ja …«, sagt sie. »Dann mache ich für uns heute Abend Spaghetti.«

»Das klingt gut, Ma.«

»Wir brauchen Spaghetti.«

»Ja ... ich weiß«, sage ich, da sie erneut mit diesem Thema anfängt. »Wir holen nachher Spaghetti, keine Sorge. Aber kannst du mir in der Zwischenzeit einen Ratschlag geben? Wie schaffe ich es, eine Beziehung zu kitten, die irreparabel scheint?«

Früher hatte Bailey immer die richtigen Ideen, um ein Problem aus der Welt zu schaffen. Aus diesem Grund hoffe ich, dass ein kleines Fünkchen aus der Frau hervorkommt, die sie einst war. Ich habe einen grundlegenden Plan, doch vielleicht kommt ihr etwas in den Sinn, woran ich nicht gedacht habe.

»Mhm, hmm«, macht sie.

»Und?«, frage ich ungeduldig.

»Und was?« Sie hebt zitternd das Glas an, was aufgrund ihrer schwindenden Kraft durch ihre Hand rutscht und zu Boden fällt. Dadurch, dass es aus Plastik besteht, zerspringt es nicht, ausschließlich das Wasser verteilt sich auf dem Boden.

Am liebsten würde ich mir den Frust von der Seele schreien. Die ältere Dame vor mir hat nichts mehr mit der Frau zu tun, die sie früher einmal war, es ist, als hätte sich ihre Persönlichkeit verändert – sie hat sich selbst vergessen, wer und was sie war. Es tut mir in der Seele weh.

Brenda, die draußen wartete und uns ein wenig Zweisamkeit geschenkt hat, kommt herein und schnappt sich ein Handtuch, das am Türknopf eines Schranks befestigt war. »Na, was ist denn hier passiert?«, fragt sie, während sie sich hinunterbeugt und alles aufwischt. Gleichzeitig lehnt sich Bailey zurück in ihr Bett, legt den Kopf aufs Kissen und singt leise vor sich hin – als wäre nichts passiert.

Baileys Tagespflegerin schaut mich aufmerksam an, bevor sie eine Kopfbewegung zur Tür macht. Wir stellen uns in den Eingang, sodass uns Bailey nicht hören kann, wir sie aber nicht aus den Augen lassen.

»Du hattest recht, sie ist heute nicht ansprechbar.«

Brenda seufzt und lächelt mich mitfühlend an. »Wenigstens regt sie sich heute nicht so schnell auf und platzt wie ein Ballon.« Ja, solche Tage gibt es auch. Das habe ich erst letztens gesehen, als ich mit Zachary und Isaac herkam. »Im Endstadium kann es passieren, dass Alzheimer-Patienten in ihrer eigenen Welt gefangen sind. Man redet mit ihnen, doch sie nehmen es nicht wahr.« Sie zeigt zu Bailey, die leise mit sich selbst spricht. »Klare Augenblicke werden nun immer rarer.«

»Ich wünschte, es wäre anders.«

Brenda legt eine Hand auf meinen Arm. »Es hilft nicht, aber ich möchte dir sagen, dass ich dich bewundere, Juliet. Es gibt viele Menschen, die in diesem Stadium aufhören, ihre Angehörigen zu besuchen, weil es ihnen zu anstrengend ist, sich mit der Krankheit auseinanderzusetzen. Du hingegen bist niemand, der aufgibt, du kämpfst.«

Brenda weiß wahrscheinlich nicht, wie viel mir diese Worte bedeuten, sie geben mir Kraft.

»Ich …« Ich werde von meiner Smartwatch unterbrochen, die einen Anruf ankündigt. Es überrascht mich, dass mich Damien erreichen will, denn er weiß, dass ich bei Bailey bin.

»Würdest du mich kurz entschuldigen?«, bitte ich, während ich bereits in den Flur trete und Brenda zu Bailey ins Zimmer geht.

»Ja, hallo?«, melde ich mich zu Wort, nachdem ich den Anruf entgegengenommen habe.

»Öffne den Artikel, den ich dir geschickt habe – *sofort.*«

»Was?«, frage ich irritiert.

»Öffne unseren Chat!«, brüllt Damien fast verzweifelt.

»In Ordnung, kein Grund, so auszurasten«, sage ich mit einem Stirnrunzeln, bevor ich das Telefon vom Ohr nehme, den Lautsprecher einschalte und meine Nachrichten öffne. »Ich weiß nicht, was …« Meine Worte versagen, als ich die Schlagzeile lese. »Sag mir bitte, dass ich mir das einbilde und da nicht steht, dass …«

»… dass Zachary sexuelle Missbrauchsopfer einschüchtert?« Damien seufzt geradezu verzweifelt. »Du bildest dir das nicht ein, Juliet.«

Unendlich viele Gedanken schwirren mir durch den Kopf, denn ich mache mir nicht nur Sorgen um Zachary und was für Auswirkungen diese Schlagzeilen haben werden. Im Moment bin ich ein brodelnder Vulkan, der kurz vor dem Ausbruch steht. Es steht außer Frage, wer für diese Lügengeschichten verantwortlich ist: *Isaac.* Er hat diese Gerüchte bereits einmal in die Welt gesetzt, um seinen Bruder zu schaden. Mein angeblicher Freund und Verbündeter hat mir *erneut* eiskalt ins Gesicht gelogen.

»Isaac muss es gewesen sein, oder?«

»Wer sonst, Damien? Wer sonst hätte ein Motiv?«

»Und was tust du nun?«, erkundigt er sich.

»Ihn einen Kopf kürzer machen.«

»Sag, wenn ich dir dabei helfen kann.«

Nachdem ich aufgelegt habe, gebe ich Brenda ein Handzeichen, dass ich noch ein paar Minuten brauchen werde. Damit werde ich ihn nicht davonkommen lassen, das schwöre ich. Noch immer wütend wähle ich die

Nummer von Isaac, denn ich kann nicht warten – es muss jetzt sein.

»Ich habe dir vertraut!«, falle ich sofort mit der Tür ins Haus, als er den Anruf entgegengenommen hat.

»Juliet, ich ...«

Es interessiert mich nicht, was er sagt, sodass ich ihm ins Wort falle. »Spar dir deine Ausreden, Isaac, ich *weiß*, dass du das warst!« Unruhig laufe ich im Flur des Trakts umher, sodass mir die Pflegerinnen, die mich passieren, einen irritierten Blick zuwerfen – doch ich ignoriere es. »Wie lange ist es her, dass du mir noch mal versichert hast, du würdest dich an unsere Abmachung halten?«

»Ich war's nicht!«, verteidigt er sich.

Es macht mich umso wütender, dass Isaac nicht zu seinen Taten steht und mich weiterhin für blöd verkaufen möchte. »Sei endlich ehrlich!«, fordere ich ihn auf, während ich mich an die Wand presse, um einen Pfleger mit einem Patienten im Rollstuhl vorbeizulassen.

»Ich *schwöre* auf unsere Freundschaft, ich habe unsere Abmachung nicht verletzt!« Sobald dieser Satz seinen Mund verlassen hat, verstumme ich und kann nichts mehr erwidern. Isaac war es wichtig, wieder eine Beziehung zu mir aufzubauen – dessen bin ich mir sicher. »Juliet, bitte glaub mir, du bist mir zu wichtig.«

»Und wer soll es sonst gewesen sein?«, frage ich ihn und spüre, dass sich ein wenig Skepsis einschleicht. »Das Gerücht stammt von dir.«

»Ich ... ich kann nicht leugnen, dass ich es benutzt habe, um das Geschäft mit Minho zu torpedieren ... Es könnte von allein seinen Weg bis in die Presse geschafft haben?«, wirft Isaac ein. »Vielleicht hat es jemand mitbekommen, einem Kollegen weitererzählt, der es wiederum einer anderen Person erzählt hat – bis es seinen Weg über den Großen Teich geschafft hat.«

»Du hast wirklich nichts damit zu tun, Isaac?«, frage ich erneut skeptisch. Ich will ihm glauben, aber ... ich vertraue ihm nicht, denn alles spricht gegen ihn. Und trotzdem hofft mein Herzen noch immer, dass ich mich in ihm täusche.

»Juliet, ich habe *nicht* gegen unsere Abmachung verstoßen.«

»Du schwörst es?«

»Ich schwöre.«

»Wenn du mich belügst, Isaac, verlierst du mich für immer.« Ich sage es mit einer strengen Stimme, sodass er mir jedes Wort glaubt. »Dann wird es für uns nie wieder eine Chance geben – du wärst für mich gestorben.«

Es sind harte Worte, doch ich möchte zeigen, wie ernst mir die Angelegenheit ist.

Ohne auf seine Reaktion zu warten, lege ich auf.

Kapitel 38

In wenigen Minuten wird Zachary vor die Presse treten, um eine Stellungnahme abzugeben. Birmingham Records hat wegen der Schlagzeile *Geschäftsführer schüchtert sexuelle Missbrauchsopfer ein* Nachrichtensender und Reporter eingeladen, damit Zachary seine Seite schildern kann.

Angeblich sollen sich mehrere Newcomerinnen an die Zeitung gewendet und behauptet haben, dass diese von ihren Managern sexuell erpresst werden. Wenn sie nicht mit ihnen ins Bett steigen, sorgen sie dafür, dass deren Karrieren auf der Strecke bleiben. Wenn Isaac wirklich nicht dafür verantwortlich war, dann hat sich sein Gerücht durchs Weitererzählen verändert. Ursprünglich kehrte Zachary sexuellen Missbrauch nur unter den Teppich, nun sagt man, dass er die Opfer sogar *eingeschüchtert* hat. Im Internet und in den Nachrichten wird nicht nur unser Plattenlabel kritisiert, sondern vor allem Zachary.

Die Öffentlichkeit ist zwiegespalten, einige glauben den Gerüchten, andere wiederum nicht, und viele wissen nicht, was sie glauben sollen. Die Frauen, die diese Anschuldigungen in den Raum stellen, wollen nicht öffentlich benannt werden, wodurch es eine Menge Menschen gibt, die berechtigte Zweifel hegen. Indem sich Zachary gleich den Medien stellt, hoffen wir, dass mehr Leute den Artikel infrage stellen.

Die Mitarbeiter des Labels sind genauso gespalten. In unserer Branche hört man solche Geschichten nicht gerade selten. Hätte ich Zachary und den *wahren* Hintergrund des bösartigen Gerüchts nicht gekannt, hätte ich es für möglich gehalten – ich habe es schließlich selbst bei Atlantic Records miterlebt. Der Fakt, dass Zachary noch neu als Geschäftsführer und bereits unbeliebt ist, macht es nicht einfacher.

Nachdem mir mein bester Freund am Sonntagmittag den Artikel zugesandt hat, habe ich den Besuch bei Bailey vorzeitig abgebrochen, denn ich wollte für Zachary da sein. Kaum hatte ich sein Hotelzimmer betreten, zog mich Zachary in seine Arme und wollte mich nicht mehr loslassen. Ich kann mich nicht entsinnen, wie lange wir umschlungen dastanden, bevor uns sein klingelndes Telefon trennte, da er immer wieder mit seinen Anwälten und dem PR-Team des Plattenlabels telefoniert hat, um einen Schlachtplan zu erstellen.

In den letzten drei Tagen hat man versucht, mit der Zeitung zu sprechen, hat mit Klagen gedroht, um die Identitäten der Frauen herauszufinden – ohne Erfolg, was allerdings zu erwarten war. Als das Wort *Verleumdung* fiel, hat man Zachary geraten, sich nicht zu weit aus dem Fenster zu lehnen. Die Zeitung, die den Artikel zuerst veröffentlicht hat, scheint sich mehr als sicher zu sein, dass an den Anschuldigungen etwas dran ist. Entweder bewegt sich diese Klatschzeitung auf sehr dünnem Eis und riskiert ohne Grund Kopf und Kragen, oder es gibt noch etwas, das wir nicht wissen.

»Bereit?«, fragt unsere Pressesprecherin, die Zachary gründlich auf diesen Moment vorbereitet hat.

»Bereit«, antwortet er.

Bevor Zachary den angrenzenden Raum betritt, wo sich die Presse- und Nachrichtenvertreter befinden, trifft mich sein Blick. Die dunklen Augenringe sind kein Trick der Presseabteilung, um ihn glaubwürdiger zu machen. Wenn Zachary in den letzten Nächten überhaupt einschlief, wachte er immer wieder schweißgebadet auf. Er fürchtet nicht um seinen eigenen Ruf, sondern um den des Labels. Wenn es etwas gibt, das Zachary am meisten auf dieser Welt verabscheut, ist es zu versagen.

Um Zachary ein wenig Kraft zu schenken, werfe ich ihm ein aufmunterndes Lächeln zu, bevor er sich in die Höhle der Löwen begibt.

Die Pressesprecherin und zwei weitere Leute ihres Teams folgen ihm, bevor sie ihm auf dem Podium flankieren, wie ich nun auf dem Bildschirm des Fernsehers erkennen kann. Einige Anwälte, weitere Mitarbeiter der Presseabteilung sowie Isaac und ich verfolgen die Befragung gemeinsam in einem anliegenden Konferenzraum.

»Meine zweite Pressekonferenz habe ich mir anders vorgestellt«, beginnt Zachary, der ernst dreinschaut und dessen Mundwinkel nach unten zeigen. »Sexueller Missbrauch ist kein Thema, mit dem ich leichtfertig umgehe, im Gegenteil, ich nehme solche Anschuldigungen bitterernst und dulde dies nicht in meinem Unternehmen.« Seine Stimme zittert ein wenig, während sich seine Finger um das Mikrofon klammern. »Wenn sich jemand an mich gewandt hätte, dann hätte ich etwas dagegen unternommen. Ich hätte nicht weggesehen, ich hätte meine Hilfe angeboten und die Polizei informiert. Aus diesem Grund habe ich mit der Polizei von New York diese Anschuldigungen besprochen. Polizeiberatende Gutachter und Psychologen werden sich mit allen Künstlern unterhalten, die bei Birmingham Records einen Plattenvertrag haben, um herauszufinden, ob Manager ihre Position ausnutzen.«

Unverhohlen betrachte ich Isaac, wie dieser der Pressekonferenz folgt. Seinem Gesicht ist keine Regung abzulesen, ich kann weder Schuldgefühle noch Schadenfreude erkennen. Vielleicht kann ich etwas aus ihm herauskitzeln, wenn ich Isaac ein wenig provoziere.

Ich stelle mich zu ihm, glücklicherweise steht er ein wenig abseits, sodass man uns nicht belauschen kann. »Du hast mir zwar versichert, dass du hiermit nichts zu tun hast.« Ich werfe ihm einen Seitenblick zu. »Trotzdem sagt mir ein Gefühl, dass du es genießt.« Ein leichtes Zucken seines Kiefers. »Vielleicht wäre dies der richtige Zeitpunkt, um dich mit den Flyern auseinanderzusetzen, die ich dir zukommen ließ, hm?«

»Du meinst: *Vergeben in 5 Schritten einfach gemacht*?«

»Gut möglich, dass das einer der Titel war.«

»Nein danke, noch immer kein Interesse.«

»Ein Versuch war's wert.« Isaac schaut mich an, beißt sich auf die Lippe und widmet sich wieder dem Bildschirm, um der Pressekonferenz zu folgen. »Erinnerst du dich, als wir einmal wöchentlich mit Bailey einen Filmabend gemacht haben?«, frage ich ihn, sodass er langsam nickt, aber weiterhin meinen Blick meidet. »Wärst du interessiert, wenn wir dies wiederaufleben lassen – auch ohne Bailey?«

Ruckartig dreht mir Isaac sein Gesicht zu, seine Augen sind weit aufgerissen, als könnte er es nicht glauben. »Wirklich?« Ein kleines Lächeln schleicht sich auf seine Lippen, als würden ihm meine Worte eine Menge bedeuten.

»Wir könnten *Der wunderbare Mr Rogers* schauen? Vielleicht ist dir *Dead Man Walking – Sein letzter Gang* lieber? Oder ...« Angestrengt denke ich über Filme mit dieser einen besonderen Botschaft nach. »... *Abbitte*?«

Mit jedem Film, den ich ihm aufgezählt habe, verschwindet sein Lächeln. »Juliet ... was soll das?«

»Was soll was?«, frage ich unschuldig.

»Das sind alles Filme über *Vergebung*.«

»Ach, tatsächlich? Also ist das ein Ja?«

»Was glaubst du denn?«

»Das war kein Nein.«

»Dann noch einmal deutlich: *Nein*.«

Ein Seufzen kommt über meine Lippen. Dann tippe ich aus einem Reflex gegen seine Brust. »Stell dir mal vor, ich tue das auch für dich.« Damit lüge ich nicht, denn ich weiß, dass aus ihm eine ganz andere Person werden könnte, wenn er seinen Bruder an sich heranlassen würde. »Du hast noch immer einen Platz in meinem Herzen, Isaac. Also ... *Lass. Mich. Helfen.*«

»Ich ...« Isaac muss schlucken, bevor er abermals seinen Blick abwendet. Sein Körper zuckt zusammen, als sein Telefon klingelt – und dann lächelt er erleichtert. »Entschuldige, das ... das ist wichtig.«

Mit zusammengepressten Lippen schaue ich hinter ihm her, denn ich war mir sicher, dass ich ihn zum Nachdenken brachte, ansonsten wäre er gerade nicht geflüchtet. Aus diesem Grund kann ich nicht lockerlassen, denn wenn ich zu ihm durchdringe und Zachary ihm wirklich das Angebot macht, das Lizenzgeschäft in Los Angeles zu übernehmen, könnte eine Versöhnung funktionieren.

Als ich in den Flur trete, kann ich ihn nicht mehr sehen, Isaac muss also weitergegangen sein. Die meisten Räume, in die ich vorsichtig hineinspähe, sind leer, bis ich plötzlich seine Stimme höre, jedoch sehr, sehr leise. Ich befinde mich dicht vor der Teeküche. Ich schleiche mich an und lehne mich gegen die Wand an der Tür, die im Gegensatz zu den Büros im Unternehmen, nicht durchsichtig ist.

»– und wie viel haben die Frauen verlangt?«, flüstert Isaac kaum hörbar und schnaubt. »Dafür sollen sie die Sache aber auch gut machen ... Es sind alles Blondinen? Sie sollen schließlich seinem Beuteschema entsprechen.« Blonde Frauen, Beuteschema? Wovon spricht Isaac? »Und du hast ihnen den Plan erklärt, und was sie mit Zachary anzustellen haben?«

Ohne es verhindern zu können, entweicht mir ein leises Wimmern, sodass ich eine Hand auf meinen Mund presse, um meine Anwesenheit nicht preiszugeben. Ich fühle deutlich, wie etwas in mir entzweibricht – denn hiermit habe ich die Bestätigung. Alles, was Isaac mir versprochen und versichert hat, war gelogen. Der Mann, den ich gerade belausche, ist nicht mehr mein Freund von damals. Die Stimme, die mir sagte, dass das noch immer mein Isaac ist, hat sich geirrt.

Ich habe mich geirrt.

»Richtig, sie müssen ihn nur dazubekommen, sich an den Tisch mit den vielen Champagnerflaschen zu setzen, selbst ein Glas in die Hand zu nehmen und anzustoßen.« Ich runzle die Stirn – was ist das für ein Plan? »Den Rest erledigt der Paparazzi, den ich einschleuse.«

Ein böses Lachen erfüllt den Raum. »Dreimal darfst du raten, wie die Öffentlichkeit reagiert, wenn der Mann, gegen den solche Anschuldigungen erhoben wurden, auf einer wilden Party im *Avenue* abgelichtet wird?« Es geht um die Einstandsfeier, die Zachary wegen mir veranstalten muss – verdammte Scheiße.

Mein Herz rutscht mir in die Hose, denn ich kann mir bildlich vorstellen, wie die Menschen reagieren werden. Sie würden ihn verurteilen, wenn er scheinbar feiern geht, sich zulaufen lässt und mit freizügigen Frauen abgelichtet wird. Niemand würde wissen, dass er nur an den Tisch gelockt wurde. Niemand würde denken, dass er ein Opfer ist.

Und ich weiß, was ich zu tun habe.

Ich muss die Frauen loswerden.

Kapitel 39

Das *Avenue*, in dem Zachary seine Einstandsfeier hält, hat dunkelrote Wände, die mit goldenen Ornamenten veredelt sind – es sorgt für eine elitäre, hochwertige Atmosphäre. Die Lounge, in der wir uns befinden, ist mit Tischen und Sitzgelegenheiten aus dunklem Leder ausgestattet. Da alles voll besetzt ist, haben Damien und ich uns an der Bar platziert und behalten so den einen Tisch im Auge, der unsere Aufmerksamkeit erhascht hat. Dort haben sich ausschließlich zwei junge, *blonde* Frauen niedergelassen, während sich an den anderen Tischen größere, gemischte Gruppen befinden – unsere Kollegen.

Die Anzahl der Anwesenden ist überschaubar, eine Menge Mitarbeiter von Birmingham Records ist bisher nicht aufgetaucht. Im Tanzsaal nebenan herrscht gähnende Leere, obwohl ein DJ bereits auflegt und für Musik sorgt. Es sollte eine Party werden, im Augenblick erinnert mich die Veranstaltung eher an eine Trauerfeier – und das überrascht mich. Nach Zacharys Pressekonferenz änderte sich die öffentliche Meinung. Die Waagschale hat sich vor allem wegen der Bereitschaft, mit der Polizei zusammenzuarbeiten, zu seinen Gunsten bewegt, und auch die meisten Mitarbeiter stehen nun hinter ihm. Beziehungsweise habe ich nichts Gegenteiliges mehr gehört.

»Einen Rotwein, bitte.«

Der Barkeeper nickt und macht sich an meine Bestellung, während ich weiter einen bestimmten Tisch auskundschafte. Die beauftragten Frauen halten ebenso Ausschau. Der Barkeeper händigt mir mein Glas aus, bevor ich ihm nur ein Trinkgeld überreiche, da sämtliche Getränke des Abends von Zachary spendiert werden.

»Sollen wir den Plan noch mal durchgehen?«, frage ich Damien hibbelig. Heute darf *nichts* schiefgehen. Zachary hat mir vor wenigen Minuten geschrieben, dass er erst in einer halben Stunde eintreffen wird, weil ihn ein Termin aufgehalten hat.

Mein Blick schweift durch die Lounge, überfliegt jeden Tisch und jede Person, die sich dort niedergelassen hat. Es gibt nur einen Tisch, an dem zwei Blondinen sitzen und sich etliche Champagnerflaschen stapeln – so, wie es ihnen aufgetragen wurde.

Mein bester Freund hebt eine Augenbraue. »Ich habe den Plan nach dem zweiten Mal verstanden, auch nach dem vierten und fünften Mal, so langsam fühle ich mich beleidigt.« Damien fasst sich übers Herz, dann nimmt er mir das Glas aus der Hand. »Sobald eine der Frauen zur Toilette geht, werde ich mich um sie kümmern.«

»Aber was, wenn wir uns täuschen?«

»Inwiefern?«, hinterfragt Damien.

»Was, wenn sie es doch nicht sind?« Ich will nicht daran denken, dass wir unsere Aufmerksamkeit den falschen Frauen gewidmet haben. »Vielleicht sitzen sie woanders? Was, wenn wir –«

Damien unterbricht mich. »Tief durchatmen«, bittet mich mein bester Freund, bevor er das Weinglas – unser Hilfsmittel – abstellt und seine Hände auf meine Schultern legt. »Einatmen«, sagt er, führt es vor, damit ich es instinktiv nachmache. »Und wieder ausatmen«, fordert er von mir und ich komme dem nach – mein Herzschlag beruhigt sich ein wenig. »Zuallererst, ich war bereits oft hier und kenne mich aus, okay? Vertrau mir, wenn ich sage, dass sich hier die einzigen Sitzmöglichkeiten im Club befinden, denn der VIP-Bereich hat heute Abend geschlossen.«

Ich atme noch einmal tief durch. »Du hast recht.«

Damien schnaubt. »Natürlich habe ich das. Außerdem habe ich die Blondinen noch nie gesehen, während ich alle anderen zumindest grob einordnen kann und weiß, dass sie zum Label gehören.«

Ich seufze. »In der Hinsicht hast du einen bedeutenden Vorteil, außer Tracy und den anderen Talentscouts kenne ich noch niemanden.« Ich lächle ihn dankbar an. »Du weißt nicht, wie viel es mir bedeutet, dass du an meiner Seite stehst.«

Nachdem ich von Isaacs Plan erfahren habe, wandte ich mich direkt an Damien. Wir überlegten die ganze Nacht, wie wir die zwei Frauen loswerden können, ohne dass Isaac Verdacht schöpft, dass ich meine Finger im Spiel habe. Kurz hatte ich überlegt, ihn zur Rede zu stellen, doch damit würde ich den einzigen Vorteil verlieren, den ich gerade habe: Ich kann im Schatten agieren.

»Als Dankeschön könntest du –« Damien unterbricht sich, schaut durch die Lounge, sodass ich seinem Blick folge und erkenne, dass die Blonde mit dem weißen

Kleid aufsteht und in Richtung der Toiletten läuft. »Showtime«, sagt er.

»Viel Glück«, wünsche ich ihm.

Er zwinkert. »So was brauche ich nicht.«

Mit einem Lächeln auf den Lippen starre ich Damien hinterher, der in Richtung Toiletten verschwindet. Wenn die Frau aus dem Waschraum herauskommt, wird Damien aus Versehen mit ihr zusammenstoßen und Rotwein über ihr weißes Kleid kippen. Wir haben uns darauf geeinigt, dass ich so wenig wie möglich damit zu tun habe. Nichts von dem, was wir geplant haben, soll mit mir in Verbindung stehen.

Wenige Minuten später beobachte ich, wie Damien aus dem Vorraum eilt, bevor er durch den hinteren Torbogen in den Tanzsaal flüchtet. Keine Sekunde später stürmt die von Isaac bezahlte Frau in die Lounge, ihr Gesicht ist feuerrot, während sie schwer atmet und Pausbacken macht. Sie schaut sich blitzschnell um, ein riesiger dunkelroter Fleck prangt auf ihrem ursprünglich weißen Kleid.

Weinfleck – wie ich die Dame nun nenne – läuft zu ihrem Tisch zurück und macht theatralische Handbewegungen. Die andere Blondine versucht auf sie einzureden, doch sie schüttelt immer wieder ihren Kopf und zeigt auf ihr Kleid.

Aus meinem Augenwinkel beobachte ich, wie Damien im Torbogen in der Nähe der Bar auftaucht – aber nicht die Lounge betritt. »Und wie läuft's?«, erkundigt er sich, nachdem ich zu ihm herübergegangen bin.

»Du hast gut getroffen«, teile ich ihm mit, während Weinfleck im selben Moment ihre Handtasche öffnet und ein Bündel Scheine ihrer Komplizin hinwirft. Grinsend beobachte ich, wie sie ihren Mantel überzieht und zwischen den Gästen verschwindet. »Bitte lass mich nie vergessen, dass ich dich niemals als Feind haben möchte«, bemerke ich.

»Ich sorge dafür«, verspricht mir Damien, bevor er in die Hände klatscht. »Und? Bereit für die zweite?«, möchte mein bester Freund wissen.

»Mehr als bereit«, sage ich schmunzelnd, während ich aus meiner kleinen Umhängetasche das Tütchen mit dem Pulver hervorhole. Heute in der Mittagspause ist Damien noch einmal los, um diese teuflische und *juckende* Waffe zu holen. Aber jemand, der bereit ist, Zacharys Ruf grundlos in den Schmutz zu ziehen, hat nichts anderes verdient.

»Darf ich noch mal betonen, wie diabolisch deine Idee ist?«

»Es ist *nur* Juckpulver.«

Ich lache. »Ich sag ja, diabolisch!«

Lange haben wir überlegt, wie wir ihr das Pulver unterjubeln, wenn sie allein an ihrem Tisch sitzt. Damien hatte schlussendlich einen brillanten Einfall. Wir nicken uns zu, bevor ich das Tütchen öffne und den Inhalt in unseren Händen verteile.

Als wir loslaufen, spüre ich bereits, wie meine Handfläche warm wird, und ein leichtes Kribbeln beginnt – ich unterdrücke den Drang, mit der Hand irgendwo an mir zu reiben und das Pulver so zu verteilen.

Während ich einen Meter entfernt stehen bleibe, tut Damien so, als würde er an ihrem Tisch vorbeilaufen, bevor er plötzlich innehält, unter den Tisch schaut und anfängt, lauthals zu schreien – es ist eher ein schrilles Kreischen.

»Ratte! *Ratte*!«

Seine Hysterie überträgt sich sofort auf die Blondine, die aufspringt und sich am Tisch vorbeizwängt, um in den Gang zu gelangen. Damien hält ihr eine Hand hin, die sie, ohne zu zögern, ergreift, zieht sie vom Tisch weg und verteilt damit das Juckpulver auf ihr.

Keine Sekunde später stolpere ich in sie hinein – aus Versehen, natürlich. Ich tue so, als würde ich mein Gleichgewicht verlieren, sodass meine Hände ihre nackten Schultern berühren und das Pulver auch dorthin gelangt – es muss einfach überallhin.

»Oh, tut mir leid«, entschuldige ich mich, als sie sich perplex zu mir umdreht. »Du warst plötzlich mitten im Gang ... Sorry«, sage ich und klopfe ihr mehrmals gegen den Arm, bevor ich davonlaufe.

Nachdem Damien und ich uns im Eiltempo die Rückstände des Pulvers abgewaschen haben, stellen wir uns wieder in den Torbogen bei der Bar, um die Geschehnisse zu verfolgen.

Die Blondine, die wieder an ihrem Platz sitzt, fasst sich an die Schulter und den Nacken. Sie reibt kurz, nimmt die Hand aber wieder weg. Sie lehnt sich zurück und reibt ihren Rücken unauffällig am Leder der Sitzecke, sodass ich grinse. Erneut fasst sie sich in den Nacken, bevor sie ihr Glas auffüllt und gegen ihr Dekolleté und anschließend ihre Arme hält, wahrscheinlich in der Hoffnung, dass die Kälte Linderung verschafft. Sie beißt ihre Zähne aufeinander und kratzt über ihre Arme. *Oh, oh.* Ihre Hände fahren nun über ihre Beine, verteilen das Pulver immer weiter über ihrem Körper. Ein Lächeln umspielt meine Lippen, als sie aufspringt und ins Bad ... *rennt.*

»Es muss inzwischen überall sein«, bemerkt Damien.

Am liebsten würde ich einen kleinen Freudentanz aufführen, dafür, dass alles geklappt hat.

Wenige Minuten später kommt die Juckpulver-Blondine zurück, stürzt sich auf ihre Sachen und rauscht davon – nur, dass ihr sich plötzlich jemand entgegenstellt und sie am Gehen hindert. »Siehst du das?«, frage ich und zeige dorthin.

Damien hebt eine Augenbraue, als die beiden anfangen, zu streiten und die Frau den Kopf schüttelt. »Hast du nicht etwas von einem Paparazzi erzählt?« Ich bejahe. »Dann hätten wir auch diesen gefunden.«

Sie schubst ihn zur Seite und stürmt an ihm vorbei, sodass dieser die Hände in die Luft wirft und frustriert mit seinem Fuß aufstampft.

»Da ist wohl jemand sauer, dass er seine Story nicht bekommt«, stelle ich kopfschüttelnd fest. »Wenn das nicht ein weiterer Beweis dafür ist, dass man den Medien nicht trauen kann, dann weiß ich auch nicht.« Und dann realisiere ich, was das hier bedeutet. »Damien«, sage ich, während sich ein siegessicheres Grinsen in meinem Gesicht bildet. »Wir haben es geschafft!«

Kapitel 40

Seit einer halben Stunde ist Zachary bereits im Club, bisher war er aber damit beschäftigt, jeden Mitarbeiter persönlich zu begrüßen und sich fürs Kommen zu bedanken. Der Geschäftsführer wollte seinen Angestellten damit beweisen, dass er jeden von ihnen wertschätzt. Inzwischen hat sich das *Avenue* gefüllt, und ich schätze, dass drei Viertel aller Angestellten gekommen sind, was ich persönlich als gutes Zeichen deute. Ich denke nicht, dass Leute, die den Gerüchten Glauben schenken, mit ihm feiern würden.

»Und was machen wir hier?«, frage ich schmunzelnd.

Zachary hat mich vor wenigen Minuten per Nachricht zum Mitarbeiterbereich des Clubs gelotst, damit wir einen Augenblick ungestört sein können. Glücklicherweise kennt Zachary den Betreiber, der dies mit einem Schlüssel möglich gemacht hat. Zwischen all den Mitarbeitern des Labels müssen wir uns wie Chef und Angestellte benehmen. Im Augenblick befinden wir uns in einem dunklen Gang, in dem übereinandergestapelte Ledersessel, mehrere Regale und robuste Kisten gelagert werden – auf eine davon hat mich Zachary gerade hochgehoben.

»Ich dachte, dass wir …« Zachary verstummt, als ich mit einem provokanten Gesichtsausdruck meine Finger in seinen Hosenbund stecke und über seine Haut streichle. Mein Gegenüber folgt meinen Handbewegungen sehr aufmerksam. Zachary beugt sich zu mir herunter, den Arm gegen die Wand gestützt – er leckt sich über die Lippen. »Du spielst ein gefährliches Spiel, Juliet«, warnt mich Zachary zwinkernd.

Meine Finger ziehen ihn mit einer raschen Bewegung näher zu mir heran, sodass unsere Körper aneinanderprallen und ich meine Beine um ihn schlinge. »Tue ich das?«, frage ich unschuldig. »Das wusste ich nicht«, lüge ich frech.

Zachary seufzt. »Ich kann das nicht. Nicht hier.«

Bevor ich fragen kann, was Zachary meint, schieben sich seine Hände unter meinen Hintern und heben mich hoch. Mein Herz macht einen Sprung, als Zachary an meiner Lippe knabbert, während er mit seinem Ellenbogen die Tür zu einem Raum öffnet, der sich direkt neben der Kiste befunden hat. Sein Blick verschlingt mich, als er die Tür mit seinem Fuß zuschlägt – sexy.

In dem Moment, in dem mich Zachary herunterlässt und auf dem Boden abstellt, treffen sich unsere Lippen voller Inbrunst.

Ich will ihn – sofort. Meine Finger öffnen die Knöpfe seines Hemdes und ich streife es ihm ab. Seine Hände wandern im gleichen Augenblick über meine Rundungen, und ich muss unseren Kuss unterbrechen, weil ich den Anblick, der sich mir bietet, auskosten will. Zachary ist Versuchung pur.

Meine Finger fahren über seine definierten, durchtrainierten Bauchmuskeln, über seine glatte und weiche Brust, bevor ich mich an seinen breiten Schultern festhalte. Mein Waliser hat alles, was man sich nur wünschen kann, Zachary ist mein wahrgewordener Traum. Er sieht nicht nur verboten attraktiv aus und hat einen durchtrainierten Körper, sondern ist auch einfühlsam, humorvoll, loyal, ehrlich und liebevoll. Es überrascht mich also nicht, dass ich mich damals Hals über Kopf in ihn verliebt habe.

Seine Lippen wandern über meinen Hals bis zu meinem entblößten Dekolleté, da mein Shirt vor wenigen Sekunden auf dem Boden der Kammer gelandet ist. Als meine Finger den Knopf meiner Hose öffnen wollen, hält Zachary mich plötzlich zurück, aber nur um den Part selbst zu übernehmen. Wenige Augenblicke später trage ich nur noch meine weiße Spitzenunterwäsche, weshalb Zachary kurz innehält und sein gieriger Blick über meinen Körper fährt. Er hebt mich abermals hoch und trägt mich zu einem Tisch.

Doch kaum hat er mich am Rand abgesetzt, vibriert meine Smartwatch. Ich ignoriere es, beiße mir auf die Lippe, als Zachary meine Beine spreizt, und dann vibriert meine Uhr erneut, sodass ich einen Blick darauf werfe und Damiens Namen lese.

»Warte«, sage ich schnell, sodass er sich sofort zurückzieht. »Ich habe eine Nachricht bekommen, ich ... ich muss dringend an mein Telefon.«

»Jetzt?« Er blinzelt. »Nicht in ... sagen wir, zwanzig Minuten?«

»Zwanzig?«, frage ich grinsend. »Wirklich?«

»Oder in zehn«, gibt er schulterzuckend zu.

»Ja, das klingt realistischer.«

Zachary fasst sich übers Herz. »Autsch.«

Nachdem ich ihn sanft beiseitegeschoben habe, springe ich von der Tischkante und laufe zu meiner Handtasche, die sich ebenfalls auf dem Boden befindet, um an mein Telefon zu gelangen, und lese Damiens Nachrichten. »Warum hast du nicht erwähnt, dass dein Vater an der Feier teilnimmt?«

»Weil er ... es nicht tut?«

»Dein Vater ist aber hier.«

Zachary schaut mich irritiert an. »Bitte was?«

»Und er will eine Rede halten – *genau jetzt.*« In Windeseile ziehe ich meine Hose und mein Shirt an. »Wie kann es sein, dass du nicht weißt, dass dein Vater herkommen wollte?«, frage ich Zachary, als dieser sein Hemd wieder zuknöpft.

Zachary presst seine Lippen aufeinander, runzelt seine Stirn. »Er hat es mit keiner Silbe erwähnt«, antwortet er schließlich, bevor wir den Raum verlassen und durch den Mitarbeiterbereich eilen, um zurück zur Feier zu gelangen. Zachary macht keine Luftsprünge, dass sein Vater anwesend ist, doch das überrascht mich nicht. Er wird nie vergessen, wie sein Vater ihm seinen Willen aufgezwungen und die Brüder früher gegeneinander ausgespielt hat.

Zurück im Loungebereich ist dieser leer, alle Anwesenden scheinen sich im Tanzsaal zu versammeln, auch der DJ hat aufgehört zu spielen. Bisher kann ich Zacharys Vater nicht sehen, dafür aber hören. Wir treten näher heran und können nun in den Saal hineinspähen, Jonathan Birmingham steht mit einem Mikrofon in der Mitte der Tanzfläche – um ihn herum hat sich ein Kreis gebildet.

Während ich das Ebenbild meiner Mutter und von Bailey bin, ähnelt Zachary seinem Vater, bloß seine Haare haben sich über die Jahre von einem dunklen Blond zu Silber verfärbt. Die Lichter wurden auf ihm positioniert, dadurch strahlen seine gebleichten Zähne noch heller.

»Birmingham Records hat sich schon immer für seine Mitarbeiter interessiert. Ihr seid die Menschen, die dieses Plattenlabel aufrechterhalten, die es erfolgreich machen.« Er schenkt uns ein breites Lächeln, eines, das die meisten als sympathisch einstufen würden – ich sehe jedoch den Mistkerl, der er wirklich ist. »Und wir möchten das euch beweisen.«

»*Wir?*«, frage ich leise an Zachary gerichtet.

Er zuckt nur mit seinen Schultern.

»Lange wurde darüber nachgedacht, wie wir am besten unsere Wertschätzung ausdrücken«, beginnt Jonathan, und ich bemerke, wie die Mitarbeiter nach vorne drängen und praktisch an seinen Lippen kleben. »Daher haben wir entschieden, den Mitarbeitern von Birmingham Records eine sechsmonatige, bezahlte Elternzeit zu ermöglichen.« Unverzüglich werfe ich Zachary einen Seitenblick zu, denn das ist *seine* Idee. Sein Mund klappt auf, während ich die ersten begeisterten Rufe aus den Reihen der Mitarbeiter hören kann.

Jonathan verkündet das, was Zachary publik machen wollte.

Sein Vater kam ihm einfach zuvor.

Kapitel 41

»Da du nicht wusstest, dass dein Vater hier auftaucht«, flüstere ich, nachdem ich mich zu Zachary gelehnt habe. »Gehe ich nicht davon aus, dass das abgesprochen war?«

Zachary schnaubt nur für uns hörbar. »Kann man so sagen.«

Er starrt seinen Vater an, der weiterhin seine Rede hält, als wäre alles in bester Ordnung. Der Übergangene presst seine Lippen aufeinander, mein Blick wandert zu seinen Händen, die hinter seinem Rücken versteckt sind, damit niemand die geballten Fäuste sieht.

»Und was –«

»Und da ist der Mann der Stunde!«, unterbricht mich Jonathan Birmingham. »Mein Sohn, Zachary!« Mit seinem Finger zeigt er in unsere Richtung, sodass sich alle zu uns umdrehen. »Na komm schon her!«, fordert ihn der Silberfuchs auf, winkt ihn zu sich heran. Zachary bewegt sich nicht. »Sei nicht so schüchtern! Gesell dich zu deinem Vater, Zachary!«

Die Lippen des Geschäftsführers sind zu einem Lächeln geformt, das seine Augen nicht erreicht. Wie in Zeitlupe geht Zachary auf seinen Vater zu. Sein schneller Gang, der sonst vor Elan und Selbstbewusstsein strotzt, erinnert an einen Gänsemarsch.

»Die Zügel abzugeben, war schwierig, das muss ich gestehen.« Jonathan klopft seinem ältesten Sohn mehrmals auf den Rücken, als dieser ihn erreicht hat. »Doch mit unserem Tochterunternehmen hast du mir nicht nur bewiesen, dass du für den Posten als Geschäftsführer geeignet und die *perfekte* Ablösung für mich bist, du hast mich auch mit Stolz erfüllt.«

Während der ältere Bruder eine Lobeshymne bekommt, wird der jüngste Spross der Familie, der jahrelang an der Seite seines Vaters arbeitete, nicht einmal erwähnt.

In der Menge suche ich nach Isaac und hoffe, dass er nicht anwesend ist, um das mitzuhören. Leider entdecke ich Isaac in der hintersten Reihe auf der gegenüberliegenden Seite. Seine Lippen sind aufeinandergepresst, ansonsten lässt sich der Stellvertreter nichts anmerken.

»Mit dir als Nachfolger ist Birmingham Records in den besten Händen.« Zachary beugt sich zu seinem Vater, flüstert ihm etwas ins Ohr. »Und auch durch Isaac, dessen Arbeit …« Er räuspert sich. »… nicht schlecht ist.«

Zachary verzieht seinen Mund bei der Aussage und leises Gemurmel ist zu hören.

Jonathans Worte lassen mich sprachlos zurück. *Nicht schlecht*? Das Schlimmste daran ist, dass er es in der Öffentlichkeit verkündet hat. Jedem, aber wirklich jedem in diesem Club wird bewusst geworden sein, wie er über Isaac denkt. Im Privaten mit Isaac so umzugehen, ist bereits unterste Schublade, aber das? Unverzeihlich.

Isaac bahnt sich einen Weg durch die Menge und verschwindet in Richtung des Ausganges, während ihn die

Anwesenden beobachten. Das Getuschel wird lauter, und ich muss nicht Mäuschen spielen, um zu wissen, über was gesprochen wird.

Obwohl ich gerade nicht gut auf Isaac zu sprechen bin, fühle ich ein Unwohlsein in meiner Brust. Mein erster Impuls ist, nach ihm zu sehen. *Isaac ist ein Monster*, warnt mich mein Kopf. *Seines Vaters Monster, er wurde zu dem gemacht, was er ist,* erinnert mich mein Herz, wobei es einen Punkt aufgreift, den ich außer Acht gelassen habe.

Wenn Jonathan Birmingham Zachary nicht bewusst bevorzugt hätte, wäre Isaac vielleicht nicht so dermaßen von seiner Wut und seinen Rachegelüsten zerfressen worden.

Ich verspüre einen Schmerz in meiner Brust, wenn ich darüber nachdenke, wie Isaac hätte werden können, wenn er in eine andere Familie hineingeboren wäre oder Zachary als Verbündeten gehabt hätte anstatt als Konkurrenten.

Entschlossen quetsche ich mich durch die Mitarbeiter, die noch immer an den Lippen von Jonathan Birmingham hängen, um Isaac nach draußen zu folgen. Seine schlanke, schmale Gestalt kann ich in der Ferne ausmachen. Kurz bevor ich ihn erreiche, bleibt Isaac plötzlich stehen, sodass ich verlangsame und mit ansehe, wie dieser gegen einen Mülleimer tritt – und dann noch mal, noch mal und noch mal. Währenddessen brüllt Isaac, es klingt wütend, frustriert und auch ein wenig erschöpft zum Ende hin, ehe er von der Mülltonne ablässt.

»Isaac?«, spreche ich ihn an.

Augenblicklich spannt sich dieser an. »Nein, Juliet.« Isaac wendet mir noch immer den Rücken zu. »Nicht jetzt, bitte nicht.« Seine Stimme ist leise, sodass ich einen Schritt näher an ihn herangehe und meine Hand auf seinen Arm platziere. Sofort zuckt dieser zusammen, begibt sich aus meiner unmittelbaren Reichweite und dreht sich zu mir um. Seine Augen schimmern, sein Gesicht ist rötlich verfärbt.

»Isaac«, versuche ich es erneut. »Ich kann –«

»Was?«, unterbricht er mich. »Was kannst du? Willst du mir wieder ins Gewissen reden? Versuchen, es verlockend klingen zu lassen, sodass ich an mir zweifle?« An sich zweifelt? Habe ich das geschafft? *Wann*? »Das kannst du dieses Mal nicht. Mein Vater hat nicht nur mir wieder bewiesen, was er von mir hält, sondern dem gesamten Unternehmen gezeigt, *wer* der Goldjunge ist! Egal, was ich tue, ich bin niemals genug. Und warum? Weil ich nicht Zachary bin. Dabei habe ich so lange nur eins gewollt, seine Zuneigung, ich wollte spüren, was Zachary fühlt und –«

Seine Worte verhallen in der Luft, als ich Isaac in meine Arme ziehe. Zuerst verhält sich dieser verkrampft, weiß nichts mit seinen Armen anzufangen. »Du bedeutest mir etwas, Isaac.« Auch, wenn dieser mir es nicht immer einfach macht, aber es entspricht der Wahrheit. »Man hat dir zu selten gesagt, dass die Arbeit, die du bei Birmingham Records leistest, außergewöhnlich gut ist.« Ich streiche ihm behutsam über den Rücken. »Du hättest den Posten als Geschäftsführer verdient.«

Keine Sekunde später erwidert Isaac meine Umarmung und klammert sich an mich, während ein leises Wimmern aus seinem Mund dringt.

»Ich will nach vorne schauen, aber … ich *kann* nicht.« Seine Stimme zittert, als er sich aus der Umarmung zurückzieht. »Dieser ... dieser Groll in meinem Herzen, er frisst mich von innen auf, wird immer lauter und lauter.« Es klingt, als würde Isaac nach Hilfe fragen.

»Ich helfe dir, Isaac, ich lass dich nicht allein.«

Isaac beißt sich auf die Lippe, bevor er eine Träne wegwischt, die über seine Wange laufen wollte. »Ich ... ich muss dir noch etwas gestehen.« Will mir der jüngere Bruder nun offenbaren, dass er gegen unsere Abmachung verstoßen hat? »Ich war nicht –« Seinen Satz bringt Isaac nicht zu Ende, denn er schaut an mir vorbei und verzieht den Mund.

Augenblicklich drehe ich mich um. Zachary läuft uns entgegen, beinahe rennt er und stößt dabei gegen mehrere Passanten. »Isaac!«, ruft er und hebt die Hand, als würde er ihm signalisieren wollen, dass er ihn gesucht hat. »Wie ... wie geht's dir?«, will er wissen, als er uns erreicht. »Alles in Ordnung, nach dem, was ...«

»Was passiert ist?«, beendet Isaac. »Die Frage kann nicht ernst gemeint sein, oder? Wie soll es mir gehen, Zachary?« Isaac läuft an mir vorbei und stellt sich direkt vor Zachary. »Als ob du nicht wüsstest, was die Worte unseres Vaters mir antun.«

»Deshalb wollte ich ...«

Isaac lässt ihn nicht zu Wort kommen. »Wolltest du was? Noch mal Salz in die Wunde reiben? Das brauchst du nicht, denn, nein, Zachary mir geht's nicht gut, aber ich werde darüber hinwegkommen – wie immer. Wahrscheinlich hätte ich Vater nur glücklich machen können, wenn Mum mit mir zusammen vom Dach gesprungen wäre!«

»Sag so was nicht!«, rügt ihn Zachary.

»Ich bitte dich, als ob er das nicht denken würde!«

»Er …« Zachary kann es nicht widerlegen.

»Lass mich verdammt noch mal in Ruhe, Zachary!«, herrscht Isaac ihn an. Er macht ein paar Schritte zurück, sodass ich seitlich ausweiche. »Lass mich einfach in Ruhe«, wiederholt Isaac, bevor sich dieser umdreht, kurz innehält, mich mit einem traurigen Lächeln anschaut und uns dann zurücklässt.

Zachary schluckt. »Ich wollte kein Salz in die Wunde streuen.«

Ich lege ihm eine Hand auf den Arm. »Das weiß ich.«

»Isaac, er …«

»Er ist verletzt.«

Zachary nickt und seufzt leise. »Und ich kann es nachvollziehen.« Er schaut Isaac noch immer hinterher. »Bisher habe ich mich nie richtig in ihn hineinversetzt, wahrscheinlich weil ich nicht wollte, doch als mein Vater mich lobte und Isaac mit keiner Silbe erwähnte …«

»Du hast ihm etwas ins Ohr geflüstert«, erinnere ich mich.

»Ich sagte: Vergiss Isaac nicht.« Zachary schenkt mir ein trauriges Lächeln. »In nur wenigen Minuten hat es mein Vater geschafft, beiden seiner Söhne eins auszuwischen.«

In der Hektik habe ich vergessen, dass Jonathan auch Zachary in den Rücken gefallen ist. »Willst du über die Sache mit der Elternzeit reden?«, biete ich ihm an, denn ich möchte, dass er weiß, dass ich immer für ihn da sein werde.

»Nein, eigentlich nicht.« Zachary schüttelt seinen Kopf. »Am liebsten würde ich nicht länger über meinen Vater nachdenken, diese Party sofort verlassen und mit dir nach Hause. Einfach weg von hier und vergessen, was gerade passiert ist.« Er seufzt. »Es wäre aber zu früh, um die Party schon zu verlassen. Es wird sicherlich auffallen, dass Isaac nicht mehr anwesend ist, aber ich möchte nicht für noch mehr Gesprächsstoff sorgen.« Er greift nach meiner Hand. »Lass uns noch eine Stunde überstehen, meinen Vater dabei ignorieren – und dann abhauen.«

Obwohl Mitarbeiter in der Nähe sein könnten, stelle ich mich auf die Zehenspitzen, um ihm einen Kuss zu geben. »Was auch immer du brauchst.«

Er legt seine Stirn an meine. »Nur dich, Juliet. Nur dich.«

Kapitel 42

»Das nenne ich einen Anblick«, höre ich Zachary sagen, weshalb ich mich erschrocken umdrehe, und den Pfannenwender ablege – den ich lange suchen musste. Um uns ein Frühstück zu zaubern, musste ich mich durch mehrere Boxen mit der Aufschrift *Küche* wühlen.

»Eine halbnackte Frau in meiner Küche.« Er grinst spitzbübisch. »Hätte ich gewusst, dass das mit einer Immobilie kommt, wäre ich früher eingezogen.«

»Natürlich wärst du das«, erwidere ich grinsend, bevor ich mich zum Herd wende und auf das Rührei konzentriere, sodass es nicht anbrennt.

Zachary lehnt sich von hinten gegen mich und ich höre ihn schnuppern, sodass ich meinen Kopf zu ihm umdrehe – aber seine Aufmerksamkeit liegt nicht auf *mir*. Zacharys Magen knurrt, während er den Bacon beäugt, der bereits auf einem Teller neben uns liegt.

Zachary stöhnt. »Genau, wie er sein muss«, bemerkt er zufrieden.

Ein Lachen kann ich mir nicht verkneifen, denn ich würde diesen Bacon niemals im Leben in die Nähe meines Tellers lassen und, das, obwohl ich Bacon mag. Aber die amerikanische Art – die knusprige Art. »Extra labbrig, so, wie ihr seltsamen Briten ihn bevorzugt.«

Zachary runzelt die Stirn. »Was heißt hier seltsam?«

Ich schaue ihn vielsagend an. »Wie oft hatten wir das schon?«

Der Waliser schnaubt und schüttelt seinen Kopf. »Oft genug, dass du wissen müsstest, dass man ihn so essen muss.« Zachary leckt sich über die Lippen, während seine Finger heimlich nach einer Scheibe Bacon greifen wollen.

»Finger weg!« Ich schlage seine Hand weg und zeige danach drohend mit dem Pfannenwender auf ihn. »Die Eier sind jeden Moment fertig. Wieso deckst du nicht schon den Tisch für uns?«, schlage ich ihm lächelnd vor und zeige auf die Teller und Gläser, die ich bereits aus den Boxen herausgekramt habe.

Zachary nickt begeistert, während ich den Herd ausstelle und die Bratpfanne auf die kalte Seite schiebe. Als ich das Rührei in eine Schüssel kippe, trägt Zachary die Teller und Gläser hinüber, bevor er es mit dem Apfelsaft gleichtut, den ich im Kühlschrank gefunden und herausgeholt habe.

»Was ist mit Besteck?«, fragt Zachary, nachdem er den Teller mit dem Toastbrot rübergebracht hat.

»Oh, das muss ich übersehen haben, es muss noch in den Boxen sein.«

Zachary sieht in den ersten zwei nach. »Hier ist es nicht.«

Nachdem ich die Schale mit dem Rührei abgestellt habe, schaue ich in die anderen zwei. »Hier auch nicht.«

Er kratzt sich im Nacken. »Seltsam.«

»Sicher, dass du es eingepackt hast?«

»Ja, und auch, dass es eigentlich fünf Boxen waren.«

»Vielleicht haben die Umzugshelfer die Box in einen anderen Raum gebracht?«, mutmaße ich. »Warum überprüfst du nicht die Boxen im Wohnzimmer?«, schlage ich vor. »Ich übernehme Schlaf- und Badezimmer.«

Zachary lächelt. »Das wäre sehr lieb, danke.«

Zunächst schaue ich im Schlafzimmer nach, doch die Kartons, die sich dort befinden, wurden alle für diesen Raum gekennzeichnet. Im Badezimmer verhält es sich ähnlich. Vielleicht wurde eine Box falsch beschriftet? Wenn man viel zu tun hat, kann so was passieren. Aufgrund dessen schaue ich in jeden Karton rein.

In den ersten Boxen entdecke ich ausschließlich Anziehsachen, doch dann öffne ich eine, in der etwas obenauf liegt, das meine Aufmerksamkeit erhascht – ein gläserner Fotorahmen. Neugierig greife ich hinein und hole ein Bild heraus, was offensichtlich von einem Kind gezeichnet wurde. Es zeigt eine vierköpfige Familie zu Weihnachten, denn im Hintergrund sind so etwas wie ein krummer Tannenbaum und viele Geschenke. Als ich den Rahmen herumdrehe, staune ich nicht schlecht, denn auch die Rückseite besteht aus Glas.

Dort steht geschrieben:

Für: Meinen besten Freund und Bruder Zac
Von: Isaac

Zachary hat eine Zeichnung seines Bruders behalten, die anscheinend aus der Zeit stammt, in der die beiden unzertrennlich waren – bevor die Todesumstände seiner Mutter bekannt wurden und die Kluft zwischen den Brüdern entstand. Dieses Bild muss ihm viel bedeuten, wenn er es den ganzen Weg aus Wales mitnimmt – und das gibt mir weitere Hoffnung.

»Ich hab's gefunden!«, ruft Zachary.

Ich lege das Bild zurück. »Und wo war das Besteck?«

»Im Arbeitszimmer.«

***

»Ich platze gleich«, sage ich.

»Nein, *ich* platze gleich aus allen Nähten.«

Zachary lehnt sich in seinem Stuhl zurück, schließt die Augen – nun ist die beste Zeit für einen Angriff. Vollgefuttert bedeutet in seinem Fall pudelwohl, glücklich und rundum zufrieden, deshalb ist es der perfekte Zeitpunkt, um auf Isaac und die gestrige Rede seines Vaters einzugehen.

Zachary wollte seinen Vater zwar meiden, dennoch hat er ihn darauf angesprochen, warum er die Neuigkeiten bezüglich der Elternzeit verkündet hat, obwohl es doch Zacharys alleinige Idee war. Jonathan meinte, so erzählte mir Zachary auf dem Nachhauseweg, dass er ausschließlich helfen wollte, denn die Mitarbeiter vertrauen ihm. Wir wussten beide, dass das eine Lüge ist.

»Wollen wir vielleicht noch mal über Isaac und gestern sprechen, Zachary? Ich meine, hast du inzwischen über den Vorschlag nachgedacht?«, erkundige ich mich. »Also, ihm doch die Projektleitung in Los Angeles zu übertragen.«

Anstatt zu antworten, beugt sich Zachary zu mir und küsst mich, sodass ich den salzigen Bacons schmecken kann. »Willst du wirklich über Isaac sprechen?«, flüstert Zachary in mein Ohr, während sein Finger leicht über meine Schulter streicht.

Eine Gänsehaut breitet sich auf meinem Körper aus. »Sollten wir nicht zunächst ... sauber ... ähm ... sauber machen oder doch über ...«, versuche ich ihn halbherzig abzulenken, denn mein Körper möchte ihn nicht von seiner Idee abbringen – eher das Gegenteil. Ein Stöhnen entweicht meinem Mund, als seine Lippen über meinen Hals wandern. »Über deinen Bruder sprechen?«, frage ich.

Meine Konzentration und der Rest an Selbstbeherrschung schwinden, als seine Hände zärtlich über meine Oberschenkel streicheln. Und je mehr Zachary sich meiner Mitte nähert, desto ungeduldiger werde ich und dessen ist er sich bewusst. Er hat gewonnen – aber so kann er immer über mich siegen. *Es ist ein himmlischer Verlust.* Seine Finger sind keinen Zentimeter von meiner Mitte entfernt, ich kann ihn bereits in mir spüren und beiße mir auf die Lippe, doch dann … passiert nichts.

Zachary wendet sich plötzlich ab. »Du hast recht, wir sollten zunächst sauber machen«, sagt er provozierend und steht auf, um mich alleine zurückzulassen.

Geschockt und noch immer außer Atem schaue ich ihm zu, wie er die Teller abräumt und zur Spüle bringt. Als wäre seine Folter nicht genug, grinst er über beide Ohren und schaut mich belustigt an. »Worauf wartest du, Juliet? Auf Weihnachten?«

»Auf einen Orgasmus«, antworte ich schmollend.

Zachary lacht. »Erst, wenn alles sauber ist!«

Es macht ihm Spaß, mich zu quälen, aus diesem Grund wird es Zeit, den Spieß umzudrehen. Sind wir Frauen nicht die *wahren* Verführerinnen?

Zachary räumt gerade die Teller in seine Geschirrspülmaschine, als ich mich von hinten an ihn drücke. Das allein hätte nichts bewirkt, aber meine Hände, die über seinen Oberkörper streicheln, schon.

Ich stelle mich so vor die Spüle, dass Zachary eine perfekte Sicht auf mich hat. Obwohl es unnötig ist, mache ich das Becken sauber und lege den Pfannenwender so unter den Wasserstrahl, dass es spritzt. Dadurch wird mein weißes Shirt feucht und durchsichtig – genau, wie ich es beabsichtigt habe. Ein Seitenblick bestätigt mir, dass Zachary meine Brüste begutachtet.

Im Handumdrehen stellt er sich hinter mich, presst sich an meinen Körper, sodass ich ein siegessicheres Grinsen nicht unterdrücken kann. Ich spüre seine Erektion an meinem Hintern und beiße mir auf die Lippe. Zacharys Hände wandern unter mein Shirt, sodass es leicht hochrutscht und mein Gesäß freigibt. Seine Finger kneten meinen Hintern, umfassen meine Brüste. Meine Sinne überreizen, als Zachary mit seinen Lippen über meine Schulter und meinen Hals fährt. *Ich brauche ihn.* Ich will mich umdrehen, doch er lässt das nicht zu und drückt mich nur härter gegen die Spüle.

»Ich will dich – jetzt«, fordere ich.

Zachary kommt meiner Bitte nach, nur anders als erhofft. Anstatt, dass er mich von hinten nimmt, finden seine Finger ihren Weg zu meiner Mitte, um diese zu massieren. Ich stütze meine Hände gegen die Wand hinter der Spüle, weil ich mich nicht mehr von alleine aufrecht halten kann, während er mit seinen Händen meine Klitoris verwöhnt. Nicht zu viel Druck und nicht zu wenig, genau richtig, um mich zu einem Orgasmus zu bringen.

»Noch nicht.«

Diese Worte flüstert er mir ins Ohr, als er mich plötzlich loslässt und eine tiefe Enttäuschung hinterlässt. Ich habe allerdings nicht genug Zeit, darauf etwas zu erwidern, weil er mich über seine Schulter legt und zu seinem Schlafzimmer trägt. Okay, ja, damit bin ich einverstanden.

Zachary wirft mich auf sein Bett und will gerade seine Klamotten loswerden, als ich ihn mit einem Schnalzen meiner Zunge stoppe. »Langsamer, bitte«, fordere ich ihn verführerisch auf.

Er legt seinen Kopf kurz schief, bevor er sein Shirt langsam anhebt, um von Sekunde zu Sekunde mehr von seinem durchtrainierten Körper freizulegen.

Ich beiße mir auf die Zunge, als er sich um seine Unterhose kümmern möchte – und dann traue ich meinen Augen kaum. Zachary verliert auf einem Bein das Gleichgewicht, sodass er sich den Kopf am Bett stößt. Mit großen Augen schaue ich perplex zu, wie er langsam aufsteht und dabei seine Stirn reibt.

»Da will man einmal sexy für seine Freundin sein, und dann das.«

Mein Schock schlägt plötzlich in ein anderes Gefühl um: *Belustigung.*

Ich lache los, während ich einen nackten Zachary betrachte, der vorsichtig seinen Kopf hält, weil er bei einem Striptease wortwörtlich einen Abgang gemacht hat.

Kapitel 43

Die Generalprobe für die Sängerin Marian Dubois ist in vollem Gange, als ich den Backstage-Bereich betrete.

Zachary befindet sich heute in der Radio City Music Hall, um die Probe vor dem ersten Konzert der allerersten Welttournee der Künstlerin zu überwachen. Vor einer halben Stunde hat er mich angerufen und hierher eingeladen, da er mit mir über etwas Wichtiges sprechen möchte. Weil ich vorhin nur eingesendete Tapes – die schrecklich klangen – durchgesehen habe, habe ich nicht zweimal überlegt und bin sofort aufgebrochen.

Ich folge den Schildern, um zu den Rängen der Zuschauer zu gelangen. Plötzlich wird das Licht gedimmt, und die Personen, die sich gerade noch umgezogen haben, huschen hektisch weiter, während ich die Tür zu den Rängen entdecke. Als ich hindurchtrete, stelle ich fest, dass ich dicht vor der Bühne herausgekommen bin und sich im vorderen Bereich einige Personen tummeln, Zachary befindet sich nicht unter ihnen.

Meine Aufmerksamkeit wird allerdings von den Tänzern erhascht, die mit dem Bauch auf dem Boden liegen und sich nicht bewegen. Auf dem gewaltigen LED-Display im Hintergrund steigt ein atemberaubender, riesengroßer Mond empor – und ich weiß instinktiv, welcher Song gleich geprobt wird.

Marian, eine attraktive, blonde Frau, betritt die Bühne, stellt sich mittig hin, und dann wird die Melodie von *Moonlight* angespielt. Zur ersten Strophe regen sich die Tänzer, interagieren kurz miteinander, bevor sie sich aufrichten und sich langsam, aber gefühlvoll bewegen, was perfekt zu der Ballade passt. Diese Körperspannung und Beweglichkeit … ich beneide sie.

Aus meinem Augenwinkel erkenne ich eine Bewegung unweit von mir entfernt, sodass ich mich umdrehe und Zachary entdecke, der sich einige Sitzreihen hinter mir befindet und ein Telefonat führt. Ich laufe ihm entgegen, werde aber langsamer, je näher ich ihm komme. Zachary läuft unruhig zwischen den Sitzen hin und her, schüttelt immer wieder seinen Kopf, bevor er diesen in den Nacken legt. Besser, ich lasse ihm seine Privatsphäre.

In dem Moment, als ich innehalte, treffen sich unsere Blicke, und unverzüglich erscheint ein Lächeln in seinem Gesicht. Zachary hebt zwei Finger hoch, als wollte er mir sagen, dass er noch ein paar Minuten braucht. Bevor er sein Gesicht vollständig abwendet, sehe ich, wie sein Lächeln wieder erlischt. Irgendetwas scheint nicht zu stimmen.

Das Lied auf der Bühne endet, und die Tänzer und Marian fallen sich in die Arme, während alle um mich herum klatschen – als wäre das der Abschluss gewesen. Die Beleuchtung für die Show wird gegen eine normale ausgetauscht, sodass nun Helligkeit den Zuschauerraum flutet.

In der vordersten Reihe erhebt sich ein Mann und klatscht in die Hände. »Okay, das war wirklich sehr gut, Leute«, ruft er, damit ihn alle auf der Bühne hören können. »Allerdings will ich einen erneuten Durchlauf von *Clean Break*, *Teardrop*, *Phantoms Heart* und *Moonlight* sehen, denn dort haben mir die Interaktionen mit den Zuschauern noch nicht ausgereicht. Ich weiß, es gibt derzeit noch keine Zuschauer, aber tut bitte so, in Ordnung? Vor allem bei diesen Songs ist es wichtig, denn sie sind die *Fanfavorites* und werden am meisten mitgefilmt.«

»Mit den jeweiligen Kostümen?«, fragt eine der Tänzerinnen.

»Ja, aber zunächst machen wir eine dreißigminütige Pause. Und ich will jeden Einzelnen von euch beim Catering sehen, verstanden?« Die körperliche Belastung ist in diesem Job nicht zu unterschätzen, von daher darf man nicht vergessen, sich richtig zu ernähren.

Das Letzte, was eine Show braucht, ist, dass jemand wegen eines Schwächeanfalls im Krankenhaus landet.

Im Moment kann das Label noch weniger eine negative Schlagzeile gebrauchen als sonst – auch wenn die Öffentlichkeit nun hinter Zachary steht. Die Polizei hat ihre Gespräche mit den Mitarbeitern und Künstlern beendet und ist zu dem Ergebnis gekommen, dass die Anschuldigungen haltlos beziehungsweise nicht nachzuweisen sind. Tatsächlich haben sich mehrere Newcomerinnen und auch bekannte Künstler wohlwollend zum Label geäußert.

Mein Blick schweift zurück zu Zachary, der gerade sein Gespräch beendet, sein Telefon wegsteckt und mir entgegenkommt. Augenblicklich laufe ich in seine Richtung, sodass wir uns mittig treffen. Zachary platziert seine Lippen auf meiner Wange, nur wenige Millimeter von meinem Mund entfernt. »Wie ich dich vermisst habe«, flüstert er in mein Ohr, bevor er mich widerwillig loslässt.

»Ist alles in Ordnung?«, will ich wissen.

»Verfolgst du die Nachrichten? Wegen des Hurrikans?«

»Ich habe davon gehört«, bejahe ich, denn es lief heute früh im Radio, als ich mich für die Arbeit fertiggemacht habe. »Der Sturm wird glücklicherweise nicht aufs Festland treffen.« Er kneift den Mund zusammen – habe ich was verpasst? »Oder?«

Zachary schüttelt seinen Kopf. »Vor wenigen Stunden hat sich unerwartet die Windrichtung auf der Höhe der Südspitze geändert, sodass vor allem Miami und Fort Lauderdale getroffen wurden. Das Auge war noch immer über dem Ozean, doch die Außenwinde haben das Festland erreicht und erheblichen Schaden hinterlassen.«

O Gott. »Wie schlimm ist es?«

»Einige Bezirke stehen unter Wasser.«

»Scheiße«, sage ich.

»Das *Hard Rock Stadium* wurde allerdings verschont.« Er macht eine Kopfbewegung zur Bühne, die inzwischen leer ist. »Dort findet am Sonntag ihr drittes Konzert statt«, verkündet Zachary und seufzt. »Und ich habe es gerade abgesagt – was einigen Investoren nicht gefällt.« Er zuckt mit seinen Schultern. »Es ist mit einer Menge Verlust verbunden, aber ich werde dort kein Konzert stattfinden lassen, wenn Menschen kein Dach über dem Kopf haben.« Seine Stimme ist ernst. »Ich habe mit der Stadt telefoniert, um den Verantwortlichen mitzuteilen, dass ich einer Notunterkunft nicht im Weg stehe.«

»Könnten die es denn nicht über deinen Kopf hinweg entscheiden?«, frage ich, weil mich das interessiert. »Ich meine, es handelt sich um einen Notfall.«

»Selbst wenn das Stadion Staatseigentum wäre, könnte das Label sie wegen Vertragsbruch verklagen.« Zachary setzt sich hin, sodass ich es ihm gleichtue. »Wenn ich sagen würde, dass ich das Stadion trotz allem nutzen will, müsste man dafür sorgen, dass ich meinen Willen bekomme.«

Gängige Herangehensweise ist, dass man die Räumlichkeiten zwei Tage vor und zwei Tage nach dem Konzert mietet, um die Bühne aufzubauen und wieder abzubauen, bevor man sie zum nächsten Ort bringt.

»Und die Investoren wollten von dir, dass es trotzdem stattfindet?«

»Einige ja, manche stimmen auch mit mir überein. Die, die nur ans Geld denken, vergessen, wie das auf die Öffentlichkeit wirkt, wenn wir nach einem Hurrikan ein Konzert veranstalten und das größte Stadion in Miami, das Sammelstation, Notunterkunft und Krisenzentrum zugleich sein könnte, tagelang blockieren.« Er seufzt. »Aber das ist nicht der Grund, warum ich das tue, denn ich möchte den Leuten wirklich helfen.«

Ich lege ihm, nachdem ich geschaut habe, ob uns jemand Beachtung schenkt, meine Hand auf seinen Arm. »Du warst nie jemand, der anteilslos danebenstand, wenn andere leiden«, sage ich. »Das macht dich aus.« Zachary schenkt mir ein dankbares Lächeln, sagt jedoch nichts. »Wolltest du darüber mit mir sprechen?«

Zachary räuspert sich. »Über mehrere Sachen«, eröffnet er mir. »Aber fangen wir mit deinem Besuch bei Bailey an. Wie geht's ihr?«

Gestern habe ich meine Großmutter nach der Arbeit besucht, weil mich Brenda angerufen hat und mir mitteilte, dass sie einen klaren Tag hatte und einer Konversation länger folgen könnte. Die Tage, an denen das möglich ist, sind ein wahres Geschenk, denn endlich konnte ich mit ihr richtig sprechen – auch wenn sie nicht wusste, dass ich Juliet bin.

Trotzdem liebe ich diese Tage über alles.

»Ich hab's wirklich genossen«, antworte ich ihm und lächle bei diesem Gedanken an gestern. »Wir haben uns über die 4th-of-July-Parade unterhalten, bevor ihr Reset-Knopf gedrückt wurde. Ich wünsche mir, es würde mehr solcher Tage geben, denn ich vermisse Bailey, obwohl ich sie noch nicht wirklich verloren habe.« Zachary nickt, und ich fahre mit meinen Gedanken fort. »Wenn du weißt, dass die Zeit knapp ist, willst du jede Sekunde auskosten. Wenn ich das nicht tun würde, würde ich es bereuen. Ob durch eine Krankheit oder einen Unfall, das Leben kann manchmal schneller enden, als es einem lieb ist.«

»Das«, sagt Zachary, bevor er seufzt, »ist eine gute Überleitung.«

»Hm?«, frage ich irritiert.

»Darüber musste ich in den letzten Tagen nachdenken, also wie schnell etwas vorbei sein kann«, sagt Zachary und spielt mit seinen Händen. »Und ... ich will nichts bereuen, ich will sagen können, dass ich das Bestmögliche probiert habe.« Er lächelt mich an. »Ich habe mich entschlossen, Isaac anzubieten, das Projekt in Los Angeles zu übernehmen. Ich habe mich falsch verhalten und möchte das wieder geradebiegen. Und wie ich bereits am Abend der Party gesagt habe, ich ... ich konnte mich in ihn hineinversetzen. Du hattest recht, Juliet, ich muss nach vorne schauen, ich will nicht in der Vergangenheit feststecken.«

»Zachary, das ist eine sehr erwachsene Entscheidung.«

Nun muss ich nur noch seinem Bruder ins Gewissen reden, und das werde ich hinbekommen – nein, ich *muss* das schaffen. Ich *werde* zu ihm durchdringen.

»Du weißt nicht, wie stolz ich bin, dass du die Vergangenheit hinter dir lassen möchtest, aber ich hätte noch etwas, das dir hilft, den Verlust des Taschentuchs zu verarbeiten«, sage ich und krame in meiner Tasche.

»Und das wäre?«

Schmunzelnd hole ich die Verpackung hervor, die ich gestern Abend von einem Postboten überreicht bekommen habe – frisch aus Kalifornien. Ich reiche ihm die kleine Box mit der Überschrift *Juliet*, die extra für ihn angefertigt wurde. »Es ist zwar kein bestricktes Taschentuch mit den Insignien von Wales, aber passt dafür in deine Sammlung.«

In Los Angeles gibt es einen Funko-Pop-Store, in dem man exklusiv eine Figur zusammenstellen kann, die der eigenen Person nachempfunden ist.

Zachary schaut mich mit großen Augen an. »Du … das hast du für mich gemacht?« Seine freie Hand findet meine, während er die Box an seinen Oberkörper drückt. Der Anblick lässt mein Herz schneller schlagen. »Du weißt nicht, wie viel mir diese Geste bedeutet, Juliet. Wenn ich dich küssen könnte, würde ich es jetzt tun.« Zachary schaut zu unseren verschränkten Händen, lächelt. Er macht eine Kopfbewegung zu der Juliet-Figur und grinst mich amüsiert an. »Ich hätte schon eine Idee, wann wir Zachary herstellen.«

»Hm?«, frage ich verwirrt.

»Darüber wollte ich auch mit dir sprechen.« Zachary holt einen Umschlag aus seiner Innentasche. »Begleite mich bitte zu den American Music Awards in L. A.« Er schaut mich liebevoll an. »Als Kollegin, alte Bekannte oder Freundin, wie du willst.« Die Verleihung findet eigentlich immer im November statt, aber aufgrund von Erneuerungen und Renovierungen wurde sie vorverlegt.

»Ich würde gerne mitkommen, Zachary.«

Kapitel 44

Die Sicht, die sich mir aus dem Fenster bietet, lässt mein Herz schneller schlagen, denn ich habe es fast geschafft – bald bin ich bei Zachary. Er ist bereits gestern nach Los Angeles geflogen, doch weil alle Flüge restlos ausgebucht waren, reise ich erst heute hinterher.

Ein klarer blauer Himmel zeichnet sich über der Santa-Monica-Bergkette ab, die durch den weltberühmten Schriftzug als Hollywood Hills bekannt ist. Während wir immer weiter absinken und der Landeanflug sich dem Ende zuneigt, nähern wir uns der Skyline von Los Angeles. Wir fliegen dicht über eine Autobahn – die sogenannte Interstate –, die mindestens zehn Spuren hat, bevor wir wenige Augenblicke später mit dem Flugzeug auf dem Boden aufsetzen.

Während das Flugzeug zum Terminal rollt, meldet sich der Pilot zu Wort. »Im Namen der Crew möchte ich mich herzlich bedanken, dass Sie American Airlines geflogen sind, um an Ihr Ziel zu kommen. Denken Sie bitte daran, Ihre Uhren umzustellen. Die Ortszeit ist 03.12 PM, und die Außentemperatur beträgt 34 Grad«, verkündet er.

Nachdem sich die Türen des Flugzeugs geöffnet haben und die Plätze vor mir an der Reihe waren, schnappe ich meinen Koffer aus dem Gepäckfach und verlasse das Flugzeug. Eigentlich wollte ich meinen Koffer aufgeben, habe mich aber dagegen entschieden, da sich dort drinnen mein Abendkleid befindet. Koffer gehen auf Flugreisen viel zu oft verloren.

Weil die berühmt und berüchtigten American Music Awards bereits übermorgen stattfinden, wäre das zu kurzfristig, um ein neues Kleid aufzutreiben, das mir wirklich gefällt und auch gut passt.

Zacharys Einladung vor wenigen Tagen kam recht spontan – wir hatten darüber nie gesprochen, es nicht einmal erwähnt. Zachary meinte selbst, dass es eine Kurzschlussreaktion war. Aber der Gedanke, die Veranstaltung zu besuchen, wo unsere Geschichte einst ihren Anfang fand, ließ ihn nicht los, und so kaufte er mir ein Flugticket.

Als ich den gesicherten Bereich verlasse, halte ich nach Zachary Ausschau, weil er mir versprochen hat, mich abzuholen – eigentlich hat er darauf bestanden. Eine lange Suche bleibt mir erspart, ich finde den Dunkelblonden anhand seiner Größe. Ich laufe ihm entgegen, in seiner Hand hält er ein Schild mit der Aufschrift: Miss Bryant.

Ein belustigtes Auflachen kann ich nicht unterdrücken. »Hast du gedacht, dass ich dich nicht mehr erkenne, weil wir uns ein paar Tage nicht gesehen haben?« Dabei würde ich Zachary immer wiedererkennen – auch wenn er alt und schrumpelig ist.

»Ich wollte nur sichergehen.« Zachary küsst mich zur Begrüßung, bevor er mir meinen Koffer aus der Hand nimmt. »Unsere Nominierten befinden sich in den Anproben bei verschiedenen Designern, und weil danach nichts mehr ansteht, habe ich gedacht, dass wir uns einen schönen Tag machen«, teilt mir Zachary mit, als wir gemeinsam das Terminal verlassen. Wir überqueren die Taxistände, um zum Kurzparkplatz zu laufen. »Wir sind nicht weit vom Santa Monica Pier entfernt«, teilt er mir mit, während wir vor einem dunklen Mietwagen anhalten. »Wieso verbringen wir dort nicht ein bisschen Zeit, bevor wir zum Hotel fahren, dein Gepäck verstauen und uns dann ein Restaurant suchen, um dort zu Abend zu essen?«

Ein Grinsen umspielt meine Lippen, da ich den Gedanken, Zeit zu zweit zu verbringen, alles andere als schlecht finde. »Wie könnte ich dazu Nein sagen?« Außerdem kann ich ihn dabei unauffällig ausfragen, wie es mit Isaac gelaufen ist, schließlich wollte er ihm das Angebot hier vor Ort machen. »In welchem Hotel sind wir eigentlich?«, möchte ich wissen, da er alles geplant hat.

»Im Ritz-Carlton«, beantwortet Zachary. »Das ist direkt gegenüber dem Microsoft Theatre, wo die alljährliche Verleihung stattfindet.«

***

Durch den dichten Verkehr zur Rushhour haben wir bis zum Santa Monica Pier über eine halbe Stunde gebraucht. Nachdem wir den Wagen abgestellt haben, zeige ich zuerst zum Strand.

»Wollen wir dort entlangspazieren?«, frage ich ihn und sehe dem Pazifischen Ozean sehnsüchtig entgegen. »Wir könnten mit den Füßen ins Wasser, um uns ein wenig abzukühlen«, unterbreite ich meinen Vorschlag, denn die Sonne hier kann man nicht mit der in New York vergleichen. Unsere Hitze würde man hier nur als Wärme betiteln.

In Los Angeles ist es viel, viel wärmer.

Zachary macht den Kofferraum auf, um ein Basecap und eine Tube Sonnencreme aus seinem Rucksack herauszuholen. »Klar, warum nicht?« Grinsend beobachte ich, wie er sich dick eincremt, sodass die Creme nicht richtig in seine Haut einzieht. »Was denn? Hast du meine Haut mal gesehen? Ich bin weißer als weiß – falls das überhaupt geht«, entgegnet er mit einer gehobenen Augenbraue. »In dieser Sonne ist Hautkrebs vorprogrammiert.«

»Ich habe nichts gesagt.«

Zachary runzelt seine Stirn, doch seine Mundwinkel zucken für einen kurzen Augenblick belustigt. »Stimmt, du lachst mich nur aus.«

»Falsch, ich lache *mit* dir.«

Zachary macht erneut seine Sonnencreme auf und drückt kräftig. Mit seiner freien Hand greift er plötzlich nach mir, und ich werde mit dem Rücken gegen seinen Oberkörper gepresst.

»Na dann, möchte ich auch mit dir lachen«, erwidert Zachary.

Irritiert wende ich meinen Kopf nach oben, um ihm ins Gesicht zu schauen. Seine Hand mit der Sonnencreme kommt meinen Wangen gefährlich nahe, sodass ich versuche, mich aus seinem Griff zu winden, doch Zachary lacht nur und drückt mich fester an sich.

»Wag es nicht.«

»Sonst was?«, fordert er mich heraus.

»Sonst darfst du heute Nacht allein schlafen.«

Keine Sekunde später werde ich von Zachary losgelassen, der mich schmollend betrachtet.

»Das war böse, wirklich böse, damit droht man nicht«, beschwert er sich, während er die restliche Sonnencreme auf seinen bereits öligen Armen aufträgt.

»Das hast du verdient«, antworte ich grinsend.

Zachary schnaubt. »Ich habe nichts als Liebkosungen verdient.«

»In deinen Träumen vielleicht.«

Zachary läuft los, dreht sich dabei aber um und wirft mir einen Kussmund zu. »In meinen Träumen hast du mich ständig liebkost, und ... oh, auch noch andere Dinge getan, die ich dir heute Nacht –« Der Waliser bricht ab, weil er stolpert und in den Sand fällt. »*Cachu hwch*!«, flucht Zachary, während er sich aufsetzt und über seine Arme streicht, die nun voller Sand sind.

Der Anblick, wie Zachary mit Nachdruck versucht, den Sand loszuwerden, der dann an seinen öligen Händen kleben bleibt, lässt mich laut auflachen.

»Siehst du, das hast du von deinem vorlauten Mundwerk!«

Zachary hält mir seine Hand hin. »Wärst du so freundlich, liebste Juliet?«, bittet er mich.

»Damit du mich mit runterziehst? Sicher nicht.«

»Das werde ich nicht tun«, antwortet er. »Bitte, hilf mir hoch, meine Hände sind fast vom Sand befreit, ich will das nicht rückgängig machen.« Ich zögere, debattiere mit mir selbst, ob er mich doch hereinlegen möchte. »Juliet, ich verspreche dir, ich beabsichtige nicht, dich dem Sand hier auszuliefern«, sagt er mit Nachdruck.

Ich entscheide mich dazu, ihm zu vertrauen.

»In Ordnung«, sage ich, sodass Zachary mir wieder die Hand reicht und ich sie ergreife, aber kaum berühren sich unsere Hände, zieht der Waliser kräftig, sodass ich auf ihn falle und nun auf seinem Schoß sitze.

Zachary grinst mich spitzbübisch an. »Warum glaubst du mir auch?«

»Idiot«, fluche ich und will mich aufrichten, doch er lässt es nicht zu, stattdessen legen sich seine Hände um meine Hüfte und pressen mich an ihn. Mit Mühe schaffe ich es, ein Grinsen zu unterdrücken. »Erst belügen und dann gefangen halten.« Ich tue so, als würde mich die Situation stören, in Wirklichkeit will ich nie wieder weg.

»Ich lasse dich los – *für einen Kuss.*«

»Ach, kommt jetzt auch noch Erpressung dazu?!«

»Also, ich nenne es eher eine Verhandlung.«

»Ich nenne das keine –« Mein Satz wird durch einen Klaps auf meinen Hintern unterbrochen, und ich kann ein belustigtes Keuchen nicht unterdrücken. »Ich will nur anmerken, dass ich dir dafür nicht mein Einverständnis gegeben habe.«

Anstatt noch mal auf meinen Hintern zu schlagen, umfasst er ihn, streichelt ihn zärtlich, während er mich mit einem frechen Grinsen betrachtet.

»Dafür auch nicht!«, beschwere ich mich und kann dabei erkennen, wie ein Pick-up vor unserem Mietwagen stehen bleibt.

Zachary nimmt eine Hand von meiner Hüfte. »Du musst deine Lippen nur hier auflegen – dann darfst du gehen … Ach, weißt du was? Meinetwegen darfst du selbst entscheiden, wo du deine Lippen versenken willst.«

Zachary lächelt mich zuckersüß an, während seine Gedanken wahrscheinlich nichts Unschuldiges an sich haben. Meine Aufmerksamkeit wird wieder zu unserem

Auto gelenkt, weil jemand auf der Beifahrerseite aus dem Pick-up aussteigt und sich vor unseren Kofferraum stellt. »Zachary, siehst du …« Meine Worte brechen ab, als der Typ eine Art Werkzeug hervorholt und es gegen die Fensterscheibe sausen lässt, sodass das Glas zerspringt. »Scheiße!«

»Juliet? Was?«

»Lass mich los! Sofort!« Zachary hört die Dringlichkeit in meiner Stimme und lässt unverzüglich von mir ab, sodass ich aufspringe.

Innerhalb einer Sekunde schnappt sich der Typ meinen Koffer und den Rucksack von Zachary, wirft ihn in den Pick-up, bevor er reinspringt und der Wagen davonrast – mitsamt unseren Sachen.

Kapitel 45

Meine Augen sind geschlossen, während ich die himmlischen Düfte meines warmen Badewassers genieße – ich kann mich beim besten Willen nicht daran erinnern, wann ich mir zuletzt ein Bad gegönnt habe. Im Augenblick brauche ich es, um Ruhe zu bewahren, denn nach dem, was mir gestern widerfahren ist, habe ich es bitter nötig.

Anstatt einen schönen Tag mit Zachary zu verbringen, saß ich stundenlang bei der Polizei, bevor ich in ein Shoppingcenter musste, um alle Sachen zu ersetzen, die ich mitgenommen habe. Unterwäsche, Kleidung, Schminke, Glätteisen und andere Kosmetik. Die Zeit, um ein Abendkleid zu finden, hat gestern nicht mehr ausgereicht, sodass ich mich heute Vormittag, als Zachary für Termine aufgebrochen ist, erneut auf die Suche begeben habe. Die Gewänder, die ich anprobiert habe, schmeichelten mir nicht. Für eine solch wichtige Veranstaltung will ich strahlen und mich pudelwohl in meiner Haut fühlen.

Es hat nur ein Kleid gegeben, das höchstens *in Ordnung* war, sodass ich es für den Notfall zurücklegen habe lassen, sollte ich morgen nichts Besseres finden.

Nach den andauernden Enttäuschungen habe ich vorerst aufgegeben und bin zurück ins Hotel gegangen. Groß konzentrieren oder motivieren konnte ich mich nicht, da Zacharys wichtigster Termin demnächst beginnt. Bevor er heute Abend noch zu einem Interview muss, hat er sich mit Isaac verabredet, um ihm die Hand zu reichen und mit ihm über den zweiten Standort in L. A. zu sprechen.

Eigentlich hatte ich angenommen, dass ich hibbelig durch das Hotelzimmer flitze, während ich auf irgendeine Reaktion der Brüder warte. Doch da ich bisher keine SOS-Nachricht bekommen habe, flaute das Adrenalin ab, und ich verschwand im Badetempel, den das Ritz Carlton seinen Gästen bietet.

Meine Haut ist schrumpelig, als ich der noch immer warmen Badewanne entsteige. Gerade als ich mich in einen Bademantel hülle, klopft es an der Zimmertür.

»Zimmerservice«, ruft eine Männerstimme, weshalb ich leicht irritiert öffne. Ein Bote überreicht mir ein hübsch verpacktes Paket von Dolce & Gabbana. »Einen angenehmen Abend.«

Bevor der Mann sich abwendet, hindere ich ihn daran. »Einen Moment!«, rufe ich, sodass er innehält. »Das muss ein Fehler sein, ich habe nichts bestellt. Sie müssen sich in der Zimmernummer geirrt haben.«

Der Bote holt einen Zettel aus seiner Hosentasche. »Suite 9.3«, liest er vor, bevor er zum Schild an meiner Zimmertür schaut. »Für Juliet Bryant.« Er zeigt mir den Zettel sicherheitshalber, weil ich das Paket noch immer skeptisch betrachte. »Sie sind Miss Bryant?«

»Ja, das bin ich«, antworte ich.

»Dann ist diese Lieferung für Sie.«

»Aber … von wem?«

Er zeigt auf die Box in meinen Händen. »Meistens kommen diese Geschenkverpackungen mit einer Notiz, darauf sollten Sie ihre Antwort finden, Miss Bryant«, teilt er mir mit, bevor er sich verabschiedet und zurück zum Aufzug läuft.

Irritiert lege ich die ominöse Verpackung auf mein Bett und nehme den Deckel ab. Der Anblick lässt mich stocken, da in der Box ein traumhaftes Kleid liegt. Die Farbe scheint Silber zu sein, sicher bin ich mir allerdings nicht, da ich das Funkeln der tausend diamantenähnlichen Steinchen bewundere.

Tatsächlich hatte der Bote recht, in der Mitte liegt eine handgeschriebene Nachricht.

Liebste Juliet,
du wolltest strahlen – damit wirst du es.
Zachary

Mein Herz macht einen Sprung, da ich nicht mit dieser Aufmerksamkeit gerechnet habe. Wie hat Zachary das innerhalb weniger Stunden geschafft? Er muss alles stehen und liegen gelassen haben, um mich mit diesem Geschenk zu überraschen. Ich denke nicht, dass es einen aufmerksameren, einfühlsameren Mann als Zachary gibt, der *alles* für mich tun würde.

Nachdem ich mich von der Geschenkbox abgewandt habe, laufe ich ins Badezimmer zurück, um meine Haare mit meiner neuen Bürste zu kämmen. Anschließend werfe ich mich aufs Bett, fahre mit den Fingern über den funkelnden, weichen Stoff des atemberaubenden Kleides und schalte den Fernseher an.

»... und kommen wir nun auf ein Brautpaar zu sprechen, die ihren wichtigsten Tag geopfert haben, um einem Kind das Leben zu retten«, verkündet die Nachrichtensprecherin von CBN, den Sender, den ich eingeschaltet habe. »Ich gebe ab an die Reporterin in San Francisco.«

Zunächst werden Drohnen-Aufnahmen eingeblendet, die einen schweren Autounfall zeigen. Zwei Wagen sind komplett ausgebrannt, während ein weiteres Auto gegen einen Baum geprallt ist und ein anderer Wagen auf dem Bürgersteig zu stehen gekommen ist. Danach wird eine Reporterin eingeblendet, die vor der Absperrung des Unfalls steht.

»Die Szenen, die sich hier vor wenigen Stunden abgespielt haben, könnten einem Hollywoodfilm entspringen«, beginnt sie. »Ein hochgradig betrunkener Fahrer ist von seiner Fahrspur abgekommen und in den Gegenverkehr geraten. Die Personen, die direkt in den Aufprall verwickelt waren, kamen mit Brüchen und Prellungen davon. Doch ein Wagen, der von der Straße abgekommen ist, hat ein vierjähriges Kind unter sich begraben.«

»O Gott«, sage ich.

Danach werden erneut Aufnahmen aus der Luft gezeigt, in denen ein Krankenwagen von der Unfallstelle losfährt. »Der Junge hatte Glück im Unglück, denn in einem der Wagen, die durch den Unfall anhalten mussten, befand sich ein frischgebackenes Ehepaar auf dem Weg in die Flitterwochen«, teilt sie mit und lächelt. »Dabei handelte es sich um einen Chefarzt der Unfallchirurgie und eine Kinderchirurgin, die dem verletzten Kind sofort zur Hilfe geeilt sind. Durch das schnelle Eingreifen konnte das Leben des Jungen gerettet werden.«

Eine Handyaufnahme wird eingespielt.

Der Bräutigam trägt das Kind zum eingetroffenen Krankenwagen. Er küsst eine hübsche Brünette zum Abschied, bevor er in den Wagen steigt und die Braut sich im blutverschmierten Kleid den anderen Verletzten zuwendet.

Die Reporterin wird wieder eingeblendet. »Antonio und Scarlet Vittori mussten nicht darüber nachdenken, ob sie sich für ihre Berufung oder ihre Flitterwochen entscheiden«, sagt sie. »Sie sind wahre Helden des Alltags.«

Plötzlich fliegt die Tür zur Suite auf, Zachary tritt mit einem dunkelroten Gesicht und zusammengepressten Lippen ein. Seine Hände sind zu Fäusten geballt.

Gerade, als ich den Mund aufmachen will, kommt er mir zuvor. »Frage nicht!« Er klingt aufgebracht. »Wir werden nie wieder über Isaac sprechen!«

»Aber –«

»*Nie wieder*!«

Scheiße.

Kapitel 46

Soll ich? Oder soll ich nicht?

Während ich durch das Hotelzimmer tigere, denke ich darüber nach, ob ich Isaac aufsuchen soll. Zachary weigerte sich zunächst, über seinen Bruder zu sprechen, doch nachdem ich nicht lockergelassen habe, erfuhr ich, dass Isaac sein Angebot abgelehnt und ihn anscheinend zur Hölle geschickt hat. Ich habe fest damit gerechnet, dass das Isaac gnädig stimmen wird, ich ihn dann dazu bekomme, seine Rachepläne aufzugeben. Doch nun ist all meine Hoffnung erloschen, und ich brauche einen neuen Schlachtplan.

Ich kann mir beim besten Willen nicht erklären, warum Isaac das Angebot abgelehnt hat. Das war doch, was er eigentlich wollte – was er sich gewünscht hat? Es muss einen Grund geben, warum er sich schon wieder sperrt. Doch würde ich etwas aus Isaac herausbekommen, so kurz nachdem die beiden wieder gestritten haben? Es ist möglich, dass Isaac dichtmacht, sodass ich nicht an ihn herankomme. Oder aber ich komme an ihn heran, weil er noch emotional ist und noch nicht alles verarbeitet hat.

Ich könnte warten, bis Zachary zurück ist, aber wer weiß, wann das ist? Die Neugier, die Unsicherheit und die Ungewissheit bringen mich um den Verstand, am liebsten möchte ich unverzüglich wissen, was der Auslöser für den erneuten Streit war. Langsam glaube ich, dass ich den falschen Weg beschritten habe und es überhaupt keinen Sinn macht, die Brüder zu versöhnen.

Nein, so *darf* ich nicht denken!

Meine Augen schielen zur Tür. Alles in mir, jede Faser schreit danach, Isaac aufzusuchen und ihm abermals ins Gewissen zu reden. Oder herauszufinden, was schiefgelaufen ist, um mir dann etwas einfallen zu lassen, wie ich das wieder hinbiege. Voller Inbrunst verlasse ich mein Hotelzimmer, um ins darunter gelegene Stockwerk zu gelangen, in dem sich Isaacs Zimmer befindet. Nachdem ich laut und ununterbrochen an seiner Tür geklopft habe, öffnet er und schaut mich regelrecht gelassen an. Isaac hat damit gerechnet, dass ich nach dem Gespräch mit Zachary herkomme.

»Wir müssen reden«, beginne ich, schlüpfe an ihm vorbei. »Und das sofort.«

Isaac bleibt einen kurzen Augenblick mit dem Rücken zu mir stehen, bevor ich ihn laut seufzen höre und sehe, dass er die Tür schließt. Sein Gesicht zeigt keine Regung, als er sich zu mir umdreht. »Ich –«

Ich unterbreche ihn. »Ich weiß es.«

»Du weißt was?«

»Dass du mich anlügst«, antworte ich ihm, während er sich nicht von der Stelle rührt. »Die Abmachung, die wir geschlossen haben … Du hast dich nie an sie gehalten.« Isaac blinzelt, sein Gesicht spiegelt noch immer Neutralität wider, als würde er versuchen, seine Gefühle vor mir zu verstecken.

»Juliet«, beginnt er mit sanfter Stimme und hebt abwehrend seine Hände. »Du musst etwas missverstanden haben.« Isaac lügt mir eiskalt ins Gesicht.

»Missverstanden, hm?«, wiederhole ich und muss schnauben. »Wenn du nächstes Mal Frauen engagierst, solltest du ihnen mehr zahlen, sodass sie ihren Auftrag bis zum Ende ausführen.« Seine Gesichtszüge entgleiten ihm, sein Mund steht leicht offen – damit hat er nicht gerechnet. »*Ich schwöre, dass ich nichts mit der Schlagzeile zu tun habe*«, zitiere ich ihn. »Das waren deine Worte, schon vergessen? Ich nicht, denn sie waren auch gelogen.«

»Das –«

»Ich habe noch nicht zu Ende gesprochen«, unterbreche ich Isaac. »An deiner Stelle würde ich auf meine Umgebung achten, wenn ich diskrete Telefonate führe, schließlich könnte jemand lauschen«, ermahne ich ihn, sodass Isaac die Augen schließt und die Lippen aufeinanderpresst. »Hätte ich bei der Pressekonferenz nicht mit dir reden wollen, hätte ich nicht mit angehört, was du vorhast, dann hätte ich die Frauen nicht loswerden können.«

Damit lasse ich die Bombe platzen, denn Isaac soll endlich wissen, dass ich seine Spielchen untergraben habe.

Mein Gegenüber schaut mich verwirrt an, als könnte er meinen Worten keinen Glauben schenken. »Du warst das?«, will er wissen.

»Du hast nicht wirklich geglaubt, dass ich danebenstehe und zuschaue, wenn du versuchst, Zachary in eine Falle zu locken, oder?«, frage ich. »Und wenn wir schon reinen Wein einschenken, diese Party, die den Frust der Mitarbeiter gelindert hat – das war meine

Idee, um Zachary zu helfen. Ich habe geahnt, dass du dich nicht an unsere Vereinbarung halten wirst.«

»Habe ich *wirklich* gegen die Abmachung verstoßen?«

Diese Dreistigkeit. »Du hast geschworen, nicht weiter gegen Zachary vorzugehen, wenn ich dir helfe, das Unternehmen zu ruinieren. Die Schlagzeilen und die Frauen-Aktion im Club verstoßen gegen diese Abmachung.«

Isaac zeigt anklagend auf mich. »Und was ist mit dir?«

»Was soll mit mir sein?«, frage ich.

»Ich kann mich nicht erinnern, dass du mir in der Zwischenzeit geholfen hast, das Plattenlabel in den Ruin zu treiben«, ermahnt er mich. »Und ich habe unsere Abmachung nicht gebrochen. Ich habe geschworen, dich nicht mehr zu erpressen, mir zu helfen, mich an Zachary zu rächen – ich habe nie gesagt, dass *ich* es nicht tun werde.« Isaac schenkt mir ein überhebliches Grinsen, als wäre er stolz über seine List.

Mir fehlen die Worte. Isaac hat mich von Anfang an hintergangen, indem er Wortklauberei betrieben hat. Bisher habe ich seine Worte – seinen Schwur – nie hinterfragt, nie überlegt, ob er sich eine Hintertür offen gelassen hat.

Meine Wangen werden heiß, in meinem Blut brodelt die Wut. »Was, zur Hölle, stimmt nicht mit dir?!« Ich schnelle nach vorne, ohrfeige ihn – und es fühlt sich *gut* an. »Du bist nicht mehr der Mann, den ich einst geschätzt habe, Isaac. Dein Hass und deine Rachegedanken haben dich fest im Griff, du bist zu jemandem geworden, den ich nicht mehr wiedererkenne.«

Einen Augenblick lang sagt Isaac nichts, schaut mich nur an, während er schlucken muss. Dann presst er die Lippen aufeinander und schaut mich danach streng an. »Ein Glück, denn vorher war ich zu schwach, um für mich einzustehen!«

»Isaac«, beginne ich, »anstatt sich wie ein Erwachsener seinen Problemen zu stellen und sich damit auseinanderzusetzen, versuchst du deine Vergangenheit mit perfiden Rachegedanken zu übertünchen, in der Hoffnung, dass du den Schmerz vergisst. Was du brauchst, ist keine Hinterlist, sondern eine gründliche Therapie!«

Er blinzelt und meidet dann meinen Blick. »Das ... das brauche ich nicht!«

»O doch, früher hättest du mich niemals erpressen wollen und damit Baileys Leben riskiert.«

Isaac macht einen Schritt zurück. »Denkst du wirklich, dass ich ... Glaubst du wirklich, ich hätte die Drohung wahrgemacht?« Er klingt wahrhaftig gekränkt, was ich nicht nachvollziehen kann. »Ich hätte euch das nicht angetan.«

Glaube ich ihm?

Ich weiß es wirklich nicht.

»Aber warum tust du all das deinem Bruder an?«

Isaac öffnet seinen Mund, schließt ihn dann wieder und beginnt, durch sein Hotelzimmer zu laufen. »Weil ich nicht anders kann, okay?!« In meinen Ohren klingt es, als würde er versuchen, nicht mir das einzureden, sondern sich selbst.

»Du kannst, du willst nur nicht, Isaac.«

»Zachary hat nichts anderes verdient!«

Frustriert überbrücke ich die Meter zwischen uns und schubse Isaac. »Was, zur Hölle, muss Zachary noch tun?« Isaac schaut mich aus geweiteten Augen an, als ich mit meinen Fäusten gegen seine Brust trommle. »Er versucht dir zu beweisen, dass ihm sein Verhalten leidtut! Er hat dir nicht ohne Grund den Posten in L. A. als Projektleiter angeboten!« Ich schlage weiter gegen seine Brust, und er lässt es zu, verteidigt sich nicht. »Er hat einen Fehler gemacht und sich falsch verhalten, ja, aber es tut ihm verdammt noch mal aufrichtig leid!«

Nun fängt Isaac meine Hände ein. »Das tut es ihm nicht.«

»Was redest du da?«, frage ich verärgert.

»Er bereut es nicht, er tut das nur, weil du ihn darum gebeten hast!«

»Wie kommst du darauf?«, frage ich, als er meine Hände loslässt.

»Er meinte, dass es auch in deinem Interesse wäre, dass wir uns wieder annähern.« Er räuspert sich. »Und da war mir klar, dass das ein geheucheltes Entgegenkommen ist.« Isaac blinzelt, und seine Stimme klingt, als würde er an seiner Aussage zweifeln. Ich will etwas sagen, beziehungsweise ihn umstimmen, doch Isaac kommt mir zuvor. »Versuche nicht, meine Meinung zu ändern!«

»Sei kein sturer Esel, verdammt noch mal!«

»Wie hast du mich …«

Diesmal unterbreche ich ihn. »Nein, Isaac Iestyn Birmingham, du hörst mir zu!«, spreche ich ihn mit vollem Namen an, sodass er merkt, wie dringlich und ernst es mir ist – und es wirkt. Isaac bleibt stumm. »Weißt du, worin ihr euch beide unglaublich ähnlich seid? Ihr seid beide sture, eigensinnige Esel!«

Isaac verzieht unzufrieden den Mund, ob wegen der Beleidigung oder dem Vergleich mit seinem Bruder, kann ich nicht sagen.

»Ihr beide nimmt euch nicht viel – wenn man deine abartigen Rachepläne außer Acht lässt.« Ich werfe ihm einen strengen Blick zu, sodass er direkt seinen Kopf abwendet. *Feigling.* »Zachary wollte dir sagen, dass er dir L. A. nicht überlassen hat, weil er dich nicht gehen lassen wollte! Weil er dich nicht an die Westküste verlieren wollte!«

Isaac hebt seinen Blick, schaut mich entsetzt an. »Was?«

»Wenn du Dickkopf ihn nicht ignoriert hättest, dann wüsstest du das!«, werfe ich ihm vor, sodass er die Lippen zusammenpresst. »Und wenn Zachary nicht denselben Dickkopf wie du hätte, Isaac, dann hätte er weiter versucht, sich mit dir auszusprechen.«

Er schüttelt den Kopf. »Das ... kann nicht sein.«

»Zachary hat mit diesem Isaac aufgegeben.« Ich tippe mit meinem Finger gegen seine Brust. »Aber mit seinem Bruder noch nicht, ein Teil seines Herzens klammert sich weiterhin an diese Hoffnung«, versuche ich ihm dies zu verdeutlichen. »In einem seiner Umzugskartons liegt ein Bild, auf dem eine vierköpfige Familie gezeichnet wurde, und weißt du, was auf der Rückseite geschrieben steht? *Für meinen besten Freund und Bruder Zac, Isaac.*«

»Er ... das hat er noch?«

»Er hat es aus Wales mitgenommen.«

»Dieses Bild habe ich ihm zu Weihnachten gemalt, kurz ... kurz bevor ich die Wahrheit über meine Mutter erfahren habe.« Isaac schaut wieder zu mir auf, eine Träne rollt über seine Wange. »Zachary meint es ernst?«, fragt er, sodass ich ihm mit einem Nicken antworte. Mein Gegenüber wendet sich erneut von mir ab. »Scheiße«, kommt aus seinem Mund, bevor er sich wieder zu mir umdreht. »Ich … scheiße, ich habe einen schrecklichen Fehler begangen, Juliet.«

»Es ist noch nicht zu spät, um …«

»Du missverstehst mich!«, unterbricht mich Isaac.

»Inwiefern?«, frage ich irritiert.

»Ich hatte … habe einen weiteren Plan.«

»Und?«

»Dieser wurde bereits in Gang gesetzt.«

Kapitel 47

Ich renne, so schnell ich kann.

Das Interview, das Zachary glücklicherweise in unserem Hotel führt, ist keins. Dabei handelt es sich um eine ausgeklügelte, durchtriebene Hinterlist. Selbst ich weiß nicht, wie ich Isaac danach noch gegenübertreten soll. Das ist das niedrigste Niveau, auf das er sich herablassen konnte – und mir fehlen die Worte.

Isaac beeilte sich und organisierte mir einen Zweitschlüssel für das Zimmer, in dem das angebliche Interview und das Fotoshooting für einen Artikel über das Label stattfinden soll. Er wollte mitkommen, doch ich habe ihm das ausgeredet, denn, wenn Zachary die Wahrheit über die Machenschaften seines Bruders erfährt, sollte Isaac nicht in der Nähe sein.

Der Aufzug kommt im siebten Stockwerk an, und mein Herz schlägt bis zum Himmel, als ich die Tür zum Hotelzimmer mit der Schlüsselkarte öffne. Die beiden sind maximal seit einer Stunde hier, sodass ich inständig hoffe, dass diese Frau noch nicht den Mut gefunden hat, ihm die Flüssigkeit unterzujubeln, die ihn gefügig machen wird. Doch mein Wunsch bleibt ungehört, wie ich feststelle, als ich das Zimmer betrete.

Meine Hand legt sich über meinen Mund, mir bietet sich ein Bild, das ich wahrscheinlich niemals vergessen werde. Zachary auch nicht, falls er sich überhaupt daran erinnern wird – was ich irgendwie bezweifle.

Ihm wurden die Drogen bereits verabreicht.

Zachary springt auf dem riesigen Bett herum, während die von Isaac engagierte Reporterin eine professionelle Kamera auf ihn hält. In der einen Hand hält Zachary eine Champagnerflasche und in der anderen eine Zigarre. Und dadurch, dass er vergnügt hüpft, ist das Bett bereits nass und verschmutzt. Auf dem Nachttisch im Hintergrund sind etliche bunte Pillen verteilt und mehrere Pulverlinien gezogen worden – diese Fotos würden ihn definitiv seine Karriere kosten. Ein feiernder, Drogen nehmender Geschäftsführer ist das Letzte, was Birmingham Records nach den letzten Schlagzeilen gebrauchen kann. Es würde dafür sorgen, dass niemand mehr dort unter Vertrag stehen möchte.

»Kamera weg – sofort.«

Die Blondine dreht sich geschockt zu mir um, da sie mich bisher wegen der lauten Musik nicht wahrgenommen hat. »Was ... was machst du hier?«

In ihrem Gesicht steht Angst geschrieben, als würde sie befürchten, aufzufliegen. Und das zeigt mir, dass sie ganz genau weiß, dass diese Fotosession falsch ist. Und allein dafür würde ich sie am liebsten durch ein Fenster schubsen – und mit einem Lächeln zusehen. Solche Gedanken sollten mich beunruhigen, aber mein Beschützerinstinkt spricht aus mir.

Zachary winkt mir breit grinsend und lachend zu, bevor er an der Flasche nippt. Ich zwinge mich, den Blick von ihm abzuwenden, denn es schmerzt – ich hätte es verhindern können. »Schau auf dein Telefon«, weise ich die Frau an, denn Isaac hat versucht, sie zu erreichen. »Die Aktion ist abgeblasen«, teile ich ihr mit, während sie Isaacs Nachricht liest, die meine Worte bestätigen.

In Sekundenschnelle reicht sie mir die Kamera. »Hier«, sagt sie und zieht dann die Hände weg, als hätte sie sich daran verbrannt. »Ich wollte das nie tun, aber das Geld, das er mir geboten hat … ich konnte es nicht ablehnen.«

Am liebsten würde ich sie anschreien und sagen, dass sie durchaus hätte ablehnen können, allerdings entscheide ich mich dagegen – es würde wahrscheinlich nichts bringen. »Hast du noch weitere Aufnahmen?« Sie schüttelt den Kopf. »Gut, dann wird es an der Zeit, dass du …« Weiter komme ich nicht, weil ich unterbrochen werde.

Zachary ist mit einem lauten Knall vom Bett gefallen, da er beim Hüpfen anscheinend nicht aufgepasst hat. »Auuua«, beschwert er sich und möchte aufstehen, doch die Drogen haben ihn dermaßen vernebelt, dass er wieder hinfällt.

»Einen Moment, bitte«, sage ich zur Blondine.

Ich begebe mich zu Zachary, der noch immer auf dem Boden liegt und leise ein Lied summt – es ist *I Promised Myself* von Nick Kamen.

Ich helfe ihm, sich aufs Bett zu setzen, und versuche, dass er sich auf mich konzentriert. Doch Zachary schaut mich gedankenverloren an – nein, halt!, er schaut an mir vorbei. Unverzüglich drehe ich mich um und kann meinen Augen kaum trauen. Die Blondine schleicht sich aus dem Zimmer. Kaum ist ihr Vorhaben aufgeflogen, nimmt sie ihre Beine in die Hand und rennt davon.

Ein Knurren, welches ich niemals für möglich gehalten hätte, entweicht meiner Kehle. Mein Adrenalin lässt mich mit Höchstgeschwindigkeit durch den Raum fliegen. Und obwohl ich nie die Schnellste war, hole ich sie kurz vor der Zimmertür ein. Härter als beabsichtigt schubse ich sie gegen die Tür. *Das tat weh.*

Ihr schmerzhaftes Aufstöhnen gibt mir die Gelegenheit, sie gegen die Tür zu pressen, sodass sie mir nicht entkommt.

»Lass mich los, du Schlampe!«, zischt sie. Keine Spur mehr von dem Gehabe, dass sie das alles nicht wollte.

Ich mache keine Anstalten, sie freizulassen, im Gegenteil, meine freie Hand greift in ihre blonden Haare. Ich zerre nicht daran – jedenfalls noch nicht. »Eine falsche Bewegung, eine Lüge, und du kannst dich von deinen Extensions verabschieden.« Sie knurrt, wehrt sich aber nicht mehr gegen mich. »Hast du noch andere Aufnahmen?«, frage ich sie erneut.

»Nein, habe ich nicht.«

Ich zerre an ihren Haaren. »Denk noch mal nach.«

»Okay, okay! Rechte Jackentasche.«

Mit einer Hand wühle ich durch die Tasche ihres giftgrünen Blazers, der perfekt zu ihrem hinterhältigen Charakter passt, und finde tatsächlich eine weitere Speicherkarte.

»Und das waren sicher *alle* Beweise?«, frage ich und verstärke den Griff um ihre Haare.

Sie nickt widerwillig. Eigentlich wollte ich sie fortschicken, doch ich muss für eine Versicherung sorgen. »Eine kleine Sache noch und du darfst gehen«, verspreche ich ihr, während ich uns rückwärts zurück ins Zimmer führe.

Sie schaut mich irritiert an, als ich vom Nachttisch einige bunte Pillen nehme und die Frau neben Zachary auf dem Bett platziere.

Nachdem ich sie losgelassen habe, überreiche ich ihr die Pillen.

»Das kannst du nicht von mir verlangen!«, regt sie sich auf und schüttelt den Kopf. »Ich werde keine Drogen nehmen!«

»Halte Zachary die Pillen hin«, fordere ich sie auf.

»*Was?*«

»Tue es einfach!«

Für einen kurzen Moment schaut sie mich unschlüssig an, dann kommt sie meiner Aufforderung nach.

»Lächeln, bitte.« Sie hat nicht bemerkt, wie ich mein Telefon in die Hand genommen habe und nun damit ein Foto mache. Unverzüglich lässt sie die Pillen fallen und weicht einige Schritte zurück. »Falls diese Geschichte an die Öffentlichkeit gelangt, interessiert es die Leute sicherlich brennend, wie es so weit gekommen ist. Dann werden wir zur Polizei gehen, und ich werde alles dafür tun, dass auch Isaac aussagt und sich selbst und dich belastet«, verspreche ich ihr. »Und dann darfst du die nächsten Jahre im Gefängnis verbringen, aber hey, das hat auch etwas Gutes: keine Geldsorgen mehr.«

Ihr Kampfgeist verschwindet. »Ich habe verstanden.«

Kapitel 48

Die hellen Lichtstrahlen, die das Schlafzimmer von Zacharys Hotelsuite erleuchten, holen mich endgültig aus meinem unruhigen Schlaf. Ich habe Zachary gestern Nacht nicht nur zurück in unser Hotelzimmer gebracht, sondern auch über ihn gewacht. Mit der Wirkung von Liquid Ecstasy, das Isaac illegal besorgt hat, kenne ich mich nicht aus, sodass ich lieber ein Auge auf ihn geworfen habe.

In der Vergangenheit sind Leute nicht nur an einer Überdosis gestorben, sondern auch, weil sie sich nicht unter Kontrolle hatten und nicht richtig urteilen konnten. Ich glaube zwar nicht, dass Zachary vom Balkon gesprungen wäre, doch man kann sich *nie* sicher sein, wenn Drogen im Spiel sind.

Der letzte Abend sitzt noch immer tief in meinen Knochen.

Bevor wir das Hotelzimmer verlassen haben, beseitigte ich sämtliche Beweise und spülte Pillen und Pulver die Toilette hinunter. Zachary machte die Sache nicht gerade einfacher, da er keine zwei Minuten stillsitzen konnte und immer neues Chaos geschaffen hat. Um ihn für eine halbe Stunde abzulenken, habe ich beim Zimmerservice die *schärfsten* Chicken Wings bestellt. Sein gesamtes Gesicht war mit der Soße bekleckert, und er erinnerte mich in diesem Moment an ein dreijähriges Kind im Zuckerrausch.

Das Schwierigste war, ihn zurück ins Zimmer zu bringen, ohne, dass jemand etwas davon mitbekommt – Schlagzeilen mussten auf jeden Fall verhindert werden. Zachary war nicht gerade leise und sang, sodass ich ihm den Mund zuhalten musste.

Doch der Abend war noch lange nicht vorbei. Jedes Mal, wenn ich Zachary ins Bett gelegt habe, hat er es wenige Minuten später verlassen, um seine endlose Energie abzubauen. Ich habe die Übersicht verloren, wie oft er auf seinem Sofa herumgesprungen ist, Luftgitarren gemacht und etwas gesungen hat. Die Drogen haben seine Leidenschaft zur Musik verstärkt, sodass er sich wahrscheinlich für einen Popstar gehalten hat. Die meiste Zeit hat Zachary zudem auf Walisisch gesprochen, sodass ich kein Wort verstand.

Plötzlich verschwand Zacharys Energie, und vor Erschöpfung wäre er beinahe auf dem Fußboden eingeschlafen. Mit meinen letzten Kräften habe ich ihn in sein Schlafzimmer gebracht. Kaum hatte ich dies geschafft, war sein lautes Schnarchen zu hören. Unbekümmert und sorglos hatte er sich zusammengerollt, obwohl er gerade zutiefst hintergangen worden war – von seinem eigenen Bruder.

Leise und vorsichtig schlage ich meine Decke zurück, um Zachary nicht zu wecken. Seine Stirn ist mit Schweißperlen bedeckt, und sein Hemd klebt regelrecht an seinem Körper, da dieser wahrscheinlich noch die Nachwirkungen der Drogen bekämpft. Ich stehe leise auf, als Zachary plötzlich zusammenzuckt. Er stöhnt laut, setzt sich abrupt auf, während er sich an den Kopf fasst. »Ich ... Wie und wann bin ich ...« Zachary schaut ins Bett, schafft es nicht, die Frage zu beenden.

»An was erinnerst du dich?«

Für einen Augenblick schweigt er und denkt über meine Frage nach. »Ich hatte mich mit ... mit Isaac getroffen, dann ... dann die Reporterin für das Interview und ...« Er blinzelt und zeigt auf die Vorhänge. »Kannst du die bitte zumachen? Meine Augen tun weh«, bittet er mich, da Zachary anscheinend an Lichtempfindlichkeit leidet.

Nachdem ich tief durchgeatmet habe, komme ich seiner Aufforderung nach. »Die Reporterin von gestern Abend war keine, Zachary.«

»Ich verstehe nicht?«

»Sie hat dich unter Drogen gesetzt.«

Zachary schaut, als hätte er sich verhört. *»Wie bitte?«*

Ich laufe zur Kommode, über der sich ein Fernseher befindet, und schnappe mir die Kamera und die zusätzliche Speicherkarte, die ich dort gestern hingelegt habe. »Sie hat Fotos gemacht, wie du Drogen konsumierst und Party machst.«

Zachary schaut an die Decke, als würde er dort nach Antworten suchen. Wahrscheinlich möchte er sich nicht eingestehen, dass ihm jemand so etwas antun wollte. »Das Getränk«, haucht er plötzlich, und seine Augen weiten sich. »Nachdem sie mir das Getränk gereicht hat, werden meine Erinnerungen undeutlich«, stellt er fest. »Aber wieso? Was habe ich ihr getan?«

Der Waliser springt plötzlich aus seinem Bett. »Wie schlimm sind die Schlagzeilen?« Zachary hat nicht realisiert, dass ich die Situation entschärfen und alle Aufnahmen an mich bringen konnte – ich hätte es besser ausdrücken sollen.

»Es gibt keine Schlagzeilen.«

Er schaut mich irritiert an, schüttelt sich kurz und läuft in seinem Schlafzimmer auf und ab.

»Noch nicht, es wird nicht mehr lange dauern«, will er mich berichtigen, während er nach seinem Telefon greift. »Ich sollte meinen Anwalt einschalten, vielleicht können wir etwas mit dieser Frau aushandeln. Das wird zwar eine Menge kosten, aber …«

Nachdem ich aufgestanden bin und mich vor ihn gestellt habe, unterbreche ich Zachary. »Es wird *keine* Schlagzeilen geben«, sage ich mit mehr Nachdruck, sodass es endlich zu ihm durchdringt. »Ich habe dafür gesorgt, dass diese Aufnahmen niemals an die Öffentlichkeit geraten.« Ich zeige auf die Speicherkarte und die Kamera auf dem Bett. »Dort sind deine verhängnisvollen Aufnahmen gespeichert, und es gibt keine Kopien oder irgendwelche anderen Beweise für letzte Nacht.«

»Du hast wirklich *alle* Aufnahmen?«

Mit einem Nicken bestätige ich seine Frage. »Ich habe dazu noch kompromittierende Beweise von ihr gemacht. Wenn sie irgendwas behalten hat und veröffentlicht, geht diese Frau zusammen mit dir unter.«

Zachary grübelt kurz, bevor er die Kamera nimmt. Die Neugier packt ihn, weshalb er sich die Aufnahmen der vergangenen Nacht anschaut. Ich sehe ihn deutlich schlucken, bevor er die Kamera wieder weglegt. Kurz blickt mich Zachary sprachlos an, bis er seine Stimme wiederfindet.

»Juliet, diese Aufnahmen hätten meinen Ruf für immer ruiniert und wahrscheinlich meine Karriere beendet«, haucht er geschockt. »Doch du hast mich davor bewahrt, du hast mich gerettet.«

Mein Herz bricht, da er nicht so über mich denken sollte. »Zachary, ich muss –«

Ein Klopfen lässt mich innehalten.

»Ich schaue nach«, sage ich, während ich das Schlafzimmer verlasse und ins Wohnzimmer laufe, um die Tür zu öffnen. Und am liebsten würde ich sie direkt wieder schließen. »Was machst du hier?«, frage ich Isaac leise, sodass Zachary es nicht mitbekommt.

»Ich wollte nicht länger warten und … ich habe mir Sorgen gemacht.« Schön, dass er sich endlich Sorgen um seinen Bruder macht – nachdem es fast zu spät war. Nachdem Zachary eingeschlafen ist, habe ich Isaac kurz hergeholt, um ihn ins Bild zu setzen. Er fühlte sich unglaublich schuldig, dass es wegen ihm so weit gekommen ist.

»Zachary weiß es noch nicht, du musst wieder gehen.«

Ich möchte ihm die Wahrheit in Ruhe beichten.

»Was weiß ich noch nicht?«

Isaac nimmt das als Einladung und drängelt sich an mir vorbei, um vor seinem Bruder stehen zu bleiben, der stirnrunzelnd zwischen uns beiden hin und her schaut.

»Ich habe die Frau dafür bezahlt, dir die Drogen unterzujubeln«, gesteht Isaac, ohne zu zögern.

Sein Bruder weicht einige Schritte zurück, während er Isaac betrachtet, als hätte dieser den Verstand verloren.

»Was … was redest du da, Isaac?« Der Schmerz steht in Zacharys Gesicht geschrieben. »Wovon spricht er, Juliet?«, fragt er mich.

»Nachdem du Birmingham Records übernommen hast, habe ich dir geschworen, dass ich mich eines Tages dafür an dir rächen werde, Zachary«, beginnt Isaac, während ich mich an der Wand abstützen muss, weil mir vor Angst plötzlich die Kraft fehlt. »Seit einiger Zeit arbeite ich gegen dich, spioniere dich aus, versuche, deinen Ruf zu ruinieren und dem Unternehmen zu schaden.« Isaac hat mich bisher mit keiner Silbe erwähnt. »Bisher hat es nicht funktioniert, weshalb ich zu drastischeren Maßnahmen griff.« Ich fasse es nicht, Isaac lässt mich wirklich aus seinem Schuldeingeständnis außen vor – als wäre ich nie beteiligt gewesen. »Zachary, es ... es tut mir so unglaublich leid, ich ... ich hätte das nicht machen dürfen.«

Er macht einen Schritt nach vorne, Zachary weicht einen weiteren zurück, und noch einen, und noch einen, als wollte er so viel Abstand wie möglich gewinnen.

»Ich bereue, dass ich dir das angetan habe ... das war ... das war abartig von mir.« Isaacs Augen werden feucht. »Ich habe dich zu oft weggestoßen ... Ich konnte mir nicht eingestehen, dass du uns wirklich eine Chance geben wolltest.«

»Du hast mich unter Drogen gesetzt.« Langsam dringt die Realität zu ihm durch. Zachary wendet sich ab und unsere Blicke treffen sich. »Aber woher weißt du davon?« Seine Stimme ist voller Skepsis und Misstrauen, als wüsste er, dass Isaac nicht die volle Wahrheit sagt.

»Juliet hat Wind davon bekommen«, antwortet Isaac für mich, der mir einen entschuldigenden Blick zuwirft, als würde er so versuchen, alles wiedergutzumachen »Sie wollte es mir ausreden, was ... was sie auch geschafft hat, doch es war zu spät.«

»Das ist nicht die Wahrheit«, widerspreche ich, denn ich will nicht länger schweigen. Zachary hat es verdient, nicht länger belogen zu werden. Mein Herz schlägt unglaublich schnell, denn ich fürchte mich vor Zacharys Reaktion – seiner Enttäuschung.

»*Juliet*«, warnt mich Isaac.

»Lass sie sprechen.«

Der Blick, mit dem mich Zachary ansieht, besagt bereits, dass dieser eine Vermutung hat, auch seine Augen werden feucht. Es ist, als würde sein Körper den Verrat bereits spüren und ihn vorwarnen.

Es ist nicht einfach, die Worte herauszubringen. Ich will ihm die Wahrheit sagen, doch sobald diese Worte meinen Mund verlassen haben, wird sich alles verändern.

Mein Zögern scheint für Zachary ein Schuldeingeständnis zu sein. »Du hast mit ihm zusammengearbeitet.« Es ist keine Frage, es ist eine Feststellung, denn Zachary hat mich durchschaut.

»Weil ich sie erpresst habe!«, wirft Isaac ein.

»Bitte, lass mich erklären, ich …«

»Sei still!«, zischt Zachary, sodass mein Herz bricht, bevor er an Isaac und mir vorbeiläuft, um zur Tür zu gelangen. »Fel rhech mewn pot jam!« Seine Augen sind eiskalt, als er sich seinem Bruder zuwendet. »Lass dich nie wieder in meinem Unternehmen blicken, und wenn du dich mir näherst, werde ich die Polizei verständigen«, droht er Isaac, der stumm seinen Kopf sinken lässt.

»Und du.« Nun gilt seine Aufmerksamkeit mir. »Komm mir nie wieder unter die Augen.« Ich will etwas erwidern, aber Zachary lässt es nicht zu. »Wenn ich zurückkomme, seid ihr fort.« Er legt eine Hand auf die Klinke. »Fort aus diesem Zimmer, fort aus meinem Leben – *für immer.*«

Kapitel 49

Mein Herz hört auf zu schlagen, und mein Magen zieht sich krampfhaft zusammen, als ich zum wiederholten Male auf den Anrufbutton drücke. Anspannung und Nervosität sitzen in meinen Knochen, ich möchte Zachary endlich meine Sicht der Dinge erklären. Er muss erfahren, dass ich zwar mit seinem Bruder zusammengearbeitet habe, aber versucht habe, einen Ausweg zu finden, weil ich wieder Gefühle für ihn entwickelt habe.

Es klingelt für wenige Sekunden. »Hier ist der Anrufbeantworter von Zachary Birmingham, hinterlassen Sie eine Nachricht nach dem Piep«, meldet sich wiederholt die allzu bekannte Ansage.

Mailbox. *Erneut.*

Ich habe die letzten Tage versucht, Zachary zu erreichen, doch immer mit Bedacht, um ihn nicht zu sehr zu bedrängen. Selbst wenn es in meinen Fingern gejuckt hat, ihn alle drei Minuten per Nachricht anzubetteln, an sein Telefon zu gehen, habe ich dieses Verlangen unterdrückt. Wenn ich meiner Verzweiflung nachgebe, wäre es sicherlich eine weitere Entscheidung, die ich bereuen würde.

Es hat mich unglaublich viel Kraft gekostet, ihm nicht auf Arbeit oder zu Hause aufzulauern. Es ist mir bewusst, dass ich ihn zur Ruhe kommen lassen muss, doch ich habe das unüberwindbare Bedürfnis, ihm zu beweisen, dass ich uns zwei nicht aufgeben und für unsere Beziehung kämpfen werde.

Während ich meine Augen schließe und meinen Kopf auf mein Kissen bette, warte ich auf eine Reaktion meines Telefons. So oft habe ich mir die Phantomvibration einer Nachricht vorgestellt. Hoffnung flutete durch meine Venen und ließ mein Herz schneller schlagen, doch wenn ich realisierte, dass es sich nur um eine Einbildung oder eine Nachricht von einer anderen Person handelte, stach ein Messer in mein angeschlagenes Herz.

Erneut öffne ich unseren Chat, um sicherzugehen, dass ich keine Nachricht verpasst habe. Doch im Fenster erscheinen drei Pünktchen, die nur eine Sache bedeuten:

Zachary tippt.

Während ich mich nicht traue, den Blick von meinem Telefon abzuwenden, setze ich mich kerzengerade in meinem Bett auf. Die Pünktchen im Chatverlauf verschwinden immer wieder, weshalb ich davon ausgehe, dass er seine Nachricht bald zu Ende verfasst hat. Eine Minute vergeht, trotzdem erreicht mich keine Mitteilung, und die Pünktchen sind nicht wiederaufgetaucht. Vielleicht überfliegt er seine Worte ein letztes Mal vor dem Absenden? Fünf Minuten vergehen, und bisher hat mich keine Nachricht erreicht. Habe ich mir das nur eingebildet? Wollte mir Zachary nie eine Nachricht schicken? Spielt mir meine Psyche einen gemeinen Streich? Was ist die richtige Antwort?

Die drei Punkte kehren zurück.

Die nächsten Minuten sind eine Qual. Je länger Zachary braucht, desto unruhiger werde ich. Ich möchte nur wissen, wie es um uns steht – ob wir eine Chance haben.

Weitere fünf Minuten vergehen. Zehn. Fünfzehn.

Und keine Nachricht.

Allerdings habe ich folgende Erkenntnis: Zachary denkt noch immer an mich. Beziehungsweise denkt er darüber nach, mit mir zu sprechen. *Das ist gut.* Ansonsten hätte er die letzte halbe Stunde nicht am Telefon verbracht. Es tut weh, unglaublich weh, doch Zachary ist noch nicht bereit für ein klärendes Gespräch.

Das Klingeln meiner Tür lässt mich aufspringen. Vielleicht hat Zachary aufgehört, mir zu schreiben, weil er sich dazu entschieden hat, vorbeizukommen? Ja, das könnte möglich sein.

»Hallo?«, spreche ich in die Gegensprechanlage hinein, während alles in mir kribbelt.

»Rapunzel, Rapunzel, lass mir dein Haar herunter.«

»Oh.«

Damiens sarkastische Stimme versetzt meiner Vorfreude einen Dämpfer. Enttäuscht drücke ich den Knopf, der meinem besten Freund unten öffnet. Obwohl … eigentlich hätte ich wissen müssen, dass dies nicht Zachary sein konnte, schließlich dauert eine Autofahrt durch New York eine Weile, und er würde niemals beim Fahren eine Nachricht tippen.

»Übrigens, es heißt: Rapunzel, Rapunzel, lass dein Haar herunter, nicht, lass *mir* dein Haar herunter«, berichtige ich Damien, nachdem ich ihn hereingelassen habe.

»Schön, auch dich zu sehen«, sagt Damien schnaubend und läuft ins Wohnzimmer, nachdem er seine

Sneaker ausgezogen hat. »Beziehungsweise schön, zu sehen, dass du noch am Leben bist«, bemerkt er und verschränkt die Arme vor seiner Brust. »Seit Tagen reagierst du weder auf meine Anrufe noch auf meine Nachrichten, ich habe mir Sorgen gemacht.«

»Ich ... entschuldige.«

»Geht's um Zachary?«, will er wissen.

»Woher ...«

»Woher ich das weiß? Hast du mal deine Stimme gehört? Du klingst regelrecht enttäuscht, dass ich hier bin«, stellt er fest. »Da ich kaum davon ausgehe, dass du Bailey erwartest, steht nur noch eine Person zur Auswahl ... und ich habe dich nicht auf den Fotos von den American Music Awards entdeckt.« Nachdem Zachary mich und Isaac zu Hölle gejagt hat, bin ich noch am selben Abend zurückgeflogen. »Und ... na ja, Zachary hat zumindest versucht zu lächeln.«

»Ich denke, das war's, ich hab es vermasselt«, sage ich mit Tränen in den Augen, sodass mich Damien kurz in seine Arme nimmt, um mir Trost zu spenden. Danach zieht er mich ins Wohnzimmer, und wir setzen uns auf die Couch. »Die Wahrheit kommt immer ans Licht«, beginne ich und erzähle ihm, was in Los Angeles vorgefallen ist. »Ich habe es zwar geschafft, Isaacs Meinung zu ändern, doch es war bereits zu spät.«

»Die Reporterin hat ihn wirklich unter Drogen gesetzt?«

»Ja«, bestätige ich. »Zachary will nichts mehr von mir wissen.«

Damien legt seinen Arm um mich und lächelt mich aufmunternd an, doch ich schaffe es nicht, es zu erwidern. Es fühlt sich an, als hätte ich verlernt, wie man die

Mundwinkel nach oben bewegt – wie es ist, eine positive Einstellung zu haben.

»So, wie bereinigen wir nun die Situation?«

»Wir?«, hinterfrage ich.

»Du denkst doch nicht, dass ich dich damit alleinlasse, oder?«

Fat Louie kommt hergetrottet und springt herauf, um sich an Damien anzukuscheln.

»Nein, ich weiß, dass du mir immer zur Seite stehen wirst«, sage ich, wovon ich felsenfest überzeugt bin. »Es ist nur … Ich will Zachary meine Sicht der Dinge erklären, aber ich bekomme keine Chance dazu, weil er weder auf Nachrichten noch auf meine Anrufe reagiert. Es ist wahrscheinlich zu spät.«

Damien schnaubt. »Soll ich dir sagen, ab wann du nicht mehr kämpfen kannst? Wenn du im Sarg unter der Erde liegst – bis dahin ist es nie zu spät.«

»Ja, aber was soll ich machen?«

»Na, dafür sorgen, dass er dich nicht mehr ignorieren kann?«

»Soll ich ihn etwa zu Hause überrumpeln?!«

»Das wäre ein Anfang«, bemerkt Damien.

»Ich kann nicht einfach bei Zachary klingeln, das wäre –« Meine Stimme bricht ab, als sich ein Wunder vor meinen Augen abspielt. Louie klettert über Damien, um sich in meinem Schoß niederzulassen – etwas, das noch nie passiert ist. »Damien?«, sage ich leise, um Louie nicht zu verscheuchen. »Bilde ich mir das ein, oder siehst du das auch?«

»Ja, ich sehe das auch.«

Meine Smartwatch vibriert – eine Nachricht. Von Zachary.

Können wir reden?

Während ich Damien die Nachricht zeige, schaue ich zu Louie, der noch immer in meinem Schoß liegt. Eine Wärme breitet sich in meinem Herzen aus, Louie hat sich bisher nie an mich gekuschelt, ich habe damit nicht mehr gerechnet. Und nun, wenige Sekunden später, kontaktiert mich Zachary? Könnte das ein Zeichen sein?

Kapitel 50

Unverzüglich sprintete ich zur Metro, um zur 57th-Street-Station zu gelangen, die sich in der Nähe von Zacharys Penthouse befindet. Es war die wahrscheinlich längste Fahrt meines Lebens. Die ganze Zeit über schlug mein Herz wie ein schnell vibrierender Bass in einem Nachtclub. Meine vor Nervosität schwitzigen Hände musste ich immer wieder an meiner Jeans abwischen.

Zachary öffnet die Tür, und mein Herz beginnt zu bluten, weil ich ihn unglaublich vermisse. Seine blauen Augen wirken müde und erschöpft.

»Juliet«, spricht er meinen Namen aus, diesmal, als wäre er eine Last und nichts, das ihm Vergnügen bereitet – diese Zeiten sind vorbei, weil ich ihm die Wahrheit über seinen Bruder vorenthalten habe.

Zachary tritt schließlich zur Seite, um mich in sein Penthouse zu lassen. »Ich …«

»Bitte«, unterbreche ich ihn schnell, während ich mich zu ihm umdrehe und sehe, dass Zachary die Tür schließt und sich dagegenlehnt. »Lass mich zunächst etwas sagen.« Weil mein Gegenüber stumm bleibt und nickt, fahre ich fort. »Als ich erfahren habe, was Isaac plant, wollte ich dir die Wahrheit sagen und ihn damit aufhalten.« Das entspricht der Wahrheit, aber dann kam alles anders. »Aber ... Isaac hat gedroht, die Sache mit Derek publik zu machen, wenn ich mich gegen ihn stelle. Meine Karriere wäre am Ende gewesen.«

Zachary beißt sich auf die Lippe, sein Kiefer zuckt, denn natürlich habe ich ihm davon erzählt – und er weiß, was es für mich bedeutet, wenn sich diese Geschichte herumsprechen würde. »Deine Karriere ...« In seiner Stimme schwingt ein enttäuschter und verletzter Unterton mit.

»Das hat mich aber nicht dazu gebracht, mit ihm zusammenzuarbeiten, sondern ... wegen der Konsequenzen, die damit einhergehen würden.« Zachary schaut mich nachdenklich an, und ich fahre mit meiner Erklärung fort. »Du musst Folgendes wissen, richtig gute Pflegeheime sind unglaublich teuer, Bailey hat auch eine persönliche Pflegerin, die immer ein Auge auf sie hat. Ohne mein Gehalt als Talentscout müsste sie in eine andere Einrichtung, wo es zu viele Bewohner und zu wenig Pflegepersonal gibt. Ich weiß nicht, wie lange ich Bailey noch habe, aber sie soll ihre letzten Jahre nicht in heruntergekommenen Heimen verbringen, oder in unserer Wohnung ... Wenn ich mich für dich entschieden hätte, hätte ich mich gegen sie entschieden, aber ... wie könnte ich das jemals? Ich habe nur Bailey.«

Zachary nickt, sagt aber weiterhin nichts.

»Und dennoch habe ich den Entschluss gefasst, nicht tatenlos zuzusehen, sondern ein doppeltes Spiel zu spielen. Ich wollte verhindern, dass dein Bruder gewinnt, weil ich noch immer Gefühle für dich hege. Um seine Pläne zu vereiteln, musste ich dafür sorgen, dass mir Isaac vertraut. Darum habe ich ihm eine Allianz angeboten.« Zachary runzelt die Stirn, hört mir aber weiterhin zu. »Im Austausch dafür, dass ich ihm helfe, das

Unternehmen zu ruinieren, wollte Isaac dich bestmöglich außenvorhalten und deinen Ruf nicht direkt angreifen.«

»Isaac hat sich wirklich lange an eure Vereinbarung gehalten.« Seine Stimme trieft vor Sarkasmus.

Ich entschließe mich, den Kommentar zu ignorieren und mit meiner Erklärung fortzufahren. »Jedenfalls hatte ich gehofft, dass wenn ihr die Vergangenheit hinter euch lasst, es für Isaac keinen Grund gibt, sich an dir zu rächen.« Der Plan, der immer ins Nichts verlaufen ist. »Ich habe zu spät herausgefunden, dass Isaac sich nie an unsere Vereinbarung halten wollte.«

Beziehungsweise habe ich nur nicht richtig zugehört und die List in seinen Worten überhört.

»Zu spät? Wann?«, fragt er vorsichtig nach.

»Ich habe bei deiner Pressekonferenz durchs Belauschen seines Telefonates erfahren, dass Isaac etwas auf der Einstandsfeier plant, sodass du mit einem Skandal in der Presse landest.« Seine Augenbrauen schießen in die Höhe. »Damien und ich haben das verhindert, denn ich würde so was niemals zulassen, Zachary.« Ich schaue ihn ernst an. »Ich habe wirklich versucht, dir zu helfen.«

Zachary nickt, als würde er mir glauben – oder es wenigstens wollen. »Und wie war das mit den Drogen? Wie ... wie warst du dabei involviert? Wann wusstest du Bescheid?« Seine eisblauen Augen schimmern.

Es fühlt sich an, als wollte er fragen, ob ich es hätte verhindern können, wenn ich gewollt hätte.

»Nein!«, sage ich schnell, sodass er sich seine Hand über den Mund legt und für einen Augenblick wegschaut. »Nachdem du zu dem ...«, ich unterbreche mich, da ich das Wort ›Interview‹ nicht verwenden möchte, am liebsten würde ich dieses Ereignis für immer aus meinem Gedächtnis streichen. Aus Mitleid, aus Schuld, aus Wut – aus unzähligen Emotionen, die mich bei dem Gedanken überfluten. »Nachdem du aufgebrochen bist, wollte ich mit Isaac über das abgelehnte Angebot sprechen – und bin endlich zu ihm durchgedrungen, dass er mit seinen Rachepänen aufhört.«

Zachary verschränkt die Arme vor seinem Oberkörper. »Soll ich ihm deswegen ein Präsentkorb zukommen lassen, oder was, Juliet?« Zacharys Erwiderung trieft vor Ironie. »Ohne ihn wäre ich nie unter Drogen gesetzt worden!«, erinnert er mich.

»Nein, aber ...«

»Aber, was, Juliet?«

»Isaac bereut es wirklich.« Im Augenblick bin ich noch immer wütend auf seinen jüngeren Bruder, denn die Drogen haben den Bogen weit überspannt. Und weiß ich auch nicht, ob ich ihm das jemals verzeihen kann. Trotzdem möchte ein kleiner Teil von mir noch immer, dass ihr Zwist endet. »Ich sage nicht, dass ihr euch sofort zusammen hinsetzen, reden und beste Freunde werden sollt, aber versuch irgendwann, ein klärendes Gespräch mit ihm zu führen.«

Zachary schaut mich einen Augenblick lang stumm an. »Das wird nicht passieren.« Gerade, als ich den Mund aufmache, um etwas zu erwidern, kommt mir Zachary zuvor. »Bitte, lass es.« Keine Sekunde später stürmt er an mir vorbei ins Wohnzimmer, lehnt sich gegen die Fensterfront, als ich ihm mit schnellen Schritten folge. »Willst du jetzt wirklich über Isaac sprechen? Bist du wirklich *deswegen* hergekommen, Juliet?«

Eigentlich bin ich hergekommen, um ihm meine Sicht zu schildern ... und was tue ich? Ich versuche, für Isaac eine Entschuldigung zu finden, anstatt unsere Beziehung zu retten.

»Nein, tut mir …«, meine Worte versiegen. Der Anblick, der sich mir bietet, überrascht mich. Zacharys Umzugskartons, die wir nach dem Auspacken weggeworfen haben, sind wieder da.

Zunächst denke ich mir nichts dabei, doch dann fällt mein Blick auf seinen britischen Reisepass, der mit einem ausgedruckten Flugplan auf seinem Wohnzimmertisch liegt. Liebend gerne würde ich es als eine Reise abstempeln, doch das erklärt nicht die gepackten Kartons. Ohne seine Erlaubnis einzuholen, schnappe ich mir seinen Flugplan.

Zachary will mich aufhalten, aber zu spät.

Ein One-Way-Ticket nach Cardiff.

Für übermorgen.

»Du gehst zurück nach Wales.«

»Ich, also …« Zachary sucht nach den richtigen Wörtern, und mir wird bewusst, dass er deshalb um ein Gespräch gebeten hat. Aus diesem Grund hat seine Nachricht so lange gedauert, er wusste nicht, wie er es mir sagen soll.

Zachary stützt sich mit beiden Händen an der Fensterscheibe ab. »Ich kann nicht mehr in dieser Stadt bleiben, weil sich nichts mehr echt anfühlt. Wenn ich an die Arbeit denke, sehe ich dich. Wenn ich an New York denke, sehe ich dich, und wenn ich an dich denke, sehe ich … sehe ich Isaac, Juliet, ich kann nicht mehr zwischen echt und unecht entscheiden.« Er wendet sich mir zu, in seinen Augen glitzern Tränen. »Ich brauche eine Auszeit, ich muss raus aus New York, ich muss raus aus deiner Nähe, ich muss dir entkommen. Wenn ich dir irgendwann vergeben will – und das möchte ich, wirklich – brauche ich Zeit für mich allein.«

Mein Herz zersplittert, denn nun habe ich die Gewissheit: Zachary wird mich verlassen.

Einerseits möchte ich ihm die Zeit geben, dass er den Betrug hinter sich lassen und verarbeiten kann, aber andererseits … muss er das ausgerechnet auf einem anderen Kontinent tun? Am liebsten würde ich ihn anflehen, nicht zurückzugehen und bei mir zu bleiben, doch ich entscheide mich dagegen, denn es wäre selbstsüchtig – zudem hat er keinen endgültigen Schlussstrich gezogen.

Durch seine Worte bleibt eine klitzekleine Hoffnung zurück, denn er sagte selbst, er will mir vergeben können.

»Denkst du, du kannst mir verzeihen?«, frage ich vorsichtig nach, denn zwischen wollen und können liegen unendlich viele Welten.

»Ich hoffe, dass ich das eines Tages kann.«

Epilog

7 Monate später

»Das Problem ist, dass sie in Miami lebt.«

Bailey liegt in ihrem Bett, starrt die Decke an und summt leise vor sich hin, nichts von dem, was ich sage, dringt zu ihr durch – inzwischen habe ich mich daran gewöhnt. Seit einigen Monaten ist Bailey nur noch eine Hülle, sie kann sich nicht mehr selbst ernähren, kann sich nicht mehr bewegen und hat sogar das Sprechen vergessen.

Es ist schwer, Bailey Gesellschaft zu leisten, während sie mich an eine lebende Tote erinnert. Der einzige Pluspunkt – wenn man es so nennen kann – ist, dass ich mit ihr sprechen kann, beziehungsweise Monologe führen kann, ohne, dass ich unterbrochen werde oder wieder von vorne beginnen muss, da Bailey den Faden verloren hat.

»Du fragst dich sicherlich, was das Problem ist.« Ich stelle mir vor, wie sie nickt und mich zum Weiterreden animiert. »Die Kosten, die ich für die Reise veranschlagen würde, um sie anzuwerben, würden nicht genehmigt werden, beziehungsweise würde ich keine Erstattung bekommen, wenn ich in Vorkasse gehe.« Allein ihr Blinzeln und die Senkung und Hebung der Brust verraten mir, dass sie noch lebt, da sie mit dem Summen aufgehört hat. »Das ist der Nachteil eines kleinen Labels.«

Nachdem Zachary nach Cardiff zurückgegangen ist, habe ich bei Birmingham Records gekündigt, obwohl er mir angeboten hat, mich weiterhin zu beschäftigen, aber es fühlte sich falsch an. Während Zachary alles in New York an mich erinnert hat, habe ich ständig sein Gesicht überall im Label gesehen, und ich verstand sein Bedürfnis nach einem Neuanfang.

Es dauerte nicht lange, bis ich eine neue Anstellung als Talentscout gefunden hatte. Dadurch, dass das Plattenlabel kleiner und weniger erfolgreich ist, fällt die Bezahlung geringer aus, doch durch Einsparungen gelang es mir irgendwie, weiterhin für Baileys Pflegeheim aufzukommen – bis das Wunder geschah.

Eines Tages rief mich das Hudson Pflegeheim an und eröffnete mir, dass für Bailey ein Platz frei wäre – womit ich nicht mehr gerechnet habe, schließlich stand sie sehr weit hinten auf der Warteliste. Ursprünglich meinte man zu mir, dass es wahrscheinlich zu spät sein würde, wenn ein Bett für sie frei wäre. Allerdings fiel ich aus allen Wolken, als man mir mitteilte, dass ein anonymer Wohltäter für die Kosten der Einrichtung aufkommen wird – und das nicht nur vorübergehend, sondern so lange, wie Bailey noch lebt.

Ich habe herumgefragt, hatte sowohl Zachary als auch Isaac im Verdacht, aber niemand bekannte sich dazu.

Bis heute weiß ich nicht, wer mir unter die Arme greift.

Ein Klopfen lässt mich herumfahren, Janet tritt ein und lächelt mich an. Bei ihr handelt es sich um eine der Pflegerinnen, die nun für Bailey verantwortlich ist. Anfangs war sie wie Brenda, kümmerte sich rund um die Uhr exklusiv um Bailey, doch nachdem sie das letzte Stadium erreicht hat, braucht Bailey keine Aufpasserin mehr.

»Störe ich?«, erkundigt sie sich, und nachdem ich den Kopf geschüttelt habe, kniet sie sich neben dem Bett von meiner Großmutter nieder. »Bailey, es ist Zeit für unser tägliches Ritual! Bist du bereit?« Sie spricht euphorisch mit ihr, als würde sie jeden Moment antworten – und nicht vor sich hinvegetieren. »Wusste ich doch, dass du dich freust!« Sie grinst sie an, bevor sie aufsteht und zur Tür läuft, wo Baileys Rollstuhl steht.

Nachdem sie hier eingezogen ist, habe ich beiläufig erwähnt, dass Bailey ihren Mann auf der Insel der Freiheitsstatue kennengelernt hat. Janet und die andere Pflegerin, die für Bailey zuständig sind, haben sich das gemerkt. Sie bringen meine Großmutter täglich vor dem Mittagessen in einen privaten Pausenraum der Mitarbeiter, dessen Fenster eine perfekte Sicht auf die Freiheitsstatue bietet – nur weil Bailey der Ort einmal wichtig war. Als mir Janet davon erzählt hat, konnte ich meine Tränen nicht zurückhalten.

Mittlerweile bringt ihr das nichts mehr, Bailey reagiert nicht mehr und kann sich auch nicht mehr erinnern, doch sie machen es weiterhin täglich. Tief in mir hoffe ich, dass Bailey die Verbindung spüren kann – und es sie glücklich macht.

»Magst du mitkommen?«, fragt mich Janet, als sie Bailey, die inzwischen ein Fliegengewicht ist, in ihren Rollstuhl hievt. »Das würde sie bestimmt mögen.«

»Grundsätzlich gerne, aber ich bin bereits zum Mittagessen verabredet und muss langsam los.« Damien hat mich um ein Treffen in der Mittagspause gebeten, da sich unsere Label nicht weit voneinander entfernt befinden. Er möchte mich unbedingt im Central Park treffen – ausgerechnet am Ladies Pavillon. Ich habe versucht, den Ort zu ändern, aber er wollte nicht mit sich reden lassen.

Nachdem wir gemeinsam das Zimmer verlassen haben, beugt sich Janet zu Bailey hinunter und hält ihr Ohr an den Mund meiner Großmutter. »Hmm, okay«, macht sie, bevor sie sich wieder aufrichtet und mich lächelnd betrachtet. »Ich soll Ihnen ausrichten, Miss Juliet, dass Bailey Sie sehr gern hat.«

Auch wenn ich weiß, dass diese Worte nicht wirklich von Bailey stammen, fühle ich mich dadurch besser. Sie lindern das Leid.

Ich küsse Bailey auf die Wange. »Bis bald.«

»Tschüss!«, verabschiedet sich Janet.

Während ich nach rechts in Richtung Ausgang laufe, begeben sich die Pflegerin und Bailey in die entgegengesetzte Richtung. Gerade als ich das Foyer erreiche, halte ich abrupt inne, denn an der Anmeldung steht eine Person, mit der ich nicht gerechnet hätte. Isaac.

Wenige Tage nachdem Zachary die Wahrheit herausgefunden hat, packte der jüngere Bruder seine Sachen und zog nach Los Angeles, um bei Golden State Records als Co-Geschäftsführer einzusteigen, so, wie er es geplant hatte. Seitdem habe ich Isaac nicht mehr zu Gesicht bekommen, ab und zu schreiben wir, halten Small Talk, doch zu einer tiefgründigeren Freundschaft hat es für mich nicht mehr gereicht – dafür ist zu viel passiert. Man könnte sagen, dass ich ihm vergeben habe, aber vergessen werde ich niemals. Trotz allem hoffe ich noch immer, dass er sein Glück eines Tages findet.

»Ich habe den Scheck an die Finanzabteilung weitergegeben, damit sind die nächsten zwei Monate gedeckt, hier ist Ihre Quittung, Mr Birmingham«, höre ich die Mitarbeiterin an der Anmeldung sagen, als ich an ihn herantrete. »Nächstes Mal können Sie aber auch eine Überweisung tätigen, Sie müssen nicht jedes Mal persönlich vorbeikommen.«

Während ich versuche, zu verarbeiten, was ich gehört habe, hat mich Isaac noch nicht bemerkt. »Ich würde es lieber dabei belassen, so kann ich es immer mit einem Besuch bei der Dame verbinden, für deren Aufenthalt ich aufkomme.« Unverzüglich weiß ich, was diese Worte zu bedeuten haben – Isaac ist der anonyme Wohltäter.

»Du bist es?«, frage ich schockiert, denn bis heute hatte ich angenommen, dass es sich dabei um Zachary handeln musste – beziehungsweise hatte es gehofft, denn dies hätte bedeutet, dass er noch nicht mit uns abgeschlossen hatte.

Kaum haben die Worte meinen Mund verlassen, verfällt Isaac in eine Schockstarre. Es dauert eine halbe Ewigkeit, bis er sich zu mir umdreht, er sieht unsicher aus, als sich unsere Blicke treffen. »D-du solltest das nicht wissen«, stammelt er. »Ich wollte nicht, dass du denkst, ich tue es nur, um dich zurückzugewinnen und …«

Ich lasse ihn nicht zu Ende sprechen und ziehe ihn in eine Umarmung.

»Danke«, hauche ich.

Er wollte wahrscheinlich nicht, dass ich denke, er tue es nur, um sich wieder in mein Leben zu drängen.

Isaac räuspert sich, als ich mich zurückziehe. »Ich … ja, kein Ding.« Er steckt die Quittung in seine Jacketttasche. »Meine Art, Reue zu zeigen.« Das wiederum zeigt, dass nicht alles an ihm verloren gegangen ist, was ich einst geschätzt habe.

»Und … wie ist es dir bisher ergangen?«

Wenn man bedenkt, dass Zachary entschlossen hat, den Vorfall mit den Drogen nicht anzuzeigen, und Isaac davonkommen ließ, könnte man meinen, dass Isaac noch einmal Glück gehabt hat – wenn nicht seine Schuldgefühle gewesen wären. Wenn ich mir einer Sache sicher sein kann, dann, dass niemand von uns in den ersten Wochen gut schlafen konnte.

»Inzwischen gut«, antwortet mir Isaac und zwingt sich zu einem Lächeln. »Ich hatte viel Zeit, zu reflektieren und aus meinen Fehlern zu lernen, dabei … hat mir auch eine Therapeutin geholfen, zu der ich noch immer zweimal wöchentlich gehe. Man musste mir den Spiegel vorhalten, um wirklich zu verstehen, dass ich anstatt meines Bruders mich selbst zerstört habe. Der Wunsch nach Rache hat mich von innen zerfressen.«

Isaac klingt wirklich verändert. »Du weißt nicht, wie sehr ich mich freue, diese Worte aus deinem Mund zu hören«, sage ich und lächle aufrichtig. »Hoffentlich bist du wieder auf dem Weg, der Mann zu werden, den ich gerngehabt habe.«

»Das hoffe ich auch.«

»Hast du mal mit …«

»Zachary gesprochen?«, beendet Isaac meine Frage.

»Ja … also hast du?«, hake ich vorsichtig nach.

»Vor über einem Monat haben wir uns gemeinsam hingesetzt und ein klärendes Gespräch geführt.« Das, was ich Zachary vorgeschlagen habe. Das, was ich mir gewünscht habe. »Ich würde nicht sagen, dass wir uns lieben, aber … wir gehen zivilisiert und in einem respektvollen Ton miteinander um.«

»Wirklich?«, frage ich erstaunt.

»Wir beide haben die Streitereien satt, wir wollen Frieden.«

»Das freut mich, Isaac.« Nachdem ich einen raschen Blick auf meine Smartwatch geworfen habe, schaue ich ihn entschuldigend an. »Ich will dich ungern abwürgen, aber ich bin verabredet. Wie lange bist du noch in New York?« Eigentlich hatte ich nicht vor, ihn wieder in mein Leben zu lassen. Aber wenn Zachary und Isaac bereit sind, nach vorne zu schauen, warum sollte ich das nicht auch tun? »Würdest du dich vielleicht, wenn du die Zeit findest, auf einen Kaffee mit mir treffen wollen?«, schlage ich ihm vor.

Isaac lächelt mich an. »Liebend gern.«

Ich umarme ihn noch einmal. »Ich … freue mich, Isaac.«

***

Eine halbe Stunde später biege ich auf den Schotterweg ein, der mich zum Treffpunkt mit Damien führt. Die Mittagssonne strahlt unnachgiebig auf uns hinab, sodass ich geblendet werde, als ich auf den Pavillon zugehe. Bisher nehme ich nur schemenhaft eine Gestalt auf der Bank wahr, die einen Blumenstrauß in der Hand hält. Aber warum sollte mir Damien Blumen schenken?

Nachdem Damien von der Bank aufsteht und näher kommt, verlangsame ich meine Schritte, denn das ist nicht die Statur meines besten Freundes.

Der Mann ist größer, kräftiger und breitschultriger. Ich schatte mit einer Hand die Sonne ab und halte abrupt inne. Das … das kann nicht wahr sein. Träume ich? Handelt es sich um eine Fata Morgana? Spielt mir mein Unterbewusstsein einen Streich? Oder ist es tatsächlich möglich, dass ausgerechnet *er* nun hier ist?

Zachary.

Die Traurigkeit ist aus seinem Blick verschwunden, seine eisblauen Augen strahlen glücklich, beinahe unbeschwert, als wäre nie etwas passiert. Zudem sind keine Augenringe zu sehen, was bedeutet, dass er seine Schlafprobleme überwunden hat. Mein Herz flattert, Schmetterlinge, die bisher geschlummert haben, erwachen in meinem Magen.

Zachary ist hier, bei mir. Ich kann es nicht glauben, dass er gerade vor mir steht.

»Du bist zurück«, hauche ich leise.

»Eines Tages, schon vergessen?«

Zachary überreicht mir einen Strauß Tulpen, sodass sich unsere Finger streifen – er seine Hand aber nicht wegzieht. »Die Blumensorte steht für einen Neuanfang, wusstest du das? Und die Farbe Grün für Hoffnung und Zuversicht.« Mein Herz schlägt viel zu schnell, ich habe das Gefühl, kurz vor einem Infarkt zu stehen. »Denn auch ich hoffe auf einen Neuanfang, Juliet.«

Ohne abzuwarten, werfe ich mich in seine Arme.

»Du machst mich zum glücklichsten Menschen, Zachary.«

Und das nun hoffentlich *für immer.*

Ende

Triggerwarnung

In diesem Buch sind Themen enthalten, die triggernd wirken können. Folgende Aufzählung kann jedoch den Verlauf der Geschichte spoilern.

Intrigen, Verrat und Erpressung

Erwähnung von Depressionen und Suizid (Kapitel 11, 41)

Schilderung einer fortgeschrittenen Alzheimer-Erkrankung und dem Umgang damit